20세기 러시아 노래시 연구
부자유와 자유의 노래

20세기 러시아 노래시 연구
부자유와 자유의 노래

초판 1쇄 | 2016년 12월 26일

지은이 | 최선
편 집 | 이재필
디자인 | 임나탈리야

펴낸이 | 강완구
펴낸곳 | 써네스트

출판등록 | 2005년 7월 13일 제313-2005-000149호
주 소 | 서울시 마포구 동교동 165-8 엘지팰리스 빌딩 925호
전 화 | 02-332-9384   **팩 스** | 0303-0006-9384
이메일 | sunestbooks@yahoo.co.kr
ISBN 979-11-86430-37-8 (93800)   값은 표지에 표시되어 있습니다.
2016ⓒ최선
2016ⓒ써네스트

정성을 다해 만들었습니다만, 간혹 잘못된 책이 있습니다. 연락주시면 바꾸어 드리겠습니다.

이 도서의 국립중앙도서관 출판예정도서목록(CIP)은 서지정보유통지원시스템 홈페이지(http://seoji.nl.go.kr)와 국가자료공동목록시스템(http://www.nl.go.kr/kolisnet)에서 이용하실 수 있습니다.(CIP제어번호: CIP2016030390)

러시아문학연구 02

20세기 러시아 노래시 연구

부자유와 자유의 노래

최선 지음

우물이 있는 집

저자의 말

이 책에는 스탈린 시대의 문학정책과 문학작품에 대한 글, 특히 스탈린 시대의 노래시와 스탈린 사후 러시아 음유시인에 대한 글들이 들어 있다. 스탈린 시대의 노래시를 주제로 삼은 글들은 1980년대 중반부터 쓰기 시작한 필자의 박사 논문과 연관된 것으로서 소련의 노래시들을 통시적으로 살펴본 것, 1930년대 노래시 및 제2차 세계대전 기간(1941-1945)의 노래시에 대한 것과 1930년대 노래시에 여성 테마가 어떻게 다루어졌나 살펴본 것이다. 1930-1940년대 소련 노래시 연구를 하면서 썼던 제2차 세계대전 기간의 시들을 모은 시집들의 성격을 비교하는 글과 잡지에 소개했던 제2차 세계대전 시기의 전쟁시들 중에서 필자에게 가장 인상적으로 다가왔던 몇 편에 대한 글도 들어 있다. 문학 및 음악 분야에서 훌륭하고 양심적인 시인들과 작곡가들을 좌절시키고 초라하게 했던 스탈린 시대의 문화 정책을 가장 뚜렷하게 실천한 노래 장르가 바로 스탈린 죽음 이후 자유화의 물결 속에서 스탈린 문화 비판의 선두에 자리했는데 이런 노래를 부르던 러시아 바르드(음유시인)들 중 율리 김은 그 1세대에 속한다. 스탈린 사후, 1950년대 중반부터 통기타를 들고 노래하는 시인들인 러시아 바르드가 1960년대 말부터 심한 정치적 탄압을 받았음에도 불구하고 폭넓은 청중을 가지고 있는 점은 말하자면 러시아의 특수한 문화 현상이라고 할 수 있다. 2005년 율리 김이 처음 아버지의 나라를 방문하여 공연하는 기념으로 그의 주요 노래들을 번역하면서, 1950년대 후반~1970년대에 주로 활동했던 러시아 바르드에 대한 것을 정리했고, 율리 김의 전쟁 노래에 스탈린 시대의 노래가 어떤 배경으로 기능했는가 하는 것도 살펴보았다.

스탈린 시대의 노래시들을 연구하게 되면서 스탈린 시대를 살아간 시인 파스테르나크(1890-1960)의 발자취를 따라가 본 글과 홍대화 박사와 공저로 파스테르나크를 소개한 교양서를 썼고 스탈린 시대에 사회주의 리얼리즘 정책을 가장 잘 실천한 소설을 소개하기도 했다.

또 필자에게 스탈린 문화를 이해하는 데 큰 도움을 준, 1990년에 출판된 사회주의 리얼리즘에 대한 논의를 모은 책 두 권에 대한 서평을 썼는데 한 권은 필자에게 스탈린 문화를 이해하는 데 큰 도움을 준 독일의 한스 귄터 교수가 편집한 책이고, 한 권은 그때 아직 러시아에서 활동하던 예브게니 도브렌코 교수가 편집한 것이다. 이 책들은 서구와 러시아 양 진영의 사회주의 리얼리즘에 대한 본격적이고 객관적인 논의를 모은 것이어서 당시 필자에게 커다란 지적 자극을 주었다. 1930년대 소련에서 활동했던 문학비평가들인 바흐틴과 루카치가 스탈린 시대의 공식적 담론과 어떤 관계가 있는가를 살펴본 글도 이런 공부의 배경에서 쓸 수 있었다.

소련 노래시와 연결된 글들은 소련이 와해되고 러시아가 격동의 변화를 겪은 시절에 썼던 것들이 대부분이다. 러시아의 변화는 한편으로는 필자에게 그 이전에는 구하기 어려웠던 자료들을 볼 수 있게 하는 기회를 주었지만 다른 한편으로는 스탈린 시대의 러시아문학에 대해서 뭐라도 쓰는 것을 조심스럽고 어렵게 했다. 스탈린 시대의 문화나 문화유산에 대한 연구가 자료의 지속적인 발굴 및 개방과 함께 현재에도 러시아나 러시아 이외의 나라에서 다양한 관점에서 논의되는 복잡한 사항임을 볼 때 당시 그런 어려움을 느낀 것은 당연한 일이었다고도 생각해 본다. 게다가 1980년대 후반 우리나라의 분단 상황 속 자유화와 연관된 혼란스러운 지적 풍토에서 아직 소련의 공식 자료만을 읽었거나 북한의 공식 자료에 영향을 받았거나 간에 놀랍게도 스탈린 시대에 대해 우호적으로 편향된 시각만을 가지고 그렇지 않은 시각에 대해서는 적대적으로만 반응하는 태도에 곤혹스러웠던 적도 있었다. 이는 분단 이후 북한의 문학정책이 스탈린 시대의 문학정책을 그대로 수용했기 때문에 더더욱 민감한 문제였던 것으로 보인다. 2000년대를 넘기자 러시아인들이 스탈린 및 스탈린 문화에 대해 다시 긍정적인 태도를 보이는 것을 보면서 러시아문학을 아끼고 러시아인을 좋아하는 사람으로서 안타까운 생각이 든다. 역사의 길도 삶이 그렇듯이 혼돈스럽기는 마찬가지일까?

2017년 2월 정년 퇴임을 앞두고 필자는 직장생활을 마무리하며 부끄럽지만 그간 쓴 글들을 주제별로 묶어서 종이책으로 만들어 두기로 마음먹었는데 이 책도 그중 하나이다. 대체로 작성한 연대순으로 글을 실었고 글마다 제목에 주를 달아 언제 어디에 어떤 계기로 썼는지 밝혔다.

미력하나마 필자가 이제까지 20세기 러시아 노래시들을 연구하며 쓴 글이 이 분야를 공부하는 사람이나 러시아문화에 관심이 있는 사람에게 어떤 의미에서라도 도움이 되었으면 좋겠다. 인연이 닿아 이 책을 손에 들게 될 모든 분에게 고개 숙여 인사드리고 이 기회에 필자의 인생살이와 공부살이에 힘과 가르침을 준 모든 분에게 감사드리고 싶다.

여러 모로 부족한 필자를 항상 응원해주셨던 부모님과 석사과정에서도 박사과정에서도 그리고 그 이후에도 변함없이 따뜻하게 지도해 주셨던 나의 선생님, 제만K.-D. Seemann 교수께서 이 책을 보고 기뻐하실 것이라고 생각하니 이제는 저승에서 만나게 될 그들이 새삼 그립고 고맙다.

아울러 이 책이 나오는 데 큰 도움을 준 써네스트의 이재필 편집장과 이 책을 기꺼이 출판해 준 써네스트의 강완구 대표에게 진심으로 감사한다.

2016년 가을

차례

소련 노래시의 변천*

1

소련에서 노래는 서구에서보다 훨씬 더 널리 국민에게 퍼져 있는 장르이다. 이는 소련에서의 러시아 민요의 풍요로운 전통, 19세기 푸슈킨, 콜초프, 네크라소프 같은 우수한 시인들의 노래시의 발달, 또 혁명가의 위력 등 노래 문화가 발달할 수 있는 여건이 서구에서보다 유리했다는 데에도 그 원인이 있겠으나 소련 정부가 30년대에 이 장르에 대해 각별한 관심을 쏟아 강력하게 뒷받침을 해주었다는 데에도 큰 원인이 있는 것으로 보인다.

당시 당은 노래를 매우 장려하여 국민에게 널리 퍼뜨렸는데, 당이 원한 것은 노래를 통하여 공식적 이데올로기를 유포시키는 것이었지만 노래라는 장르가 국민에게 친숙해질 수 있는 기반을 넓히는 데 크게 공헌하였다고 볼 수 있다. 당은 노래가 시어나 시 형식의 면에서 평이하여 쉽게 받아들여지고 기억되어 국민들에게 널리 파고들 수 있다는 점과, 노래는 그 노래를 부르는 사람으로 하여금 노래에 담긴 내용에 가장 직접적으로 영향을 받게 하고 그것에 감염되도록 한다는 점, 즉 노래하는 사람이 텍스트의

* 『러시아 혁명기의 사회와 문화』(1988), 237-253.

화자와 자신을 쉽게 동일화하게 된다는 점에 착안하여 이를 정치적 선전에 효율적으로 이용하려는 목적으로 적극적으로 장려하였는데 바로 이러한 사정(노래의 특성과 당의 장려) 때문에 당은 선전용 노래가 아닌 경우에는 노래의 한 구절 한 구절에 마음을 써야 할 만큼 소련에서 노래는 영향력이 큰 장르가 되었다고 볼 수 있다.

소련의 노래 연구가들은 소련의 노래 문화에 굉장한 자부심을 지니고 소련에서는 자본주의 사회에서와는 달리 문화의 양극화 현상이 지양되어 진정한 민중 문화가 꽃핀 것이라며 노래를 내세우고 있지만 이러한 주장의 근거가 되는 노래들은 여전히 혁명가, 조국 찬가, 사회주의 건설의 노래 같은 합창가(歌)들이나, 비록 다른 테마를 다루었다 해도 개인의 감정이 사회적 윤리에 종속되는 노래들이다.[1] 이는 1980년대 후반인 현재까지도 소련의 문화 정책이 사회주의 리얼리즘의 규범성의 틀을 벗어나지 못하고 있기 때문으로 여겨진다. 비록 어떤 노래가 국민에게 널리 퍼져 있었더라도 그 노래에 대해 언급을 회피하거나 부정적으로 판단을 내리는 것은 소련 연구에서 자주 볼 수 있는 현상이다. 또 하나, 소련의 연구에서 아쉬운 점은 소련이 아직 스탈린 문화에 대한 객관적 연구를 할 만큼 심리적이고 지적인 여유를 갖지 못한 만큼 1930년대에 나온 수많은 스탈린 찬가에 대해서는 전연 언급하지 않고 당시 노래가 매우 번성하였고 그것은 주로 사회주의 건설의 노래, 조국 찬가였다는 점만을 강조하면서 노래를 인용할 때도 스탈린에 대한 언급을 회피한다든가 하는 어정쩡한 태도를 보여준다

---

1 이는 전쟁 직후의 I. Nest'ev, *Sovetskaja massovaja pesnja*(Moskva, 1946)에서부터 A.Bočarov, *Sovetskaja massovaja pesnja*(M., 1956)에서는 물론 A. Sochor의 *Russkaja pesnja*(M., 1959)에서도 스탈린 찬가에 대한 유보적인 태도를 제외한다면 마찬가지이고, *Socialističeskaja muzykal'naja kultura*(M., 1983)에 수록된 I. Nest'ev의 20세기 노래 운동에 관한 논문이나 V. Solovev-Sedoj와의 대담에서 나타나는 소련 노래에 대한 견해, 또 G. Ordžonikidze의 소련 노래의 시학에 관한 고찰 등에 한결같이 나타나는 소련 비평의 공식적 입장이다.

는 것이다. 이는 매우 애석한 일인데 소련의 애국적인 합창가도 그 나름대로 의미 있는 현상이지만 또 많은 서정적 노래들, 사회 비판적인 노래들도 소련 문화의 탄력을 의미하는 귀중한 현상이기 때문이다. 또 수많은 스탈린 찬가에 대해서도 그 당시의 지배적인 문화 현상을 파악한다는 의미에서 물론 고찰할 필요가 있다.

이 글은 소련의 노래 연구에서 보이는 이러한 미진한 점을 감안하여 소련 건국부터 현재에 이르기까지의 소련 노래의 발달을 소련 정부가 장려한 공식적인 차원에서가 아니라 각 시기마다 국민들이 즐겨 불렀고 정말로 좋아했다고 여겨지는 노래들을 중심으로 살펴보기로 하겠다.

2

소련의 노래는 대체로 6단계로 나누어 살펴볼 수 있다. 제1단계는 건국 직후부터 시민전쟁 기간까지, 제2단계는 1920년대, 제3단계는 1930년대, 제4단계는 제2차 세계대전 기간(1941-1945년), 제 5단계는 종전 후 해빙기 이전까지, 제6단계는 해빙기(1950년대 중반부터 1967년경)와 그 이후로 생각해 볼 수 있겠다. 소련의 노래 연구가들 중에는 소련의 노래를 살펴볼 때 건국 이후 1930년대까지를 제1단계로 잡고 제2단계는 제2차 세계대전 기간, 제3단계는 종전 후 해빙기 전까지, 제4단계는 해빙기와 그 이후로 잡는 사람들도 있는데, 이는 건국부터 1930년대 초까지의 노래가 그 수나 수용의 폭에서 볼 때 그 이후에 비해 미미한 정도였기 때문이라고 설명될 수도 있겠으나 이러한 분류는 어쩔 수 없이 건국 이후 1930년대 말까지의 노래들을 동질적인 것으로 평가하게 되는 단점을 가지게 된다. 또 소련 학자들 중에는 '노래가 1935년에서 1945년까지 번성하였던 장르로서 그 이후에는 쇠퇴하고 변질되었다'고 한탄하는 사람들도 많다.[2] 그것은 그들이 아직도 '진정한 소련의 노래는 1930년대의 노래처럼 조국을 찬양하고 노동과 건설과 사회주의 윤리를 선전하는 것이어야 한다'는 시각에서 노래를 보기 때문이다. 이러한 시각으로 보면 1920년대에 나온 연가나 집시 노래, 또 해빙기와 그 이후의 사회 비판적인 노래나 서정적인 노래들은 부정적으로 보일 수밖에 없다. 그러므로 소련 노래의 흐름에 대해 균형 잡힌 시각을 가지려면 작품의 수에 집착하지 말고 소련 건국부터 현재까지의 노래를 그 특징에 따라 시대 구분하여야 한다고 생각된다.

그러면 각 단계의 노래의 특징은 어떠한가를 구체적으로 살펴보기로 하겠다.

제1단계

소련 건국 직후 퍼져 있었던 노래는 1890년대부터 널리 알려지기 시작했던 노동 혁명가(歌)들이었다. 『프라브다』는 연일 '혁명 이전에 지하 서클이나 데모 대열, 스트라이크 행사에서 불렸던 노래들'과 '혁명 대열에 참가했던 노래들'의 공적을 인정하는 기사와 함께 이 노래들을 게재하였다. 1917년 『프라브다』지 제1호는 「인터나치오날Internacional」과 함께 시작되었고 제3호는 「붉은 깃발Krasnoe znamja」, 제4호는 「장송 행진곡Pochoronnyj marš」, 제7호는 「용감히 나아가세, 동지여Smelo tovarišč v nogu」를 실었으며 계속 이러한 노래들이 합창으로 불려져서 더욱더 널리 알려져야 된다고 강조하였다.[3] 혁명정부는 이러한 노래를 퍼뜨림으로써 새 정부를 선전하고 혁명의 과업을 완수하는 데 도움을 받고자 했으며 또 당시 소련인들도 이러한 노래를 매우 즐겨 불렀던 것 같다.

당시의 어떤 기사에 따르면 노동자들은 이해하기 어려운 신문 기사들

---

2 앞서 소개한 A. Bočarov 등이 그러하다.

3 M. Druskin, "Revolutionnaja pesnja 1905g", *Sovetskaja muzyka* December 1935, № 12, 11-12 참조.

보다는 노래에 대해 더 관심이 많았으며 심지어 노래만을 배우고 부르기 위해 모이는 술집도 있었다고 한다.[4] 당시 널리 불렸던 노래는 위에서 언급한 「인터나치오날」, 「붉은 깃발」, 「장송행진곡」, 「용감히 나아가세, 동지여」, 「낡은 세상에 작별을 고하세Otrečemsja ot starogo mira」, 「바르샤뱐카 Varšavjanka」 등인데 이러한 노래들은 황제와 그 측근에 대한 풍자, 그들의 부와 권력에 대한 증오, 노동자 혁명에 대한 찬양, 노동자가 지배하는 밝은 미래에 대한 신념, 혁명 대열에 참가한 사람들의 영웅적 희생에 대한 추모를 주 내용으로 하는 것으로서 매우 투쟁적이고 선동적이다. 이 노래들은 문맹인 노동자들에게 자신의 위상에 대한 의식을 일깨우고 자신의 힘에 대한 신념을 길러 주어 정치적 행동을 유발시키거나 이데올로기적으로 무장시키는 것을 목적으로 삼고 있으며 이러한 노래를 함께 입을 모아 부름으로써 혁명 대열에 참가한 사람들은 자신들의 공동체 의식을 확인하였다. 대부분의 노래가 선명한 대립적 구조로서 적의 세계와 우리의 세계의 투쟁적 관계를 형상화하고 있다. 이러한 노래 속에는 모든 사람들이 오로지 적과 친구로 나뉘어 있고 그 나누는 규범은 '혁명의 이데올로기를 가지느냐 아니냐'이다. 혁명 이데올로기에 반대하는 사람들은 모두 적으로서 극도의 부정적인 어휘들—흡혈귀, 개, 썩어 빠진 망령, 망나니, 암흑의 하수인, 검은 회오리바람 등으로 표현되어 있고 혁명 대열에 참가하는 사람들은 이제껏 적에 의해 착취당하여 눈먼 고통 속에서 괴로워했으나 이제 밝은 미래로 나아가며 필연적으로 다가오는 혁명의 과업을 행하는, 신성한 노동을 하는 의로운 사람들로 묘사되어 있다. 이러한 노래들에서는 적에 대한 휴매니티나 공존의 논리, 개인적인 감정을 전혀 느낄 수 없다. 존재하는 것은 혁명의 구호를 외치며 적과 싸우는 〈집단적 우리〉뿐이다. 이러한 집단적 사고 및 감정의 표출이 소련 비평가들이 주장하는 바, '개인적인 것을 사회적인 것으로 고양시킨 것'이고, 사회적인 차원에서 의미 있는 사건

---

4 N. Baturin, 위에서 소개한 M. Druskin의 글에서 재인용.

이 가장 깊숙이 개인적 체험이 된 것을 표현하는 것이라고 곧바로 설명될 수 있는지는 의문이다.[5] 왜냐하면 여기에는 개인과 집단의 변증법이 아니라 집단만이 표출되어 있기 때문이다.

기존의 노동과 혁명의 노래들 이외에 널리 알려진 것은 새로 만들어진 노래들 중에서 베드니Demjan Bednyj의 「전송Provody」 등 적군(붉은 군대)에 관련된 노래였다. 「전송」은 다른 적군가들과는 조금 성격을 달리하여 붉은 군대로 나아가는 청년의 태도와 그를 보내는 마을 사람들의 심정을 솔직하고 유머러스하게 표현하고 있다. 마을 친척들은 모두 그에게 군대 생활의 어려움에 대해 경고하고, 장가나 들라고 말하지만 시적 화자는 혁명 과업을 완수하기 위하여, 또다시 암흑의 세상이 오지 않도록 하기 위하여 기꺼이 군대로 나아간다.

군대로 나아가는 것을 슬퍼하는 과거의 노래와는 성격이 무척 다르지만 이런 노래는 마을 사람들의 태도가 노래에 솔직하게 나타난다는 점과 청년이 본인의 언어로써 적군 병사로서 전장으로 나가는 심정을 표현한다는 점에서 다른 적군가의 원색적 선동보다는 애틋한 마음으로 공감하게 해준다. 전통 민요에서 자주 쓰인 방법인 대화체를 도입하여 시적 화자들의 세계를 대립시켜 놓음으로써 노래 전체의 구조가 청자로 하여금 좀 더 여유 있는 마음으로 따라 부를 수 있게 하여 주는 노래이다.

그러나 당시 새로 만들어졌던 적군에 관한 노래들은 대부분 군가들로서 주로 혁명으로 이룩한 사회주의 조국을 열심히 지키겠다는 내용으로 시적 화자는 군인이거나 빨치산으로 애국심에 넘쳐 백군 및 영·불 연합국의 병사들과 싸우는 사람들이다. 마야코프스키V. Majakovskij의 「좌익 행진곡Levyj marš」, 아세예프N. Aseev의 「부덴니 기마부대Konnyj Budennogo」, 닥틸A. Daktil'의 「우리는 붉은 기마부대Mykrasnaja kavalerija」, 파르페노프P.

---

5 한 예만 들라면 위에서 소개한 *Socialističeskaja muzykal'naja kultura*에 실린 Ordžonikidze의 견해를 들 수 있다.

Parfenov의 「빨치산 송가Partizanskij gimn」(Podolinam povzgor'jam), 베즈멘스키 A. Bezymenskij의 「젊은 근위대Molodaja gvardija」 등의 적군가들은 한결같이 대결의 논리와 집단성, 선동성을 그 특징으로 한다는 점에서 혁명가와 유사하다.

제2단계

1920년대에 소련의 노래는 작품 수로 볼 때는 위축되었다고 할 수 있지만 그 전 시대에 비해서 다양한 양상을 띤다. 1920년대는 여러 예술 그룹이 공존한 시기였는데 이는 당의 문화정책이 아직 비교적 자유로웠기 때문인 것으로 보인다.

이 시기에는 사회주의 건설 및 노동에 관한 노래와 함께 집시풍의 노래, 연애 감정을 비롯한 개인의 감정을 토로하는 노래들도 나타났다. 사회주의 건설에 관한 노래로 잘 알려져 있는 예로서 시골에 전기가 들어오는 것을 찬양하는 이사코프스키M. Isakovskij의 「시골따라Vdol' derevni」나 새로운 사회주의 국가에서 일하는 기쁨을 혁명 이전의 시대와 대비해서 노래한 게르만P. German의 「벽돌공장에 대한 노래Pesnja o kirpičnom zavode」나 「제3호 탄광Šachta No.3」을 들 수 있을 것이다. 그러나 당시 사람들에게 진실로 감동을 준 노래시는 예세닌S. Esenin이나 셀빈스키I. Selvinskij, 우트킨I. Utkin의 작품들이었다.

예세닌의 「어머니에게 부치는 편지Pis'mo materi」에서 시의 화자는

…… 걱정마세요. 어머니
이건 단지 가위에 눌리는 꿈일 뿐이에요.
나 그렇게까지 지독한 주정뱅이는 아니에요.
어머니를 못 뵈옵고 죽을 만큼 …… .
……

나 예전과 마찬가지로 여려요

항상 이 혼돈의 슬픔을 벗어나 낮은 지붕 우리집으로 돌아가는 것만 꿈꾸고 있
어요…… .

…… 나 너무나 일찍이 삶에서 상실과 권태를 알고 말았나 봐요…… .

……

기도하라고 하지 마세요, 어머니. 옛날로 돌아가는 것은 이미 늦었으니까요.

라고 읊조리는 '시골을 떠나 도시를 방황하다가 지쳐 고향과 어머니를
그리워하는' 사람이다. 「애석해하지도, 부르지도, 울지도 않으리라」라는
노래시에서도 예세닌은 인생의 덧없음을 자연의 풍경에 비유하며 노래하
고 있다. 또 우트킨Utkin의 「기타Gitara」라는 노래시는 시민전쟁의 테마를
다루고 있으나 적군가나 시민전쟁을 다룬 1930년대의 노래와는 달리 시
민전쟁을 '피 묻은 기타를 보며 죽음의 누이 같았던 전쟁을 슬프게 회상하
는' 개인적인 체험으로 다루고 있다. 일반 대중들은 이러한 개인적이고 서
정에 넘치는 노래들과 함께 순수한 에로틱이나 사랑의 아픔을 노래하는
가벼운 노래들도 즐겨 부르고 듣고 하였던 것으로 보인다. 소련의 비평가
들은 이러한 노래들을 프티 부르주아들의 감각에 호소하는 퇴폐적인 노래
라고 평한다.

제3단계

제1단계나 제2단계에 비해 제3단계인 1930년대에는 노래가 시문학 및
음악을 주도할 만큼 그 영향력이 컸다. 당시의 노래는 대부분 공식적인 이
데올로기를 선전하는 정치성을 띤 합창가로서 미학적 규준으로 볼 때 이
노래들의 질은 대부분 매우 저열하였다고 하지 않을 수 없다.

1932년 라프RAPP(러시아 프롤레타리아 작가연합)이나 라픔RAPM(러시아 프
롤레타리아 음악가 연합) 등 모든 예술 그룹의 해산 이후 1930년 중반부터

당은 사회주의 리얼리즘을 내세우며 예술전반에 대해 강한 통제력을 발휘하기 시작하였다.

사회주의 리얼리즘은 문학적 영역에 있어서의 소련 정부의 정통성에 대한 추구의 표현으로 풀이될 수 있다. 잘 알려진 바와 같이 당시 당은 〈프롤레타리아〉라는 말보다는 〈사회주의〉라는 단어를 빈번히 사용하며 공식적 이데올로기의 무게중심을 옮기고 이제 곧 계급 없는 사회주의가 도래한다고 선전하면서 혁명 이후 부정적으로 치부되었던 민족, 고향, 조국 등의 개념을 중요시하였고 안으로는 소련 애국주의, 밖으로는 〈일국사회주의〉 노선을 취하였다.

소련 정부는 혁명의 이데올로기를 이러한 새로운 이데올로기로 변화시키면서 자신의 정통성을 국민 전체에 널리 선포할 필요를 절실히 느꼈고 이를 위하여 학문·예술도 그 수단으로 삼았다. 사회주의 리얼리즘의 원칙들로 내세워진 당성, 민중성 등도 이러한 맥락에서 풀이될 수 있다. 당은 새로운 예술 정책을 펴 나감에 있어 문학 및 예술 작품의 민중성은 이해하기 쉽고 평이한 데 있는 것이라고 주장하면서 그 이전에 나타난 여러 문학·예술 작품들을 민중성에 위배되는 형식주의, 자연주의라고 매도하였다. 민중성이 있는 작품은 아름답고 건강하고 정상적인 것이며 그렇지 못한 것은 병적이고 추하며 비정상적이라는 논법으로 당은 여하한 형태로서라도 당의 방침에 어긋나는 예술 작품은 '형식주의다', 또는 '개인주의적인 자본주의 근성이다'라며 박해하였다.

쇼스타코비치의 오페라 「므첸스크의 맥베스 부인」에 대한 『프라브다』지의 혹평(음악 대신 엉망Šumbur vmesto muzyki), 연극 연출가 메이예르홀드의 자아비평Mejerchol'd protiv mejerchol'dovščiny(1936. 3. 20자 『문학신문』), 고리키의 형식주의나 개인주의에 대한 비난은 당시의 공식적 예술의 분위기를 말해 준다.

이러한 어두운 배경 속에서 당에 의해 적극적으로 장려된 장르는 노래였다. 고리키는 이미 1930년대 초반부터 노래의 필요성을 언급한 바 있으며 제1차 작가회의에서도 그는 민속과 민요에 대한 관심을 강하게 드러내며 소련 문학은 민요나 민속과 같은 문학이 되는 것을 지향해야 한다고 역설하였고 이와 연관하여 새로운 노래가 만들어져야 된다고 강조하였다. 작가 회의가 끝나자 곧 노래에 대한 당의 강력한 지지가 시작되어 해마다 몇 차례 작사작곡 경연 대회가 개최되었고 참가 작품의 수도 수천에 달했다. 당시 여러 축제 행사 때마다 노래는 빼놓을 수 없는 순서였으며 당시 대중화되어 가기 시작하는 매체였던 라디오나 유성영화는 노래를 퍼뜨리는 데 주요한 역할을 하였다. 당시의 신문 문예란이나 문학지(특히 1937년)에는 시(詩)작품이라면 거의 대부분 노래시나 이와 유사한 작품들이 실렸다. 1930년대의 노래들은 스탈린 찬양, 레닌과 사회주의 조국에 대한 찬양, 행복한 소련 국민의 생활, 사회주의 건설에 대한 자부심과 노동에 대한 정열, 시민전쟁의 영웅적 행위에 대한 회고, 다가오는 파시스트와의 전쟁에 대한 준비와 같은 일반적 테마와 함께 스탈린 헌법에 대한 칭송, 지하철 준공, 알피니스트의 원정 등 매우 시사적인 테마를 다룬 노래들도 많았다. 그러나 직접적으로 스탈린 찬양을 테마로 하지 않은 노래에서도 스탈린에 대한 찬양은 거의 공식화되어 있었다. 노래 속에서 스탈린은 지도자, 교사, 아버지, 형, 구원자 또 소련이라는 커다란 정원을 가꾸는 정원사였고, 국민을 비바람으로부터 막아주는 지붕, 태양으로부터 가려주는 우산이기도 하였지만, 자연력, 태양, 생명의 근원이기도 하였고 또 행복의 창조자로까지 지칭되었다. 파시스트의 침략에 대비하는 국토방위를 테마로 한 노래나 시민전쟁을 테마로 한 노래들도 현재의 행복한 삶에 대한 위협이나 대조로써 전쟁을 추상적으로 처리한 것들이 많았다. 다가오는 전쟁에 대한 노래에는 '현재의 삶이 행복이며 승리인 것처럼 미래의 전쟁에서도 꼭 승리할 것'이라는 흔들림 없는 확신이 항상 담겨 있었다.

제4단계

　전쟁 기간에는 노래를 만들 수 있는 여건이나 신문, 라디오, 영화 등 대
중매체의 기능이 약화되어 노래를 창작하고 전달하는 것이 매우 불리해졌
는데도 불구하고 노래는 매우 번성하였다.

　전쟁 이전에는 당이 국민의 단합을 위하여 노래 부르기를 명령하였다
면 전쟁 기간에는 국민이 단합하여 기꺼이 노래 불렀다고 말할 수 있을 것
이다. 소련 국민은 공동의 적과 국가 존립의 위기라는 극한 상황 속에서 일
체화되어 진정으로 애국심에 넘쳐 전쟁에 나가 용감히 싸울 것을 노래했
다고 할 수 있다. 또한 당도 전쟁의 효과적인 수행을 위하여 필요에 따라서
는 사회주의 리얼리즘의 원칙에 어긋나는 작품들도 허용하였다.

　이러한 이유로 전쟁 기간 동안 노래는 진실로 국민에게 가까웠으며 그
성격도 낙관적으로 승리를 확신하는 것부터 절망적으로 죽음의 두려움을
고백하는 것에 이르기까지 다양한 양상을 띠었다. 특히 1941년 가을, 겨울
에서 1942년 봄에 이르는 고통의 후퇴전에서는 낙관적이고 구호적인 노
래보다는 내면의 감정을 솔직하고 나직하게 토로하는 노래들이 많이 불
렸다. 1942년 가을부터는 비록 당이 이러한 노래들에 대해 경고하는 태도
를 보이지만 전쟁 기간 동안 서정적인 노래들이 스탈린 찬가나 군대 행진
곡보다 훨씬 더 많은 사랑을 받은 것으로 보인다. 애정을 테마로 한 노래
나 전장의 일상 체험에 대한 노래들이 가장 널리 퍼져 있었는데 애정을 테
마로 한 노래 중에는 정절에 대한 맹서나 정절에 대한 믿음, 재회의 희망이
싸움터의 병사들에게 힘을 준다는 것을 내용으로 하는 것이 가장 많았다.
유명한 예로서 이사코프스키의 「불빛Ogonek」이나 「카튜샤Katjuša」를 들 수
있겠는데 이런 노래에는 조국에 대한 의무와 애정이라는 것이 서로 뗄 수
없이 연결되어 있는 것을 볼 수 있다.

　그러나 전쟁을 '사랑을 갈라 놓는 황량한 것'으로 표현한 노래나 아무리
기다려도 오지 않는 애인을 생각하며 지친 여인을 그린 노래도 있었고, 또

죽음 가까이에서 절망적으로 애인을 생각하며 마치 기도하는 것처럼 자신을 기다려 줄 것을 호소하는 노래도 있었다. 가장 유명한 전쟁시이고 또 노래로서도 수십 가지로 곡이 붙여졌던 시모노프K. Simonov의 「나를 기다려 주오Ždi menja」의 화자는

나를 기다려 줘요
나 꼭 돌아올 테니
간절히 기다려 줘야 해요.
빗줄기가 어둡고 세차게 쏟아져도
기다려 줘요.
눈보라가 미친 듯 휘몰아쳐도
기다려 줘요.
사람들 지난날 잊고
더 이상 기다리지 않아도
기다려 줘요.
먼 곳에서 편지 한 장 없어도
기다려 줘요.
세상 사람 모두가
기다림에 지쳤더라도
나를 기다려 줘요.
나를 기다려 줘요.
나 꼭 돌아갈 테니.

라고 기도하듯 말한다. 시의 화자는 전쟁이라는 절망적인 상황 속에서 사랑하는 여인의 기다림이 혹 자기를 죽음에서 구해줄지도 모른다는 바람 하나로 버텨 가는 병사일 뿐 조국에 대한 의무나 적에 대한 증오에 대해서

는 생각하지 않는다.

아가토프Agatov의 「깜깜한 밤Temnaja noč'」 역시 죽음의 전쟁터에서 사랑하는 여자와의 거리를 만들어 놓은 전쟁을 저주하며 사랑하는 이에게 기다려 달라고 청하는 내용이다.

깜깜한 밤, 들판엔 총알들만이 휙휙거리고
바람만이 전선줄에 서걱이고, 별들은 희미하게 깜빡이오.
깜깜한 밤에, 사랑하는 당신은 잠 못 이루고
아이의 머리맡에서 몰래 눈물 훔치고 있겠지.
나 얼마나 당신의 사랑스러운 깊숙한 눈길을 사랑했는지?
나 얼마나 그 두 눈에 지금 입 맞추고 싶은지!
깜깜한 밤이 우리를 갈라놓는구려, 내 여인아,
불안하고 검은 들판이 우리들 사이에 놓여 있구려⋯⋯

시의 화자에게 있어 전쟁 상황은 깜깜한 밤과 혼란스럽고 황량한 죽음의 들판이다. 전쟁은 영웅적 행위나 신성한 의무와 동의어가 아니라 죽음, 상실과 동의어의 관계에 놓여져 인간의 삶에 대립되는 개념으로 파악되고 있다. 이러한 이유 때문에 이 노래는 전쟁 기간 동안 매우 널리 불렸음에도 불구하고 전후에 계속 부정적으로 평가받았다.

위와 같은 노래나 또 전쟁터의 덧없는 사랑, 애인에 대한 감각적 묘사를 담은 노래들이 유행하는 것에 대해서 당혹감을 느낀 당은 1943년 이후에는 「스탈린 칸타타Kantata o Staline(M. Injuskin)」나 「소련 찬가Gimn Sovetskogo sojuza(S. Michalkov)」와 같이 1930년대 노래를 계승한 노래들을 유포시키는 데 노력했다.

전체적으로 볼 때 전시 소련의 노래는 오샤닌L. Ošanin이 말했듯이 그 어느 때보다도 다양한 양상을 띠었다. 끓어오르는 분노와 승리에의 맹서, 비장한 각오에서부터 가슴 저리게 하는 서정시에 이르기까지 노래 없이는 모든 것이 불가능했다. 싸우는 것, 전방에서 돌아올 애인을 기다리는 것, 승리에 필요한 모든 것을 준비하는 데 있어서.[6]

제5단계

전쟁 직후 나타났던 노래들 중에는 폐허가 된 자신의 집에 돌아와 죽은 아내의 무덤 앞에서 훈장도 빛이 바래도록 비통해하는 이사코프스키의 「적들이 우리 집을 태워 버렸소······ Vragi sožgli rodnuju chatu······ 」나 전쟁에서 돌아온 애인과 마음껏 즐거움을 나누자는 내용의 노래들도 있었으나 1946년부터 쥬다노프Ždanov의 문화정책이 심한 경직성을 보임으로써 노래도 전쟁 이전의 그것과 비슷한 성격을 띠게 되었다. 전쟁에서 돌아온 병사는 다시 집단농장으로 돌아갔고 온 국민은 노동의 기쁨 속에서 재건설에 온 힘을 쏟는다는 내용의 노래들이나 냉전체제 속에서 세계평화를 희구하며 공산주의의 승리를 다짐하는 노래들이 만들어졌다. 잘 알려진 것으로는 오샤닌의 「세계 민주주의 청년들의 찬가Gimn demokratičeskoj molodeži mira」를 들 수 있다.

이 단계는 소련 노래의 발달로 볼 때 질에 있어서는 물론, 양에 있어서도 매우 약세였던 시기라고 볼 수 있다.

제6단계

스탈린 사후 1950년대 후반부터 대략 1970년대 중반까지는 소련의 노래가 다시 상승을 보이는 시기로서 이 시기는 스탈린 시대의 합창가로 된 조국 찬가나 행진곡풍의 노래에 정면으로 반기를 든 노래들이 많은 사랑을 받았으며, 많은 젊은이들이 기타를 들고 자작시나 기성 시인의 시를 노

---

6 "Kakoj dolžna byt' sovremennaja pesnja", *Voprosy literatury* August 1967, p. 50의 L. Ošanin의 견해

래하는 선풍이 불었다. 해빙기 이후 널리 알려진 시인 오쿠자바B. Okudžava 나 갈리치A. Galič, 비소츠키V. Vysockij는 대부분의 작품을 반주에 맞춰 발표하였고 소련의 현대작가 중 가장 알려진 시인의 한 사람인 예프투셴코E. Evtušenko도 많은 노래시를 썼다.

해빙기가 시작되면서 널리 알려지기 시작한 노래는 마투소프스키 M.Matusovskij의 「모스크바 교외의 밤Podmoskovnye večera」으로서 시의 화자가 사랑하는 여인과 작별하기 전날 마지막 밤을 지새우며 같이 보낸 모스크바의 여름밤들을 잊지 말라고 연인에게 당부하는 애틋한 노래이다. 이 노래는 당시 유명한 가수였던 트로시친V. Troščin이 불러 좋은 반향을 일으켰다고 하는데 이는 소련 국민의 오랫동안 억눌렸던 감성에 대한 회복 욕구를 잘 보여준다고 하겠다.

오쿠자바는 50년대 중반부터 시를 발표하기 시작하였고 60년 초부터는 시를 직접 노래하여 사람들의 사랑을 받아 왔다.

그는 노래에 대한 견해를 다음과 같이 말한 바 있다.

예전에는 인간의 운명을 노래하지 않는 차가운 텍스트, 공식적인 노래만이 퍼져 있었다. 이 노래들은 저열한 수사적 도식으로 생활이 기쁨과 즐거움으로 넘쳐 있노라고 떠드는 것이었고(이를 낙관주의라고 불렀다!) 모스크바와 고향조국에 대해 도식적인 수사를 붙이는 것이었다(이것은 애국심이라 불렀다!).
그러나 나는 나를 움직이는 것에 대해 노래하기 시작했다. 전쟁이란 아무런 축제도 축하행렬도 아니고 잔인하고 부조리한 필연이라는 것에 대해서, 모스크바가 멋은 있지만 슬프기도 하고 항상 행복한 것은 아니라는 것에 대해서, 나 자신 영웅이 아니라 모스크바의 한 개미로 항상 행복하지만은 않다는 것에 대해서, 종이 병정이 유감스럽게도 항상 세상을 행복하게 만들지는 못한다는 것에 대해서, 또 여인이 아름답다는 것에 대해서 나는 노래하기 시작했다.
나는 오랫동안 여자라는 말만 나와도 비웃고 입 밖에 내기를 꺼려 하는 거짓과

위선에 찬 금욕주의에 대한 반발로서 여인 앞에 무릎을 꿇고 여인을 숭배하기로 하였다.[7]

그는 지나간 전쟁에 대해 많은 노래를 불렀다. 이들은 거의 전쟁의 실상, 그 비참함을 고발하는 노래들이었다. 오쿠자바는 전쟁이 어떻게 아까운 젊은이들을 앗아갔는가를 슬퍼했고 전쟁터에서 느끼는 두려움과 무력함을 고백하는 데 주저하지 않았다.

전쟁, 전쟁아 너 뭐한 거니, 못된 것
이제 겨우 남자가 되는가 하는 젊은이들
벌써 어깨에 총을 메고
삶이 시작하는가 했더니 전쟁이 다가온거야.
(「전쟁, 전쟁아 너 뭐한 거니, 못된 것」)
전쟁을 믿지 마, 소년아,
......
네 준마도 아무
소용이 없어,
너는 온통 드러나 있고
모든 총알은 너한테만 달려들어.
(「전쟁을 믿지 마, 소년아」)

이러한 그의 전쟁시는 전쟁에 참가했던 사람들에게 공감을 불러일으켰다. 특히 「종이 병정Bumažnyj Soldat」 같은 노래는 당시 애국심에 불타 죽어간 병사를 '세상을 모르고 무의미하게 전쟁의 명분에 희생된 것'으로 그려 전쟁의 허구에 도전하였다. 이 노래는 소련 시절에 출판된 책에는 실려 있

---

7   B. Okudshava, 65 Songs, Hrsg.Von Vladimir Frumkin(Ardis Ann Arbor, 1980), p. 12; Efim Etkind, *Russische Lyrik von der Oktoberrevolution bis zur Gegenwart*(München, 1984), p. 235에서 재인용.

지 않다. 또 그의 「검은 고양이Černyj kot」도 소련에서는 활자화되지 못했는데 이 노래는 스탈린에 대한 날카로운 풍자이다. 또한 이 노래는 1930년대의 수많은 스탈린 찬가에 대한 패러디이기도 하다. 특히 레베데프-쿠마치의 「정원사Sadovnik」라는 스탈린 찬가의 시 형식을 빌어 스탈린을 풍자하는 노래를 했다는 점에서 이 노래는 문학 내적으로도 매우 흥미 있는 작품이다. 그 내용은 다음과 같다.

마당에서 들어가는 유명한 현관,
검은 길이라 불리우지
그 안에 지주처럼
검은 고양이가 살고 있어.

콧수염 속에 웃음을 감추고
암흑이 방패처럼 그를 가리고 있어
모든 고양이들은 노래하고 울고 하는데
그 검은 고양이는 말이 없지.

벌써 오래전부터 쥐잡기는 잊었는지
콧수염 속에서 웃기만 하면서
정직한 말 한 번 하면
소시지 한 조각 입에 물면 우릴 잡네.

그는 뛰어다니지도 않고 무얼 달라고 하지도 않아.
노란 눈으로 불만 뿜는데
모두들 그에게 무엇인가 갖다 바치고도
고맙다고 말하네.

그는 소리 하나 내지 않고
먹고 마시기만 하는데.
발톱으로 숨관을 할퀴듯이
발톱으로 계단을 긁기만 하는데.

이래서 우리들이 살고 있는 집은
온통 어둡고 우울해
전등이라도 달아야겠는데
돈이 모이지가 않네.

콧수염으로 웃으며 소세지 한 조각을 마련해 주며 목숨을 위협하는 검은 고양이가 상징하는 스탈린의 지배와 그 속에서 살아야 하는 인간의 고뇌가 매우 날카롭게 포착되어 있는 위험할 만큼 과감한 풍자가 활자화되지 못한 것은 이해할 만한 일이다.

비소츠키는 그 특유의 굵직한 저음으로 '아무 것도 신성한 것은 없고, 제대로 된 것은 하나도 없다'고 소리치며 '블랙리스트의 사람들처럼 세월은 흘러간다'고 비관하며 많은 체제 비판의 노래, 전쟁의 실상을 밝히는 노래를 불러 인기를 모았다. 오쿠자바의 목소리가 부드럽고 나직하다면 비소츠키의 목소리는 크고 거칠다.

한편 1974년, 결국 서방으로 망명하여 파리에서 죽은 유대인인 갈리치는 노래 속에 소설을 압축하여 집어넣는 독특한 방법으로 평범한 사람들이 일상을 사는 이야기, 러시아 유대인의 슬픔, 수용소에서 돌아온 사람들의 내면 세계를 노래하였다. 「구름떼Oblaka」라는 노래에서, 수용소에서 돌아온 화자는 연금을 받아 통닭을 뜯고 반 킬로의 꼬냑을 마시면서 흘러가는 구름떼를 보며 옛 수용소를 생각하는데 어쩐지 구름만이 자유로워 보이고 자신은 술집에 제왕처럼 앉아 있고 틀니까지 해넣었는데도 여전히 시리고 춥다고 말하며 영원히 상혼으로 남아 있는 자신의 수용소 생활 20년을 한탄한다. 이들의 노래는 1960년대 녹음기의 대중화와 함께 마그니티즈다트magnitizdt(녹음기 출판)를 통하여 널리 유포되었는데 마그니티즈다트는 그 성질상 노래의 창작이나 유통·수용 과정에 있어서 정부의 검열을 빠져나갈 수 있는 여지가 많았기 때문에 정면적인 체제 비판의 내용도 담을 수 있었다고 하겠다.

3

이상에서 살펴본 바와 같이 소련의 노래는 가장 대중적인 음악 및 문학의 장르로서 소련 사회의 발달에 있어서의 시대적 감성을 잘 표현해 주었다. 혁명 직후 건국 초기에는 혁명 과업의 완수라고 하는 사명감에서 혁명 이전부터 퍼져 있던 노동혁명가들이 주로 불렸고 시민전쟁에서 적군의 승리를 다짐하는 군가들이 많이 불렸다.

노동혁명가나 적군의 노래들은 모두 대결의 논리를 설파하는 것으로 집단성과 선동성을 주된 특징으로 한다. 그러나 데미안 베드니의 「전송」은 조금 성격을 달리하는 것으로서 적군으로 나아가는 젊은이와 이를 만류하는 친척들의 대화를 담아 당시 농촌의 의식 세계를 솔직히 대변해 주고 있어서 매우 널리 유행했던 것으로 보인다. 시민전쟁 이후 1920년대가 진행되면서 노래는 그 전 시대보다 위력이 약해지지만 그 성격은 다양해진다.

이는 1920년대의 문학정책이 아직 비교적 자유로웠기 때문이라고 볼 수 있겠다. 당시의 노래로서 유명한 것은 이사코프스키의 「시골따라」로서 이는 전기가 들어오는 시골의 즐거운 모습을 노래한 것이다. 그러나 이러한 공식적인 노래보다는 예세닌이나 셀빈스키의 서정적인 노래시가 훨씬 더 사람들의 가슴을 파고들었던 것으로 보인다. 일반 대중에게는 사랑의 아픔을 호소하는 가벼운 유행가들도 널리 퍼져 있었다.

1920년대 말부터는 소련의 문화정책이 경직화되면서 1930년대에 들어서서 노래는 공식적 이데올로기를 선전하는 도구로서 적극적으로 지지를 받아 엄청난 양적 팽창을 보게 된다. 대부분이 스탈린 찬가, 조국 찬가로서 문학에 있어서의 무갈등성의 원칙에 입각하여 항상 낙관주의의 어조를 유지하는 도식적인 노래로서 위로부터의 일방적인 선전의 색채가 짙었다.

전쟁 기간 동안 노래는 창작의 면에서나 수용의 면에서나 명실 공히 번성하였다. 전쟁은 모두에게 입을 모아 적에 대한 분노와 애국심을 자발적으로 드러내도록 했으며 또 전쟁은 내면의 나직한 목소리로 울리는 노래들을 허용하도록 하였다. 당은 이러한 노래들의 놀랄 만한 인기에 눌려 이를 제재하는 데 무리를 느끼기도 하였고 또 전쟁을 효과적으로 수행하기 위해서는 제재만으로는 안 된다는 것을 잘 인식하였던 것이다.

전후에는 다시 전전(戰前)의 전통을 이은 스탈린 찬가, 조국 찬가, 냉전 체제 상태에서 평화를 희구하는 소련의 입장을 선전하는 노래들이 만들어졌다. 이러한 노래는 판에 박은 도식성으로 인해 질적으로 더욱 하강의 길을 걷고 있었으며 양적으로도 위축되었다고 볼 수 있다.

스탈린 사후 1950년대 중반부터 노래 장르는 다시 상승하는데 이 시기의 노래는 1930년대나 전후의 공식적인 노래에 정면으로 도전하는 서정적이고 사회 비판적인 것들이었다. 오쿠자바는 잃어버린 감성에 호소하며 '속아 살아온' 수십 년에 분노했고 비소츠키 또한 잃어버린 세월에 대한 허탈함과 사회 풍자에 목청을 높였다. 갈리치는 유대인들의 슬픈 운명이나 수용소에서 돌아온 사람들의 비애를 노래 소설로 꾸몄다. 해빙기에 나온 노래들 중에는 소련에서 활자화되지 못한 채 금지된 노래들이 많다. 그러나 마그니티즈다트magnitizdat(녹음기 출판)라는 말이 있듯이 소련 내에도 사회풍자의 노래나 반체제의 노래는 널리 퍼져 있었던 것 같다.

반체제 혁명 세력의 결집에 일익을 담당했던 노래가 스탈린 시대에 와서는 체제 선전의 기수로서 소련 방방곡곡에 울리다가 해빙기부터는 다시 반체제의 기수가 되어 자유화의 촉매 역할을 담당하였다는 것이나 또 스탈린 시대의 노래에 대한 장려가 넓은 수용층을 확보하게 된 결과로서 전쟁 기간의 서정적 노래나 해빙기의 반체제 노래가 강하고 폭넓은 반향을 불러일으켰다는 것은 정치와 민중(대중) 문화 간의 역학 관계를 보여주는 흥미로운 현상이라고 하겠다.

1930년대 소련의 노래시*

1

노래시는 1935-1945년 사이 소련 시문학의 주도적 장르였다. 이 기간 동안 시문학 장르는 전쟁 발발을 기점으로 눈에 띄는 변화를 겪어 전쟁 이전(대략 1932-1941년)에 나타난 노래들과 전쟁 중에 즐겨 불리던 노래들 사이에 커다란 차이가 드러난다. 1930년대 당의 강력한 지지에 의해서 대두된 노래시는 스탈린식 사회주의 리얼리즘의 대표격이었는데 전쟁 중에는 계속 교조적인 사회주의 리얼리즘의 문학 정책이 계속되었는데도 불구하고 노래시 장르에 간단히 해석할 수 없는 문학적 현상이 나타났다. 전쟁 이전까지는 완전히 배제되었던 비관주의적 어조, 진실로 내밀한 감정, 사실적인 묘사들이 노래시에도 나타났고, 또 당의 공식적 문학 비평도 이를 허용하였다. 놀랄 만한 것은 사회주의 리얼리즘의 카테고리에 넣을 수 없는 바로 이러한 노래들이 믿을 수 없을 만큼 즐겨 불려졌다는 데 있다.

이러한 문학적 현상은 스탈린 시대 이후 소련의 문학 연구도, 서구의 문학 연구도 거의 다루지 않아 왔다. 이는 노래시 장르가 스탈린 시대의 산

---

* 「슬라브학보」 2권(1987), 39-59.

물로서 소련의 문학 연구가들이 쉽사리, 또 즐겨 취급하려는 대상이 아니기 때문이다. 소련의 1930년대 문학 일반에 대한 연구가 그러한 상태에 있는데 당의 혜택을 가장 많이 입은 노래시 장르에 대한 태도가 그러한 것은 이해하고도 남는 일이다. 스탈린 시대 문학에 대한 연구를 저어함은 소련 문학 비평의 일반적인 자세에 기인하는 것으로 소련의 문학 비평이 계속 사회주의 리얼리즘의 틀 안에 있으면서도 한편으로는 스탈린 숭배를 멀리하려고 노력하기 때문이다. 소련 사회는 항상 진보해야 하며 진보하고 있다고 주장하는 소련 비평가들이 스탈린 숭배 문화를 설명하는 데 갈등을 느끼는 것은 당연한 일이다. 스탈린이 죽은 후 소련의 문학 비평은 계속 이러한 딜레마 속에서, 1930년대 사회주의 리얼리즘의 전범적 장르로서 스탈린 체제의 선전에 있어서 지대한 역할을 한 노래시에 대해 유난히 당혹스러운 태도를 보여 왔다. 이는 스탈린 시대 이후 출판된 노래집들 중에 수많은 스탈린 찬가가 하나도 들어 있지 않다거나 스탈린이 언급된 구절이 아무런 설명도 없이 삭제되어 있거나 다른 단어들로 대체되어 있는 것만 보아도 잘 알 수 있는 바이다.

그리고 다른 한편, 전쟁 기간 동안의 노래들 중에는 사회주의 리얼리즘의 카테고리에 도저히 집어넣을 수 없는 것들이 많았고, 특히 널리 불렸던 노래들 중에 이러한 현상이 나타난 경우가 잦았기 때문에 소련 비평가들은 이러한 현상을 설명하는 데도 역시 당혹감을 느낄 수밖에 없었다. 소련의 비평에는 위에서 말했듯이 사회주의 리얼리즘의 규범적 미학이 전제되어 있기 때문이다.

이러한 이유로 인하여 소련에서는 노래시에 대한 연구가 매우 저조한 실정이다. 문학사 기술에 있어서도 당시 노래의 중요성에 비춘다면 노래시가 조금밖에 다루어지지 않고 있다. 수많은 노래시 작가들 중에서 이사코프스키M. Isakovskij만이 비교적 상세히 서술되어 있을 뿐 레베데프-쿠마치V. Lebedev-Kumač나 구세프V. Gusev, 알리모프S. Alymov, 돌마토프스키E.

Dolmatovskij, 파티아예프A. Fat'jaev, 오샤닌 L. Ošanin 등의 노래작가들은 거의 언급되지 않고 있다. 예외적인 경우라면 제2차 세계대전 동안의 문학에 대해 기술한 경우들인데 이러한 경우에 있어서도 자주 노래에 대한 해석에 있어서 자연스럽지가 못하다. 제만K.-D. Seemann은 전쟁 기간 동안 가장 유명했던 시모노프의 「나를 기다려 주오Ždi menja!」가 소련 내에서 전쟁 기간 동안 그리고 그 이후 문학 비평 속에서 어떻게 수용되어 왔는가 하는 것을 밝혀서 노래시에 대한 해석에 있어서 소련 비평이 보여 주는 맹점을 구체적으로 지적하고 있다.[1] 이러한 소련 비평의 태도는 이 노래시 하나에만 국한된 것이 아니라 이사코프스키의 「전선의 숲Pri frontovom lesu」이나 수르코프의 「참호 속에서V zemljanke」 등의 노래시에 대한 서술들에서 한결같이 나타나고 있다. 소련의 문학 비평에서는 이러한 노래시의 주 내용인 죽음에 대한 상념과 개인적 감정에 대한 언급을 피하고 이러한 노래들에도 개인적인 것과 사회적인 요소의 융합이 나타난다고 주장한다.[2]

한편 서구에서는 노래시 장르가 문학 연구의 대상으로 완전히 인정받고 있지 못한 실정이다. 이는 서구의 문학 비평이 대중적 장르인 현대 발라드나 팝송 텍스트에 대한 연구를 시작한 지 그리 오래되지 않는다는 사실에서도 잘 나타난다.[3] 또 다른 중요한 이유는 서구의 문학 연구가 사회주의 리얼리즘 문학 같은 표준형 문학을 다루기를 꺼리기 때문이다. 한스 귄터는 이러한 거리낌이, 예술이나 문학에 있어서 표준형, 표준화의 현상이 예술적 혁신의 기준에서 볼 때 안정화의 메카니즘이므로 변화나 개혁의 측면에서 예술을 평가하는 현대적인 예술관에 어긋나기 때문에 나타나는 현

---

1 K.-D. Seemann, "Rezeptionswandel eines Kriegsgedichtes Konstantin Simonovs 「Ždi menja」 in der sowjetischen kritik", *Die Welt der Slawen* B.22, No. 2(1977), 370~390.

2 I. kuz'micev, *Žanry russkoj literatury voennych let*(Gor'kij, 1962); Spivak, I. A., *Sovetskaja poézija perioda Velikoj Otečestvennoj vojny vžanrovom razvitii*(L'vov, 1972).

3 Ludwig, H.-W., *Arbeitsbuch. Lyrikanalyse*(Tübingen, 1981), 214 ff.

상이라고 풀이하고 있다.[4] 서구의 소련문학 연구가들은 이러한 이유 때문에 스탈린 시대의 노래시 전반에 대해 등한시하거나 경멸하는 태도를 보였고 이는 전쟁 기간 동안의 질적으로 좋은 노래시들까지도 등한시하게 되는 원인이 되었다.[5]

1980년대에 들어 서구에서는 스탈린 시대의 소설들을 하나의 문학적 현상으로서 구체적으로 연구하려는 노력이 나타났다. 한스 귄터나 카타리나 클라크[6]의 1930년대 소련 소설 연구는 이러한 의미에서 매우 빛나는 업적이며, 시 장르에서도 이러한 연구가 필요한 것으로 보인다. 이 글은 1930년대 중반부터 어떻게 노래시 장르가 부상했으며 그 특징은 어떠했는가를 살펴보아 이 장르의 전성시대 전반기에 대한 이해를 도모하고자 한다.

2

소련의 노래시 장르는 위에서 언급한 바와 같이 1930년대 중반부터 정부의 강력한 지지에 의해서 갑자기 발전하는데 이러한 지지는 당시 당 문학 정책의 기본 방향에 기인하는 것이었다.

1932년 4월 23일의 당중앙위원회의 <문학 및 예술 조직체의 개조에 관한 강령>이 이제까지 그나마 명맥을 유지해 오던 여러 문학 그룹은 물론 유일하게 세력을 떨치고 있던 라프(RAPP 러시아 프롤레타리아 작가연합)마

---

4 H. Günther, *Die Verstaatlichung der Literatur*(Stuttgart, 1984).

5 이러한 좋은 예로서 J. Holthusen, *Russische Literatur im 20.Jahrhundert*(München, 1978); Etkind, E., *Russische Lyrik von der Oktoberrerolution bis zur Gegenwart*(München, 1984)를 들 수 있다. G. Struve나 M. Slonim의 문학사도 마찬가지로 이러한 경향을 보인다.

6 K. Clark, *The Soviet Novel. History as Ritual*(Chicago, 1981).

저도 해산시킨 것은 소련 정부가 예술적 복수주의를 완전히 종결시키고 단일하고 동질적인 작가 단체를 마련하려는 의도를 직접적으로 드러낸 것이라고 볼 수 있다. 1929년경부터 이미 라프 이외의 여러 문학 그룹들이 당의 비판으로 인하여 점차로 쇠잔해 갔는데 이 강령은 이러한 비판의 최종적인 조처라고 할 수 있겠다. 1929년에서 1932년 사이에 나타난 여러 가지 노선에 대한 비판의 근거로서 출현한 개념은 레닌 오도독스(orthodox)였다. 이는 문학계 내부에서 나타난 변화라기보다는 당의 이데올로기 노선이 문학 비평에도 전파된 것이었다. 이러한 이데올로기 노선은 스탈린이 집단화와 산업화의 가속화에 즈음하여 발표한 선언인 <사회주의 건설의 모든 전선에 있어서의 위대한 도약>에서 비롯된 것이라고 풀이된다.[7] 이 선언의 골자는 의식이 사회적 실제보다 뒤떨어져 있기 때문에 자본주의 체제에 대한 경제적, 정치적 공세에는 이데올로기적 공세가 동반되어야 한다는 것이었다. 같은 해 12월 27일, 스탈린은 마르크시스트 농업 학자 회의에서 이론적 사고가 실제적 성과에 보조를 맞추지 못하며 실제적 성과와 이론적 사고의 발전 사이에 괴리가 존재하는 것을 인정해야 하며 이론적 작업이 실제적 작업에 앞서야 하고 이론적 작업은 사회주의 승리를 위해 실제적 활동가에게 투쟁의 무기를 제공해야 한다고 주장하였다.[8] 1930년 5월 31일 <라파일Rafail 동무에게 답변함>에서는 어째서 의식이 뒤떨어지는가를 다음과 같이 설명하고 있다.[9]

"지배당이 현실에서 일어난 새로운 과정들을 즉각적으로 파악하여 실제적 당정책에 반영하는 것이 가능한가? 그것은 불가능하다. 왜냐하면 현실이 항상 먼저이고 그 다음에야 당의 진보적 분자들의 의식 속에 그것이 반영되며 그 다음에야 당원 대중이 새로운 과정을 의식하게 되는 때가 온

---

7   I. Stalin, *Werke*, Bd. 12(Berlin, 1950-1955), 105.

8   I. Stalin, 같은 책, 125.

9   I. Stalin, 같은 책, 104.

다. '미네르바의 부엉이는 어둠이 다가온 때에야 날기 시작한다'는 헤겔의 말을 기억하는가? 이 말은 의식이 항상 현실 뒤에 머무를 수밖에 없다는 뜻이다."

　의식이 뒤질 수밖에 없다는 이데올로기와 노선을 달리하는 여러 가지 철학 조류들을 비판하기 위한 새로운 구호로서 그 즈음 탄생한 개념이 레닌 오도독스였다. 1930년 6월 7일자 프라브다지의 논설 「마르크스-레닌 철학의 새로운 과제에 대하여」는 철학 이론이 사회의 도약에 훨씬 뒤떨어져 있으며 소련 철학에서 레닌의 이론적인 작업보다 플레하노프의 역할이 과대평가되어 왔다고 주장하며 소련 철학에는 당파성이 결여되어 있고 철학의 정치화에 대해서 부정적인 자세가 만연하고 있다고 비판하였다. 이리하여 1930년 12월에는 데보린의 변증법적 철학이 멘셰비키적 이상주의로 낙인찍혀 데보린파는 철학잡지 『마르크스의 깃발 아래』의 편집진에서 축출되었다. 이 사건 이후 이 잡지의 바로 다음 호는 모든 학문적·문화적 이데올로기 영역에 변화를 가져오게 될 레닌 철학을 선포하였다. 편집자는 이 잡지의 이제까지의 과오가 변증법적 유물사관의 발전에 있어서 새로운 고차원의 단계인 레닌주의를 무시한 데 있다고 하며 제국주의와 프롤레타리아 혁명의 시기인 현재에는 레닌주의 없이, 레닌주의 밖에서, 마르크스주의는 있을 수 없으며 현대의 마르크스주의는 곧 레닌주의라고 설파한 뒤 레닌의 철학적 유산을 성실히 연구하기를 촉구하였다.[10] 이러한 이데올로기는 곧 당시의 문학 비평에 나타났다. 당시 당의 노선에 충실하던 라프는 라프誌 1931년 3월호에서 마르크스적 문학 비평의 과제가 문학에 관한 레닌의 평론이나 그의 철학적 작업, 정치적·경제적 테마에 대한 책이나 논문에 나타난 풍요로운 사고의 유산을 받아들이는 데 있는데 레닌의 유산이 여태껏 문학 비평에서 조금밖에 받아들여지지 않은 사실을 지적하고 레닌에게서는 문학에 대해 언급한 것을 별로 찾을 수 없다고 보는 견해

10　Hans Günther, *Die Verstaatlichung der Literatur*(Stuttgart, 1984), 10 참조.

들을 반박하고 레닌에게서 문학의 특수한 문제들을 해결하는 주도적 지침을 찾을 수 있다고 선언 하였다.[11] 이후 실제로 문학에 관한 레닌의 얼마 되지 않는 발언들을 모아 문학의 지침으로 삼는 레닌 오도독스가 등장하여 당의 프로그램에 부합되지 않는 모든 문학 그룹을 제거하는 논거로서 파괴적 기능을 담당하였다. 이러한 레닌 오도독스는 1932년을 전후로 하여 이루어진 사회주의 리얼리즘 개념 형성에 지대한 영향을 미쳤다. 사회주의 리얼리즘의 기본적 요구인 당파성과 반영론은 바로 레닌이 1905년에 발표한 '당조직과 당문학'에 관한 평론과 1908년에서 1911년 사이에 발표한 톨스토이에 관한 평론에서 유래한 것이다. 그러나 이러한 평론에 나타난 레닌의 견해와 사회주의 리얼리즘을 탄생시킨 스탈린의 레닌 오도독스에서 주장된 견해가 동일한 내용이라고 보기는 어렵다. 특히 레닌이 문학에 대해서 체계적인 이론을 남겼다고 하는 이야기는 그야말로 1931년에서 1934년 사이에 나타난, 거의 근거 없는 이데올로기적 신화다. 이 이데올로기적 신화가 당의 문학 비평에 권위를 보장하는 수단으로 쓰였던 것이다. 레닌 오도독스에 근거한 사회주의 리얼리즘이라는 개념은 초기에는 당의 문학 정책 실현에 있어서 인적·조직적 문제를 조정하는 구실로서 이용되었다. 당은 사회주의 리얼리즘이라는 구호 아래 새로 탄생될 작가연맹에서 라프 구성원들이 영향력을 행사하는 것을 견제하려 했고 라프의 변증법적·유물론적 방법론을 비판하기 위해서는 새로운 방법을 선포할 필요가 있었던 것이다. 이후 스탈린 시대 내내 사회주의 리얼리즘이라는 개념은 그때그때 당의 구체적이고 실제적인 명령에 충실한 것과 동일한 의미를 지녔다.[12] 스탈린 시대에 사회주의 리얼리즘이 너무나 교조적이고 목적

---

11 A.Tišin, "Bor'ba za leninskij étap v literaturovedenij i naši žurnaly. Obzor teoretičeskich statej", *RAPP*, No. 3(1931), 152.

12 E. Mozejko, *Der Sozialistische Realismus*. Theorie, Entwicklung und Versagen einer Literaturmethode(Bonn, 1977), 88 ff.

론적으로 해석되었다는 사실은 서구의 학자들뿐만 아니라 소련의 학자들도 인정하고 있는 바이다.[13]

1930년대 중반부터 소련 문학의 최대 과제는 새로운 공식적 이데올로기인 소비에트 애국주의를 선전하는 것이었다. 소비에트 애국주의는 일국 사회주의 노선과 제2차 5개년 경제계획의 성공적 달성, 스탈린 독재를 유지하기 위한 당의 이데올로기였다. 소비에트 애국주의는 1930년대 후반에 접어들면서 모든 생활 영역에 있어서 민족적·역사적 전통에로의 복귀의 경향을 나타낸다. 소련 국민에게 요구된 애국주의는 더 이상 1920년대에 즐겨 이야기되던 것처럼 혁명의 성취에 자랑을 느끼는 것이 아니라 러시아의 과거에 대한 자부심을 느끼는 것이었다. 이러한 이데올로기가 공식적인 차원에만 머물렀다고 주장한다면 그것은 당시 사회에 대한 잘못된 견해일 것이다. 이러한 이데올로기는 당시 소련 대중의 감정에 진실로 부응하였다. 소련 대중은 이미 더 이상 사회주의 혁명이 이 지구 전체에 천국을 건설할 수 있으리라는 것은 믿지 않았으며 국민적 단합을 일으키기 위해서는 '애국주의' 개념이 '국제주의', '공산주의' 등의 추상적인 개념보다 더 적합했다고 볼 수 있다. 그러나 소련 국민이 1917년 10월혁명과 함께 시작된 해방에 대한 요구와 '일국사회주의'의 실제 사이에서 아무런 갈등을 느끼지 않았다고 느끼는 것 또한 잘못된 일일 것이다. 이러한 상황에서 소련 지도층이 당의 정통성의 선포 및 선전이 필요하다고 느낀 것은 자명한 일일 것이다. 트롬블러F. Trommler는 사회주의 리얼리즘을 문학적 영역에 있어서 자기 정당화의 표현이라고 해석한 바 있는데[14] 실로 당시의 소련 문

---

13 이 문제에 대한 소련 비평에 대해서는 J. U. Peters, "Realisme sans rivages? Zur Diskussion über den sozialistischen Realismus in der Sowjetunion seit1956", *Zeitschrift für slavische philologie*, Bd.37(1974), 291 – 344에 약술되어 있고, 논문집 *Problemy chudožestvennoj formy socialističeskogo realizma*(Moskva, 1971)에 실린 논문들에서 소련 문학 비평가들의 태도를 직접 읽을 수 있다.

14 F. Trommler, "Der sozialistische Realismus im historischen Kontext", in *Realismustheorien*,hrsg.v. R. Grimm & J. Hermand(Stuttgart/Berlin/Köln, 1975), 68-86.

학정책에 있어 우선적으로 중요한 것은 소련 사회에 자기 이해를 제시하고 자기 정당화의 문학을 소련 대중에게 퍼뜨리는 것이었다.

3

이러한 문학 정책의 의도에 노래시 장르가 특히 적합했던 이유는 다음과 같다.

첫째, 노래시는 직접 일상적 삶에 참여하는 가장 대중적인 장르다. 노래는 노동의 현장에서, 전장에서, 축제 행사에서, 즉 모든 곳에서 불려질 수 있다.

특히 1930년대 소련에서처럼 라디오와 유성영화가 대중화되기 시작한 시기에 있어서 노래시와 같이 청각적인 효과를 가지는 문학적 형식이 대중에게 수용되는 데 매우 유리했던 것은 물론이다.

둘째, 노래시는 러시아 민요와 혁명가의 전통에 근거하므로 소련 정부가 혁명의 후예라는 정당성이 포기되지 않으면서도 복고적인 색채를 띨 수 있는 이점이 있었다.

셋째, 가장 중요한 점으로, 노래는 노래 부르는 사람으로 하여금 노래의 내용에 가장 많이 감염되도록 하는 장르이다. 노래 속에 담긴 사상과 감정을 노래하며 사람들은 그 사상과 감정에 감염되고 그 내용의 지시에 따르며 직접적으로 의지에 영향을 받는다. 그러므로 노래는 개인성이나 다양성을 심하게 제한하면서도 노래 부르는 사람들에게 노래의 내용에 따라 연대 의식을 불러일으킬 수 있는 것이다. 그러므로 노래는 가장 교육적인 장르일 수 있다. 고리키가 말한바, "노래는 가르치는 것이다."[15]

이 장르에 대한 당의 강력한 지지는 이 장르를 당시뿐만 아니라 훗날까

---

15 A. Sochor, *Russkaja sovetskaja pesnja*(Leningrad, 1959), 10에서 재인용.

지 소련 대중 속에 깊이 파고들도록 하였다. 소련의 노래는 1930년대 이후 에도 명실 공히 소련 국민에게 가장 가까운 문학적·음악적 장르로서 넓은 수용층을 확보하고 있다.

소련의 비평가들은 이에 대해 큰 자부심을 지니고 있다. 실상 제2차 세 계대전 당시 노래가 국민에게 가장 가까운 벗이었고, 스탈린이 죽은 이후 자유주의적 내용을 띤 기타 노래(바르드)의 물결(오쿠자바B. Okudžava, 비소 츠키V. Vysockij 등)이 소련을 휩쓴 것은 러시아 민족의 민요 애호 전통에만 기인한다고 볼 수는 없는 일이다.

또한 소련의 검열이 노래의 단어 하나하나에 이르기까지 세심한 신경 을 쓰는 것은 우연한 일이 아니다. 오쿠자바B. Okudžava의 노래 「마지막 전 차Poslednij trolejbus」의 '마지막'이라는 단어를 고쳐서 「한밤의 전차Polnočnyj trolejbus」로 제목을 바꾼 것이 좋은 예인데 이는 소련에서 노래가 갖는 영 향력의 정도를 잘 말해 준다. 실제로 소련에서는 서구에서와 달리 노래가 국민의 일상생활에 속한다. 이것이 소련 비평가들의 주장대로, 아도르노 가 20세기 음악의 위기 상황에 대해 비판적으로 판단한 대중문화와 엘리 트 문화간의 괴리, 문화의 양극화가 사회주의 국가에는 존재하지 않는다 는 주장의 근거가 되는지는 의문이지만.[16]

당시 이 장르에 대한 당의 지지는 그야말로 정열적이었다. 1934년 작 가연맹 제1차 회의에서 막심 고리키는 "시인들이 작곡가들과 함께 새로 운, 아직 세상에 없으나 있어야 할 노래를 지어 부른다면 세상은 감사히 귀 를 기울일 것이다"라고 시인들에게 호소했다. 당시의 문학잡지들을 보면 1931년부터 이미 시작된 노래 장르에 대한 지지가 눈에 띄게 두드러지는 것은 작가연맹 제 1차 회의 이후 1935년경부터이다. 1935년에서 1938년 사이의 신문이나 잡지들은 노래시를 집중적으로 게재했다. 프라브다 신문 을 살펴보면 일주일에 몇 편씩 이러한 경연 대회에 출품된 작품들을 실었

---

16 T. Adorno,"Zur gesellschaftlichen Lageder Musik", in: T.Adorno, *Gesamtwerke*, Bd.18, 729-777.

고, 각 월간 문학잡지들도 최소한 서너 편의 노래시들을 쉬지 않고 발표하였다.

이때부터는 노래 짓기에 대한 적극적인 캠페인과 함께 노래 짓기 경연 대회가 여러 차례 개최되었다. 이러한 경연 대회에 참가한 노래의 숫자만 보아도 이에 대한 행정적 뒷받침이 얼마나 규모가 큰 것이었는가를 가히 짐작할 만하다.

1933-1934년 콤소몰 중앙위원회가 콤소몰 15주년 기념으로 주최한 <노래 작사작곡 경연 대회>에는 195편의 노래시가 음악과 함께, 850편의 노래시 텍스트가 음악 없이 출품되었다. 1935년 10월 15일로 마감된, 프라브다지와 작가연맹 및 음악가연맹이 함께 주최한 '전쟁과 콤소몰'을 주제로 한 <노래 작사작곡 경연 대회>에는 120명의 기성 작가들과 1,000명 이상의 아마추어 작가들의 작품이 출품되었는데 노래시는 4,389편이었고 그 중 2,186편이 음악과 함께였다.

1937년에 개최된 혁명 20주년 기념 경연 대회들 중 레닌그라드 대회 하나에만도 269편의 노래가 출품되었다. 1940년과 1941년에도 방위를 테마로 한 노래 경연 대회들이 있었으며 1951년에도 500편의 노래가 출품되었다.

이와 함께 합창단에 대한 후원도 활발하여 알렉산드르 앙상블은 1928년 창립 당시 12명에서 10년 뒤인 1938년에는 250명으로 단원이 늘었으며 소련의 방방곡곡에서 수없이 많은 연주회를 가졌고 여러 차례 훈장을 받았다. 1931년 가을 18명으로 출발한 피아트니츠키Piatnickij 합창단은 단장 자하로프V. Zacharov와 함께 성장하여 1930년대 말에는 두 배의 규모로 커졌고 그간 자하로프가 작곡한 수많은 노래를 불렀다. 이외에도 여러 합창단이 연주회와 라디오, 축음기, 유성영화를 통하여 노래를 국민들에게 널리 퍼뜨렸다[17].

---

17 A. Sochor, 같은 책, 154-210.

　이와 함께 노래 장르에 대한 이론적 토의도 매우 활발하였다. 이러한 토의는 민요 및 민속 일반에 대한 토론과 나란히 1930년대 중반부터 신문과 잡지의 문학 비평란의 주요 부분을 차지하였다. 특히 프라브다지의 문학 비평란은 거의 모두가 민요 및 민속 연구와 노래시에 대한 것이었다고 해도 과언이 아니다. 이 두 장르가 나란히 집중적으로 토의된 것은 이들의 기능적 공통점에 있었다.

　소련의 민속 연구의 성격은 어떠했으며 소련의 민속과 노래는 1930년대에 어떤 기능을 담당했을까?

　소련의 민속에 대한 연구는 건국 이후인 1920년대에는 제정 러시아 때부터 활동을 계속해 오던 우수한 학자들의 개인적인 노력으로서 명맥을 유지한 정도였을 뿐 민속에 대한 체계적인 연구와 이론적인 천착을 등한시하였는데 이는 이데올로기의 상부 구조와 역사를 규정하는 요소로서 계급 투쟁 이론 때문이었다. 이 이론에 비추면 민속은 과거 계급 사회의 산물로서 이는 완전히 제거되어야 하는 과거의 잔재가 아닌가? 이러한 민속이 사회주의 사회에 어떠한 의미를 가질 수 있단 말인가? 문맹 퇴치 투쟁과 정치적 계몽 사업 속에 이미 언젠가 민속이 문학 속으로 수렴되어야 한다는 전제가 들어 있지 않은가? 등의 어려운 문제가 생겨났기 때문이다. 실상 일부 학자들은 한동안 민속이 문학 속으로 수렴되리라고 믿었었다. 또한 계급투쟁의 과정 속에서 민족의 과거에 대한 부정적 평가는 민속에도 적용되어 귀족들 사이에서 출현된 것이라 하여 영웅 서사시가 낮게 평가되었고 마술사 동화는 이미 지나간 시대의 이데올로기의 후진성을 나타내는 미신적 사고의 온상으로 새로운 계몽사업에 의해 제거되어야 할 대상으로까지 여겨졌다. 사회적 해방투쟁 의지의 표현인 스텐카 라진 같은 민요까지도 무계급 사회의 이상에 비추어 볼 때 의미가 없는 것으로 보였었다.[18] 그러나 1930년대에 들어와서 민속에 대한 논의가 무척 활발해졌고 문학에 있어서도 민속적 요소에 대한 강조가 매우 두드러지게 된다. 여기에는 고리키의 영향력이 매우 강하게 작용하였다. 고리키는 1934년 작가연맹 제1차 회의에서 "가장 중요하고 예술적으로 완전한 전형들은 민속, 노동하는 인민들의 구전 작품에서 나왔다"고 말하며 문학에 있어서의 민속적 요소에 대한 중요성을 역설하였다.[19] 그는 민속이 민중의 매우 구체적인 삶의 상황이나 노동 상황과 긴밀히 연결되어 있기 때문에 추상적·신화적·종교적인 개념으로서 연구할 것이 아니라 구체적·사회적 노동 과정이라 실제적인 인간관계의 측면에서 연구해야 한다고 주장하였고, 민속이 대중의 윤리적이고 인간적인 추구에 예술적 표현이 부여된 것으로 각 역사적 단계에 있어서 민중의 세계관을 알 수 있는 원천인데 여기에는 낙관적인 색채가 두드러진다는 점을 강조하면서 민속문학의 높은 예술적 가치를 지적하였다. 고리키의 이러한 민속에 대한 강조는 민속 자료를 수집하고 연구하는 계기를 마련하였다. 또 스탈린의 민요〉민속에 대한 지지는 당시의 문헌 속에 여러 차례 언급되어 있다. 소호르와 같은 소련의 노래 연구가들은 노래 선풍이 소련의 민속 연구와 병행하여 일어났다는 점을 지적하고 있으나 이에 대해 자세히 설명하기를 꺼린다.[20] 이는 소련의 민속 연구가들에게서도 마찬가지로 나타나는 태도이다. 이러한 태도는 소련 비평이 스탈린 시대의 이 두 장르의 기능적 공통점에 대해 자세히 연구하지 않았다는 사실 때문이기도 하지만 당시 '자작'이라는 이름하에 수많은 아마

---

18 소련의 민속 연구에 대해서는 A. Schmaus, *Probleme und Methoden der sowjetischen Folkloristik*(München, 1959); F.J. Miller, "The image of Stalin in Soviet Russian Folklore", The Russian Review, 39, No. 1(1980), 50 ~67를 참조하였다.

19 M. Gor'kij, "Über die sowjetische Literatur", *Sozialistische Realismuskonzeptionen, Dokumente zum 1.Allunionskongreß der Sowjetschriftsteller*, hrsg.v.Schmidt und Schramm (Frankfurt, 1974), 51~ 84.

20 A.Sochor, 같은 책, 158 ff.

추어 작가들의 작품이 민요라고 발표되었으며 진짜 민요나 아마추어 작가들의 노래시나 심지어 기성 작가의 작품까지도 똑같이 소련의 민요라고 주장되었기 때문이다. 이리하여 진정한 의미의 민속과 '기성 작가들'의 작품과의 경계가 모호해졌으며 민속이 집단의 산물이라는 규정 자체가 희미해지게 되었던 것이다. 1952년에 나온 민요집은 이의 대표적 예로서 기성 작가의 노래나 전래 민요나 똑같이 민요로서 게재하고 있다. 이는 '민중성'이라는 의미가 소련에서는 항상 여러 가지 의미로 풀이되어 문학의 민중성이란 '작품 속에 민중의 의식을 담는 것이다', 또는 '민중이 만든 문학에 나타나는 성질이다', 또는 '문학 속에 민중이 가져야 하는 의식을 담는 것이다', 또는 '민중 문학이란 민중을 위한 문학이다'라고 주장되었고 그때그때 필요에 따라 각자 연구자가 자기 생각을 민중성이라는 이름 아래 표현하는 사례가 많았다. 1930년대에는 그 정도가 매우 심해서 민요를 정의하는 데 있어서도 민요가 민중이 가져야 하는 의식을 담은, 즉 사회주의 리얼리즘이 요구하는 내용을 담은 것이어야 한다는 논리로까지 발전하였다. 스탈린 시대의 민속에 대한 이러한 견해 때문에 스탈린 사후 민속학자들이 민속이 집단체의 산물이며, 구어적인 성격을 지닌 것이라는 점을 몹시도 강하게 주장하며, 스탈린 시대에 민속 작품이라고 여겨지던 것들을 '사이비 민속'이라고 백안시하였다고 볼 수 있겠다. 이는 1930년대 중반에 프라브다 및 주요 문학 월간지에 소개되었던 수많은 민요 및 민속의 테마가 주로 스탈린 찬양이었기 때문이기도 했다.

서구 학자들은 민속을 개인성이 존재하기 이전에 나타난 장르로서 집단성, 관습성, 현장성, 익명성, 유용성을 그 주요 특징으로 하는 장르로 보고 있다.[21] 민속에 있어서는 문학적 작품에서와 달리 고유성이나 혁신성이 문제되지 않고 개인적 창조나 개인의 수용 태도는 중요하지 않다. 민속에

---

21 K.-D. Seemann,"Thesen zum mittelalterlichen Literaturtypus und zur Gattungsproblematik am Beispiel der altrussisclun Literatur", in *Gattungsprobleme der älteren slavischen Literatur*, hrsg. v.W.H.Schmidt (Berlin, 1984), 277-281.

서는 수신자와 발신자의 경계가 없어져서 집단적 창조와 수용으로서 작품의 운명만이 문제가 되며 그래서 민속을 문학 작품에 접근할 때와 같은 개념 장치를 가지고 분석하는 것은 의미가 없다. 예를 들어서 민요의 커뮤니케이션 과정은 창작시(詩) 작품의 그것과도 근본적으로 다르다. 민요를 분석해 볼 때는 수용미학 학자들과 기호론자들이 자주 사용하는 개념인 실제적 작가, 추상적 작가, 시적 화자들과, 수용적 차원에서 그에 상응하는 인물들을 설정하여 분석하는 것이 무의미하다. 왜냐하면 민요 연구에는 수용미학 이론의 전제조건인 인간이 개개의 심리를 갖는 개인으로서 존재한다는 사실이 적용되지 않기 때문이다. 민속은 언어학의 용어로 말하자면 '빠롤'이라기 보다는 '랑그'이기 때문이다. 바로 이 새로운 랑그의 창조가 1930년대 소련 문화정책의 목표였다. 민속을 둘러싼 당시의 모든 이론적 논의나 민속 붐은 새로운 민속을 창조하여 예전의 민속에서와 같이 개인이 사회적 규범에 자신을 동일화시키는 동일체적인 사회적 이데올로기를 유포하기 위한 것이었다. 다시 말하면 개인적인 것이 등한시되는 전통적인 민속의 커뮤니케이션의 상황을 인위적으로 만들기 위하여 새로운 소련 민속이나 그에 상응하는 문학을 기능하게 하였다고 할 수 있겠다.

이러한 점에서 소련 민속과 소련 노래는 그 기능에 있어서 동일한 역할을 담당하였다고 볼 수 있다. 노래는 어떠한 장르보다도 민속, 특히 민요에 가깝다. 노래 장르를 연구하는 학자들 중에는 민요와 창작 노래가 확연히 구별되지 않는다고 주장하는 사람들도 있다. 노래는 비록 일개인에 의해 만들어지더라도 일단 창작가의 손을 벗어나면 그 사회 구성원의 공동 자산이 되며 노래를 부르는 사람은 실상 누가 그 노래를 만들었는가에 대해서는 별로 관심을 기울이지 않지만 즐겨 부른다. 쉴로프Šilov는 이런 식으로 유명한 작가들의 노래들이 익명으로 알려진 경우를 제시하고 있다.[22] 또한 하나의 노래를 기본으로 많은 변이체가 생기는 경우들은 노래 창작과

---

22 A. Šilov, *Neizvestnye avtory izvestnych pesen*(Moskva, 1961).

수용의 집단성을 잘 보여 준다. 이러한 경우 문제는 민요냐 창작 노래냐에 있는 것이 아니라 그 창작과 수용의 과정이 자생적이었느냐 조종된 것이었느냐 하는 데로 옮아간다고 할 수 있겠다.

거듭 이야기하거니와 1930년대의 노래시와 민요는 똑같이 정부로부터 심한 정도로 조종을 받은 장르로서 노래와 민요 속의 선전적 구호가 국민들의 의식 속으로 깊숙이 파고들어 소련 국민들이 이상과 현실, 당위와 존재를 실제로 엄격하게 구별하지 못하거나, 심리적 갈등 속에서 고통받는다는 것은 자주 이야기되어 오던 사실이다. 클라크는 이러한 심리 상태를 '자기분열증'이라고 보았고 망명학자 에트킨트는 이 문제에 대해 "매일 입을 모아 부르는 노래의 내용은 결국 노래 부르는 사람에 의해서 받아들여지게 된다……. 숙청과 테러가 끊임없이 일어나는 현실 속에서 매일

'즐거운 노래를 부르니 / 가슴이 후련하고 / 슬픔은 모두 사라지네'

라고 노래 부르는 소녀는 결국 자신이 정말로 즐겁다고 믿게 된다"라고 극단적으로 말했다. 그는 당시 문학이 당시 현실에 정반대되는 바를 선전했다고 보는데 그 대표적 장르로서 노래시를 들고 있다.[23]

5

그러면 1930년대의 노래시들은 무엇을 내용으로 하였는가?

당시의 노래들을 연구하는 데 있어서 주의해야 할 것은 소련에서 구할 수 있는 수많은 노래집들에도 불구하고 이런 노래집들만 가지고는 객관적인 연구를 할 수 없다는 사실이다. 왜냐하면 주로 스탈린 사후에 나온 노래

---

23 Etkind, E., *Russische Lyrik von der Oktoberrerolution bis zur Gegenwart*(München, 1984), 155.

집들에는 스탈린이 찬양된 노래는 물론 게재되어 있지 않은 데다가 스탈린이 언급된 구절조차 다른 구절로 바뀌어 있기 때문이다. 그러므로 1930년대 중반에서 1941년까지의 노래들을 연구할 때에는 당시에 출판된 잡지나 신문을 자료로 삼아야 한다. 당시에 신문들이나 잡지들—Pravda, Znamja, Oktjabr', Novyj mir, Literaturnaja Gazeta, Zvezda—을 보면 게재된 시 작품은 대부분 노래나 민요풍의 발라드였다. 테마는 주로 스탈린과 레닌에 대한 찬양, 사회주의 조국에 대한 찬가, 소련 생활의 행복함, 사회주의 건설에 대한 자부심과 노동에 대한 정열, 기쁨에 넘쳐 노래 부르는 국민들, 시민전쟁 기간의 영웅적 행위, 다가오는 전쟁에 대한 준비 태세였다. 당시 가장 많이 쓰여진 노래시는 스탈린 찬양가이다. 특히 술레이만 스탈스키Sulejman stal'skij는 많은 스탈린 찬양가를 썼다. 대표적인 예가 프라브다 1935년 5월 1일자에 게재된 노래시 「스탈린 동무에게Tovarišču Stalinu」이다.

스탈린 동무에게

모든 살아 있는 것들을 앞으로 움직이며
당은 힘센 자들을 이끄네.
노동하는 인민들이 전진하고
당신, 스탈린은 그들의 깃발이시오.

모든 노동자들을 위하여, 빛처럼,
소년 시절부터 당신은 불타올랐소.
슬픔이 없는 곳, 기쁨만이 있는 곳으로
우리를 이끌며, 스탈린이시여,

당신은 뜨거운 한낮에 양산을 받쳐들고

우리를 뙤약볕으로부터 지켜주시네
먼 수평선을 당신은 보시네
정상(頂上) 스탈린이시여.

스탈린이시여, 당신은 적의 탐욕을 말려버렸고
우리에게 승리를 가르치셨소.
당신은 약한 자들의 손에
새로운 삶의 샘물을 쥐어 주셨소.

당신은 온 우주에 알려져 있소.
당신은 영광스러운 성업을 이루시는 매스터요.
내 생각 부족한 걸 나 알면서도
나는 당신을 노래하오, 스탈린이시여.

　이와 비슷한 노래시는 수없이 많았다. 이러한 노래시들에서 스탈린은
교사, 아버지, 형, 친구, 영도자, 구원자로 불렸고 정원사, 지붕, 우산(양산),
빛, 태양, 아침 노을, 행복의 창조자, 샘물 등과 비교되었으며 스탈린을 꾸
미는 형용사로는 '위대한', '강한', '강철 같은', '지혜로운', '용기 있는', '승
리에 찬'이 가장 빈번하게 쓰였다. 또 레닌은 적을 쳐부수어 소련 사회의
기초를 다진 사람으로 기리어졌고 스탈린은 사회주의 건설을 완성시킨 지
도자로서 '그의 덕분으로 모두가 행복하게 그의 나라 안에 살고 있다'고
찬양되었다.
　스탈린 찬가 다음으로 가장 많이 다루어진 테마는 국토방위였다. 이미
1920년대 후반부터 당은 방위 문학의 중요성을 강조하기 시작했고 특히
1934년 작가연맹 제1차 회의에서는 여러 차례 방위 문학의 필요성이 언급
되었다. 특히 라덱K. Radek은 소련 작가들에게 앞으로 다가오는 전쟁의 문

제를 문학 작품에서 다룰 것을 촉구하였다.[24] 소련이 자라나는 나치 독일 세력의 위협을 느껴 문학 분야에서도 이에 대처할 방법을 모색한 것은 당연한 일이었으며 이러한 당의 의도에 가장 현장적이며 공식적인 장르인 노래가 즉각 반응한 것은 매우 자연스러운 일이다. 다가올 전쟁에 대한 노래는 전쟁에 대한 준비 태세, 국토방위의 의무 및 그로 인하여 일어나는 여러 가지 개인적인 차원에서의 감정을 주제화한 것들도 있지만 주된 테마는 소련 애국주의와 삶에 대한 기쁨이었으며, 시민전쟁의 영웅들에 대한 찬양인 경우에도 다가올 전쟁에 대비하고 당과 스탈린을 위하여 싸울 것을 다짐하는 메시지가 항상 섞여 있었다.

레베데프-쿠마치Lebedev-Kumač의 유명한 「조국 찬가Pesnja o Rodine」 (1935년)는 새롭고 영광스런 조국을 지키기 위하여 적과 싸울 만반의 태세가 되어 있다는 합창이며, 골로드니A. Golodny의 「빨치산 젤레즈낙Partizan Železnak」(1935년)은 시민전쟁 영웅의 헌신적 행위를 기리는 동시에 그의 노력에 힘입은 현재의 행복한 삶에 대해, 그리고 이 행복한 삶을 지키기 위해 적과 싸울 것을 노래한다. 수르코프A. Surkov의 「기마병의 노래Konarmejskaja Pesnja」도 마찬가지로 과거 시민전쟁의 영웅적 행위에 대해 노래하면서 동시에 투쟁을 위하여 앞으로 나아갈 것을 촉구한다.

그런데 이 모든 국토 방위에 대한 노래시에서 특징적인 것은 적과의 싸움이 추상적인 차원에서 낙천적으로 축제의 뉘앙스를 띠고 묘사되어 있다는 사실이다. 이별에 대한 노래들도 곧 재회할 것을 확신하거나 국토 방위를 위해 기꺼이 전방으로 가는 소련 국민의 의무감을 전면에 내세워 낙관적인 어조를 유지하였다. 이러한 이별 노래에서는 눈물 없는 작별, 슬픔 없는 별리가 완전히 자연스러운 것으로 여겨져 있다. 국토 방위에 대한 노래는 1939년 말경부터 전쟁 발발까지는 잠잠해지는데 이는 노래시 장르가

---

24 K. Radek, "Referat über die moderne Weltliteratur und die Aufgaben der proletarischen Kunst", *Dokumente zum 1.Allunionskongreβder Sowjetschriftsteller,hrsg.v. Schmidt und Schramm*(Frankfurt, 1974), 150 ff.

이 시기에 슬럼프를 맞기 시작한다는 일반적인 이유 외에도 1939년 8월 23일에 체결된 독·소 불가침조약 때문이기도 하다고 여겨진다.

위에서도 말한 바, 여러 가지 테마가 하나의 노래시 안에 섞여 나타나는 경우가 매우 잦았다. 한 전형적인 예로서 1935년 2월 1일자 프라브다 신문에 게재된 「소비에트 회합에 부쳐S'ezdu sovetov」라는 얀코 쿠팔Janko Kupal의 노래시를 들 수 있겠다.

소비에트 회합에 부쳐

소련 땅의
훌륭한 사람들이
기쁨 덩어리들을
당회합에 가져왔네.

서로 인사하면서
5개년 계획 기간 동안
100년이나 산 것 같다고
이야기했네.

온 나라가 마그니토고르스크에
가슴 뿌듯하고
우리의 백해 운하는
기적 같이 멋지네!

드네프르 절벽에
우리는 공들여 사업하여

사랑하는 조국에
좋은 일을 덧붙였네.

조합의 힘과
인민의 노고로
우리의 집단농장들은
세차게 붉게 타오르네.

트랙터들이 먼 곳까지
산골짜기 속가슴까지 후비어
쟁기와 낫의 울음소리는
사라져 버렸네.

매일이 어제보다
더욱더 밝고
노래와 행진곡이
기쁨으로 울리네.

군대는 용감하게
서서 보초서며 지키네,
우리 선조들의
국경을!

배반자들의 자취를
사그리 태워버리자.
온 세상이 우리의 승리에

깜짝 놀라고 있네.

평안한 삶을
이끌어 주고 만들어 주는 사람들이여,
시인들과 노래꾼들은
당신들에게 노래를 바치네.

누가 우리를 비바람 속에서
태양으로 안전하게 이끌었을까?
우리의 당, 그리고
우리의 친구, 스탈린이라네!

　　이 노래시는 소련에서 사는 기쁨, 조국 건설의 자부심과 성과, 집단농장
의 성공, 국토 방위에의 의지, 노래를 부르는 소련 시인들, 당과 스탈린에
대한 찬양을 하나의 작품 안에 모두 담고 있다.
　　노래시의 또 다른 특성이라면 그 현장적인 성격이다. 많은 노래시들이
매우 구체적인 사건을 다루었으며 바로 그날의 신문 기사와 직접 연결된
노래시들이 신문에 게재되었다. 위에서 소개한 소비에트 회합에 부친 얀
코 쿠팔의 노래도 그런 노래다. 지하철 찬가, 알피니스트에 대한 노래, 스
탈린 헌법에 관한 노래 등 매우 높은 시사성을 띤 노래시들이 1930년대 후
반에 계속 쏟아져 나왔다.

6

　　당의 문학 정책이 노래시를 지지함으로써 소기의 목적을 달성했는지는

몰라도 이러한 문학적 상황이 미학적 규준으로 볼 때 1920년대 후반보다 한층 더 퇴보한 것을 의미하는 것은 두말할 필요도 없다. 주관성과 개인성의 장르였던 시는 이미 1920년대 중반부터 계속 등한시되어 왔는데 이는 당시 지배 세력이었던 라프 문학가들이 시 장르를 낮게 평가한 데 주된 원인이 있었다. 라프는 시가 공리적 문학을 필요로 하는 5개년 계획을 시작하는 나라에 적합하지 않다고 생각하였다. 그들이 시에서 기대할 수 있었던 것은 기껏해야 데미안 베드니식(式)의 선전성이었다. 그러나 이는 아직 시가 혁명적 아방가르드의 실험적 형식을 포기해야 한다는 것을 의미하지는 않았다. 그러나 1930년대에는 개인주의를 부정하고 집단을 강조하며 시 형식에 대한 의식이 결여된 노래시가 시문학의 지배적 장르가 됨으로써 시(詩)문학의 본질이 타격을 받은 것은 틀림 없는 사실이다. 이러한 시문학의 침체는 전쟁 발발을 기화로 회복되어 소련의 전쟁 문학, 특히 전쟁 동안의 시와 노래는 명실 공히 번성하였다고 말할 수 있다.

전쟁시(戰爭詩) 모음집 연구*

1

제2차 세계대전 동안 소련 문학에 있어서 시문학이 질적으로나 양적으로 괄목할 만한 상승을 보였다는 것은 소련의 문학 비평이나 서구의 문학 비평에서 일치하고 있는 견해이다. 전쟁시 모음집을 대할 때마다 비교적 짧은 기간 동안 얼마나 많은 시인들이 얼마나 많은 작품을 썼는가에 대해 감탄하지 않을 수 없다. 인상적인 것은 시인이나 시(詩)작품의 숫자만이 아니라 시들이 테마, 시 형식, 문체의 면에 있어서 전쟁 이전이나 전쟁 이후에 비하여 훨씬 다양하고 질적으로 우수하다는 사실이다. 이는 매우 흥미로운 현상이라고 할 수 있다. 왜냐하면 전쟁이란 시인의 감성의 공간을 제약한다고 생각할 수 있기 때문이다. 그러나 전쟁 기간 동안 소련에서는 소비에트 조국을 향한 승리의 맹세, 독일 파시스트 침입자들에 대한 증오, 적을 죽이는 것에 대한 권리를 당연하다고 부르짖으며 복수심을 불러 일으키는 시나 공산주의자들의 도덕적 위대함에 대한 확신, 소련 군인의 영웅적 행위 및 영웅주의와 애국심에 대한 시, 승리에 대한 신념을 주 내용으

* 『노어노문학』 1권(1988), 159-175.

로 하는 애국적, 정치적인 시와 함께 비참한 전장의 일상, 절망과 죽음, 불안과 고통 그리고 이별에 대한 슬픔을 솔직하고 내밀하게 털어놓는 시도 많이 쓰여졌다. 전자의 시들은 전쟁 발발 이전의 시에서와 마찬가지로 개인성이 배척되고 집단성을 띠며 저널리즘, 축하 행렬식의 낙관적인 어조를 유지한 반면 후자의 시들에서는 개인성, 사실성, 심리주의, 구체적 세부 묘사, 비관적 어조가 특징적이었다. 전쟁시들은 형식적인 면에 있어서도 1930년대의 주된 장르였던, 쉽고 간단한 노래시 형식 이외에도 아방가르드적인 요소를 다시 보여준다(예를 들어 마야코프스키가 즐겨 사용했던 계단식 시행이 나타난다). 이와 같이 전쟁 기간 동안 시문학이 보여준 활기는 여러 소련 문학연구가들에 의해 지적되어 왔다. 서구의 문학 연구가들은 이러한 현상을 '전쟁 기간이 소련 시문학 전체를 통해 가장 자유로운 기간이었다'는 주장의 근거로 자주 사용하였다.[1] 물론 당시의 문학 정책이 자유를 허용했다고 볼 수는 없다. 당시의 문학 정책은 계속 낙관주의를 나타내야 하는 사회주의 리얼리즘에 충실한 전쟁 문학을 쓸 것을 지시하였다. 그러나 소련의 문학 정책은 효과적 전투를 위하여 상황에 따라 강경 노선에서 후퇴할 수밖에 없었다. 전쟁 발발 직후 이미 전쟁 이전의 문학이 전쟁 테마를 너무나 낙관적이고 추상적으로 다루었다는 것이 명백해졌다. 고통스러운 후퇴전은 전쟁에 대한 작품들이 자국의 군사력을 너무나 이상화시켜 소련 국민들이 전쟁의 실제적 위험을 볼 수 없도록 하였다는 사실을 절감하도록 했다. 당시의 시인들과 평론가들의 발언들이 이러한 당시 분위기를 잘 나타내 준다. 시모노프는 1942년 "전쟁에 대해 쓰는 것은 어려운 일이다. 전쟁을 축하 행렬처럼, 승리를 약속하는 쉬운 일인 것처럼 쓰는 것은 거짓말이다"[2] 라고 말하면서 전쟁 이전의 전쟁 문학을 비판하였다.

1942년 5월 2일 수르코프도 모스크바 작가 모임에서 전쟁 이전에 나온 전

---

1 Etkind, E, *Russische Lyrik von der Oktorberrevolution bis zur Gegenwart*(München, 1984), 179.

2 Симонов, К., *На литературные темы*(М., 1956), с. 40.

쟁에 대한 시문학을 신랄하게 비판하였다. "우리 문학 속에 전쟁은 붉은 광장의 축하 행렬처럼 묘사되어 왔다. 깨끗이 정돈된 보도 위에 보병들이 받들어 총 자세로 걷고 탱크와 온갖 구경의 포를 가진 포병들이 줄지어 지나가는 것이다. 유쾌하고 배부른 사람들이 지나가며 '만세' 소리는 끝날 줄 모른다."[3]

1943년 그는 작가연맹의 전쟁위원회에서 "시인이 전쟁 기간 동안 병사들의 체험과 감정을 공유하여 예전 같이 '자, 조국을 위하여 전진하세!' 같은 시는 쓸 수 없다"라며[4] 이제 시인들은 "무서우리만큼 솔직한 말로 전쟁의 체험을 표현해야 한다"고 말했다.[5] 1943년 잡지 '깃발знамя'에서 마츠킨은 너무나 자연주의적으로 전쟁의 비참함을 묘사하는 것에 대해서는 약간 유보적인 태도를 취하지마는 사실을 아름답게 꾸며서 그리는 것에 대해서는 비판적인 태도를 보였다.[6] 칼리닌은 1942년 9월 18일 콤소몰 지역위원회 서기들의 모임에서 전쟁 기간 동안 효과적인 선전 효과를 내려면 어려운 체험과 인간적인 감정을 진솔하게 보여주고 화려한 수사나 장황한 미사여구가 없이 사실을 묘사하는 문학이 필요하다고 당 지도자로서의 태도를 밝혔다.[7] 제만은 19세기 중반 러시아 문학 비평에서 낭만화 및 이상화의 경향, 현실을 그대로 그리지 않고 불분명하게 표현하는 경향을 비난하기 위해 등장한 개념인 '광택 내기', '꾸미기'의 개념이 1932년 이래 소련의 문학 비평에서 사라졌는데

---

3 Сурков, А., *Живая память поколений*(М., 1965), с. 22.

4 수르코프는 이로써 1941년 레베데프-쿠마치의 「적에게로 나아가라, 조국을 위하여 앞으로На врага! За родину вперед」 같은 작품을 공격하고 있다.

5 Сурков, А., "Творческие отчет на заседании военной комисии", *Советские писатели на фронтах Великой отечественной войны*(М., 1966), сс. 331-343.

6 Мацкин, А., "Об украшательстве и украшателях", *Знамя*(1943년 11/12월호), сс. 278-287.

7 Калинин, М. И., "О некоторых вопросах агитации и пропаганды", *Об искусстве и литературе*(М., 1957), сс. 124-136.

전쟁 기간 동안에 다시 자주 들먹여졌다고 지적한 바 있다.[8]

전쟁 기간 동안 시 장르가 강해진 것은 시가 추상적 성격을 멀리하여 때로는 그 사실성으로 하여 터부를 깨뜨릴 수 있었다는 이유 외에도 이 기간 동안 거의 10년이나 입을 다물고 내적 이민을 추구했던 시인들까지도 러시아의 전면적인 파괴의 위험 앞에서 입을 열었다. 어려운 전쟁 상황이 공식적 이데올로기와 시인들의 의식 사이의 괴리를 좁혔던 것이다. 이는 수용의 측면에서도 마찬가지였다. 전쟁 이전에 발표된 시가 전쟁 기간 동안 소련 국민들에 의해 정말로 즐겨 읽혀지고 노래로도 불린 경우가 자주 있었다. 전쟁이 끝난 후 오늘날까지 소련이 제2차 세계대전 당시의 문학과 제2차 세계대전을 다룬 문학을 한결같이 소중한 문학적 업적으로 내세우고 있는 것은 당시의 이런 보기 드문 일체감에의 향수이기도 하다.

무수한 전쟁시들이 종전 25주년, 30주년, 35주년, 40주년 기념으로 출판된 여러 권의 방대한 전쟁시 모음집에 수록되어 있다. 그런데 이 모음집들이 동일한 시들만을 싣고 있지 않다는 점이 눈에 띈다. 이는 이러한 전쟁시 모음집의 편집 방향이 서로 상이하기 때문인데 그 이유는 주로 소련 문학 비평의 흐름에 있다.

이 글은 전쟁시 모음집 6권의 성격을 비교 고찰하여 소련 문학 비평의 흐름이 어떠한 양상으로 모음집 편집에 나타났는가 하는 것을 살펴보고자 한다.

2

주요 전쟁시 모음집 6권을 살펴보면

---

8 Seemann, K-D., "Zur Begriffsgeschichte von 'Beschönigung' und 'Lackierung'", *Aus dreißig Jahren Osteuropa-Forschung*(Berlin, 1984), 217-232.

1) 『대조국전쟁에서 전사한 소련 시인들Советские поэты, павшие на Великой Отечественной войне』, 모스크바-레닌그라드 1965년.

이 모음집에는 전장에서 목숨을 바친 48명의 시인들의 시 596편이 들어 있다. 이 중 200편은 전쟁 기간 동안 쓰인 것이며 나머지는 전쟁 직전에 쓰인 것이다. 전쟁 직전에 쓰인 것들은 다가올 전쟁에 대한 시들이다.

2) 『대조국 전쟁Великая Отечественная』, 모스크바, 1970년.

이 모음집은 시인 394명의 시 504편을 싣고 있다.

한 편의 시가 소개된 시인은 297명,

두 편의 시가 소개된 시인은 87명,

세 편의 시가 소개된 시인은 9명으로 알리게르Алигер, 브로프카Бровка, 드잘릴Джалил, 돌마토프스키Долматовский, 이사코프스키Исаковский, 수보틴Суботин, 수르코프Сурков, 치코바니Чиковани이다.

여섯 편의 시를 수록한 사람이 한 명으로 카이 쿨리예프Каисын Кулиев이다.

트바르도프스키Твардовский의 '바실리 툐르킨Василий Тёркин', 티호노프Тихонов의 '키로프는 우리와 함께Киров с нами', 프로코피에프Прокофьев의 '러시아Россия'는 발췌가 아니라 전문이 다 실려 있다.

3) 『땅의 삶을 위하여. 대조국전쟁에 대한 시Ради жизни на земле. Стихотворения о Великой Отечественной войне』, 모스크바 1975년.

이 모음집에는 시인 147명의 시 335편이 실려 있다. 이 책에는 다른 다섯 권의 책과는 달리 시인들이 알파벳순으로 소개되어 있지 않고 시들이 창작된 시기순으로 실려 있다. 즉 전쟁 기간을 3단계로 나누어 각 단계별로 시를 나누어 싣고 있어서 한 시인의 시가 여러 부분에 나뉘어져 있다. 각 부분에 담긴 시들의 순서는 유명한 것 순으로, 때로는 시간적인 순서로 수록한 것 같다.

한 편의 시가 소개된 시인은 61명

두 편의 시가 소개된 시인은 36명

세 편의 시가 소개된 시인은 19명

네 편의 시가 소개된 시인은 18명

다섯 편의 시가 소개된 시인은 8명으로 아흐마토바Ахматова, 바실리에프Васильев, 르보프Львов, 프로코피에프Прокофьев, 를렌코프Рыленков, 시모노프Симонов, 슈빈Шубин, 시치파체프Щипачев이다.

여섯 편의 시가 소개된 시인은 4명으로 코발료프Ковалев, 네고도노프Негодонов, 스미르노프Смирнов, 트바르도프스키이다.

아홉 편의 시가 소개된 시인은 수르코프 한 사람이다.

4) 『승리. 전쟁 시기의 시Победа. Стихи военных лет』, 모스크바 1985년.

이 모음집에는 시인 414명의 시 483편이 수록되어 있고 한 시인당 대부분 한두 편이 소개되었는데 가장 많은 숫자의 시인들이 소개되었다.

한 편의 시가 소개된 시인은 347명,

두 편의 시가 소개된 시인은 65명,

세 편의 시가 소개된 시인은 2명으로 이사코프스키와 수르코프이다.

5) 『두 권으로 된 대조국전쟁에 대한 시Стихи о Великой Отечественной в двух книгах』, 모스크바 1985년

이 모음집은 시인 322명의 시 415편을 소개하고 있는데 한 시인당 한 두 편의 시를 수록하고 있다.

한 편의 시가 수록되어 있는 시인이 243명

두 편의 시가 수록되어 있는 시인이 67명

세 편의 시가 수록되어 있는 시인이 10명으로 드잘릴, 돌마토프스키, 드루니나Друнина, 두딘Дудин, 무스타이 카림Мустай Карим, 프로코피에프, 시모노프, 수르코프, 파티아노프Фатьянов, 치코바니.

네 편의 시가 수록되어 있는 시인은 2명으로 이사코프스키와 트바르도프스키.

6) 『전쟁 기간의 서정시Лирика военных лет』, 모스크바 1985년.

이 모음집은 위의 다섯 모음집과 달리 러시아말로 시를 쓴 시인들의 작품만을 수록하고 있다. 81명의 시인들의 작품이 소개되었는데 아흐마토바가 14편, 베르골츠Берггольц 7편, 이사코프스키 10편, 오를로프Орлов 11편, 시모노프 8편, 수르코프 10편, 트바르도프스키 12편, 시치파체프 9편이 소개되어 있고 나머지 시인들의 시는 대부분 3-5편 소개되어 있다.

3. 1965년판 『대조국전쟁에서 전사한 소련 시인들』

위의 6개의 모음집을 비교하면 제일 먼저 눈에 띄는 것은 첫 번째로 소개한 1965년판 모음집이 다른 책들과, 몇 가지 점에서 성격이 매우 다르다는 사실이다.

첫째, 이 책은 제2차 세계대전 동안 전선에서, 혹은 빨치산 투사로서, 또는 포로수용소에서 전사한 시인들의 시들만 다루고 있다.

둘째, 편집자는 시인들을 선정함에 있어 1940년을 전후하여 시를 시작한 시인들 — 스몰렌스키Смоленский, 쿠바뇨프Кубанев, 쿨치츠키Кулчицкий, 코간Коган, 마요로프Маеров, 바그리츠키Багрицкий, 겔로바니Геловани를 중요하게 다루며 이 시인들이 낙관적 선전구호와 피상적인 행복의 문구 일색이었던 당시의 공식적인 문학 풍토에 저항하였다는 사실을 강조한다(서문). 이 시인들은 전쟁의 테마를 다룰 때도 마찬가지로 그들의 문체를 유지하고 발전시켰다. 이들의 시에는 정확하고 나직한 말소리로 전장의 일상, 그 고통스러움과 비극, 병사의 내면 심리가 그려져 있으며, 전쟁을 직접 체험하는 시적 화자가 공통적으로 나타난다. 당시 널리 퍼져 있던 구호대로 적을 빠른 시일 내에 쳐부수어 승리할 것을 다짐하는 시들은 이 모음집에서 볼 수 없다. 이는 편집자가 개인 숭배로 수렴되는 이러한 과장된 축제 분위기가 전쟁의 현실에서 출발하는 진정한 문학이 아니라고 여기기 때문이다(서문). 이 시집에는 1950년 말, 1960년대 초에 쏟아져 나온, 전쟁의 실상을 노래한 반전시들과 매우 흡사한 시들이 많이 들어 있다. 예를 들어 바그리츠키는 「옷 못 갈아입고 살아가자니 지긋지긋해Мне противно жить не раздеваясь」에서 전장의 비인간적 생활을 솔직하게 털어놓는다.

전체적으로 볼 때 이 시집의 편집자는 스탈린식 사회주의 리얼리즘의 시문학으로부터 자신을 될 수 있는 대로 멀리하고 특히 구호에 가득 찬, 축제 분위기를 풍기는 선동적인 전쟁시를 꺼려한다. 이는 이 시집에서 이데올로기적 색채가 없는 순수한 애정시가 매우 중요한 위치를 차지하고 있다는 사실에서도 알 수 있다. 전쟁 기간 동안 쓰인 시 약 200편 중에서 40편 이상이 애정시(愛情詩)이다. 편집자는 전쟁시의 가치가 스탈린식 사회주의 리얼리즘의 시와 반대로 개인성, 다양성, 현실성에 있고, 개개인의 가치와 자유를 노래한 데 있다고 보았는데 이는 1950년대 말부터 1960년대 중반까지 소련에서 일어났던 자유화 물결과 연관된 사고였다.

4. 1985년판 『승리』

위에서 모음집들을 소개하였을 때 살펴본 바와 같이

1970년판 『대조국전쟁』

1985년판 『승리』

1985년판 『대조국전쟁시』

이 세 모음집은 될 수 있는 대로 많은 시인들의 대표적인 전쟁시들을 소개하려고 노력하고 있기 때문에 시인의 수나 시인당 시 작품의 수에 있어서 서로 흡사하다. 그래서 출판인들의 의도의 차이를 알아보는 데 이 세 모음집을 비교해 보는 것이 적당하다고 여겨진다. 1985년에 출판된 두 모음집은 그들 간의 차이가 그들과 1970년에 출판된 모음집 간의 차이에 비해 훨씬 작으므로 1970년판 『대조국전쟁』과 1985년의 『승리』를 비교해 보도록 하겠다.

우선 414명으로, 가장 많은 시인을 소개하고 있는 『승리』를 중심으로 전쟁시의 전체적인 윤곽이 어떠한가를 간단히 서술한다. 시들은 테마로 볼 때 대략 여섯 그룹으로 나뉜다.

a) 전장의 일상에 대해 묘사한 시들이 대략 190편으로 가장 많다. 그중 30편은 시적 화자의 전쟁 경험이 매우 저널리스틱하고 격앙된 감정적 색채를 띤 것이 두드러진다. 시적 화자가 전장의 일상에 대해서 이야기하지만 시적 발언의 주 무게는 소련 군인의 애국주의와 영웅주의, 파시즘을 타파한다는 정의감, 공산주의자들의 윤리적 위대함, 승리에 대한 확신에 있다.

이러한 시들에서는 자주 추상적이고 낙관적인 어조를 볼 수 있었다. 전형적인 예로서 다음과 같은 詩들을 들 수 있겠다:

아자로프Азаров의 「4년 동안 명령에 따라 전투로 나아갔네Четыре года по команде к бою」;

바나그Ванаг의 「제2대열의 병사들Бойцы второго взвода」;

가토프Гатов의 「빨치산-철새Партизан-перелетная птица」;

고덴코Годенко의 「그날들В те дни」;

고로디스키Городисский의 「내게 죽음이 가까이 다가온다면смерть повстречается близко」;

옐킨Елькин의 「등선에서На курской дуге」;

제믈랸스키Землянский의 「순간Миг」;

젠케비치Зенкевич의 「봄날의 공격Весеннее наступление」;

키슬릭Кислик의 「총검 위의 불타는 태양처럼Как солнце, что проплыло над штыком」;

케비를리Кэбирли의 「옛 참호Старый окоп」;

카츠Кац의 「매Ястребок」;

투르가노프Турганов의 「지난날의 불행은 잊혀지리Былые забудутся беды」
이다. 이 시들은 모두 1970년도판 Великая에는 게재되어 있지 않다.

전장의 일상에 대한 시들로서 위에 열거한 시들과 정반대되는, 절망과
죽음에 대해 말하는 시들은 이 모음집에 별로 게재되어 있지 않다. 이들은

아크빌레프Аквилев의 「전투 이전Перед боем」;

아세예프Асеев의 「이것은 느릿느릿하는 이야기Это медленный рассказ」;

곤차로프Гончаров의 「잠 못 이루는 밤에 너에게Когда тебя бессонной
ночью」;

작Жак의 「폭격 이후После бомбежки」;

쿠드레이코Кудрейко의 「나의 이삭들Мои колосья」;

페르보마이스키Первомайский의 「눈발이 날린다Снег летит」;

를렌코프Рыленков의 「병영 캠프파이어의 불빛Свет солдатских костров」;

시도렌코Сидоренко의 「하얗고 하얀Белым-бело」;

슬루츠키Слуцкий의 「쾰른의 구덩이Кельнская яма」;
이다.

이 이외에도 전장의 일상을 테마로 다룬 시들은 전쟁의 잔인성과 비극
성을 고발하는 경우가 대부분이다. 시적 화자는 개개의 병사들에게는 종
종 아무 의미가 없는 전쟁이 주는 눈먼 고통, 전쟁의 참혹함에 대해서 사실
주의적인 세부묘사로써 솔직하고 내밀한 목소리로 전한다. 전장의 일상을
테마로 한 시들의 이러한 성격은 시인들이 전선에서 직접 전쟁을 경험한
때문이다. 잘 알려진 시로서 구드젠코의 「공격 이전」, 이사코프스키의 「전
선의 숲」, 수르코프, 스미르노프, 야쉰의 시들을 꼽을 수 있다.

b) 애국, 정치시 약 100편. 이 그룹의 시들은 조국과 국가 및 레닌을 향
해서 승리를 맹세하고 독일 파시스트 침략자를 증오하고 복수를 하자고

호소하고 소련 군대의 위대함에 대해 선언하고 빠른 승리를 확신하고 조국에 대한 애정과 헌신을 맹세한다. 지적 진술은 종종 소련 역사나 러시아 민족의 전통에 대한 자부심과 연결되어 있다. 때로는 이러한 시들이 너무나 부자연스러워서 아무리 전쟁이 소련인들에게 극한 상황이었다는 것을 감안하더라도 이 시들이 독자들에게 공명을 얻었다고 믿기 어렵다. 특히 시적 화자가 러시아인이 아닌 사람으로서 자신을 러시아인과 동일시한다거나 소련의 모든 민족들의 혈연 관계가 너무나도 과장되게 전면에 내세워진 시들이 그러하다. 예를 들면

가르나케리안Гарнакерьян의 「러시아Россия」;

알림드잔Алимджан의 「러시아Россия」;

하니프 카림Ханиф Карим의 「사랑하는 강이 내 가슴에Сердцу милая река」;

드자바예프Джабаев의 「레닌그라드 사람들, 우리의 아이들Ленинградцы, дети мои」;

우흐사이Ухсай의 「모국어Родной язык」 등이다.

애국, 정치시의 그룹에는 구체적인 대상에 대한 애정이 국가에 대한 사랑이나 승리에 대한 맹세로 자연스럽게 확산되는 것을 표현한 시는 얼마 없는데 아래의 시들이 그런 경우이다.

알타우젠Алтаузен의 「조국이 나를 바라본다Родина смотрела на меня」;

아흐마토바Ахматова의 「용기Мужество」;

바그리츠키Багрицкий의 「오데사, 나의 도시Одесса город мой」;

리소프스키Лисовский의 「공산주의 부대의 행렬Проволы коммунистической бригады」;

리샨스키Лисянский의 「나의 모스크바Моя Москва」;

시치바체프Щипачев의 「잠복 중에B засаде」;

케드린Кедрин의 「아름다움Красота」;

이 있다.

c) 영웅시. 이 그룹에는 대략 35편의 시를 넣을 수 있었다. 이 시들은 소련 군인, 빨치산, 종군 기자들의 영웅적 행위를 다루고 있다. 대부분이 소비에트 애국주의에 불타서 기꺼이 자신을 희생한 사람들의 영웅적 죽음에 대한 찬양이다. 이러한 영웅적 행위들은 고대 러시아의 영웅 행위에 비유되거나 그것을 연상시키도록 그려졌다. 이름이 알려진 영웅들에게 바치는 시가 대다수지만(예를 들어 사모일로프Самойлов의 「세묜 안드레이치Семен Андреич」) 전 민족이 영웅으로 등장하는 대중영웅주의가 다루어진 경우도 있다. 피닌베르그Фининберг의 「이름들Имена」 같이 이렇다 할 영웅적인 행위도 하지 못하고 전장에서 죽어간 이름 없는 병사들에 대한 기억을 다룬 시들도 소수나마 볼 수 있다.

오를로프Орлов의 「지구 땅에 그를 파묻었네Его зарыли в шар земной」;

스몰렌스키Смоленский의 「나 오늘 저녁 내내……Я сегодня весь вечер буду」;

헬렘스키Хелемский의 「별Звезда」 등이 그것이다.

d) 자연시로는 약 80 편을 꼽을 수 있었다. 이 중 30편은 조국의 풍경을 추상적으로 찬양하는 것으로서 애국·정치시에 가깝다. 왜냐하면 이 시들 속에서 시적 화자는 고향의 풍경에 대해 아무런 구체적 느낌을 갖고 있지 않고 고향이나 러시아의 자연 풍경이 승리의 확실성에 대한 심볼로서만 제시되어 있기 때문이다. 시적 화자가 자신의 고향 풍경에 대한 열렬한 사랑을 토로하고 있는 경우에 있어서도 – 예를 들어 강, 들, 바다, 짐승, 꽃, 과

일, 나무에 대한 애정 – 시적 체험의 강도가 약해서 이 풍경들이 추상적 차원을 벗어나지 못하고 있는데 이는 정치 선전적 구호가 개인의 육성을 누르고 있기 때문이다.

아름답고 거대한 자연이 아니라 전쟁에 의해 완전히 부서진 황량한 고향 풍경을 묘사하고 있는 시는 약 15편이다. 이러한 시에 속하는 것으로서 바비야르Бабийяр에 대한 시들을 꼽을 수 있다. 이 시들에 있어서는 고향의 풍경이 내밀한 언어 내지는 사실적인 언어로써 구체적으로 묘사되어 있다. 자연 풍경이 민족의 슬픔을 상징하도록 처리한 시가 더 자연스럽게 느껴지는 이유는 이 경우에 시적 화자가 무엇을 표현해야만 한다는 강박 관념에서 벗어나 자신의 진정한 느낌을 말하기 때문이다.

e) 승리의 날과 연관된 시는 약 30편이다. 이 시들은 대부분 부서진 독일을 보고 기쁨, 자부심, 보상 심리를 느끼는 것을 표현하고 있다. 전사한 병사들에 대한 기억이 승리의 기쁨과 교차하여 나타나는 경우도 있다.

f) 개인적 감정을 다룬 시는 약 70편. 남자와 여자의 사랑, 형제간의 사랑, 자매간의 사랑, 모자나 부자, 부녀간의 사랑, 친구 간의 우정을 다루는 詩들이 여기에 속한다. 이 시들에서는 주로 정절에 대한 맹세, 가족, 연인과의 이별, 이별의 슬픔, 사랑하는 사람의 죽음으로 인한 슬픔, 재회의 희망, 임박한 죽음의 순간에서의 사랑 고백, 애인에 대한 그리움, 싸움의 보상으로서 변하지 않을 사랑 맹세가 다루어져 있다. 이것들 대다수가 상당히 강하게 애국, 정치시의 특징을 지니고 있어 내밀성 자체가 사라지는 경우가 많다. 전형적인 예로서

구세프의 「코사크가 전쟁으로 떠났네Казак уходил на войну」;

자나라도프Занарадов의 「마지막 편지Последнее письмо」;

토콤바예프Токомбаев의 「축복Благословение」;

감자토프Гамзатов의 「내 동생과 이름이 같은 이에게Тёзке моего брата」 등이 그렇다.

그러나 이 그룹에는 진지하고 내밀한 감정을 진솔하게 토로하는 시들도 많이 있다. 시모노프와 수르코프의 시들이 그러하며 네진체프Нежинцев의 「저주의 전쟁의 날에 내가 살아 있도록 해 주오Пусть буду я в проклятый день войны」 등이 그러하다.

5

이제 1970년판 모음집 『대조국전쟁』을 위에서 소개한 1985년판 『승리』와 비교해 보자.

두 모음집을 비교한 결과를 몇 가지로 서술하면

1) 두 모음집에 공통적으로 실린 시인 374명 중 300명의 시인의 시가 동일하다.

2) 1985년판 『승리』에만 실려 있는 시인은 40명이다.[9] 이 시인들의 시는 거의 대부분 비장하고 선동적인 성격을 매우 강하게 띠고 있다. 테마로 볼 때 이 시들은 애국, 정치시이거나 영웅적 행위를 찬양하는 시이다. 분명히 예외적인 경우로 네진체프, 포드스탄스키, 셰벨레바의 시를 들 수 있는데 네진체프는 비참한 전쟁을 저주하고 포드스탄스키는 애국심과 관련 없는 우정을 노래하며 셰벨레바는 전장에서 쓰러진 평범한 병사를 애도한다.

3) 1970년판 『대조국전쟁』에서만 볼 수 있는 시인은 30명이다. 이들의 작품 중에서 눈에 띄는 점을 살펴 보면

---

9 Абрасимов, Березницкий, Ванаг, Винтман, Гершензом, Городинсский, Гридов, Зенкевич, Каневский, Кац, Кимонко, Киреенко, Кислик, Кочетков, Крандиевская-Толская, Кубаев, Лапин, Напетваридзе, Наумова, Нежинцев, Павел Панченко, Мария Петровых, Подаревский, Подстаницкий, Ручьев, Савинов, Сарыг-Оол, Севрук, Семакин, Тейф, Туркин, Ушков, Харитонов, Холендро, Хонинов, Черкасский, Шевелева, Шершер, Шмидт, Щепотев

* 아시노프, 벤츠기바, 콜츠킨, 사이프츠, 라힘-자데, 이 5명의 시에서는 러시아 민족과 비러시아 민족 사이에 일종의 괴리감이 나타나거나 사회주의적 형제 관계를 생각하지 않고 자신의 고향을 향한 애향심이 느껴진다.

* 알렉세예프와 로신스카야, 이 두 시인은 특별한 애국심이나 의무감 없이 개인적인 일에 대해 생각하며 전쟁에 임하는 젊은이들을 그렸다.

* 이삭, 갈킨, 리프킨, 슈시스테, 텔카노프 5명은 전쟁의 비인간성에 대해 고발하며 서정적 자아는 잔인한 현실을 비관적·체념적인 어조로 묘사하고 있다.

* 클레노프의 「베를린이 불타고 있다」와 보리소프의 「처음으로 정적이……」는 『승리』에 수록되어 있는 시들과 달리 서정적 자아가 전쟁이 끝난 다음에야 정상적인 삶을 보며 전쟁 자체가 진정한 인간의 공동생활을 얼마나 일그러뜨리고 해쳤는가에 대해 묘사하여 잔인한 전쟁의 파괴력에 대해 말한다. 「베를린이 불타고 있다」에서 서정적 자아는 베를린이 불타는 것을 보며 적에 대한 증오나 복수의 기쁨을 느끼기보다는 더 이상 만날 수 없는 어머니와 부서진 자신의 고향집을 생각한다. 이는 전쟁 자체에 대한 부정적인 태도로 받아들여질 수 있다.

* 나자로프의 「늙은 군인」은 매우 특이한 시다. 이 시의 서정적 자아인 늙은 군인은 젊음의 자유로움과 아름다움을 찬양하면서도 자기처럼 고생을 많이 한 늙은 군인이 될 것을 동시에 요구한다. 이는 독자로 하여금 시인의 메시지가 아이러니컬하다고 여기게 한다.

* 이골 린스크의 「적의 배후에서」는 매우 특기할 만한 작품이다. 서정적 화자는 조국을 배반하고 적에게로 넘어간 사람으로서 느끼는 내적인 갈등과 절망감을 토로하고 있다. 전쟁 당시 수많은 병사들이 전쟁의 어려움 때문에, 또는 어쩔 수 없이 적에게 가담했던 사실이 스탈린 시대에 내내 은폐되어 있었다는 사실을 감안할 때 이 시인의 시가 이 모음집에 실렸다

는 것은 흥미롭다.

　*　자먀틴, 우마리, 우린의 경우에는 특별한 점을 발견할 수 없었지만
이들의 시가 선동적이 아니라는 점을 지적하고 싶다.

　4)『승리』와『대조국전쟁』에 공통적으로 실려 있는 시인 중에서 74명의
시인의 시는 서로 다른 것이 소개되어 있다.

　같은 시인의 것이라도 다른 시를 수록한 점을 살펴보면 두 모음집의 차
이를 좀 더 알 수 있다고 여겨진다. 눈에 띄는 점들은 다음과 같다.

　*『승리』는 비러시아 민족에 속하는 서정적 화자가 사회주의 형제애를
생각하지 않고 자기 고향만을 생각하는 시를 피한다. 이는 13명의 시인들
의 경우에 나타났다. 13인의 시인들의 시 중에서『승리』에는 없고『대조국
전쟁』에만 있는 시들은 다음과 같다.

　　브로프카Бровка의「동향인에게Землкам」;
　　겔로바니Геловани의「맹서Клятва」;
　　카이투코프Кайтуков의「오세티Осетии」;
　　켐페Кемпе의「그 아침에В то утро」;
　　쿠투이Кутуй의「아침의 상념Утренние думы」;
　　메헬라이티스Мехелайтис의「옆을 지나치게 되면Если мимо пройдешь」;
　　네리스Нерис의「마리야 멜니카이테Мария Мельникайте」;
　　페르보마이스키Первомайский의「땅Земля」;
　　소슈라Сосюра의「우크라이나를 사랑하세요Любите Украйну」;
　　우메탈리예프Уметалиев의「모즈독 벌판에서В моздокской степи」;
　　쉰쿠바Шинкуба의「나의 바람아, 날아라Ветер мой, лети!」;
　　엘랴이Элляй의「귀향Возвращение」;
　　에민Эмин의「무삭 마누샨에게Мусаку Манушяну」

*『승리』는 전쟁의 잔인성과 비극을 애국적 의무감에 대한 표현 없이 다루며 전장의 고통을 매우 강하게 묘사한 작품을 피했다. 5인의 시인들의 경우에 『승리』에는 없고 『대조국전쟁』에만 있는 시들은 다음과 같다.

수르나체프Сурначев의 「부상당한 달Месяц раненый」;

샤호프스키Шаховский의 「100보Сто шагов」;

막시모프Максимов의 「시계에 대한 발라드Баллада о часах」;

코마로프Комаров의 「숭가르 늪Сунгарские Болота」;

쿠드레이코Кудрейко의 「예비 연대Зачасный полк」;

스타르쉬노프Старшинов의 「나 한때 부대의 선창 가수였다오Я был когда-то ротным запевалой」

*『승리』는 영웅적 측면이 없는 죽음에 대한 시, 죽음에 대해 절망적으로 이야기하는 시를 특히 꺼렸다.

9인의 시인들의 경우에 『승리』에는 없고 『대조국전쟁』에만 있는 시들은 다음과 같다.

데먀노프Демянов의 「폭격으로 세상이 귀먹은 것 같았을 때……Когда от бомб, казалось, мир оглох……」;

드잘릴Джалил의 「마지막 싯귀Последний стих」;

칼로예프Калоев의 「폭풍우가 커다란 나무를 쓰러뜨렸다네Метель деревья рослые сломила……」;

크비트코Квитко의 「전야Накануне」;

레베데프Лебедев의 「밑바닥에서На дне」;

마투소프스키Матусовский의 「행복Счастье」;

하우스토프Хаустов의 「챙 없는 모자Бескозырки」;

치코바니Чиковани의 「상처를 동여매세요Перевяжите рану」;

추츠노프Чучнов의 「공격 이전Перед атакой」

* 『승리』와 『대조국전쟁』에 공통으로 수록된 시인들 중에서 32명의 경우에 『승리』가 선동적인 시를 선호하여 『대조국전쟁』을 읽었을 때 그 시인에 대해서 받은 인상과는 다른 인상을 받게 된다. 예를 들어 『승리』는 알리게르의 작품 중에서 용감한 빨치산 소녀를 다룬 장시 「조야」의 일부를 수록하고 있으나 『대조국전쟁』에 실린 그녀의 작품 「가슴속 총알과 함께」나 「음악」은 다가오는 자신의 죽음과 애인의 죽음으로 인한 절망감을 토로하는 것이다. 이런 절망감을 극복하겠다는 의지가 나타나지만 이는 전혀 애국적인 차원에서 일어나는 것이 아니다. 서정적 화자인 여인은 전쟁은 신성한 동시에 사악하고 잔인하며 애인의 죽음은 그가 죽음으로 인하여 아무런 명예를 가질 수 없게 되기 때문에 그녀를 아프게도 하지만 그가 죽음으로 인하여 더 이상 모욕과 불행을 느낄 수 없기 때문에 그녀를 아프게 하지 않는다고 나직이 뇌까린다.

* 『승리』에 비해 『대조국전쟁』은 진솔하고 내면적인 시를 선호하여 같은 시인의 시라도 내밀한 감정을 다루는 것을 먼저 게재하였다.

* 『대조국전쟁』에만 실린 시들 중에는 전쟁이 쓰디쓴 체험으로 고칠 수 없는 상처로 여겨지며 기억되는 시들이 몇 편 있다.

아사도프Асадов의 「내 아들에게Моему сыну」;

곤차로프Гончаров의 「숫자가 변하고 날짜가 지워진다Меняются цифры, стираются даты」;

폴토라츠키Полторацкий의 「하루는 다 타 없어졌다. 검은 수염의 기마병День догорел. Чернобородый всадник」;

코발렌코프Коваленков의 「사슴과 스네기르Олень, Снегир」;

비노쿠르Винокур의 「검은 빵Чёрный хлеб」

특히 반셴킨Ваншенкин의 「수많은 슬픈 시선 밑에서Под взглядом многих скорбных глаз」는 귀향길의 병사가 승리의 기쁨에 젖기보다는 걸을 때마다 배낭의 냄비가 어깨를 찌르는 것을 아프도록 느끼며 길가에 서 있는 여인의 눈에서 반은 희망으로, 반은 공포로 섞인 표정을 읽는다는 내용이고 비노쿠로프Винокуров의 「잠자는 비슬라 강 너머 벌판에В полях за Вислой сонной」는 전사한 병사에 대해서 슬퍼하는 사람은 어머니일 뿐 애인은 이미 다른 사람에게로 가 버렸다는 내용이다. 이 두 시는 스탈린 사후 널리 알려졌던 오쿠자바나 비소츠키의 반전시를 방불케 한다.

또 이반 바우코프Иван Бауков의 「바르샤바가 불타고 있다Горит Варшава」와 베즈멘스키Безыменский의 「나는 파리를 접수했다Я брал Париж」는 이 시들이 외국의 도시를 경탄하고 외국의 운명과 러시아의 운명을 동일하게 보는 구석이 있는 것을 못마땅하게 여겼기 때문일 것이다.

6

이상 살펴본 바와 같이 1985년판 『승리』는 1970년판 『대조국전쟁』보다 애국적이고 비장한 어조를 훨씬 강하게 띠고 있다. 하지만 이 두 모음집 『승리』와 『대조국전쟁』은 1975년판 『땅위의 삶을 위하여』나 1985년판 『전쟁 시기의 서정시』보다는 애국심을 노래하는 시들을 전쟁시의 대표격으로 보고 있다. 1985년판 『두 권으로 된 대조국 전쟁』을 살펴보면 이 책은 1970년판 『대조국전쟁』과 1985년판 『승리』의 중간쯤에 위치하는데 『승리』 쪽으로 기운다고 하겠다. 전체적으로 볼 때 1970년판 『대조국전쟁』은 정치적, 애국적 시와 내밀한 시에 똑같이 가치를 두고 있다고 말할 수 있다.

1965년판 시집에 나타났던 반스탈린적이고 자유주의적인 태도가 1970년판 『대조국전쟁』에서는 이미 약화되기 시작했고, 1985년에 출판된 『승리』나 『두 권으로 된 대조국전쟁』에는 정부 주도의 경직된 태도가 관성적으로 드러났다고 말할 수 있다.

세계의 전장 / 소련 편*

참호 속에서 - 알렉세이 수르코프

조그만 난로에서 장작불이 툭툭거리고
나뭇결에 맺힌 송진은 엉긴 눈물 같소.
참호 속에 한 병사의 하모니카는
당신의 미소와 눈에 대해 노래하오.

모스크바 근교 흰 눈 덮인 전쟁터에서도
나뭇가지들은 당신에 대해 속삭였소.
난 당신이 이 생생한 내 그리움의
목소리를 들어 주기 바라오.

당신은 지금 멀리도 멀리도 있구려.
우리 사이엔 눈, 눈, 끝없는 눈.
당신에게 이르는 길은 험난하지만

---

* 동서문학 1989년 6월호, 341-343, 364-365.

죽음은 바로 네 발자국 곁에 있소.

아코디언아, 이 눈바람 거슬러
내 길 잃은 행복을 불러 다오.
이 추운 참호 속에서도
꺼질 줄 모르는 사랑 있어 내겐 훈훈하오.

나를 기다려 주오 - 콘스탄틴 시모노프

나를 기다려 줘요,
나 꼭 돌아올 테니
간절히 기다려 줘야 해요.
빗줄기가 어둡고 세차게 쏟아져도
기다려 줘요.
눈보라가 미친 듯 휘몰아쳐도
기다려 줘요.
사람들 지난날 잊고
더 이상 기다리지 않아도
기다려 줘요.
먼 곳에서 편지 한 장 없어도
기다려 줘요.
세상 사람 모두가
기다림에 지쳤더라도
나를 기다려 줘요.
나를 기다려 줘요,

나 꼭 돌아갈 테니.
이제 잊을 때라고 입버릇처럼
말하는 모두에게
그렇다고 하지 말아요.
아들 녀석과 어머니까지
내가 죽었다고 믿더라도
친구들도 기다림에 지쳐
불가에 모여 앉아 나를 추억하며
독한 술을 마시더라도
그들과 함께 그리도 서둘러서
추억의 술을 마시지 말고
나를 기다려 줘요.

나를 기다려 줘요.
나 돌아갈 테니,
모든 죽음들에 거슬러서…….
나를 기다리지 않은 사람들은
그때 '운이 좋았다'고 하겠지요.
그들은 기다리지 않아서 모를 거요,
어찌 당신이 나를 불 속에서
지켜 주었는지.
내가 어떻게 살아남았는지는
우리 둘만이 알게 될 거요,
이 세상 누구와도 견줄 수 없이
당신만이 나를 기다릴 줄 알았기에.
공격 이전 – 세묜 구드젠코

죽음을 향해 진군할 때는 군가를 부르지만
바로 그 전에는 울어도 되지.
전투 중에서 제일 무시무시한 시간은
바로 공격 직전의 시간이야.
주위의 흰 눈은 지뢰로 구멍 뚫려
검게 타버렸다.

폭발 – 전우가 죽어간다.
이는 죽음이 나를 비껴갔다는 이야기이다.
이제 내 차례가 다가오겠지.
나만 쫓아오는 것 같아.
1941년이여, 저주받아라,
넌 눈 속에 얼어붙은 보병이야.

내가 지뢰를 끌어당기는 자석인 것 같다.
폭발 – 소위가 소리 지른다.
오, 죽음이 나를 비껴갔다.
이젠 더 이상 기다릴 수 없다.
응고된 증오로, 칼로 목을 찌르는 증오로
우리는 참호로 돌진했다.

전투는 짧았다.
이제 얼어붙은 보드카로 목을 축이고
칼로 손톱 밑에 낀
타인의 피를 훑어 낸다.

보로디노 전장(戰場) - 미하일 쿨치츠키

공상가, 몽상가, 게으른 주제에 말마디나 좋아하는 녀석들아,
뭐라고, 헬멧에 비 맞으나 총 맞으나 마찬가지라고?
기병대가 큰 칼을 프로펠러처럼 휙휙 돌리며 지나간다고?

난 예전에 그렇게 생각했었지.
소위님은 부드럽게 지시하시고
길을 잘 아셔서 깨끗한 길로 인도하는 줄로.

그런데 전쟁이란 불꽃놀이와 전혀 다르군.
이건 마냥 - 힘겨운 노동이야.
보병은 진창 밭두렁 따라 끝없이 죽도록 기어야 해.

전진!
골수까지 얼어붙은 다리로
질척거리며 걷노라면
한 달 치 빵만큼 되는
진흙 더미가 장화 속으로 들어가지.

병사들의 가슴에는 비듬 같이
훈장들이 무겁도록 달렸는데
훈장이 무슨 소용이람.
조국은 매일같이
책에서 본 그 참혹한 보로디노 전쟁터야.

야전 냄비 - 세르게이 스미르노프

진군하던 중 어느 날
난 냄비를 망가뜨렸지.
뒤에서 달려오던 수레가
냄비를 온통 찌그러뜨렸어.

내 변함없는 그 친구 몹시 아파하면서
형편없는 쓰레기로 우그러져 버렸지.
큰일이야 – 음식도 끓일 수 없고
따듯한 물도 끝이라니.

내 냄비 친구, 아무짝에도
쓸데없는 것 같았지만
그래도 나는 어찌 어찌 고쳐 봤지.
그게 혹 무슨 소용이 될까 해서.

그리고 우선 감자를 삶았거든,
오, 감자가 삶아졌어
그 다음 근사하게 차를 끓였거든,
바닥까지 말짱 마셨어.

고참 친구 느긋하게 담배 물고
결론으로 한 말인 즉
병사는 모든 걸 할 수 있노라고
냄비만 있으면.

전장, 그 죽음과 삶의 진실 - 소련의 참전 시인들

1941년 6월 22일, 작전 '바바로사'로 시작된 독일의 소련 침공은 1945년 5월 9일 베를린의회 지붕 꼭대기에 소련 국기가 꽂힐 때까지 수천만 소련인의 목숨을 앗아갔다. 소련은 이 기간 동안 인구의 10퍼센트 이상을 잃었다. 1939년 독소 불가침 조약을 맺은 후에도 독일의 침략 의도는 명백한 것이었지만 독일에 대항하기에 소련의 군비는 너무나 미약했다. 소련은 전쟁 기간 동안 내내 전 국민이 전쟁을 위해 모든 것을 인내하는 힘겨운 전쟁을 치렀다. 더욱이 독일의 슬라브인(人)에 대한 경멸과 민간인에 대한 무차별한 잔혹 행위는 소련인들에게 이 전쟁이 소련인의 생존 자체를 위한 전쟁이라는 것을 절감하도록 하였다. 그만큼 소련의 전장은 서구 어느 나라의 전장보다 비참했고 병사들의 마음은 비장했다.

위에서 소개한 시들은 소련의 전장에서 쓰인 수천 편의 시들 중에서 역자가 접해 본 것들 중에서 가장 인상에 남는 것들이다.

첫 번째 시 「참호 속에서」는 당시 소련 병사들이 휴식 시간에 하모니카에 맞춰 애창했던, 널리 퍼져 있던 시의 하나이다. 이 시의 작자인 중견 시인 알렉세이 수르코프(1899-)는 이 시로써 전쟁 이전의 사회주의 건설과 방위를 선전하는 문학의 틀에서 벗어나 인간의 절실한 감정을 파고드는 신선한 면모를 보여준다. 죽음 한가운데의 황량한 전장에서 그를 훈훈하게 해준 유일한 것은 그의 애인에 대한 회상이었고, 그의 길 잃은 행복이라는 시구는 당시 소련 병사들에게 깊은 공감을 불러일으켰다.

콘스탄틴 시모노프 (1915-)의 「나를 기다려 주오」는 당시에 많은 병사들이 오려 가지고 다니면서 즐겨 읽었던 시로서, 죽음 가까이에서 절망적으로 아내를 생각하며 마치 기도하는 것처럼 자신을 기다려줄 것을 호소하는 내용이다.

「공격 직전」의 작자인 세묜 구드젠코(1922-1953)나 「몽상가, 공상가……」의 작자인 미하일 쿨치츠키(1919-1943)는 젊은 나이에 막연한 생각으로 전쟁터로 나아가 전장을 체험한 시인들이다. 이들의 전장에 대한 생생한 묘사는 소련의 시가 죽음과 삶의 진실에 적나라하게 부딪히는 전장 속에서 매우 리얼리스틱하게 되었다는 것을 잘 나타내 주고 있다. 자기가 살아있다는 것을 알 수 있는 유일한 증거가 옆에서 싸우던 전우가 죽었다는 것을 아는 사실이라는 대목이 특히 인상에 남는다. 세르게이 스미르노프(1913-)의 「야전 냄비」는 병사의 일상을 구체적으로 그려 주는 시로서 퍽 마음에 들었다.

보리스 파스테르나크*

— 詩人은 계절이 얼굴을 잃은 일상 속 이곳 내게로 겹겹이 싸인 울타리를 뚫고, 투명하여 머뭇거리는 눈빛으로 맑고 울리는 언어로 손짓하였다. 조심스레 더듬으며 그가 사물의 세계 한복판을 향하여 한 발짝 한 발짝 발걸음 내디딜 때마다 나무 꼭대기, 나뭇잎 하나, 그 잎맥 실오라기 끝까지 문득 살아 있고, 낡아 빠진 소파가, 커피 잔과 설탕 그릇이 처음 듣는 소리로 살아 울린다. 외치는 몸짓, 모진 고통의 통곡 소리까지 이 세상살이 모두 살아 지나가는 것이어서 더욱 귀하고 아름답고 고맙다고, 지상의 것 전부를 새로운 울림으로 가득 채워 과거와 현재와 미래의 모든 이들과 나누고 싶어 하였다. 시인은 다음과 같이 썼다.

"친애하는 니키타 세르게예비치 씨! 저는 당신에게, 또 소련공산당 중앙위원회에 그리고 소련 정부에 청원합니다. 저는 세미샤스트니 동무의 말을 통해 정부는 제가 소련을 떠나더라도 전혀 막지 않을 것이라는 뜻을 들었습니다. 저는 절대로 소련을 떠날 수 없습니다. 저의 탄생, 저의 삶, 저의 일, 제 전체가 러시아와 꼭 붙어 있습니다. 저는 러시아를 떠난, 러시아 밖

---

* 『외국문학』 14(1988), 324-345.

에 있는 제 운명을 상상할 수 없습니다. 저의 실수와 오류가 무엇이었건 간에 서방측에서 제 이름과 연관해 퍼뜨린 정치적 캠페인의 중심에 제가 빠져 들리라고는 상상조차 할 수 없었던 일입니다. 이제 이 일이 확실해졌기 때문에 저는 스웨덴 한림원에 제가 제 의사에 의해 노벨상을 받지 않겠다는 것을 통고했습니다. 제 나라를 떠난다는 것은 제게 있어서 죽음과 마찬가지입니다. 그래서 저는 당국이 저에게 극단적인 조처를 취하지 않기를 청원합니다. 저는 가슴에 손을 얹고 말할 수 있습니다. 이제껏 소련 문학을 위해 무엇인가를 하였고, 또 아직 유용하게 쓰일 수 있는 사람이라고……

보리스 파스테르나크

1958년 10월 31일"[1]

이는 파스테르나크가 『의사 지바고』를 이태리에서 출판한 후 노벨상 수상자로 지명되었으나 소련의 여론, 당국의 가혹한 비판에 못 이겨 조국을 떠날 지경이 되었을 때 흐루시초프 수상에게 보낸 편지이다. 68세의 노시인은 이렇게 청원하여 조국에 남게 되었다. 얼마 뒤 그는 당시 자신과 관련된 정치적 스캔들에 대한 유감을

나는 몰리는 짐승 같이 패배하였다.
어디엔가는 인간들이, 자유가, 빛이 있는데
내 뒤에는 온통 쫓아오는 시끄러운 소리,
내겐 빠져나갈 길이 없다.

어두운 숲과 호수,
넘어진 전나무 등걸,

---

1 Gerd Ruge, *Pasternak*(München, 1958), pp. 122-123.

길은 사방이 막혀 있어.

올 테면 오라지, 상관없어.

내가 무슨 몹쓸 짓을 했단 말인가?

내가 살인자인가, 악당인가?

나는 내 나라의 아름다움에

온 세계가 울도록 한 것뿐인데…….

그러나 이렇게 무덤 가까이에서 믿는다.

이제 그런 시간이 오리라고.

선(善)의 정신(精神)이 비겁하고 사악한 힘을

이기는 때가 꼭 오리라고.(「노벨상」, 1959년)²

　　라고 표현하였다. 이같이 자신의 작품을 정확히 평가할 수 있는 자부심
이 있었고 또 자신을 둘러싼 정치적 스캔들의 원인이 어디에 있었는가를
그토록 투명하게 들여다볼 수 있었던 그가 흐루시초프에게 쓴 청원의 편
지는 그의 조국에 대한 절절한 사랑을 단적으로 보여 주는 예라 하겠다.
1930년대 중반 이후 소련의 문학 풍토 속에서 계속 박해받았음에도 불구
하고 조국 속에서만 삶의 의미를, 자연과 인간과 사랑의 의미를 느낄 수
있었던 파스테르나크, 그는 어떤 사람이었을까? 1890년에서 1960년까지
1905년과 1917년의 혁명, 제1차·제2차 세계대전, 몇 차례의 5개년 계획, 대
숙청, 해방, 하나같이 크고 중요하고 뜨겁고 차가운 역사적 사건들과 함께
살아오면서 항상 조국에 대한 애정, 인간에 대한 신뢰, 자연에 대한 고마움
을 간직하며 살아온 시인 파스테르나크, 혁명의 와중에서, 이데올로기가
난무하는 공간에서 공동묘지의 마모된 묘석 하나하나를 더듬어 이니셜을

2　*Russische Lyrik*(Stuttgart, 1983), 380.

찾아내려 했던 그, 그의 인간에 대한 치열한 관심과 애정은 어디서 샘솟는 것이었을까?(「모든 것에서 본질에 이르고 싶다」, 1956년)[3] 보드카 잔을 쳐들며 자신의 작품과 자신의 힘이 이 시대와 이 나라에서 만들어진 것이므로 이 시대와 이 나라에 감사한다고 축배를 든 시인[4]은 어떤 사람이었을까? 그를 만들어낸 시대와 조국은 어떤 모습이었을까?

시인 자신이 '한 시인의 역사는 연대기적으로 표현할 수 없다'고, '시인은 자신의 전 생애를 통하여 매우 의식적으로 가파르게 상승하기 때문에 전기라는 수직선으로는 그 시인의 삶이 잡혀지지 않는다'고[5] 했다지만 시인의 삶이 자랐고 시인의 작품이 생성된 배경의 윤곽을 그려 보는 것은 시인의 뜻에 거스르는 일은 아닐 터이다. 또 파스테르나크의, 자기 노출을 싫어하는 성품은

유명해지는 것은 추해.
이는 상승시키는 것이 아니야.
사료집을 만들어 주고
초고를 보고 감격해 줄 필요는 없어.

창작의 목적은 자기희생이지.
떠들썩한 명성이나 성공이 아니야.
속절없이 격언처럼 모든 사람 입에
오르내리는 일은 바로 수치야.

스스로를 내세우지 말고 살아야 해.

---

3 B. Pasternak, *Stichotvorenija i poēmy*(Leningrad, 1976), 354.

4 Ruge, 같은 책, 102.

5 Ruge, 같은 책, 5.

결국에 가서 온 공간의 사랑이 자기에게도 쏠려
미래의 부름을 들을 수 있도록
그렇게 살아야 해.

운명 속에 빈 구석은 남겨 두어야지.
생애의 주요한 굴곡들을
본문 속보다는 가장자리에다가
주를 쓰듯 남겨야 해.

무명(無名) 속으로 잠수해야 해.
그 속에 발자취 감추어야지.
마을이 안개 속에 자취를 감추듯
지척을 분간할 수 없이.

다른 어떤 사람이 네 삶의 자취를 따라
한 뼘 한 뼘 밟아 가겠지.
허지만 네 자신은 구별하지 마라,
무엇이 패배이고 승리인가를.

너의 개성으로부터 손끝만큼도
물러나서는 안 돼.
너는 살아 있어야 해, 살아 있어야만 해,
맨 마지막까지 오직 살아 있어야만 해.(「유명해지는 것은 추해」, 1956년)[6]

  라고 다짐했다. 그가 닳아 버리는 게 싫어서 자신에 대해 말하기를 꺼렸

---

6 B. Pasternak, *Stichotvorenija i poēmy*(Leningrad, 1976), 356.

든지 아니면 자신에 대한 말을 하는 것이 시인의 일이 아니라고 생각했든지 간에 결국 시인의 인생을 알아보는 작업은 그를 사랑하고 알고 싶어 하며 그가 간 길을 한 발짝 한 발짝 밟아 가며 그와의 만남을 기뻐하려는 독자에게 주어진 일로 남았다.

보리스 파스테르나크는 매우 잘 알려진 화가이자 미술 교육가였던 아버지 레오니드 파스테르나크Leonid O. Pasternak와 매우 재능 있는 피아니스트였던 어머니 로자 카우프만Roza I. Kaufman의 장남으로서 1890년 모스크바의 고풍스러운 거리에서 태어났다. 항상 음악과 미술의 만남이 일어나는 예술적 분위기 속에서 파스테르나크는 매우 어렸을 적부터 훌륭한 예술인들을 가까이 접할 수 있는 행운을 누렸다. 6세 때 레오 톨스토이를 집에서 본 일은 시인에게 있어 "그의 정신이 우리 집 전체를 관통하였다"라고 엄숙히 회상할 만큼 신성한 추억이었으며 10세 때 기차 속에서 라이너 마리아 릴케를 만난 일은 릴케의 시를 읽어 감에 따라 더욱 뚜렷하게 시인의 뇌리에 남아 시인의 한 부분이 된 중요한 체험이었다.[7] 파스테르나크가 예술에 심취하여 소년기를 보내던 시기는 당시 러시아 예술인들 사이에서 예술적 혁명의 분위기가 일고 있던 때였다. 과거의 예술적 규범에 대한 반란으로서 서구에서 시작된 이 혁명은 페테르부르그나 모스크바 같은 러시아의 대도시에도 영향을 미쳤는데 이는 다름 아닌 상징주의였다. 알렉산드르 블록Aleksandr Blok, 뱌체슬라프 이바노프Vjaceslav Ivanov, 안드레이 벨르이Andrej Belyj, 발레리 브류소프Valerij Brjusov, 알렉산드르 스크랴빈Akleksandr Skrjabin, 스트라빈스키Stravinskij, 칸딘스키Kandinskij, 댜길레프Djagil'ev, 이 모든 사람들이 당시 예술 혁명의 대열에 참가하였다. 상징주의의 모습은 미학주의에서 형이상학적 신비주의에 이르기까지, 비관주의, 악마주의에서 종교적 세계관에 이르기까지 매우 다양하였다. 파스테르나

---

7 Ruge, 같은 책, 13-14.

크는 이웃에 살았던 스크랴빈에게서 피아노 연주를 사사하였고 상징주의 시를 읽으며 삶을 느끼고 꿈을 키워 갔는데 당시의 상징주의 시인들 중에서 특히 영향력이 컸던 사람은 알렉산드르 블록과 안드레이 벨르이였다. 블록은 강하고 아름다운 이미지, 정신의 깊이와 솔직함으로써 두드러지고 벨르이는 무한한 환상력과 수학적인 정치(精緻)함의 양면성을 지닌 시인으로 힘찬 리듬과 충격적인 이미지, 신선한 언어로써 마음을 사로잡았다. 두 시인 모두 이미 고골 문학에서부터 고발되기 시작한 구(舊)러시아의 차르 관료 체제의 답답한 세계와 체호프의 드라마로써 잘 알려져 있는 귀족 부르주아의 숨 막히는 분위기를 벗어나 새로운 세계를 추구한 사람들로서 간절히 혁명을 기다렸고 또 혁명을 환영했었다. 이들에게 있어서 혁명은 정치적, 사회적 의미로서 가치가 있기보다는 전 세계, 전 우주의 새로운 구축을 의미하기 때문에 귀중하고도 귀중한 것이었다. 1905년 혁명 이후 러시아 사회에는 사회적·문화적으로 좀 더 강한 변화의 기운이 싹텄다. 사회주의혁명 운동가, 개혁주의자, 나로드니키, 이 모든 인텔리겐챠들은 각기 자신의 전열을 가다듬었고 예술 분야에 있어서도 여러 그룹의 활발한 활동이 전개되었다. 상징주의가 분파되어 미래파를 위시한 여러 문학 그룹이 나타나서 각기 목소리를 높였다. 미래파는 부르주아 사회의 예술, 공리적인 예술 모두에 정면으로 선전 포고를 하며 "대중의 기호에 빰을 때려라"라고 외쳤고 시인들과 철학가들은 밤을 지새우며 새로운 예술의 길에 대해 토론하였다. 파스테르나크는 어느 그룹에도 속하지 않고 계속 자신의 길을 찾고 있었다. 아직 음악을 할 것인가, 문학을 할 것인가 결정하지 못하고 있던 상태에서 모스크바대학의 법학부에 입학했던 그는 곧 피아노 선생님 스크랴빈의 충고에 따라 철학부로 옮기는데 그 이후부터 파스테르나크의 관심은 확연히 문학으로 기울게 되었다. 그는 당시 체질에 맞지 않는 딱딱한 강의에서보다 내면으로 귀 기울이며 스스로 발전하는 과정 속에서 강한 맥박을 느꼈던 것으로 보인다. 모스크바대학의 강의에 갈증을 느낀 그는 1912년 독일 마르부르그대학의 신칸트학파의 우두머리인 코엔 Cohen 교수에게로 간다. 여기서 그는 자신의 철학 체계의 골격을 단단하게 마련한 것으로 보인다. 그는 마르부르그 학파를 근원적인 철학을 다루는 독자적인 학풍으로 꼽았다.[8]

사물의 근원에 대한 시인의 시선은 일생 동안 시인의 삶과 작품을 따라다녔다. 근원을 향하는 새로운 시선으로 시인은 시대의 격동 속에서 모든 사물의 핵심까지 파고들려고 했다.

마르부르그가 시인의 운명에 갖는 또 하나의 중요한 의미는 그가 이곳에서 비소츠카야Vysockaja와 해후한 일이다. 파스테르나크는 그녀를 이미 러시아에서부터 사랑하고 있었는데 우연인지 필연인지 마르부르그에 동생과 함께 여행 온 그녀에게 파스테르나크는 사랑을 고백하고 청혼했지만 거절당하고 만다. 마르부르그역에서 그녀를 마중하던 그는 기차가 떠나는 순간 객차에 뛰어올라 그녀와 베를린까지 동행하지만 베를린에서의 작별은 이미 작별이라기보다는 완전한 결별이었다. 실연의 쓰디쓴 나날을 보내던 어느 날 파스테르나크는 책상에 앉아 꼬박 밤을 지새웠다. 아침이 왔을 때 그는 마치 처음 보는 듯이 자기 방을 둘러보고 창문을 활짝 열어젖혔다.[9]

아침이, 세계가 시인에게 정면으로 친숙하게 다가와 머무는 새로운 탄생의 순간, 시인의 깨어남을 그는 시 「마르부르그」에서 세계가 그를 뚫어지게 쳐다보며 손짓하고 나직이 부르는 소리로, 주위의 모든 사물들이 눈에 보이지 않는 동일성으로 가득 차 서로서로 반향하며 삶의 여러 갈래 혀로써 이야기하는 모습으로 표현했다. 숲의 속살거림, 시냇물의 중얼거림,

8 Ruge, 같은 책, 26-27.

9 Sinowi Paperny, Pasternaks Lyrik in: B. Pasternak, *Initialen der Leidenschaft*(Berlin, 1969), 185.

새들의 노래, 사람들의 목소리, 음악의 울림 속에 귀 기울이며 시인은

밤이 넓게 펴진 달빛 속에서
나와 함께 장기 두러 내려와 앉았고
아카시아 향기, 창문을 활짝 열어젖혔다.
정열은 증인처럼 구석에서 백발이 되어 간다.

포플라 나무는 왕이고 밤꾀꼬리는 왕비야,
잠자지 않는 여인 꾀꼬리와 마음 기울여 이야기한다.
이윽고 밤이 이기고, 모든 것들은 옆으로 비키는데
나는 하얀 아침을 정면으로 알아보았다.(「마르부르그」, 1914년, 1945년 중에
서)[10]

시에 눈뜬 그는 이후 철학공부를 그만두고 시 창작만을 계속하다가 이
태리를 여행한 후 러시아로 돌아왔는데 이태리의 고전적이고 정교한 건축
물들을 본 후, 수백 년 인간 문화의 살아 있는, 입체적인 기록을 보는 것 같
은 인상을 받았다고 한다.[11]

모스크바에 돌아온 파스테르나크는 자신을 시인으로 느끼고 있었고 곧
첫 번째 시집 『구름 속의 쌍둥이Bliznec v tučach』(1914년)를 내었다. 이 시집
의 성격은 시인 자신이 후에 말했듯이 "어리석을 정도로 야심에 찬 상징주
의자들의 책 제목에서 따온 것 같은 우주적 지혜를 모방한" 것들이었다.[12]
하여튼 이로써 그는 문단의 주목을 받기 시작하였다. 당시의 러시아 문단
은 백화 만발한 양상으로 모든 그룹이 각기 마니페스토와 프로그램, 그리

---

10 B. Pasternak, *Stichotvorenija i poēmy*, 125.

11 Ruge, 같은 책, 28

12 L. A. Ozerov, Poēzija B. Pasternaka, in: B. Pasternak, *Stichotvorenija i poēmy*, 11.

고 멋진 명칭을 갖고 각기 스스로 새로운 진리를 발견하였노라 느끼고 있었다. 새로운 현실을 새로운 눈, 새로운 언어, 새로운 리듬으로 표현하려는 야심은 당시 시인들의 공통점이었다. 이는 새로운 현실이 이미 낡은 언어로서는 포착될 수 없다는 자각에서 비롯하였다고 볼 수 있다. 모두들 '시가 과거의 속박에서 풀려 나와야 한다'고 느꼈다. 마야코프스키는 도시, 전쟁, 혁명에 대하여 거리의 통속어와 거친 정치적 구호를 섞은 리듬으로, 웅변조의 비장한 어조로 목청을 다하여 과거의 시적 전통에 종지부를 찍겠노라 외쳤다. 그의 노란 재킷은 부르주아를 경악시키는 심벌이었다. 파스테르나크의 입장은 달랐다. 파스테르나크는 이 때 첸트리푸가Centrifuga라는, 말하자면 중도적 입장의 미래파의 문학 그룹으로 들어갔는데 그것은 파스테르나크가 그 그룹에 속하던 세르게이 보브로프Sergei Bobrov나 니콜라이 아세예프Nikolaj Aseev와 친했기 때문이기도 하였다.

문학적 활동과 사회적 활동을 구분했던 파스테르나크는 부르주아를 경악시키는 것을 목표로 하던 마야코프스키와 부딪히게 되었다. 격전의 준비를 하여 마야코프스키와 부딪히는 순간 파스테르나크는 그 속에서 거대한 천재를 알아보았다. 이때부터 파스테르나크는 자신보다 세 살 아래인 마야코프스키를, 혁명 이후 정치적 시인으로서 노란 재킷을 벗어버릴 때까지 경탄하고 사랑했다. 또한 파스테르나크는 마야코프스키의 노란 재킷 속에 숨은 비로드 같은 부드러운 마음씨를 알아본 사람이기도 하였다.

"그의 뻔뻔스러운 충동적 행동은 인간적인 수줍음이었고 그의 통곡하는 강한 의지 밑에는 그야말로 드물게 회의적이고 끝없는 어두움으로 빠지려는 의지박약이 숨어 있었다. 그의 노란 재킷도 마찬가지였다. 그 재킷의 도움으로 그가 맞서 싸우고자 했던 것은 부르주아의 재킷이 아니라 자신 속의 검은 비로드 같은 재능이었다……. 그의 창작 공간은 이 세상만큼 절대적으로 넓었다. 여기에는 그 끝없는 정신화가 있었는데 이것 없이는 전혀 독창성이 나타날 수 없었을 것이며, 또 그 경계 없음이 있었는데 이는 생의 어떤 지점으로부터도 임의의 모든 방향으로 열려 있는 것을 의미했다."[13]

혁명이 일어났을 때 파스테르나크는 자신과 비슷한 기질을 가졌던, 감수성이 예민한 많은 젊은이들이 러시아를 떠나는 것을 보았으나 러시아를 떠난다는 것은 68세의 그가 상상할 수 없었듯이 28세의 그에게도 상상할 수 없는 일이었다. 현실의 떠들썩함에 조국의 숲이 아파하는 것을 고통스러워하며 파스테르나크는 미래파가 자기들의 예술론의 정당성을 확인하고 혁명의 시인으로 나서고, 블록이나 벨르이가 혁명을 과거 세계의 파멸로서 반겼던 혁명의 격동기에 인간이, 자연이 시대의 격랑에 얼마만큼 흔들리는지 똑바로 보려고 노력하였다. 이는 자신에 대한 엄격한 시선이기도 하였을 것이다. 데미안 베드니Dem'jan Bednyj의 투쟁 속에 거칠어진 목소리나 "혁명에 동원되었고 소명되었으며 의식적으로 사회주의 예술을 건설하기 위해 나아가노라고 명백히 선언한" 마야코프스키와는 달리 파스테르나크는 한 번도 프롤레타리아 혁명이나 레닌주의의 과제나 목적과 연관하여 시를 생각해 본 적이 없었다. 다만 그는 자신의 시대를, 그 시대를 사는 인간을, (자신을 포함하여) 있는 그대로 들여다보려고 노력하였다. 1917년 여름의 시를 담은 시집 『나의 누이—삶Moja sestra—žiizn』에서

나의 누이 삶은 오늘 홍수 속에서
봄의 폭우처럼 모든 것에 부딪혀 다쳤다.
그러나 사람들은 나팔 불며 소리 높여 투덜거리고
증오는 천천히 기어 다니며 귀리밭의 뱀들처럼 물어뜯는다.
나이 든 사람들은 나름대로 이유가 있겠지.

---

13 B. Pasternak, *Ochrannaja gramota* (Deutsch: Johannes von Günther (Frankfurt am Main 1959), S. 185, 188): Efim Etkind. *Russische Lyrik von der Oktoberrevolution bis zur Gegenwart*, 51에서 재인용.

허나 네 이유는 분명히, 분명히 우습네.

폭풍우 속에서는 시야도 잔디밭도 모두 릴라 빛이 분명하다며

항상 저 멀리 수평선은 축축한 목초 냄새를 풍긴다는 네 이유는.[14]

　　시대의 아우성 속에서 자기를 성찰하는 이러한 깊숙한 시선은 파스테르나크로 하여금 그 자신이 시인이라는 것을 한시도 잊지 못 하도록 했고 그는 시인의 임무가 정치나 사회적 문제 너머에 있는 그 무엇을 표현하는 것이라고 여겼다. 그는 「툴라에서의 편지」에서 새로운 시대를 찬양하는 시혼 없는 모방적 예술들을 공박하며 시인들의 양심에 호소했다. 시인이라는 단어가 불로 순화될 때까지 이 단어를 쓰고 싶지 않다고, 어울리지 않는 연기를 하는 배우들처럼 자기의 동료와 시대를 고발하는 모욕적인 연극, 질병 같은 시들을 부끄러움을 느끼며 읽었고 시인이 할 수 있는 것은 삶의 살아있는 목소리가 그대로 울려 나오도록 하는 것이라고[15] 시인의 사명을 강조하며 당시의 시인들을 질타하였다.

　　1920년대가 진척되면서 미래파는 상징주의를 부르주아의 잔재라고 공박했고, 어떤 시인들은 기계, 공장, 집단적인 삶을 찬양하고 나섰으며, 심지어는 뮤즈를 파괴시킬 것을 주장했고, 프롤레트쿨트는 노동자와 군인들이 이 시대의 가장 유용한 시인이라고 주장했다. 또 이 모든 그룹들은 각기 혁명 예술의 대표자로 자처하며 나섰다. 이렇듯 정치의 입김이 강하게 불었던 문단에서 시인들은 숨이 막혀 갔다. 독특한 실험시를 썼던 미래파 방랑시인 흘레브니코프Chlebnikov는 굶어 죽었고 상징주의에 반기를 들며 새롭고 명확한 언어를 추구했던 구밀료프Gumilev는 반혁명 세력으로 처형당하였으며 블록은 실의(失意) 속에서 "시인은 더 이상 숨을 쉴 수 없으면 죽는다."고 창작적 자유의 상실을 비난하며 죽었다. 예세닌 역시 실현되지

14　B. Pasternak, *Stichotvorenija i poēmy*, 128.

15　Ruge, 같은 책, 43-44

못한 농민들의 파라다이스에 대한 꿈을 가슴에 묻고 거칠고 방탕한 생활로 도피하다가 결국 동맥을 끊었다. 마야코프스키만이 계속 새로운 정부를 혁명가 특유의 낭만적 포즈로서 찬양하였는데 이 포즈가 그의 삶의 유일한 의미였던 것으로 보인다. 예세닌이 레닌그라드의 한 호텔에서 동맥을 끊어 그 피로 작별의 시를 쓰고 목매달아 죽었을 때 마야코프스키는 혁명가의 포즈를 취하고

"정신 나갔소? 예세닌, 이 세상에 작별의 말을 쓸 잉크가 모자란단 말이오? 무엇 하러 자살하는 사람의 수만 늘리는 거요? 잉크의 생산고를 올리는 것이 더 나을 것이오."라며 예세닌의 죽음을 낭만적 오류로 치부하고 이곳에서 죽는 것은 예술이 아니며 삶을 이루는 것이 더 어렵다고 예세닌에게 답하면서 정치적 행위 속으로 도피했다. 그는 스스로 혁명의 스피커가 되어 자신의 노래하는 성대를 짓밟고 싶다고까지 선언했다. 그는 노란 재킷을 벗어 버리고 정치적 혁명 시인의 포즈를 뒤집어쓴 것이었다. 그러나 결국 그도 1930년에 혁명의 결과에 대한 독한 실망 속에서 자살하고 말았다.

파스테르나크는 후에 당시 시인들의 자살을 회상하며 당시 시인들이 자기 자신들이 언젠가 내렸던 결정에 불충실하여 죽었다기보다는 어디서 오는지도 모르는 불안을 더 이상 참기 어려워 죽었다고, 그 고통, 그 의미 없는 기다림, 이 모든 것 속에서 불안이 정신병의 증세로서 악화되어 있었다고 말했다.[16]

이러한 불안의 시대에 파스테르나크는 개인적 위기를 맞았다. 그의 아내가 유명한 피아니스트와 함께 그를 떠났고(둘은 1934년에 결혼함) 그 자신도 그 피아니스트의 부인과 카프카즈로 갔다. 그녀는 후에 그의 두 번째 아내가 되었다. 그는 카프카즈의 티플리스에 얼마간 머물면서 카프카

---

16 Ruge, 같은 책, 65-66

즈의 아름다운 풍경과의 만남을 시집 『제2의 탄생』(1932년)에 적어 넣었다. 가파른 산과 바다에 대한 시구는 바다처럼, 수평선처럼 끝없는 삶에 대한 생각과 연결되어 있었다. 두드러진 것은 이제 자연이, 예술이 파도처럼 감정적 폭발로서 열리는 것이었다. 그의 시야에 들어오는 삶의 모든 새로운 지평은 그에게 계시로 나타났고 그는 제어할 수 없는 열정으로 이 새로움에 자신을 바쳤다. 그의 시 「집으로 돌아가고 싶다, 그 거대함 속으로Mne Chočetsja domoj, v ogromnost'」에는 그의 시선 속에서 어떻게 삶의 공간과 자연의 공간 사이의 벽이 허물어져 있는가를 나타내었다. 시인의 집은 고립되고 폐쇄된 공간이 아니라 모든 방향으로부터 들여다볼 수 있는 거리의 빛들과 모든 우주의 빛들로서 밝혀져 있는 공간이다.

…….
간막이 벽이 투명해지면
나는 빛처럼 통과할거야.
하나의 형상이 다른 형상 속으로 들어가듯
하나의 사물이 다른 사물과 얽혀지듯.[17]

　　시작(詩作) 초기에, 자신이 세계 속의 한 부분이라는 깨달음에서 한 걸음 더 나아가 이제는 적극적 의지와 행동으로 세계와의 교감에 이르는 것이다. 시인은 모든 곳을 다니며 연결하고 모든 것을 포용한다. 시인에게 있어서 사랑은 사물들이 서로서로에게 끌리는 일반적 법칙이고 사랑의 조화는 죽음보다 더 강하며, 사랑하는 이들에겐 느낌이 살아 있어, 그들은 죽더라도 계속 세계와 연결되어 물과 공기를 빨아들인다. 즉 사랑하는 것은 삶 그 자체이자 예술이며, 그래서 아름답고 영원하다는 생각이 종종 시인으로서 한창 때였던 이 시기의 작품에 나타났던 것이다.

17　B. Pasternak, *Initialen der Leidenschaft*, 94.

사랑하는 여인이여, 달착지근한 명예의 냄새는
흔해 빠진 탄 냄새 같애.
그러나 당신은 감추어진 영광을
자석처럼 빨아들이는 사전처럼 부유해.

죽음이 찾아와 우리를 닫고 떠날 때
심장이 맥박을 치는 것보다
더 촘촘히 우리 둘이 각운을
이루었으면 좋겠다.

우리가 소리를 연결하여
누군가의 귀를 어루만지고
우리가 마셨고 빨아들인 모든 것을 그에게 주고
다시 풀잎으로 빨아들였으면.[18]

　트냐노프는 파스테르나크의 詩 속에서 우연적인 것이 논리적 연결보다 더 강한 연결을 이루고 있는 것을 보았다. 그는 사물들을 연결하는 파스테르나크의 탁월함을 알아보며 시인이 연결하는 고리는 처음 보는 것이고 우연적인 것으로 보이지만 그가 한 번 연결하면 그것이 어디엔가 예전부터 있었던 것처럼 필연적인 것이 되는 것을 경탄했다.[19] 이는 바로 파스테르나크의 '모든 사물을 사랑으로 포용하는 능력' 때문일 것이다. 1934년 제1차 소련작가대회에서 "우리 시대의 가장 중요한 시인의 하나"라고 한, 부하린의 말은 파스테르나크가 공식 석상에서 받은 마지막 칭찬이었다

18　B. Pasternak, *Stichotvorenija i poēmy*, 293.

19　Andrej Sinjavsky, "Boris pasternak", in: *Pasternak. Mordern Judgements*, edited by Donald Davie and Angela Livingstone(London, 1969), 206.

(부하린은 1938년 스파이로 낙인찍혀 처형당한 후 1988년 1월, 사후 복권되었다).
1930년대 중반부터 확연히 모습을 드러내는 사회주의 리얼리즘의 경직된
문학 정책 속에서 파스테르나크의 시가 '인민성'에 위배되는 나쁜 예로서
공박을 받은 것은 당연한 일이었다. 제2차 세계대전이 일어나기 전까지 파
스테르나크는 아무런 작품도 발표하지 못했다. 이 암흑의 시대를 그는 세
익스피어와 괴테를 번역하며, 또 어떤 여인을 사랑하면서 보냈다. 그에게
있어서 번역은 창작과 같은 의미를 지녔다. 번역가로서 그는 세세한 표현
보다는 원작의 정신을 재창조하는 데 역점을 두었다. 그는 '번역이 원작에
접근하기 위해서는 무엇보다도 자유가 필요하다'고 했다. 그는 한 자 한 자
(사전적 의미대로) 정확히 번역하는 것보다는 전체적으로 원작의 정신에 접
근하는 것이 더 중요하다고 보았고 원작 작가의 정신적 영향을 오랫동안
경험한 후에 번역을 해야 한다고 생각하였으며 번역가는 원작자의 정신에
대등해져서 그의 목소리를 다른 언어 체계로서 전달한다고 보았다.[20] 이러
한 치열한 태도가 그를 '번역을 하면서도 시인으로서 계속 살아 있게 한'
동력이었을 것이다. 전쟁이 발발했을 때 파스테르나크는 모든 다른 시인
들처럼 애국심에 넘쳐 시를 썼고 동시에 조국에 대한 사랑을 노래할 수 있
다는 사실에 감격했다. 조국에 봄이 오고 승리의 기미가 느껴지는 것을 보
며 파스테르나크는 다음과 같이 말했다.

이 봄은 모든 것이 달라.
참새 소리도 더 기운찬 걸.
내 가슴이 얼마나 밝고 조용한가를
말하려고 시험해 보지도 않아.

달리 생각되고 달리 써지는 걸.

---

20 Andrej Sinjavsky, "Boris Pasternak", 위의 책, 206-207.

커다란 옥타브 음으로
지상 깊숙이 힘찬 목소리가 울린다,
해방된 영토에서.

조국의 봄의 입김이
겨울의 자국을 불어 버리고
모든 슬라브인의 눈에서
퉁퉁 붓도록 울었던 눈물 자국을 지운다.

곧 풀이 돋아날 거야. 그리고
옛 프라하의 거리들도 조용해지겠지.
굽이치며 흐르는 폭포처럼
삶이 쏟아지는 듯.

체코, 모라비아, 세르비아의 전설들이
봄바람과 함께 올 거야,
불법(不法)의 덮개를 찢고
눈 밑에서 피어나는 꽃들처럼.

그리하면 바실리카 교회,
금으로 장식된 용사의 집,
모든 기둥과 벽이
전설처럼 연기로 덮이게 될 거야.

한밤중에 몽상하는 사람에게는
모스크바가 세상에 어느 것보다 사랑스럽다.

모스크바는 여기에 있다.

수백 년 피어날 모든 것의 근원에.(「봄」, 1944년)[21]

　파스테르나크뿐 아니라 많은 시인들이 오랜 침묵을 깨고 입을 연 것은 시인들이 조국의 극한 상황 앞에서 모순투성이, 피투성이의 보기 흉한 모습일지라도 조국이 얼마나 귀한 것인가를 뼈저리게 느껴 애국심과 적에 대한 증오를 온몸으로 감지하였기 때문이었고 다른 한편으로, 당의 문학 정책 또한 비정치적이고 서정적이고 난해한 시들까지 허용했기 때문이었다. 그러나 이러한 풍요로운 시인의 활동은 전후 곧 차가운 서리를 맞는다.

　'전쟁은 한판의 장기가 아니며, 흑이 백을 이긴다고 해서 끝나는 것이 아니며, 무엇인가 새로운 것이 나타나야 하며, 무수한 사람들의 죽음이 무의미하게 되면 안 된다'[22]는 각오로 종전의 날을 맞은 파스테르나크도 전쟁 기간 동안 이루어진 시의 상승을 지속시키려고 했다. 그러나 그도 모든 작가들과 함께 커다란 실의에 젖게 된다. 그것은 바로 1946년부터 더더욱 경직된 쥬다노프 노선이 나타났기 때문이었다. 알려진 바와 같이 쥬다노프 시대에는 다시 전쟁 이전의 무갈등적인 낙관주의가 거짓말처럼 되풀이되었다. 이제 지나간 전쟁의 위대한 기념비를 세우는 작업의 그림자 속에 고통, 고뇌, 경악, 곤궁, 이 모든 것이 감추어져 버렸던 것이다. 자신의 책을 출판하거나 판매할 기회가 완전히 금지되었던 파스테르나크에게 있어서 자서전적 요소가 강한 소설 『의사 지바고』의 집필은 당시의 정신적 속박과 대결하는 자기 해방의 행위였다고 볼 수 있다.

　창작 생애 전체를 통하여 시대의 혼란과 혼탁한 이데올로기, 선전 언어의 난무 속에서 파스테르나크는 항상 본질에 접근하려는 치열한 정신을

21　B. Pasternak, *Stichotvorenija i poēmy*, 352

22　Ruge, 같은 책, 76

지녔고 또 이 때문에 항상 박해받는 고달픈 삶을 살았다. '아무 막힌 곳 없음'은 인간 파스테르나크 성격의 특징이었을 뿐만 아니라 그의 詩 전체의 특성이었다. 그는 자신의 이러한 성격을 피할 수 없는 저주로서, 무서운 소명으로서 엄숙하게 받아들였다.

내가 문단으로 나가기 시작했을 때
이럴 줄 알았다면
시 한 줄 한 줄이 피를 튀기며 날 죽이는 줄 알았다면
목구멍에서 토해 나와 날 죽이는 줄 알았다면

이런 속사정 있는 이 놀이를
단호히 거절해 버렸을 거야.
처음은 너무나 멀어.
첫 번째 더듬거림은 그렇게도 수줍었었는데.

그러나 연륜은 로마야, 연륜은
헛소리나 법석을 떨고 나서
배우에게 연기를 요구하지 않아,
완전한 멸망을 진지하게 요구해.

감정이 시를 쓰도록 할 때
무대로 내보내는 것은 노예야.
여기에선 기예가 끝나고
근원과 운명이 숨 쉴 뿐이야.(「내가 문단에 나가기로 했을 때」)[23]

---

23 B. Pasternak, *Stichotvorenija i poēmy*, 303.

파스테르나크에게 있어서 詩는 영원히 지칠 줄 모르는 깨어 있음이요, 항상 동요하는 세계와의 연결이었다. 그리고 세계 속에, 냄비 속에, 별 속에, 그리고 잠들지 않는 예술가의 영혼 속에 항상 타고 있는 불꽃은 아마도 인간과 삶에 대한 그의 애정 그 자체였을 것이다. 시대의 템포가 빠를수록 천천히 생각하여 사물의 본질을 항상 깨어 있는 마음으로 들여다보려고 했던 파스테르나크, 그의 시를 좀 더 가까이 해보고 싶은 마음이 요즘 부쩍 커지고 있다.

보리스 파스테르나크를 소개하며*

파스테르나크에 대해서 무엇인가를 쓴다는 것은, 도대체 상당히 이해하기 어려운 시를 많이 썼던 한 러시아 시인에 대하여 무엇인가를 쓴다는 것은, 거의 무모한 용기가 있어야 한다는 것을 알면서도 얄팍한 지식과 이리저리 떠오르는 희미한 생각들을 누더기 같이 엮어 보는 것은 그가 인간과 삶에 대해서 필자에게 전해준 몇 가지 아름다운 생각 때문이다. 아니 필자가 그에게서 들었다고 여겨지는 그 생각 때문이다. 그 생각이 형체를 갖추었을 때 필자는 뿌연 먼지 속에 막무가내로 흩어져 있는 종이들 속에서 나에게 의미가 되는 소박한 그림 한 장을 찾은 것처럼 무척 기뻤다. 우리나라의 일반 독자에게 파스테르나크를 가깝게 소개하려면 아직은 아마도 러시아 20세기 전반의 시 전체에 대한 배경까지 조명해야 하리라는 커다란 과제 앞에서 주눅이 들기도 했지만 기쁜 마음으로 죄를 저지르며, 그 기회를 주신 건국대학교 출판부에 감사드린다.

파스테르나크를 소개하는 데 있어서 많은 표현을 빌어 쓴 가장 중요한 자료는 그의 자서전적인 산문 「안전통행증」(1930년)과 「인간과 상황」(1956

---

* 『보리스 빠스쩨르나끄 – 생애와 시, 의사 지바고』 (홍대화 공저, 건국대학교 출판부, 1997).

년 봄, 1957년 11월)이었다. 그의 자서전적인 산문들도 그의 생애를 순전히 연대기적으로 서술한 것이기보다는 그의 일생에 의미를 주었던 생각과 느낌들을 그려 모아놓은 것들이다. 말하자면 자신의 생애에 대한 회상을 형상화한 것이라고 볼 수 있다. 그러나 그것에서 필자는 시인의 충실한 자기 소개를 읽을 수 있었고 또 그가 자신을 하나의 통일체로서 설명하려는 노력을 볼 수 있었다. 그의 시들도 마찬가지로 시대와 역사 속에서 그 자신이 지녔던 의식과 감정의 진솔한 표현이다. 그런 생각에서 필자가 이해했다고 느껴지는 그의 널리 알려진 시 몇 편을 그의 생애와 더불어 살펴보았다. 이때 그의 동시대인들의 문학적 삶, 특히 격랑의 혁명기를 함께 보낸 시인들의 삶과 시를 약간 소개하여 파스테르나크를 문학사의 공간 속에서 조명하고자 시도하였다. 사진들은 대부분 1958년에 출판된 게르트 루게의 파스테르나크 사진 전기에서 취해 왔고 그녀의 생생한 기록들도 많이 참고하였다. 그녀의 사진 전기는 1957년 추운 겨울 페레델키노를 방문하여 파스테르나크를 만나 인터뷰한 후 당시 독일의 일반 독자들에게 그를 소개한 소박하고 따뜻한 책이다. 또 소련에서는 파스테르나크에 대해 침묵하던 시절에 로날드 힝글리가 영미 문화권 독자들을 향해 쓴, 파스테르나크에 대한 꼼꼼한 전기(1983년)도 많은 도움이 되었다. 러시아에서는 1988년경부터 파스테르나크에 대한 평론들과 함께 그동안 밝혀지지 않았던, 그러나 종종 그에 대한 매우 상반된 평가를 내리게 하는 여러 가지 에피소드와 회상들이 많이 발표되었지만 아직도 그의 삶과 작품세계 전체를 조망하는 전기가 나오지 않았다고 할 수 있다.

제2부는 파스테르나크의 몇 차례의 소설 쓰기의 연속이자 그의 전 생애에 걸친 창작의 결산인 『의사 지바고』에 대해 따로 자세히 소개하고자 하는 의도에서 오랫동안 이 소설에 대해 지속적인 관심을 가지고 연구하고 있는 러시아 문학자 홍대화가 집필하였다.

홍대화와 함께 우리의 독자에게 널리 파스테르나크를 소개하게 된 기뽐은 참으로 크다. 끝으로 초고를 읽어준 임혜영을 포함하여 파스테르나크를 심도 있게 본격적으로 연구, 소개하려는 사람들에게 이 책이 어떤 의미에서든지 조그만 자극이 되기를 바란다.

스탈린 문화와 소설 - 『개척되는 처녀지』의 경우*

1

　페레스트로이카가 본격적으로 진행되면서 소련의 지성인들이 가장 중요한 과제로 삼은 것이 스탈린 문화의 청산이다. 산업화와 농업의 집단화를 진행시키면서 스탈린의 통치가 가져온 경제적 성장을 인정하면서도 이 시대가 남긴 정신적 인각(印刻)이 스탈린이 죽은 이후에도 계속 소련의 문화 전반을 지배해 왔다는 사실을 소련인들은 공개적으로 거론하기 시작한 것이다. 소련의 모든 공식적 자료가 보여주듯이 스탈린이 죽은 이후 몇 십년 동안에도 계속 스탈린 시대에 만들어진 사고방식은 소련 문화 전반에 강하게 남아 소련 사람 자신의 일부가 되었다. 이제 이러한 것의 청산은 철저한 자기 분석과 자기 부정으로서만 이루어질 수 있다는 것이 요즈음 소련인들이 안고 있는 지난한 문제이다.[1]

　소련인들은 이제 여태껏 그네들이 이루어 온 것들을 모두 다시 부수고 파헤치고 물어보고 하는 작업을 스스로 시작하고 또 그 위에 새로운 것

* 『외국문학』 22(1990), 92-107.

1　치코프, 「스탈린주의의 기원」, 『스탈린주의는 끝나는가?』(동아일보사, 1989).

을 마련해야 하는 시대적 과제 앞에 있다. 문학예술의 분야에서 이 문제는 특히 심각하다. 그들은 자신들이 만들어 온 예술 작품에 대해 오래전부터 항상 〈진보〉와 〈올바른 사회주의 이념〉이라는 추상적 강박 관념 속에서만 평가해 왔기 때문에 그 구체적 논의나 실제적 비평에 있어서 객관적이지 못한 경우가 많았기 때문이다. 사회주의 리얼리즘에 대한 논의도 그러하다. 사회주의 리얼리즘이라는 개념은 1932년-1934년 사이 스탈린의 입김 아래 공식적 문학비평가들 사이에서 형성된 개념으로서 문학을 이데올로기와 현실 속에 깊숙이 개입시켜 대중의 교육 수단으로 삼겠다는 의도에서 생겨난 개념으로 이는 당시 소련 위정자들의 '자신의 정통성'에 대한 주장을 예술 분야에서 실현하려고 한 논의라고 볼 수 있다. 그리고 실상 이 개념의 내포인 〈당파성〉, 〈인민성〉, 〈혁명적 낭만주의〉, 〈전형〉, 〈긍정적 인물〉 등이 구체적으로 현실 정치의 도구로 이용되는 경우가 많았는데, 특히 1930년대 스탈린 숭배 문화는 그 극단적 예이다. 스탈린 사후에도 계속 살아남은 이 개념은 스탈린에 대한 언급의 회피만 빼면 계속 그 기본적 골격을 유지한 채 오늘날까지 이른 셈이다. 이제 이 문제에 대해서도 좀 더 깊고 넓은 논의가 소련 예술계에서도 본격적으로 일어날 것이고 또 그래야 하리라고 본다.

　이 글은 스탈린 시대에 공식적으로 사회주의 리얼리즘의 전범으로 받아들여진 소설들 중의 하나인 미하일 숄로호프의 『개척되는 처녀지』의 1부를 관찰하여 당시의 문학적 규범을 알아보고 이를 통하여 스탈린 시대의 문화를 고찰하려는 하나의 시도로서, 이는 소련인들과 함께 그들의 시대적 아픔을 함께 나누고 극복의 진통을 알아보고자 하는 바람에서 나온 것이기도 하다. 숄로호프의 『개척되는 처녀지』 1부는 1932년 잡지 『신세계』에 연재되었고(제 2부는 1960년에 완성되어 발표되었다) 이후 스탈린 시대 전체를 통하여 거의 아무런 유보 없이 사회주의 리얼리즘 소설의 전범으로 칭송되었다. 또 얼마 전까지도 사회주의 진영의 공식적 문학사는 이 소설을 사회주의 리얼리즘 소설의 승리로 소개하였다. 물론 이 소설은 사회주의 리얼리즘 속에서 만들어진 가장 훌륭한 소설도 아니고 또 소련문학을 대표할 수 있는 소설이라고 볼 수도 없으나 당시의 공식적 문화의 규범을 가장 적절히 매개해 준다는 점이 이 글의 의도에 적합하다고 여겨져서이를 자세한 분석의 대상으로 삼았다. 소설 분석은 소설의 인물, 사건의 진행, 그리고 의사 전달 구조에 국한하였다.

2. 줄거리

우선 전체 40장으로 구성된 작품의 줄거리를 간추려 보겠다.

소설은 시민전쟁 당시 백군 장교였던 폴로프체프가 카자크 마을인 그레마치로크에 도착하는 것으로 시작된다. 이와 동시에 당으로부터 농촌의 집단화를 꾀하기 위한 목적으로 파견된 농촌 오르그의 구성원인 다비도프가 이 마을에 도착한다. 폴로프체프는 마을에 도착한 이후 중농에 속하는 야코프 루키치 오스트로프노프의 집에 머물면서 그를 반혁명적 음모에 가담하도록 하며 다비도프는 마을의 빈농집회에서 집단화를 역설한다.

제 5장에는 마을 소비에트 의장인 안드레이 라즈묘트노프의, 시민전쟁으로 인한 파란 많은 생애와 현재의 애인 마리나와의 삶이 한 용감한 카자크 병사의 운명으로써 제시되어 있다.

부농을 추방하는 등 집단화 운동을 진행해 가는 다비도프, 마을 세포 서기 나굴노프 등의 행동은 농민들의 반대에 부딪힌다. 농민들은 집단농장에 소를 보내기보다는 소를 팔려고 하고, 모든 것을 빼앗길까봐 감추고 옷까지 몇 겹으로 두껍게 껴입는 등 허둥지둥하고 다비도프의 머리를 때려서 상처를 입히기까지 한다. 즉 반혁명 세력에 동조하는 농민과 집단화에 동조하는 양 진영의 갈등이 시작되는 것이다. 그러나 중농에 속하는 콘드라트 마이단니코프가 집단농장 가입을 신청하자 마을의 217가구 중 67가구가 집단농장에 가입한다.

제10장에서는 비록 집단농장에 가입했으나 자신의 가축에 대한 애정 때문에 갈등하는 마이단니코프의 내면 심리가 묘사되어 있다.

반혁명 세력은 집단화에 반대하는 일을 꾸며 간다. 야코프 루키치는 집단농장에 가입하여 집단농장에 해로운 일을 꾀한다. 폴로프체프는 루키치와 함께 부농의 영향하에 있던 가난한 농부인 호프로프의 가족을 음모의 비밀이 누설될지 모른다는 생각에서 무참하게 살해한다. 루키치는 집단농장을 방해하기 위해 가축을 도살하고 많은 농부들이 그의 예를 따른다. 나굴노프는 가금(家禽)까지도 공유화하기를 시도하여 집단농장 사람들을 술렁이게 한다. 다비도프는 나굴노프를 비판하고 닭을 돌려보낸다.

19장에서는 다시 콘드라트 마이단니코프의 내적인 갈등이 묘사되어 있다. 20장에서는 당지구위원회에서 이 마을의 집단화가 평가된다. 그 평가는 부농 추방이 너무 급격했다는 것, 나굴노프의 집단화의 방법은 너무나 과격했다는 것, 파종을 위한 저장 종자를 빨리 모아야 한다는 것, 농기구를 수리해야 하고 백 퍼센트의 집단화를 수행해야 한다는 등의 주요 과제가 제시된다.

파종을 위한 종자밀의 징수가 생산위원회의 지도와 선전 대장의 참여로 착수 된다. 한편 반혁명 사업도 극에 달하여 전(前) 백군 소위인 랴체프스키 소위가 루키치의 집에 당도하고 폴로프체프는 반란을 준비한다. 루키치는 폴로프체프의 지시로 우사에 모래를 뿌려 집단농장 사업을 사보타지하며 집단농장의 공동 창고에 모인 종자밀이 외국으로 수출될 것이라는 소문을 퍼뜨린다. 종자밀을 모으는 과정에서 나굴노프와 중농에 속하는 반닉의 싸움이 일어나고 나굴노프는 폭력을 쓴다. 25장에서는 '종자밀을 징수하는 데 회유적인 방법을 쓰는 것이 효과적'이라는 것이 선전대 나이조노프의 유연한 솜씨를 소개하는 과정에서 제시된다. 당 집회는 나굴노프를 비난하고 종자밀 징수는 성공리에 끝난다. 나굴노프의 정절 없는 아름다운 부인 루슈카는 다비도프를 유혹한다.

1930년 3월 2일자 『프라브다』에 실린 스탈린의 연설문 「성공에 취한 어지러움에 관하여」라는 글을 읽고 음모에 가담했던 농민들은 폴로프체프의 반란 계획에 반대하고 그의 음모는 수포로 돌아간다. 그는 일단 마을을 떠난다. 이 글은 콜호즈 지도부에 격렬한 논쟁을 일으키게 하는 동시에 많은 농민들을 집단농장에서 탈퇴하게 만든다. 그중 마을 소비에트 의장의 애인인 마리나도 포함되어 있다. 나굴노프는 스탈린의 연설문에 대해 분노하였는데 곧 그는 집단농장에 강제로 중농들을 끌어들였고 과격한 수단으로 사업을 진행하였다는 등의 이유로 당에서 제명된다. 많은 콜호즈 회원들이 징수된 종자밀을 도로 나누어 달라고 요구하던 중 여자들의 소요가 일어난다. 여자들은 무지막지하게 다비도프를 때리기까지 하면서 곡물 창고의 열쇠를 내놓으라고 을러댄다. 시간 지연 작전을 썼으나 결국 곡물을 나누게 되는 과정에서 나굴노프가 나타났고 민경이 출두하여 이를 저지할 수 있게 된다. 이후 콜호즈는 안정을 찾아 가며 탈퇴했던 농민들은 다시 가입 신청을 한다.

콜호즈 사람들은 쟁기질을 하고 파종을 하는 데 있어서 사회주의 경쟁의 자세로 임하고 파종은 성공리에 끝난다. 루키치는 콜호즈 내에서 계속 경리 부장으로서 일해 가고 다비도프는 나굴노프의 아내였던 루슈카와 내연 관계에 들어간다. 소설은 폴로프체프가 다시 루키치에게로 돌아오고 루키치가 불안해하는 것으로 끝이 난다.

3. 인물

위의 간추린 줄거리에서 보듯이 이 소설의 주제는 한 농촌 마을의 집단화와 집단화에 대한 저항, 혁명과 반혁명, 새로운 것과 낡은 것, 발전과 반동, 사회주의적 사고와 자본주의적 사고 등의 대립이며, 전자에 열거된 것은 항상 긍정적으로, 후자에 속하는 것은 항상 부정적으로 평가되어 있는 것이 이 소설의 가치 체계의 기본적 구조이다.

인물들은 이러한 주제에 상응하여 역시 대립적으로 설정되어 있다. 인물들은 집단화를 위해 노력하는 사람들과 그들을 추종하는 사람들, 그리고 반혁명 음모를 꾀하는 사람들과 이들을 추종하는 사람들로 크게 나뉜다.

집단화를 위해 노력하는 사람들로서 혁명 세력으로 꼽을 수 있는 사람은 다비도프, 라즈묘트노프, 나굴노프이다. 이들 중에서 가장 긍정적인 인물로 볼 수 있는 사람은 다비도프이다. 그는 노동자 계급 출신이자 당의 노선을 대표하는 사람으로서 당의 이데올로기가 정해놓은 노선에서 이탈하거나 반대하는 사람들과의 대결 속에서 성공적으로 자신의 과업을 수행해 나간다. 그는 외모로 볼 때 건장하고 친근감을 주며, 불굴의 의지를 가지고 지혜롭게 모든 일에 대처해 가는 사람이다. 그에게서는 부정적인 점이라고는 거의 발견할 수 없다. 그가 나굴노프의 아내였던 분방한 루슈카에게 유혹당하는 것이 흠이라면 흠이라 하겠다. 그러나 그는 결혼한 남자도 아니고 루슈카는 이미 나굴노프에게서 내쫓긴 상태였으며 그녀 쪽에서 항상 적극적으로 접근했고 또한 그녀가 아름답고 쾌활한 여자라는 점을 감안하면 이 사건이 오히려 다비도프를 어느 정도 생생한 인물로 만드는 데 도움을 준다고 할 수 있겠다.

마을 소비에트 의장인 라즈묘트노프는 부농에 대한 동정을 나타내는 바가 있으나 전체적으로 볼 때 마을의 집단화를 위해서 열심히 노력하는, 적군 병사로서 혁혁한 전공을 세웠던, 또 그 때문에 엄청난 일신상의 불행 (아내의 자살)을 당해야 했던 긍정적 인물이다. 그는 농민들이 집단농장을 탈퇴할 때 그의 애인 마리나도 떠나보내는 또 한 차례의 불행을 겪게 된다.

나굴노프는 급진적(좌익 급진파) 경향을 보이는 사람이다. 그는 가끔까지 공유화하려고 하고 집단농장의 일에 있어서 폭력까지 보이는 사람이지만, 이데올로기적으로 혁명 세력에 속하는 긍정적 인물이다. 그는 결혼과 가족을 반대하는 유토피아적 가치관을 보이며 개인적으로 아내와의 문제에 있어서 심리적 결함을 드러낸다.

다비도프, 라즈묘트노프, 나굴노프, 이 세 사람은 위에서 보듯이 모두 혁명 과업의 수행, 사회주의 건설, 집단화를 위해 노력하는 전형적인 사회주의 리얼리즘 소설의 긍정적 인물들이다. 이들은 체르니셰프스키의 소설 『무엇을 할 것인가』의 주인공 라흐메토프에서 기원을 찾을 수 있고 고리키의 『어머니』의 파벨, 글라드코프의 『시멘트』의 글렙, 오스트로프스키의 『강철은 어떻게 단련되는가』의 코르차긴으로 이어져 내려오는, 19세기 소설의 '잉여인간'들과 대조되는 사회적으로 '유용한' 인물들로서 1930년대부터는 정책적으로 사회주의 리얼리즘 문학의 사회 교육적 기능을 담당하는 모범적 인물이라고 할 수 있다.

사회적 덕목을 갖춘 긍정적 인간형은 국가의 신민으로서의 행위나 이성적 언어로서 개인적인 규범과 공직인 규범이 일치를 보이던 봉건주의나 궁정문화의 문학이 붕괴된 이래 사라진 유형이다. 시민소설에서부터는 복잡한 인간형이 나타나면서 행동적인 특징은 사변적인 것이 되고 행동을 사회적 규범에 맞추는 일은 어려워졌다. 이후 소설에서의 영웅적 삶이라는 것은 포즈이거나 체념으로서 끝나는 것이 상례였으며 긍정적 인물은 추상적이고 주변적인 인물로만 남게 될 뿐이었다. 20세기에 들어서는 소설의 주인공 자체가 없어짐으로써 그 상태는 더욱 극단화되었다고 볼 수 있겠다.

이러한 서구 소설의 발전과 달리 위에서 언급한 바, 고리키의 『어머니』, 글라드코프의 『시멘트』를 원류로 하는 사회주의 리얼리즘의 소설에서는 긍정적 주인공들이 나타나고 이들의 운명은 주어진 사회적 과업과 연결되어 있으며 소설 구성이 인물의 내적 체험의 발현으로서 발전되는 것이 아니라, 공적인 영역의 이데올로기의 체현으로서 정치적 가치 체계를 나타 낸다는 점이 두드러진다.

그러나 이러한 긍정적 인간형들로 설정된 인물들도 성격과 개인의 운명에 있어서는 차이점을 보인다. 다비도프라는 인물이 1930년대의 긍정적 주인공의 전형적인 예라면 나굴노프와 라즈묘트노프는 1920년대 후반의 소설의 긍정적 주인공들과 유사점을 보인다고 할 수 있다.

그러면 혁명 이후 소련문학의 긍정적 주인공들은 어떠한 변천을 겪는지 알아보자.[2] 혁명 이후 프롤렛쿨트 계열의 시인, 특히 문학 그룹 <대장간>에 속하던 시인들이 노래했던 영웅의 환상이 신경제 정책과 함께 사회적 현장성을 잃게 되고 작가들이 혁명의 영웅적 도취의 시기에서 깨어나면서 동반자 작가, 라프RAPP, 레프LEF에 속해 있던 작가들은 아무도 〈긍정적 주인공〉에 대한 구상을 나타내지 않았다. 필냑, 바벨 등의 동반자 작가들은 서구 모더니즘 소설을 계승하여 구성 자체를 파괴하거나 주인공을 없애려는 시도를 보였고 라프는 프롤레타리아문학의 헤게모니를 지키고 이를 위해 싸우려는 의도에서 <대장간> 그룹의 우주적 영웅주의에서 벗어나 '살아 있는 인간'을 내세우며 당시, 사회적 과도기라고 볼 수 있는 시대에 나타나는 지적, 심리적 갈등을 지닌 인간을 사실주의적으로 묘사하고자 하였다.

레프는 전통적인 소설 장르 자체의 폐지를 주장했다. 그들은 소설이 개인의 성격 묘사를 하거나 지적으로나 행동적으로 뛰어난 인물을 묘사하거나, 감정적 구조를 강조하거나 전기적 요소를 강조하기 때문에 혁명으로 해방된 대중, 노동자 계급, 합리적이고 의식적인 묘사, 사회 과정이나 생산 과정 자체를 표현할 수 없다고 주장하였다.

2　Andreas Guski, "Asketen und neue Menschen. Der literarische Held im sowjetischen Roman (1928 – 1934)", In: Herg. v. G. Erler u. a., *Von der Revolution zum Schriftstellerkongress*(Wiesbaden, 1979) (= Veröffentlichungen der Abteilung für slavische Sprachen und Literaturen des Osteuropa-Instituts an der Freien Universität Berlin, Bd. 47), S. 353 – 372. 특히 357-361.

문학적 실제에 있어서 신경제정책 시기에 주조를 이룬 소설들은 라프 계열의 작가나 동반자 작가들의 전통적 소설 양식에 따른 것들이었다. 이러한 상황은 1927년, 1928년경부터 산업화와 집단화가 시작되면서 양상을 달리하는데, 이때부터는 소설을 정치적 과제에 적용시키려는 문학의 제도화가 진행된다. 신경제정책 시기에 전통적 미학에 접근했던 라프도 이제는 '살아 있는 인간'보다는 영웅적 인물, 긍정적 인물에 눈을 돌리게 되었다. 이때부터는 소설의 주인공이 사회 구성원의 전범이 되어야 한다는 과제가 작가들에게 부여된 것이다. 이제 작가들은 소설 속에서 기술 과정을 보여주기보다는 어떻게 긍정적 주인공이 이 과정을 변화시키며, 인간 자체가 이 과정 속에서 변화되는가를 보여주어야 했으며 르포르타지나 생산 현장의 스케치보다는 새로운 주인공의 창조에 주력해야 했다. 1920년대 소설의 쟁점은 '전형'과 '영웅적 인간' 사이의 모순이었다고 할 수 있다. 즉 소설 속의 인간형이 모순적인 미완성의 인간을 그대로 표현해야 하느냐, 아니면 미래를 선취하여 완전한 영웅 같은 '긍정적 주인공'을 나타내야 하느냐가 작가들의 관심사였다. 그러나 산업화와 집단화가 시작되는 1920년대 말부터의 쟁점은 점점 '긍정적 주인공'을 어떻게 표현해야 하느냐 하는 것이었다. 그러나 소설 속에서는 아직 '긍정적 주인공'의 가치와 현실적 가치가 적대적인 관계에 있었다. 즉 영웅적 인물은 (대부분 생산 전문가나 주요 당직자로서) 모든 사회적인 덕목을 갖추었지만 여러 가지 현실적 문제에 대해서는 불행한 경우가 많다. 이 시대의 긍정적 인물들은 가족적인 문제나 애정의 문제에 있어서 항시 결함을 나타냈다. 주인공은 과부이거나 홀아비인 경우가 많았고 아이가 없거나 죽거나, 떨어져 살거나 불완전한 부부생활을 보이는 것이 주 특징이었다. 또한 육체적 결함도 하나의 중요한 특징이었다. 주인공은 병을 앓거나 피로에 지쳐 있다. 이러한 사회적인 전위 부대의 금욕적 형상은 그 인물의 성격을 긍정적으로 만드는 필요 불가결한 요소로서 작용하였다. 금욕이 사회 전체의 규범이라기보다는 뛰어난 인물에게 주어진 특혜처럼 된 것이다.

그러나 1930년이 진행되면서 이 긍정적 주인공의 모습이 달라진다. 이러한 모습은 고리키가 주장한 '새로운 인간형'의 모습과 같다. 고리키의 '새로운 인간형'은 1930년대 문학에 강한 영향을 미쳤는데 다비도프도 이러한 예라고 볼 수 있다. 고리키의 현실 속의 영웅 형상화로서의 '새로운 인간형'과 다비도프는 서로 동일한 범주에 있다고 말할 수 있겠다.[3]

소설 속의 긍정적 인물인 나굴노프와 라즈묘트노프가 아직 1920년대의 무엇인가 심리적 결함을 가진, 개인적으로 불행한, 그러나 사회적 덕목을 갖춘 긍정적 인물이라면 다비도프는 '생산 과정에서의 영웅적 투쟁', '사회화된 개인', 그리고 '낙관적 세계관'을 고루 갖춘 새로운 긍정적 인간형이다. 이 긍정적 인물들에 공통된 점은 그들의 행위가 개인적이라기보다는 집단적인 목적을 위한 집단적인 성격이고, 이들의 행위를 규정하는 것은 그들의 이데올로기라는 것이다. 이들에게 있어 개인적이고 일상적인 행위는 사회적 과제의 실천 속에서 항상 부속적인 위치를 갖는다. 인물의 행위의 개인적인 영역이 줄어든 것을 매우 현시적으로 보여주는 것이 이들의 애정관이다. 이들에게 있어 사랑이라는 문제는 19세기 사실주의 소설에 나타나는 사랑의 위치와 자못 대조적이다. 19세기 소설의 주인공들, 특히 '잉여인간'에게 있어서 사랑은 그를 구원하느냐 아니냐 하는 일종의 시험대의 역할을 한다. 예브게니 오네긴, 페초린, 루딘, 오블로모프의 경우가 그러하다. 이 모든 사람들은 그러나 사랑에 실패함으로써 잉여인간으로서 남는다. 그러나 사회주의 리얼리즘 소설에 있어서 사랑은 부차적인 문제일 뿐이고 애정의 감정은 사회적 행동, 이데올로기에 부속되어 있다. 이러한 인물들에게 있어 또 다른 주요한 특징이라면 이들이 전혀 내적 갈등을 보여주지 않는다는 점과 이들이 전혀 변화하지 않는다는 점이다. 그렇기 때문에 이들은 매우 일면적인 인상을 준다.

---

3 Hans Günther, *Die Verstaatlichung der Literatur*(Stuttgart, 1984), 40-44.

다비도프의 반대편에 속하는 부정적 인물은 폴로프체프와 라예프스키이다. 폴로프체프는 예전의 백군 장교로서 외국의 세력과 결탁하여 반혁명 반란을 꾀하는 인물이다. 다비도프가 밝은 이미지로서 밝은 날의 노동, 유머러스한 대화 속에 둘러싸여 있다면 폴로프체프는 항상 어둠과 밤과 연결되어 있다. 그는 야수 같은 외모와 잔인한 성격, 증오, 비방, 거짓으로 일관되어 있다. 라예프스키는 반혁명 세력의 도덕적 파멸을 보여주는 사람으로서, 잔인성, 자기 제어의 결여를 특징으로 한다. 부정적 인간형은 긍정적 인간형보다 덜 분류되어 있고 성격 묘사도 작은 부분을 차지한다. 그러나 이들도 긍정적 인물과 마찬가지로, 일면적이고, 소설 속에서 전혀 변화와 갈등을 보이지 않는다.

나머지 인물들은 긍정적 인간형이나 부정적 인간형을 단순하게 따르는 사람들이다. 혁명세력에 가담하는 사람들은 대부분 빈농이고 반혁명 세력에 가담하는 사람은 부농들이다. 그런데 특기할 만한 점은 모든 여성 인물이 부정적 사고를 가진다는 점이다. 라즈묘트노프와 함께 사는 마리나, 감각적이고 경박한 여자 루슈카는 19세기 소설 속에 등장하는 구원의 여인들과는 너무나 거리가 멀다. 이들의 특징은 감각, 본능일 뿐 이데올로기와는 거리가 멀다는 점이다. 특히 종자밀 때문에 일어난 여자들의 소요는 그들의 반동적 경향을 잘 드러내고 있다.

빈농이나 부농이 혁명 세력 또는 반혁명 세력에 가담하는 것으로 설정되어 있는 반면 중농의 경우는 약간 다르다. 중농들 중에는 이데올로기가 뚜렷하지 않은 사람 내지는 내적 갈등을 보이는 인물들이 있다. 이들이 루키치나 마이단니코프이다. 마이단니코프는 내적인 갈등을 거쳐 결국은 혁명 세력에 가담하지만 내면적으로 자신의 사유 재산에 대한 감정적 집착을 버리기 어려워한다. 그러나 루키치의 경우는 다르다. 루키치는 폴로프체프의 반란 음모를 도우면서도 콜호즈의 경리 부장으로서 콜호즈에 방해되는 행동을 하나 그의 경험과 일의 노련함으로 콜호즈의 일을 돕기도 한다. 그에게도 이러한 이중생활이 고통스럽기에 폴로프체프가 떠났을 때 홀가분한 느낌을 받는다. 루키치에게는 마이단니코프와는 달리 내면적 갈등이 해소되지 못한다. 이러한 점이 그로 하여금 오히려 이 소설의 어떠한 인물보다도 더욱 생생하게 사실적인 형상을 지니도록 한 것이 아닐까?

위에서 보듯이 루키치와 마이단니코프의 경우를 제외하고는 모든 인물들이 애초부터 하나의 이데올로기의 체현으로 설정되어 있으며 미리부터 가치 평가가 내려져 있고 소설 전체를 통하여 이는 변함이 없다. 인물의 심리화나 개성화의 결여는 등장인물을 일면적이고 표현적인 성격으로 나타나게 할 뿐 복합적인 심성과 의식의 투쟁 과정 속에 있는 인간의 삶의 모습을 보여주는 것과는 거리가 멀다.

4. 사건의 진행 구조

대립적으로 설정된 일면적 인간형들이 꾸려 가는 사건의 전개 또한 직선적이며 단순하다. 소설의 초두에는 집단화를 이루겠다는 지도부의 의지가, 소설의 중간에는 내내 이를 위한 노력이, 그리고 그것의 성공이 사건의 내용이다. 그리고 이러한 사건 진행의 구조가 당시의 스탈린 및 당의 이데올로기를 그대로 반영하고 있다는 것은 당시 당의 강령과 스탈린의 주요한 연설문만 보아도 쉽사리 알 수 있다.

스탈린은 1929년 부농의 폐지와 농민들의 집단화 운동의 결과에 대해 다음과 같이 연설하였다.

"소련에서 자본주의의 재생을 바라는 모든 나라의 자본가들의 마지막 희망인 사유 재산이라는 신성한 제도는 깨어져서 산산조각이 나고 있다. 자본주의에서는 땅에 거름을 주는 수단으로서만 여겨지는 농부들은 대규모로 〈사유 재산 제도〉를 떠나 집단주의의 길로, 사회주의의 길로 들어서고 있다. 자본주의 재건의 마지막 희망이 사라지고 있다."[4]

1930년 1월 5일 공산당 중앙위원회는 부농을 계급으로서 폐지할 것을 결의하였다.[5] 1930년 3월 2일자 『프라브다』에 발표된 "성공에 취한 어지러움"이라는 스탈린의 연설문은 집단화의 성공에 취하여 농민들에게 강제적인 수단과 행정적인 조처로서 집단화를 집행시킨 거친 실수를 범한 사람들과 당의 노선에서 벗어난 사람들에 대해서 경고했고 다시 한 번 집단화에 있어서의 자유의사의 원칙을 강조하였다. 또한 주식만을 공유하고 가금이나 집 주위에 있는 밭, 젖소 등은 사유한다는 점이 강조되었다.[6]

1930년 3월 15일 '집단화에 있어서 당 노선의 왜곡에 대한 투쟁'이라는 당중앙위원회의 결의는 좌익 급진주의자들의 행위를 계급의 적에 대한 직접적인 원조로 규정하고 "이러한 당 노선의 왜곡에 관한 투쟁을 이해하지 못 하거나 하지 않으려는 당원에 대해서는 지위를 박탈하거나 다른 사람으로 대체한다"는 포고문을 발표하였다.[7]

1930년 4월 3일 스탈린은 "집단농장 농민 동무들에 대한 답변"에서 농민 문제의 오류의 근원과 집단화의 기본적 오류를 중농을 제대로 활용하지 못한 점과 집단농장 건설에 있어서 자유의사의 레닌적 원칙을 손상하여 무리하게 진행한 점으로 지적하고, 많은 농민들이 탈퇴하였으나 이는 앞으로 집단화가 더 건강해지고 공고해지기 위한 과정이라고 조망하였다.[8]

위의 연설문이나 강령에 비추어 볼 때 소설의 중요한 사건들, 집단화의

---

4 W. Stalin, *Werke* 15. Geschichte der KPdSU(v). Kurzer Lehrgang(Frankfurt, 1972), 381.

5 같은 책, 381.

6 같은 책, 384.

7 같은 책, 385.

8 같은 책, 385-386.

역설, 부농의 추방, 무리한 집단화 추진, 농민들의 반대, 나굴노프의 과격한 수단과 가금의 공유화에 대한 시도, 스탈린의 논문 「성공에 취한 어지러움」 이후, 농민들의 집단농장 탈퇴, 나굴노프의 당 제명, 성공적인 파종과 집단농장의 안정화 등은 당시 공식적인 이데올로기를 문자 그대로 풀이하고 있다는 것을 누구도 부정하기 어려울 것이다. 소설은 그 자체의 구조적 짜임새로서 이데올로기를 보여주기보다는 소설 외적인 공식적 이데올로기를 받아들여 그것을 그대로 반영하는 구조를 보여주고 있다.

5. 의사 전달 구조

이 소설의 의사 전달 구조를 살피기 전에 이 문제에 대한 이 글의 이론적 출발점을 소개할 필요가 있을 것이다. 소설의 의사 전달 구조에 대해서는 여러 가지 이론이 있겠으나 필자에게는 피스터가 제시한 서술적 텍스트의 의사 전달 모형과 슈미트의 이에 대한 견해가 매우 설득력 있게 보인다. 피스터는 다음과 같이 서술적 텍스트의 의사 전달에 있어서의 송신자와 수신자를 분류했다.[9]

송신자 4: 작품의 생산자로서 문학·사회적으로 설명할 수 있는 역할을 담당하는 경험적 작가(실제적 작가)

송신자 3: 작품 전체의 주체로서 텍스트에 내재하는 이상적 작가(추상적 작가)

송신자 2: 전달하는 서술 기능을 담당하는 작품 속에 형상화된 허구의 화자

송신자 1: 작품 속에 나타난 허구의 인물

---

9 M. Pfister, *Das Drama*(München, 1977), S. 20 f.

수신자 1: 작품 속에 나타난 허구의 인물과 대화하며 의사를 소통하는 가상적 인물, 송신자 1의 수신자

수신자 2: 송신자 2의 수신자로서 텍스트 속에서 만들어지는 청자

수신자 3: 작품 전체를 받아들이는 작품 속에 내재하는 이상적인 수용자

수신자 4: 작가가 겨냥했거나 또는 그렇지 않은 또는 시대적으로 나중의 경험적 독자(실제적 독자)

위에서 나타내는 바와 같이 전기적 인격으로서의 실제적 작가는 텍스트 밖의 인물로서 텍스트 속에서 나타나는 추상적 작가(내재적 작가, 이상적 작가라고도 불린다)와 구별된다. 텍스트 분석에서 작가라는 말이 분화되어 사용되지 않은 경우 이는 텍스트가 실제적 작가와의 역사적, 경험적 연관 속에서 파악되었다고 볼 수 있겠다. 또한 소련의 많은 비평가들이 '작가상'이라는 개념이 필요하지 않다고 생각한 것은 추상적 작가와 실제적 작가를 동일하게 취급한 소치라고 볼 수 있다. 추상적 작가란 텍스트의 모든 장치 및 특성들의 통합점이고 텍스트의 모든 요소들이 그 속에서 의미를 갖게 되는 작가 의식이라고 볼 수 있으며[10] 텍스트의 개별 요소들은 추상적 작가가 선택한 것의 결과로서 나타난다고 말할 수 있다. 볼프 슈미트의 말을 빌면

"추상적 작가의 가치관은 작품 속에 표현된 의미적 요소들의 변증법적 관계에서 결과하는 것이다. 그리고 이러한 의미적 요소들은 또한 추상적 작가 속에 구체화된 작품 전체의 의도의 측면에서 볼 때 위계적으로 짜여 있다."[11]

---

10 Hannelore Link, *Rezeptionsforschung*(W.Kohlhammer, 1976), S. 23.

11 Wolf Schmid, "Besprechung B.A.Uspenskij, Poetika Kompozicii", in: *Poetica* 4(1971), S. 128.

그런데 추상적 작가의 상, 또는 그가 주는 텍스트의 정보는 독자에 따라 각기 다르다. 개개의 독자는 자신의 출발점(사회적, 경제적, 역사적, 미학적 출발점)과 이해도에 따라 텍스트를 받아들이게 되며 추상적 작가를 생각하는 데 있어서 실제 작가에 대한 정보나 다른 작품에서 받은 추상적 작가에 대한 인상에 의해서 영향을 받을 수 있다. 작품의 화자는 추상적 작가가 의사 전달의 목적으로 만든 매개물로 볼 수 있다. 이는 의식적으로든 무의식적으로든 작가에 의해 꾸며진 허구적인 인물로서 어떤 때는 그가 꾸며진 가공의 인물이라는 것이 잘 드러나지 않으나 어떤 때는 추상적 작가와 화자와의 거리가 과시적으로 드러난다. 슈미트는 추상적 작가와 화자, 화자와 작품 속 인물과의 관계를 일종의 충돌 관계로 보며 소설의 의미는 소설이 진행되는 동안 직접적으로나 간접적으로 나타나는 모든 허구적 인물(화자까지도 포함하여)들의 목소리의 총합으로 나타난다고 하는 바흐틴의 입장을 수용·발전시켜서 도스토예프스키의 의사 전달의 구조를 분석하면서 실제적 작가, 추상적 작가, 화자, 인물을 구별하여 인물 및 화자의 목소리를 주로 살피고 있으며, 이들의 목소리들이 바흐틴의 이론에서처럼 서로서로 동등한 자격을 갖추고 각기 상이한 사상을 대표하여 변증법적 관계에 들어가는 것이 아니라 각기 더 포괄적인 개념에 위계적으로 종속되어 텍스트의 전체 의미, 즉 추상적 작가의 의도를 나타내게 되는 것이라고 보았다.[12] 그러나 추상적 작가의 생각은 화자의 입을 통해서만 알 수 있는 것이기 때문에 화자가 사상적으로, 또 말을 사용함에 있어서 작가와의 거리감을 크게 나타내면 크게 나타낼수록 뚜렷이 부각된다.[13]

이러한 의사 전달 구조에 대한 이론은 도스토예프스키류의 소설을 이해하는 데 특히 많은 도움을 주지만 그렇지 않은 소설을 이해하는 데도 소

---

12 Wolf Schmid, *Textaufbau in der Erzählung Dostoevskijs*(München, 1973), SS. 9-38.

13 Wolf Schmid, "Besprechung von Dieter Janik, Die Kommunikationsstruktur des Erzählwerkes", in: *Poetica* 6, S. 407.

설을 분석적으로 살펴보고 소설들을 비교하는 데 적지 않은 역할을 한다고 여겨진다.

그러면 『개척되는 처녀지』의 의사 전달 구조는 어떠한가를 이 모형에 준해서 생각해 보자. 우선 두드러지는 것은 창작적 측면에서 볼 때 추상적 작가나 작품의 화자, 또 긍정적 주인공의 목소리들이나 그들의 이데올로기적 노선들이 전혀 구별이 되지 않는다는 점이다. 그리고 이들의 관점은 고정되어 있다. 이는 작품이 권위적이고 폐쇄적이라는 느낌을 갖게 만든다. 수용자의 측면에서는 당시의 공식적 비평의 태도를 감안할 때 긍정적 주인공의 목소리를 곧 갖추어야 할 이데올로기의 노선으로 받아들이고 이를 화자의 목소리로 느끼며 이것이 작품의 메시지라고 받아들였다고 하겠다. 송신자 4와 수신자 4의 경우는 송신자 3과 수신자 3과 최대한도로 일치해야 한다는 것이 당시의 규범이고 보면 실제로 이 소설은 하나의 이데올로기가 지배하는 의사 전달의 구조를 보이고 있다고 할 수 있다. 부정적 인물의 경우나 애매모호한 이데올로기를 가진 인물의 경우에 독자는 우선 이를 긍정적 인물=화자=추상적 작가=실제적 작가의 관점에서 평가했다. 야코프 루키치에 대한 긍정적 주인공의 오해는 이데올로기의 노선의 문제는 아니다. 여기서 화자와 주인공의 견해가 달랐다고 해서 이를 이데올로기적 구조의 격차로 설명하기는 어렵다. 위에서 살펴본 바와 같이 소설 『개척되는 처녀지』는 일면적이고 고정적인 성격을 지닌 긍정적 주인공을 등장시켜 그의 시각을 당의 이데올로기 노선과 일치시켜 선정해 놓고 사건을 단순하게 진행함으로써 당시의 공식적 이데올로기를 문학적으로 풀이해 주고 있다. 또한 소설의 의사 전달 구조도 공개적이고 민주적인 구조인 '다음향 소설'과는 너무나 대조적으로 폐쇄적이고 일원적이다. 그러면 이러한 소설은 스탈린 문화와 어떠한 관계를 맺고 있는가? 분명한 것은 스탈린 시대의 공식적 문화는 당시의 정치적 이데올로기와 일치하며 또 그것에 봉사했다는 점이다. 문학 및 모든 예술들은 당시의 정치적 이데올로기에 효율적으로 봉사하기 위해 머리를 짜내었고 작품에 대한 비평도 그런 맥락 속에서 이루어졌다 할 수 있다. 문학정책은 문학을 통하여 사회 성원의 자기의식과 사회적 행동에 영향을 미치는 작품을 만들어 내려고 했고 소설 속의 긍정적 인물의 행동을 규범으로 하여 소련 국민의 행동 지침으로 삼으려고 하였다. 여기에서 주의할 점은 복수적 가치관이나 역동적인 가치관은 허용되지 않고 다만 사회에 유용 가치를 지니는 행동과 가치만이 긍정적 문화의 척도가 되었다는 점이다. 여기서 우리는 예술과 사회와의 관계에 대해 잠깐 생각해 보지 않을 수 없다. 무엇이 진정 사회와 인간을 위한 예술인가? 예술이 스탈린 시대처럼 주어진 이데올로기적 정식을 되풀이하는 것으로서 그 소명을 다하는 것이라면 예술은 진정으로 사회와 인간에게 기여하는 것이 아니라고 본다. 요즈음 페레스트로이카에서도 논의되듯이 인간을 위한 진정한 사고는 예술과 사회 사이의 변증법적 관계가 열려 있을 수 있는 상황, 바흐틴의 용어대로라면 사회 구성원들의 '대화'가 제약 없이 이루어질 수 있는 상황, 공식적 문화와 비공식적 문화의 병행과 대화가 가능한 상황, 이 모든 것이 추구되어야 할 것이다. 또 이를 위하여 현재의 소련 지성인들은 노력하고 있다고 믿고 싶다.

사회주의 리얼리즘 작품론
1930년대 사회주의적 사실주의 소설의 긍정적 주인공*

1. 머리말

스탈린의 죽음 이후 소련 평단은 사회주의적 사실주의가 문학예술의 규범으로서 강력히 설파되고 정착된 1930년대의 작품들을 모두 사회주의 리얼리즘 작품으로 간주하려는 경향이 짙으나 당시 모든 작품이 완전히 문학 정책이 요구하는 바를 이행했다고 보기 어렵다. 문학 실제에서는 1930년대 사회주의 리얼리즘의 규범을 실현한 정도가 작품마다 달랐다. 그 정도에 따라서 몇 가지로 크게 분류할 수 있다.

문단의 중심에는 사회주의 리얼리즘의 규범들을 충실히 이행하여 교조적이라 할 만한 작품들이 있고 그 주위에, 규범들을 부분적으로 이행하지만 전체적으로 볼 때 사회주의 리얼리즘에 속한다고 볼 수 있는 작품들이 있다. 예전에 동반자 작가라고 불렸던 작가들의 작품들이 대체로 그러하다. 『고요한 돈강』의 경우에는 어떤 면에서는 사회주의 리얼리즘이 요구하는 규범에 상충되었으나 결국 사회주의 리얼리즘 작품으로 받아들여진

---

* 『레닌과 고르바초프』(나남, 1992), 391–402.

작품이다. 이런 작품들에는 사회주의 리얼리즘 외에도 다른 많은 문학적 규범들이 섞여 있으나 전체적으로 봤을 때 이 체계 속에 귀속시킬 수 있다.

중심부로부터 멀리 가장자리에 이르게 되면 사회주의 리얼리즘의 규범으로부터 멀리 떨어진, 또는 직접 이와 대치되는 작품들로서 필냑, 조셴코, 불가코프, 플라토노프의 소설들이 있다. 이들의 작품들 중에는 당시에 발표될 수 있었던 것들도 있고 발표될 수 없었던 것들도 있다.

이 글에서는 1930년대 소설들 중에서 당시 문학 정책이 요구하던 사회주의 리얼리즘의 규범들을 가장 충실하게 이행한 작품, 『개척되는 처녀지』 제1부(1932년 발표)와 『강철은 어떻게 단련되었는가』(1932년부터 1934년에 걸쳐 발표)를 중심으로 당시의 긍정적 인물상에 대하여 살펴보고자 한다.

2. 긍정적 인물

긍정적 인물은 러시아 사상사적으로 볼 때, 19세기 후반 혁명 문학의 전통으로부터 유래한 개념이다. 체르니셰프스키의 소설 『무엇을 할 것인가?』의 부제가 "새로운 인간들에 대한 소설들 중에서"이듯이 혁명적 전통 속의 소설은 혁명가의 모습을 독자에게 제시하여 모범으로 삼으려고 했다. 라흐메토프와 같은 인물은 20세기에 들어서는 고리키의 『어머니』의 주인공들, 파벨과 그의 어머니, 1920년대 글라드코프의 『시멘트』의 글렙으로 이어져 내려왔다. 사회적 덕목을 갖춘 긍정적 인간형은 서구 소설에서는 국가의 충실한 신민으로서의 행위나 이성적 언어로서 개인적 규범과 공적인 규범이 일치를 보이던 봉건주의나 궁정 문화의 문학이 붕괴된 이후에 사라진 유형들이다. '시민 소설'에서부터는 복잡한 인간형이 나타나면서 행동의 특징이 사변적인 것이 되고 행동을 사회적 규범에 맞추는 일은 어려워졌다. 이후 소설에서의 영웅적 삶이라는 것은 포즈이거나 체념으로서 끝나는 것이 상례였으며, 긍정적 인물은 추상적이고 주변적인 인물로만 남아 있게 될 뿐이었다. 20세기에 들어서는 소설의 주인공 자체가 없어지는 경우까지 나타남으로써 그 상태는 더욱 극단화되었다고 볼 수 있겠다. 이러한 서구 소설의 발전과 달리 러시아에서는 긍정적 주인공이 계속 명맥을 이어 오는데 이들의 운명은 사회적 과업과 연결되어 있고 이들 자신의 정치적 이데올로기를 체현하고 있다. 19세기 후반의 긍정적 인물에 나타나는 합리적-유토피아적 인간관은 19세기 말-20세기 초에 와서는 고리키의 『어머니』에서 보듯이 혁명적 과업에 있어서 감정과 이성의 합일을 보여주는 종교적 색채를 띠는 인간관으로 발전되어 갔다. 이러한 점에서 이를 고리키와 같은 혁명 문학가들이 당시 문화 전반을 지배하고 있던 상징주의적 인간관—그것이 니체적인 것이든지, 종교적인 것이든지 간에—을 혁명 문학으로 도입한 소치라고 보는 견해도 일리가 있다. 혁명 이후에는 프롤렛쿨트 계열의 시인들, 특히 『대장간』에 속한 시인들이 프롤레타리아 영웅을 노래했다.

신경제정책과 함께 영웅의 환상이 사회적 현장성을 잃게 되고 작가들이 혁명의 영웅적 도취에서 깨어나면서 당시 문단의 주조를 이루고 있던 동반자 작가, 라프와 레프에 속해 있던 작가들은 아무도 긍정적 주인공에 대한 구상을 나타내지 않았다. 《대장간》의 전통을 이어 온 글라드코프의 『시멘트』의 글렙은 당시 이러한 작가들로부터 강한 비판을 받았다. 필냑, 바벨 등의 동반자 작가들은 서구 모더니즘 소설을 계승하여 구성 자체를 파괴하거나 주인공을 없애려는 시도를 보였고, 라프는 프롤레타리아 문학의 헤게모니를 지키고 이를 위해 싸우려는 의도에서 대장간 그룹의 우주적 영웅주의에서 벗어나 '살아 있는(생생한) 인간'을 내세우며 당시, 사회적 과도기라 할 수 있는 시대에 나타나는 지적·심리적 갈등을 지닌 인간을 사실적으로 묘사하고자 하였다. 레프는 전통적 소설 장르 자체의 폐지를 주장했다. 그들은 소설이 한 개인의 성격을 묘사하거나, 지적으로나 행동적으로 뛰어난 인물을 형상화하거나, 감정적 구조나 전기적 요소를 강조하기 때문에 혁명으로 해방된 대중, 노동자 계급, 합리적이고 의식적인 사회 과정이나 생산 자체를 표현할 수 없다고 주장하였다. 이러한 문단의 상황은 1920년대 말, 1930년대에 들어오면서 양상을 달리한다. 이제부터는 소설 속에 어떻게 긍정적 주인공을 형상화하여야 하느냐 하는 것이 작가들의 과제가 되었다. 여기에는 고리키의 영향이 강하게 작용하였다고 볼 수 있다.

고리키는 이미 1909년 새로운 인간에 대한 견해를 피력한 바 있는데 이는 1930년대 사회주의 리얼리즘의 긍정적 인물의 기본이 되었다. 그는 새로운 인간을 러시아 사실주의 문학의 잉여 인간에 정면으로 대립되는 인물로 구상하였다. 고리키는 19세기의 역사를 '개인이 민중이라는 집단으로부터 점점 더 소외되어 가는 과정'으로, 인격의 몰락과 파괴의 과정으로 간주하였고 이를 잉여 인간이 보여주는 것이라고 보았다. 이러한 그의 견해는 1930년을 전후하여 새로이 전면에 부상하였다. 1928년 여름, 그는 『프라브다』에 글을 실어 '작가는 방금 태어나 아직 자신을 보지 못하지만 자신을 알려고 하는 새로운 인간에게 그의 긍정적인 측면들을 파헤쳐 그의 모습을 보여주어야 한다'고 하였다. 얼마 후 그는 그가 출간하는 잡지 『우리의 성과Наши достижения』의 목표에 대하여 다음과 같이 말하였다. "모든 현실이 영웅화되어야 한다. 우리의 현실은 그럴 만한 가치를 충분히 갖고 있다……. 현재 소련에서 일어나는 일은 모든 전설과 동화에 나오는 주인공들의 영웅적 행동들을 뛰어넘는 것이다. 어려운 상황 속에서 일하는 단순한 노동자나 농부들의 영웅적 행동들을 뛰어넘는 것이다. 어려운 상황 속에서 일하는 단순한 노동자나 농부들의 노동은 진실로 영웅적인 것이나 영웅들은 그것을 이해하지 못한다. 우리의 현실 속에서 진짜 영웅이 태어나고 자라는 것을 그 자신이 알아야 한다. 그의 앞에 거울을 세워

놓게 되면 그는 알게 될 것이다. 우리의 잡지는 바로 이러한 거울이 되어야 한다." 이로써 그는 실제적으로 존재하는 소련의 새로운 인간을 묘사하기 위해서 영웅화가 필요하다는 주장에 이른 것이다.

또한 그는 1934년 작가 회의에서 "우리 소련에는 잉여 인간이 있을 수도 없고 있어서도 안 된다"고 말함으로써 새로운 문학의 향방을 강조하였다. 이는 19세기 비판적 리얼리즘과의 거리를 과시적으로 보여주는 견해로서 부르주아의 리얼리즘 문학과 달리 사회주의 리얼리즘에는 영웅적 인물이 일상에 등장한다는 주장이다. 고리키의 새로운 인간은 한편으로는 잉여 인간에 대한 부정이고 다른 한편으로는 민족적 전통과 연결되어 있다. 고리키는 민속에 나타나는 인물을 '파열된 부르주아적 개인'과 달리 민중 집단의 힘과 정신적 활력을 체현하는, 소외되지 않은 인간으로 보았다. 고리키는 새로운 인간의 특징으로 '이성의 조직하는 힘에 대한 신뢰', '새로운 세계의 창조자라는 감정', '생리적으로뿐만이 아니라 역사적으로도 청춘임', '부르주아의 동물적 개인주의에 대한 거부', '집단과 연결되어 있는 개인의 총체성'을 꼽았다.

이와 같이 1930년대 초반의 문학 논의에 나타나는 새로운 인간에 대한 생각은 스탈린의 새로운 인간주의의 탄생과 긴밀히 연결되어 있다. 당시 스탈린은 좌익적 평준화 사고에서 유래한 개인적 책임의 회피를 비판하고 제1차 5개년 계획 당시의 '기술이 모든 것을 결정한다'는 표어를 '책임 담당자가 모든 것을 결정한다'로 대체하였다. 1930년대 중반에 이르러서는 '인간을 중요시해야 하며 인간의 가치를 인정하는 것을 배워야 한다'는 주장을 되풀이하였다. 특히 스타하노프 운동에서 강조된 점은 '새로운 인간'이었다. 이와 함께 1920년대에 부정적 의미로 사용되었던 '인간주의', '개성', '개인성'의 개념이 다시 부활되었다. 이와 함께 1920년대의 문학을 지배했던 좌익적, 집단적-유토피아적 인간관은 속류 유물론적 사고로서 비판받았다. 1920년대의 비평가들이 주인공의 강조, 주인공의 영웅화를 비판한 데 반해 1930년대의 사회주의 리얼리즘은 주인공의 영웅화나 이상화를 완전히 복권시켰던 것이다. 이로써 사회주의 리얼리즘은 페레발에 의해 나타나고 라프에 의해 전수된 개념, 즉 '심화된 심리적 형상화'로서 인물의 내적 갈등이나 변증법적 발전을 묘사하여 그럴듯한 인물을 만들어 독자에게 동일화의 감정을 불러일으키려고 했던 '생생한 인간'의 개념도 멀리하게 되었는데 이는 이러한 인물화가 정치적으로 애매한 인간상을 나타낼 수도 있다는 우려에서였다. 이러한 사회주의 리얼리즘의 긍정적 인간의 강조는 1930년대 문학의 실제에서 여러 가지 덕목들의 총합으로서의 인물들을 나타나게 하였다. 이러한 긍정적 인물을 통하여 사회주의 리얼리즘 문학 정책은 소련 시민의 전범을 제시하여 사회 교육적 목표를 달성하고자 하였다.

그러면 1930년대의 긍정적 주인공이 구체적으로 어떠한 모습을 지녔는가를 두 소설을 통하여 알아보자.

3. 『개척되는 처녀지』의 긍정적 인물들

이 소설의 주제는 한 농촌 마을의 집단화와 집단화에 대한 저항, 혁명 세력과 반혁명 세력, 진보와 반동, 사회주의적 사고와 자본주의적 사고의 대립으로서 전자에 속하는 것은 항상 긍정적으로 평가되고, 후자에 속하는 것은 항상 부정적으로 평가되는 가치 구조를 보여주는데 인물들도 이러한 주제에 상응하여 대립적으로 설정되어 있어 집단화를 위해 노력하는 사람들과 그들을 추종하는 사람들, 그리고 반혁명 음모를 꾀하는 사람들과 이들을 추종하는 사람들로 나뉜다.

여기서 긍정적 인물로 설정된 사람들은 집단화를 이끌고 나가는 다비도프와 그를 보좌하는 두 인물, 라즈묘트노프와 나굴노프이다.

다비도프는 노동자 계급 출신으로 당의 노선을 대표하여 당의 이데올로기가 정해 놓은 노선을 이탈하거나 반대하는 사람들과의 대결 속에서 끈질기게, 성공적으로 자신의 과업을 수행해 가는 사람이다. 그의 외모는 친근감을 주며, 그의 성격은 불굴의 의지와 인내심으로 두드러지고 지혜롭다. 그는 일의 핵심을 파악하여 설득할 줄 알고 사람들을 격려하고 일을 조작할 줄 알며 잘못된 일이 있을 때는 벌을 줄 줄도 안다. 모스크바로부터의 지령을 수행하는 데 있어서 그가 일을 항상 성공적으로 이끄는 원인은 그가 항상 가지고 다니는 '당의 명령이 담긴 수첩' 때문이다. 당의 명령은 그가 내리는 모든 결정의 합리적 근거이고 때로는 매우 구체적인 세부 사항까지 결정해 준다. 그러나 그는 다른 사람들이 만든 계획을 맹목적으로 실행하는 단순한 기술자나 관료는 아니다. 그는 당의 정책을 지방 마을에 강력하면서도 유연하게 적용함에 있어 여러 가지 고통스럽고 어려운 난관들을 뛰어난 개인적 능력과 아이디어로써 극복해 낸다. 다비도프의 가슴 속에는 구체제에 대한 뿌리 깊은 증오감이 있다. 그러한 증오감에서 연유한 에너지로써 그는 구제도의 근절을 역사적 사명으로 느끼고 수행해 나간다. 이 일을 위하여 그는 다른 모든 일을 뒤로 미룬다. 그의 감정 또한 자신에 대한 엄격한 자제력으로 제어되며 역사적 사명에 봉사될 뿐이다. 이 점은 특히 그가 여자들로부터 봉변을 당한 이후 그가 자신이 모욕을 받은 것에 대해서는 전혀 개의치 않고 오히려 그들의 죄책감을 집단화를 추진시키는 데 이용하는 것에서도 잘 나타난다. 그에게서는 부정적인 점이라고는 거의 발견할 수 없다. 사랑도 다비도프를 행복하게 하지 못한다. 그는 자신의 사명을 제대로 이행하지 못할까봐 두려워하며 사랑에서 죄의식과 불안을 느낀다. 그에게 있어서 사랑이라는 문제는 19세기 사실주의 소설에 나타나는 사랑의 위치와 자못 대조적이다. 19세기 소설의 주인공들 특히 잉여 인간에게 있어 사랑은 그를 구원하느냐 아니냐 하는 일종의 시험대 역할을 한다. 오네긴, 페초린, 루딘, 오블로모프의 경우가 그러하다. 이 모든 사람들은 사랑에 실패함으로써 잉여 인간으로 남는다. 그러나 다비도프에게 있어서 사랑은 부차적인 문제이고 애정의 감정은 사회적 행동, 이데올로기에 부속되어 있다.

그를 보좌하는 두 인물, 소비에트 의장인 라즈묘트노프와 급진적 경향을 보이는 나굴노프도 혁명 과업의 수행, 사회주의 건설, 집단화를 위해 노력하는 사람들이다. 이들의 행위도 개인적이라기보다는 집단의 목적을 위한 집단적 성격의 것들이고 이들의 행위를 규정하는 것은 그들의 이데올로기이다. 이들에게서도 다비도프에게서와 마찬가지로 개인적이고 일상적인 행위가 사회적 과제의 실천 속에서 항상 부속적인 위치를 갖는다. 그러나 이들은 다비도프만큼 완전하지는 못하다. 라즈묘트노프는 적군 병사로서 혁혁한 공을 세웠던 사람이고 그러느라 개인적인 불행을 겪은 바 있고 강한 동정심을 가지고 있다. 그가 부농과 그 가족으로부터 가차없이 재산을 몰수하는 과정에서 어린아이들에게까지 해를 입히는 것을 꺼리고 거절할 때, 다비도프는 분노하며 '역사적 사명에 비추어 분별없는' 그의 동정심을 나무란다.

급진 좌파인 나굴노프는, 일의 결정에 있어 균형감을 잡지 못하고 극단적으로 일을 추진함으로써 하마터면 전체 계획을 그르칠 뻔하였다. 그는 가금까지 공유화하려고 하고 집단화의 반대 세력에게 폭력까지 행한다. 그의 혁명 이데올로기는 결혼과 가족을 반대하는 유토피아적 가치관을 심어 주고 아내와의 문제에서 심리적 결함을 드러내게 한다. 이 둘은 아직 20년대 인물의 좌익 소아병적인 색채를 지녔거나 무엇인가 심리적 결함을 가졌고, 동정심의 감정에서 완전히 벗어나지 못하는 사람이다. 다비도프에 비해 이들은 완전한 긍정적 인간으로 이행하는 인물형으로 볼 수 있겠다.

위에서 살펴본 바와 같이 다비도프는 집단화 시기에 소련인들에게 요구되었던 덕목들 — 당의 지침의 충실한 이행과, 이행 과정에서의 신축력,

강한 의지, 흔들림 없는 이데올로기, 불굴의 인내심, 자기 절제 — 을 빠짐 없이 갖추었다. 그의 금욕적이고 헌신적인 삶에 대한 보상으로 제시된 것은 그가 누리지 못하기 쉬운 미래의 행복한 삶이다. 외로움 속에 사는 그는 한 어린아이를 보며 속으로 생각한다.

"우리는 그들에게 좋은 삶을 건설해 줄 것이다……. 한 20년 후에는 전기 쟁기가 여기 이 땅을 갈게 될 것이다……. 기계가 사람 대신 모든 어려운 일을 할 것이다……. 아마도 그대 사람들은 땀 냄새를 모를 것이다……. 그때까지 살았으면, 젠장! 볼 수라도 있었으면! 하지만 너는 숨이 끊어지겠지……. 네게선 후손 대신 쟁쟁한 집단농장이 남게 되는 거지. 집단농장으로부터 공동체가 생길 거고 그러면 자, 봐, 그 공동체를 푸틸로프의 철공, 셈카 다비도프의 이름으로 부르게 될 거야……."

다비도프는 이로써 하나의 인간으로보다는 당이 설정한 긍정적 덕목의 리스트로서 느껴진다. 모든 갈등에서 해방되고, 모든 어려움을 견뎌내는 다비도프는 19세기 소설의 의지박약하고 사변적이고 비관적인 사람들과는 다른 '의지의 화신'으로서 '미래에 대한 낙관적 신념을 가진 사람, 개인적인 것은 뒤로 미루고 집단의 이익을 위해 아무런 회의 없이 행동하는 사람'인지는 몰라도 하나의 숨을 쉬는 인간형으로서 부각되지는 않는다. 왜냐하면 다비도프에게서는 인간의 본능에 기인하는 감정과 욕구, 또 그와 연관된 갈등을 볼 수 없기 때문이다. 어쩌면 다비도프는 자신의 욕구 자체를 덕목의 이름으로 부정하여 욕구 자체를 느끼지 못하는지도 모른다. 서구의 부르주아가 그 욕심과 이기심으로 하여 균형감 없는, 왜곡된 인간의 모습을 드러낸다면 소련의 1930년대의 행동 규범으로 제시된 긍정적 인간은 인간이 가져야 하는 최소한의 개인적인 감정과 욕구를 결핍한, 균형 잡히지 못한 인간이라 하겠다.

4. 『강철은 어떻게 단련되는가?』의 코르차긴

이 소설은 1932년부터 1934년 사이에 『젊은 근위대』에 게재된 작품으로서 역시 1930년대 사회주의 리얼리즘의 가장 중요한 작품의 하나로 평가받는 작품이다. 이 소설의 두드러진 점은 형성되어 가는 긍정적 주인공을 그린다는 점이다. 이 소설에서 주인공은 혁명가로 자라 가면서 계급투쟁의 과정 속에서 계속 볼셰비키 당원에 적합하지 않은 심리적 특징들을 극복함으로써 사상적으로나 도덕적으로 긍정적 주인공이 되어간다. 이러한 점에서 이 작품을 사회주의 리얼리즘의 교육 소설 또는 발전 소설이라 할 수 있겠다. 코르차긴의 발전 과정은 네 단계로 분류될 수 있다. 첫 번째 단계는 그의 소년 시절로서 이미 그때 그가 앞으로 긍정적 인물이 될 수 있는 소지가 있다는 것이 나타난다. 두 번째 단계는 시민전쟁 동안 투쟁하면서 여러 선생의 도움으로 행동과 사고에서 점점 더 당의 교리에 가까워지는 과정이다. 세 번째 단계는 코르차긴이 청년 연합 간부로서 또 후에 당원으로서 여러 해(害)당적인 요소들과 투쟁하는 과정에서 그 자신이 다른 사람들의 선생이자 모범이 되는 과정이고, 마지막 네 번째 단계는 심해져 가는 전신 마비와 시력 상실로 고통을 당하면서 병상에서 마지막으로 작가로서 혁명 과업에 헌신하며 자기를 극복하는 과정이다.

그의 일생의 발전 과정은 여러 가지 에피소드들로서 제시되어 있다. 이를 간추려 소개하면, 코르차긴은 프롤레타리아 출신으로 가난과 굶주림 속에서 부자들을 미워하는 본능적 계급의식을 키우며 자란다. 그는 어려서부터 불의를 증오하고 항상 정의의 편에 서며 지칠 줄 모르는 노동 능력을 가졌다. 학교 신부와의 갈등, 역전 주점의 비열한 프로호슈카와의 대결, 그가 그 가게에서 힘겨운 일을 견뎌내는 모습은 이를 잘 나타내 주고 있다. 또 그는 독일 병정으로부터 권총을 겁 없이 훔칠 만큼 큰 담력을 가졌다.

그는 어릴 적부터 여자들에 대해 엄격한 윤리적 태도를 보인다. 산림 감독 주임의 딸 토냐에 대한 성숙된 감정 속에서도 그는 부자들에 대한 본능적 거부감을 나타내며 곧 그는 토냐가 속한 사회에 대해 경멸을 느낀다. 그가 토냐와 첫 번째로 충돌하게 되는 이유는 그녀가 '값싼 개인주의'를 갖고 있다고 생각하기 때문이었다. 그때 그는 토냐에게 '나는 우선 당에, 그리고 그 다음 너에게, 그리고 나머지 가까운 사람들에게 속한다'고 말한다. 나중에 그가 우연히 그녀와 다시 만나게 되었을 때 그녀의 화려한 차림을 보고 코르차긴은 그녀와 아무런 할 말이 없다고 느낀다. 여자들에 대한 그의 엄격한 윤리적 원칙은 그가 백군들의 감옥에 있을 때 곧 무자비한 백군들의 제물이 될 시골 처녀 흐리스티나가 백군의 제물이 되기 전에 그와 동침하고 싶다고 간청했을 때 거절하는 데서, 또 어머니에게 '부르주아가 세상에서 없어질 때까지 어떤 처녀와도 키스하지 않겠다'고 편지를 쓰는 데서도 잘 나타난다. 그의 이러한 태도는 청년 간부인 리타 우스티노비치를 만났을 때도 여전하다. 그는 그녀가 과업에서 친구이자 동지이면서 또 그의 지도자이지만 역시 여자라는 느낌을 가지긴 하지만 강한 의지력으로 이러한 생각을 누르고 자기의 욕망을 억제한다. 나중에 결혼한 타야와의 관계도 애정의 결합과는 거리가 멀다. 그는 소시민 출신의 그녀를 동지로, '진정한 인간'으로 만드는 역할을 맡는다. 이 모든 여자들과의 관계에서 그는 혁명 과업을 위한 극기와 이데올로기가 우선한다는 것을 보여준다. 토냐와의 관계는 결합될 수 없는 계급적 의식의 차이 때문에, 리타와의 관계는 혁명적, 금욕적 가치관이 감정을 이겼기 때문에 사랑으로 이루어지지 못하며, 타야와의 관계에서는 교육자로서의 역할을 맡을 뿐이다.

코르차긴은 소설이 진행되는 동안 점점 더 의식화되고 당의 규율을 점점 더 강하게 받아들이게 되는데 주인공의 이데올로기적인 성장은 그가 살아가는 중에 만나는 여러 지도자의 도움으로 이루어진다.

젊은 코르차긴에게 가장 중요한 의미를 지니는 사람은 혁명가인 수병 주흐라이이다. 주흐라이는 항상 명쾌하고 정확하고 이해하기 쉬운 말로써 그에게 정확하게 길을 제시하는 사람이다. 주흐라이는 코르차긴이 '과업의 훌륭한 투쟁가가 될 수 있는 모든 전제 조건을 가졌으나 아직 계급투쟁에 대해서 불명확한 생각을 하고 있다'는 것을 알고 그를 지도한다. 그 다음으로 그가 듣는 교훈은 붉은 군대의 정치 지도자 크라메르에게서인데 그는 코르차긴이 부듄니 기마대로 옮기려고 했을 때 그의 무질서성을 비난하고 당과 청년 동맹의 철통 같은 규율을 경고한다. 그럼에도 불구하고 부듄니 부대로 옮긴 코르차긴은 그곳에서 공동체 의식을 배운다. 나중에는 동지 세갈에게서 변증법적 유물론을 배운다.

당내 투쟁을 이겨내는 것은 그가 이제 의식화되고 당의 노선을 신축성 있게 적용할 수 있다는 사실의 신호로서 그는 이제 지도자의 입장에 서게 된다. 아내가 되는 토냐를 새로운 인간으로 교육하며 병상에서 집필하는 과정에서 그는 자기 자신의 과거를 돌아보며 자신의 삶의 역정이 영웅적이었다기보다는 무책임하고 자발적인 좌익 소아병적인 경향이 있었다는 것을 깨닫는 경지에 이르러서 자신의 교육 과정을 마친다고 볼 수 있다.

그의 일생은 프롤레타리아로 태어나 당의 이데올로기와 혁명 과업에 송두리째 자신을 헌신하는 과정이었다. 그는 여러 번 다치고 추위에 시달리고 폐렴과 류마티스, 장티푸스에 걸리고 하면서 나중에 그가 깨달은 바 대로 무모할 정도로 자신의 건강을 돌보지 않은 채 특출한 인내와 용기를 가지고 혁명의 과업을 계속 수행해 나갔다. 코르차긴은 그가 말한 것처럼 끝없는 인내심과 아무에게도 그 고통을 알리지 않으면서도 그 고통을 참을 수 있는 인간으로서, 대의를 위해서라면 개인이라는 것은 아무 것도 아닌 '혁명가'의 타입을 지향한 사람이다.

코르차긴도 다비도프와 같이 흔들림 없는 이데올로기와 강한 의지, 영웅적 헌신과 극기, 사회적 가치에 개인적인 가치를 완전히 종속시키는 것, 당의 지침의 충실한 이행과 같은 덕목의 리스트를 보여준다. 다비도프와 다른 점이라 할 수 있는, 혁명에 대한 그의 타고난 열정은 거칠고 무모할 정도였으나 교육 과정을 지나면서 그는 자신의 좌익 소아병을 점차로 극복하고 점점 더 당원으로서 의식화되고 규율화되어 소설의 말미에 이르러서는 다비도프와 마찬가지로 완전한 '긍정적 인간'이 된다.

코르차긴은 다비도프와 달리 자신 속에 적을 가지고 있는데 그것은 그의 육체적 질병이다. 그는 자신을 당에 헌신적으로 봉사하지 못하도록 방해하는 병을 저주하고 죽음을 미워한다. 그런데 이러한 그의 갈등은 소설의 말미에 와서 극적으로 해결된다. 소설의 말미는 거의 동화에 가깝다. 그는 집필을 하는 중에 더 이상 말을 듣지 않는 육체를 저주하며 자살까지 생각하지만 결국 이를 극복하고 집필을 마쳐 출판사에 넘겨줌으로써 다시 투쟁의 전열로, 삶으로 돌아오는 것이다. 소설의 말미에 가서 완결 바로 직전에 이르기까지는 육체적 고통과 그의 과업의 수행은 반비례했으나 종결 부분에 이르러서는 혹시 그가 다시 건강해질지도 모른다는 생각마저 품을 수 있을 만큼 밝은 전망을 보여준다.

5. 맺음말

자, 그러면 이와 같이 당이 정해 놓은 과업의 수행을 삶의 목적으로 생각하고 이를 위하여 모든 것을 희생하는 인간상, 사랑도 우정도 가정의 행복도 포기하며 소련 사회를 위하여, 그것도 미래의 세대를 위하여 자신이 희생한다는 사실조차 모르고 사는 사람, 죽음이 당에 더 이상 봉사하지 못하도록 방해할까봐 걱정하는 사람, 그러한 사람이 과연 당시 소련 사회의 전범으로서 어느 정도 교육적 영향을 미쳤을까? 거의 모든 사람이 그러한 인간을 존경하였을 것이고 또 그러한 인간이 되려고 노력한 사람도 많았을 것이다. 그러나 많은 사람들은 그렇게 되지 못하는 자신에게 죄책감을 느꼈을지도 모른다. 사람들은 긍정적 인물이 누리지 못하는 개인적 안락을 자신이 누리는 데 대하여 죄책감을 느끼면서도 한편으로는 그러한 사람에 비해 자신은 얼마나 다행인가 하고 생각하지는 않았을까? 사회주의 건설의 과제가 힘겹기는 하지만 내게는 가정도 있고 애인도 있다고 생각하고 또 새 셔츠를 장만할 만큼의 경제적 여유도 있다고 생각하며 행복감을 느끼지는 않았을까? 이러한 생각은 소련 사람들로 하여금 당의 노선에 대하여 근본적인 질문을 하지 않도록 하였을 것이며 바로 이 점이 1930년대의 소련 사회를 유지하도록 한 또 하나의 중요한 원인이 되었을지도 모른다.

서평: 『스탈린 시대의 문화』, 한스 귄터 편

(맥밀란 출판사, 1990)

The Culture of Stalin Period, ed. Hans Günther

(The Macmillan Press LTD, 1990), pp. 291.*

1930년대부터 소련 문화의 근간을 이루어 왔던 스탈린 시대의 문화는 서구에서는 오랫동안 정치적, 사상적 측면에서만 연구되어 왔다. 이 시대의 문화적 산물들은 우선 질이 낮고 깊이가 없다고 여겨져서 그 자체에 대한 연구는 도외시되고 어떻게 문화가 정치에 의해서 조작되었는가 하는 문화 정책의 전략이나, 공식적 문화에서 벗어난, 즉 사회주의 리얼리즘에서 벗어난 작품이나 작가에 대한 연구가 스탈린 시대의 문화에 대한 연구의 본령을 이루어 왔다.

소련 내에서는 이 시대의 문화, 즉 스탈린 시대의 사회주의 리얼리즘 문화에 대한 연구는 회피되어 왔는데, 그것은 그들이 해빙기 이후 내내, 불과 몇 년 전까지도 전체적으로 볼 때 스탈린 시대에서 유래한 사회주의 리얼리즘의 틀 속에 있으면서 스탈린 개인에 대한 숭배를 멀리해야 하는 역사

---

* 『슬라브학보』 7권(1992), 287-290.

적 운명을 가졌기 때문이다. 1980년대 중반 페레스트로이카가 시작되기 전까지 소련의 공식적 문화는 스탈린을 배척하거나 그에 대해 침묵하면서도 스탈린 시대에 만들어진 모든 개념 규정과 함께 사회주의 리얼리즘의 독트린들을 전(全) 소비에트 문화의 강령으로 삼았던 것이다. 스탈린 시대의 문화를 자세히, 구체적으로 연구한다는 것은 자신들의 문화를 그렇게 들여다보는 것을 뜻했으며 그것은 그들에게 불가능했었다. 이제는 양상이 다르고 신랄한 풍자도 많다. 그러나 아직 이 시대에 대한 객관적 연구를 진행하기에는 그들의 인식의 폭은 그 틀을 들여다볼 수 있을 만큼 성숙하지는 않은 것 같다. 그 틀 안으로부터 밖으로의 탈출을 온전히 완수하는 것이 일단 그들의 인식적 과제가 될 것이다.

위에서 언급한 바, 서구의 스탈린 시대에 대한 학문적, 문화 비평적 수준은 그 문화를 이해하는 데 여러 가지로 미흡하다. 첫째, 문화란 정치적·사상적 측면에서만 연구될 성질의 것이 아니기 때문이다. 물론 스탈린 시대에 이데올로기 우선의 문화를 창조하려는 시도가 있었던 것에 비추어 미학적 연구에만 문화 연구를 국한하는 것도 역시 무리이기는 마찬가지이다. 둘째, 하나의 시대, 특히 억압의 구조가 매우 두드러졌던 시대의 문화를 연구하는 데 있어서 공식적 문화에 나타난 '억압 구조'의 실현 형태를 모르면서 비공식적 문화를 논하는 것이 '조망 원근법'의 측면에서도 매우 균형을 잃은 것이기 때문이다. 간단히 말하면 이 시대의 문화에 대한 연구는 학문 연계적인 차원에서 공식적 문화에 대한 구체적·실증적 접근과 함께 행해져야 한다.

이제까지 진행된, 스탈린 시대에 대한 문화적 측면에서의 연구로서 정치학자, 사회학자들에 의해 이루어진 것들로는 Robert Tucker의 Stalinism(1977), Sheila Fitzpatrick의 Cultural Revolution in Russia 1928-1931(1978), Moshe Lewin의 The Making of Soviet System(1985) 등을 꼽을 수 있고, 문학 연구가나 건축 연구가에 의해 이루어진 것들로는 Katerina Clark의 The Soviet Novel(1981), Hans

Günther의 Verstaatlichung der Literatur(1984), Vladimir Paperny의 Kul'tura dva(1985)를 꼽을 수 있을 것이다. 이 연구들이 보여주듯, 역시 스탈린 문화에 대한 연구에 있어서는 다양한 학문 분야들의 상호 보완적인 접근이 필요하다.

위의 논문집은 15명의 다양한 학문 분야의 학자들의 스탈린 문화에 대한 연구를 모은 책이다. 모두 5부로 나뉘어 있는데 제1부는 당시의 대중 문화와 이데올로기의 문제를 다루고 있으며, 제2부는 예술 일반, 제3부는 문학, 제4부는 건축, 제5부는 영화를 다루고 있다.

제1부에서 John Barber는 1930년대에 정치 선전이 노동자들의 독서 행위에 미친 영향과 그들의 정부에 대한 태도를 분석하여 개인숭배가 행정 관료들에 국한된 것이었을 뿐 대부분의 노동자들은 수동적·운명적으로 체제를 받아들였다고 지적한다. Regine Robin은 스탈린 시대의 대중 문화가 어떻게 민족적, 권위적, 민속적, 전통적 요소들을 재활용하고 있는가를 묘사하면서 스탈린 시대의 사이비 민속 문화가 원형적·역사적으로 퇴행적인 가치들과 새로운 집단적인 가치들을 잡종 혼합하고 있다고 결론짓는다. Rosalinde Sartorti는 소련 대중문화의 주된 이슈인 소비에트 축제(카니발)를 다루는데, 그녀는 1920년대에 반종교 선전과 정치의식화에 주안점을 두었던 카니발이 1930년대 중반부터는 소련의 삶이 행복하고 기쁨에 넘친다는 것을 과시하는 국가적 축제 행사로 된 것을 추적하였다. Richard Stites는 1920년대에 유토피아를 지향한 혁명적 이상주의가 스탈린의 반유토피아적 방해 때문에 중단된 것과 평등주의가 스탈린 시대에 이르러 경직된 위계 체제로 바뀌는 것에 대해 기술하며, 1930년대의 모스크바를 혁명적 유토피아주의의 비틀린 패러디라고 칭한다.

제2부에는 Aleksandar Flaker, Boris Groys, Vassily Rakitin, Igor Golomstock 등의 논문이 들어 있는데, 이들의 소련 예술 일반에 대한 논의의 주안점은 사회주의 리얼리즘의 역사적 연속성에 대한 것이다. Flaker는 러시아에는 19세기부터 예술에서 대중과의 감정적 연결이나 사회적 사명감이 강조되

는 태도, 문학에서도 '민중성'을 지향하는 태도가 존재해 왔음을 주장하며 1930년대에 이르러 달라진 것이라면 고급 문화와 대중 문화 사이의 거리가 없어진 사실이라고 말한다. Boris Groys는, 사회주의 리얼리즘이 모든 전통에서 벗어나 과거와의 단절 속에서 세계를 창조하는 것이었고 또한 삶과 예술, 진리와 미를 인류 사상 최초로 융합 통일시키려는 실험이었다는 점에서 그것, 즉 사회주의 리얼리즘이 아방가르드에서 유래한 것이라는 종래의 주장을 되풀이하고 있다. (그는 1988년 그의 저서 『Gesamtwerk Stalin』에서 이러한 주장을 설파하였고, 그 이전에도 이러한 주장을 하여 1987년 3월에는 Frankfurter Allgemeine Zeitung에서 사회주의 리얼리즘과 아방가르드의 단절을 주장한 Frank Schirrmacher와 지상(紙上) 논쟁을 벌였고, 이에 대해 Hans Günther는 1987년 7월 24일자 같은 신문에서 '사회주의 리얼리즘은 그 이전에 존재한 모든 예술이나 문학에서 절충적으로 필요한 것을 따온 것'이라는 자신의 주장을 재삼 강조했다 - 그는 자신의 저서 『Die Verstaatlichung der Literatur』(1984)에서 이미 이러한 주장을 펼친 바 있다.)

Boris Groys의 이러한 주장에 Vassily Rakitin은 사이비 좌파 아방가르드만이 스탈린 시대에 응용되었을 뿐, 진정한 아방가르드는 항상 자유롭고 열정적인 창조성을 가지고 있기 때문에 이들은 결코 진정한 전체주의적 스탈린 문화와 타협할 수 없었으며 스탈린 시대 초기부터 박해받는 운명이었다고 반박한다. Igor Golomstock는 스탈린식의 사회주의적 리얼리즘이 실상 모더니즘의 반대편에 서서 20세기 미술을 이루어온 제2의 국제적 스타일이라고 본다.

소련의 비평이 나치의 문화를 비판할 때 나치의 미술이 바로 모더니즘에서 유래하였다고 공격했지만 스탈린 시대의 미술과 나치의 미술은 매우 유사하다고 지적한다.

제3부에서 Hans Günther는 사회주의 리얼리즘의 발전소설과 나치의 발전소설을 비교 분석하면서 발전소설이 이 두 시기에 어떻게 왜곡되었는가

하는 점을 추적하여 '전체주의적 미학'이라는 개념의 가능성을 타진한다. Joehen–Ulrich Peters는 혁명 이후, 소련의 풍자문학의 쇠퇴에 대하여 조셴코와 불가코프를 중심으로 서술하고 있다.

제4부에서 Vladimir Paperny는 1930년대 초부터 도시 모스크바의 구조적 특징이 Lewis Mumford가 열거한 고대 도시의 그것과 동일하다고 주장하며 논거를 제시하고 있고, Adolf Max Vogt는 소련의 건축가 Zholtovsky가 1920년대의 구조주의와 스탈린 시대의 신고전주의에 대해 어떻게 제3의 입장을 취해 왔는가를 다룬다.

제5부에서 Brenda Bollag는 Eisenstein의 <파업>과 Donskoi의 <무지개>를 비교하여 아방가르드 미학과 사회주의 리얼리즘 미학의 차이를 살피고 있으며 Bernd Uhlenbruch는 Eisenstein의 <이반 뇌제>를 분석하여 이 영화가 스탈린 체재의 정통성 구축을 위하여 만들어졌고 외적으로는 공식적 규범에 들어맞으나 자세히 살펴보면 절대 권력의 비극에 대해 다루고 있다고 주장한다.

위의 논의들은 스탈린 시대의 문화의 제 측면에 대해서 구체적인 정보를 주는 이외에도 스탈린 문화의 본질에 대한 천착으로서 소련 문화를 이해하는 데 중요한 단서를 준다. 스탈린 문화의 역사적 연속성 및 단절성, 그 특수성과 보편성, 열린 사고와 억압 구조 간의 갈등, 공식적 문화와 비공식적 문화의 관계, 고급 문화와 저급 문화의 관계, 문화 혁명과 반혁명 등에 대한 천착은 소련 문화의 본질을 이해하는 데 핵심적인 문제들로서 러시아 연구가들뿐만 아니라 소련인들이 자신을 자세히 들여다보고 앞으로 나아가는 데도 커다란 동력을 줄 수 있을 것이며(물론 그들이 그럴 만한 여유가 생기는 경우에, 즉 부하린, 구밀료프, 불가코프만이 아니라, 그리고 제정 러시아 황제의 운명에 대한 지대한 관심만이 아니라 스탈린 시대의 작가와 작품, 심지어 스탈린까지 '복권'시켜 연구해야 할 필요를 본인들 스스로 절실히 느끼게 되는 경우에) 문화에 관심을 가진 모든 사람들에게 20세기의 세계 문화를 이해하는 데, 더 나아가 인류가 이루어 온 문화 일반에 관해 성찰하는 데 하나의 중요한 계기가 될 수 있으며 나아가 인류 문화의 향방을 가늠하는 데도 많은 도움을 줄 수 있다고 본다.

서평: 『신기루로부터의 해방』,
예브게니 도브렌코 편(모스크바, 1990년)*

　페레스트로이카 이후 소비에트의 급격한 변화 및 모든 과거에 대한 전면적인 부정과 함께, 특히 1988년부터 1990년-1991년경까지 러시아의 문학 및 예술 분야에서 사회주의 리얼리즘에 대한 논의가 매우 격렬했다. 이러한 논의들을 포괄 수렴한 책이 바로 『신기루로부터의 해방』이다.

　페레스트로이카 이전의 소련은 사회주의 리얼리즘의 독트린들을 전체 소비에트 문화의 강령으로 삼아 왔다. 문화 비평의 방법론으로서, 문학 창작의 지침으로서 이 개념은 1930년 초에 생성된 이후 줄곧 소비에트 문학계를 지배해 왔다. 참고로 1972년에 출판된 문학 소사전의 '사회주의 리얼리즘'에 대한 정의는 다음과 같다:

　문학과 예술의 창작 방법으로서 20세기를 전후하여 생겨나, 세계 사회주의 건설의 초창기에 확고하게 정착하였고 소비에트 문학의 근본 개념이 되었다. 현 역사적 과정을 사회주의적 이상의 조명 속에서 반영하는 것이

---

* 『지성의 현장』 제6권 2호(1996), 260-264.

144　　20세기 러시아 노래시 연구

사회주의 리얼리즘의 내용과 예술적 구성 원칙을 규정하는 바, 이는 민족적·역사적 특성을 보이며 다양한 스타일과 형식을 나타낸다.

여기에는 비록 다양한 스타일과 형식의 강조가 그 이전(대략 1930년대 초부터 1950년대 후반까지를 말함)의 획일적이었던 스탈린 문화에 대한 비판적 태도를 보이기는 하지만 1934년 제1차 작가회의에서 쥬다노프가 행한 연설 속의 사회주의 리얼리즘의 정의가 그대로 사용되었다. 이러한 상황은 1980년대 중반까지 작가동맹을 중심으로 이어져 왔고 이 개념에 대한 다양한 논의는 있을 수 없었다.

『신기루로부터의 해방』의 편자인 도브렌코는 페레스트로이카 이후 나타난 사회주의 리얼리즘에 대한 다양한 논의를 모두 공평하게 소개했다. 그래서 이 책은 사회주의 리얼리즘을 연구하는 사람이나 향후 좌파 문학 이론의 향방에 관심을 두는 사람들에게 매우 중요한 자료를 제공한다. 도브렌코가 편집한 이 책에 나오는 견해들은 크게 두 가지로 분류된다.

1) 사회주의 리얼리즘을 문학 비평 및 창작의 기본 방향으로 인정하고 고수하나 문학적 실제에 있어서는 여러 가지 무리가 많았다는 점을 인정하는 경우가 그 하나이다. 이때 특히 스탈린 시대의 문학이 사회주의 리얼리즘의 일탈로서 비판되었다. 이러한 입장의 문학 비평가들은 문학적 실제에 있어서 사회주의 리얼리즘의 기본적 원칙으로부터 벗어나지 않았음에도 불구하고 정당한 평가를 받지 못한 작품들이 있었다는 점을 강조하면서 흔히 1920-30년대의 고전적 작품들로 『고요한 돈강』, 『고뇌 속을 가다』, 『클림 삼긴의 생애』를 예로 든다. 1930년대에는 마르크스-레닌의 사회주의 원칙에 거스르는 스탈린식 모델이 생겨나서 사회주의 리얼리즘의 원칙을 버렸고, 또 이를 버렸다는 사실을 은폐하였다고 말한다. 이와 연관

하여 『개척되는 처녀지』가 예술의 질적인 면에서나 사회·역사적 사상의 측면에서 마르크스-레닌의 원칙에서 벗어난 변절의 요소를 보였다고 비판하였다. 당시에 배척받았던 플라토노프 같은 작가들은 혁명을 옹호한 작가로 부상되고 그의 작품의 의의가 전 인류적인 차원에서 매우 심오한 것으로 재조명되었다. 또한 사회주의 리얼리즘을 유일한 방법으로 내세우는 것에서 조금 물러나 『거장과 마르가리타』, 『진혼곡』 같은 사회주의 리얼리즘에서 벗어난 작품들도 중요한 업적으로 평가되면서 앞으로 방법의 복수주의, 방향의 복수주의를 지향해야 한다고 주장되곤 했다. 보로노프, 우메로프, 안드레예프의 주장이 그러하다.

이들이 사회주의 리얼리즘을 소비에트 문학의 기본으로 내세우는 데는 혁명 이후 유물론적 세계관을 바탕으로 하는 문학 이론들의 수렴으로서의 사회주의 리얼리즘을 전수하여 이러한 전통을 잇고 논의를 발전적으로 진행하겠다는 생각이 깔려 있다. 1990년대 중반 이후 점점 더 이 개념을 소비에트 문학의 기본 개념으로 사용하지 않으려는 경향이 짙으나 결국 이 개념을 둘러싼 논의들을 마르크스주의 문학 비평이라는 큰 틀 안에서 지속해 보려는 입장이라고 하겠다. 이는 마르크스와 엥겔스를 먼 선조로 하여 문학이 상부구조에 속하며 작가의 사회적 경험과 미학적 원칙들이 문학 작품을 만들어 낸다는 기본 입장 — 문학은 결국 당파적이며 정치적이라는 논리에서 출발하여 전형, 사실주의, 경향문학에 관한 엥겔스, 마르크스의 논의 — 를 발전적으로 전개시키려 한다. 이들은 마르크스-엥겔스의 논의가 각 시대마다 조금씩 강조점이 달라질 수 있다고 전제하여 엥겔스와 마르크스의 이론을 해석하여 적용한다. 이들은 프롤렛쿨트, 보그다노프, 루나차르스키 등 1930년대 들어 뒷전으로 물러났던 논의들을 재검토하며 마르크스와 엥겔스의 견해를 재해석하여 유물론적 문학 이론을 풍성하게 하려고 한다. 문화의 발전 과정을 반영하는 주된 방법으로서 사회주의 리얼리즘을 고수하고 인류를 위한 올바른 전망을 가진 문학을 정립하여 이데올로기 투쟁의 과제를 수행해 가야 한다는 입장이다.

2. 또 다른 하나는, 사회주의 리얼리즘이라는 개념 자체가 무리하게 생성된 것으로서 정치적인 개념이 미학적인 개념과 결합된 천박한 사이비 사회주의적 괴물(켄타우르스)이라고 규정짓고 이를 스탈린 문화의 징후로서 보는 경향이다. 이러한 경향의 평론가들은 소비에트 평단이 해빙기(스탈린의 죽음 이후 1950년대 후반에서 1966-67년까지) 이후에도 이 개념에 대한 본격적인 논의도 없이, 과거에 대한 청산도 없이, 즉 스탈린 문화에 대한 성찰 없이 스탈린이라는 고유명사만을 괄호로 처리하고 나머지 것들을 모두 그대로 사용하고 있다고 본다. 이런 주장을 하는 사람들 중에는 실상 1960년대 이후에 이 개념이 별로 큰 규범성을 가지지 못했다고 지적한다. 즉 사회주의 리얼리즘과 소비에트 문학을 별개의 것으로 보고 이 개념이 소비에트 문학에 여러 가지 해악을 끼친 것으로 여긴다. 도브렌코, 간그누스, 세르게예프 등의 주장이 그러하다. 이들의 주장은 사회주의 리얼리즘 및 스탈린 시대 문학에 대한 한스 귄터나 카타리나 클라크, 보리스 그로이스 같은 서구 학자들의 연구와 맥을 같이 한다. 이들은 스탈린 시대를 전체주의적 미학이 지배했던 시기로 보고 그 이전의 다양한 아방가르드 문학이나 19세기 리얼리즘 문학에 비해 몹시 구호적이고 질이 낮은 문학이 나타났다고 본다. 이 시기에 민족적, 권위적, 민속적, 전통적 요소들이 재활용되면서 역사적으로 퇴행적인 가치들과 새로운 집단적 가치들이 잡종 혼합된 사이비 문화가 나타났으며, 이를 소비에트의 삶이 행복하고 기쁨에 넘친다고 주장하는 데 이용하는 문학의 국가화가 이루어졌으며, 유토피아 지향의 혁명적 이상주의는 스탈린의 반(反)유토피아적 방해로 중단되었고, 사회주의적 평등주의가 경직된 위계체재로 바뀌었다는 주장이다. 또한 이들은 형식주의나 자연주의에 대한 당시의 심한 배격이 예술의 비예술화를 가져왔고, 당시의 당성이나 민중성에 대한 왜곡된 해석이 바로 사회주의 리얼리즘의 내포를 이룬다고 역설하였다.

그런데 위 두 입장에서 공히 드러나는 것은 이러한 논의들이 마르크스 문학 비평이라는 큰 틀에서 크게 벗어나지 않고 있다는 사실이다. 사회주의 리얼리즘이라는 용어 자체를 꺼리는 입장의 논의에서도 리얼리즘 전통의 회복에 대한 추구와 함께 루나차르스키, 브레히트 등의 좌파 이론을 문학 비평의 담론 구조에 유통시키려는 노력을 볼 수 있다. 이러한 노력의 출발점은 스탈린식의 사회주의 리얼리즘이 반(反)예술성을 나타내고 정치화된 이유가 바로 이데올로기로부터의 일탈 때문이라고 보면서 소통에 있어서 이데올로기적 행위를 중요시하는 태도이다. 다시 말해서, 이데올로기를 대화적 개념으로 보고 '이는 지배적 사상들, 즉 합법화된 사상들을 수용하는 것이 아니라 세계관의 대화이자 의식의 상호작용으로서 절대로 의식의 규율화일 수 없다'고 여기며, 스탈린이즘의 경우에 바로 예술의 정치화가 공식적 예술을 이데올로기의 일면성으로 이끌었고 그 결과 이데올로기에서 일탈하게 되어 예술이 침체된 것이라고 보는 것이다.

이 책은 러시아어로 되어 있어서 좌파 문학이론에 관심을 가진 많은 사람들이 모두 읽을 수 없는 경우가 많겠지만 러시아문학 연구가들에게는 물론, 이 방면에 관심을 가진 사람들에게 소개되었으면 하는 중요한 사료이다.

사회주의 리얼리즘과 루카치, 바흐틴의 문학 논의*

1

이 글은 1930년대의 스탈린식 사회주의 리얼리즘과 당시 루카치, 바흐틴의 문학 논의가 어떤 관계를 가지며, 또 이제 1990년대 후반에 이르러 사회주의 리얼리즘의 향방에 루카치, 바흐틴의 논의가 어떤 의미를 가질 수 있는가 하는 문제에 대한 개괄적인 모색이다.

2

페레스트로이카 이후 소련의 급격한 변화 및 과거의 모든 것에 대한 전면적인 부정과 함께 특히 1988년경부터 1990-91년경까지 문학 및 예술 분야에서 사회주의 리얼리즘 개념에 대한 논란이 매우 격렬하였다.[1] 이러한

---

* 『러시아소비에트문학』 7권(1996), 28–44.

[1] 1990년에 출판된 도브렌코E. A. Добренко 편, 『신기루로부터의 해방Избавление от миражей』에 이러한 논쟁이 광범위하게 소개되어 있다.

논의들은 전체적으로 볼 때 마르크스 문학 비평이라는 큰 틀에서 벗어나지 않고 있다.

사회주의적 리얼리즘과 같은 개념이 문학 비평에서 소용없는 유해한 개념이 아니며, 문학에서 윤리와 규범이 필요하다고 보는 필자의 견해로는 사회주의 리얼리즘이라는 논의 자체를 무가치한 일로 돌리기보다는 마르크스 문학 비평의 틀 속에서 재조명하고 그 이론과 실제의 득실을 살펴보는 것이 중요하다고 보며, 러시아 평단에서도 이와 연관하여 브레히트나 루나차르스키뿐만 아니라 1930년대 이후 노선을 달리한 서구의 소위 신좌파 문학비평, 블로흐나 아도르노, 벤야민 등을 연결하여 시야를 열어야겠다고 생각한다. 이들의 문학 비평은 문학이 좀 더 나은 사회를 향해 지향하는 인간의 욕구에 방향과 방법을 제시한다는 측면에서 요즈음 같은 시대, 윤리 부재의 시대에 문학인들을 계도하는 데 도움을 줄 수 있으며, 목적 없는, 방향 없는, 희망 없는 문학에, 예술의 상품화 및 예술의 기술과 지배에의 복종에 대항하는 데 기여할 수 있을 것이기 때문이다. 그런 의미에서 루카치, 아도르노, 호르크하이머의 논의들은 현재성이 더욱 두드러진다 하겠다.[2]

3

문학이 다양한 대화가 되어야 한다는 주장이 비등하고 현재 러시아의 문학 비평의 출구로서, 에른스트 블로흐, 아도르노나 벤야민의 사유들이 유용하리라 여겨지는 터에, 이러한 문학 비평가들과 기본적으로 같은 생각을 하고 있다고 여겨지며, 또 이들의 사고와 여러 가지 공통점을 보여주는, 스탈린적 사회주의 리얼리즘의 시대에 러시아 내에서 형성된 바흐틴

---

2 Max Horkheimer/Theodor W. Adorno, *Dialektik der Aufklärung*(Frankfurt am Main, 1969).

이나 루카치의 견해의 조명은 의미 깊다고 할 수 있다.

또한 1930년대의 진정한 문학논의들을 당시 단일한 공식적인 문학담론과의 관계 속에서 살펴보아, 발생적인 면에서 이 이론들의 역사적인 맥락을 알아보는 것은 추상적 이론으로만 수용된 이들의 문학 논의를 좀 더 구체적으로 이해하는 계기도 될 수 있다고 생각한다.

루카치와 바흐틴은 각각 우리나라에서 1970년대와 1980년대에 유행한 비평가이다. 루카치는 1970년대에 좌파 문학비평가로서 젊은이들을 사로잡았으며 바흐틴은 1980년대 중반부터 거의 1990년대 중반인 현재에 이르기까지 주목을 받고 있다. 이들이 어찌하여 우리나라의 문학 평단에 중요한 이론가로서 등장하고 있는지 확실히 알 수는 없으나 아마도 외국, 특히 미국이나 유럽의 유행과 밀접한 관계가 있을 것이고, 또 우리나라의 현실에서 유래한 욕구도 있을 것이다. 루카치는 독일에서 1937-1938년의 표현주의 논쟁 및 루카치·브레히트의 대립이 1960년대 말 1970년대 초에 알려지면서 루카치·브레히트 논쟁이라는 표제를 달게 된 논쟁을 통하여 널리 알려졌다. 이로써 루카치는 브레히트와 함께 서구에서 좌파 경향을 지닌 비평가들의 논쟁의 중심에 놓이게 되었고 이러한 연유로 1970년대 우리나라에서의 마르크스주의에 대한 관심과 맞아떨어진 것으로 보인다. 바흐틴은 유럽에서는 이미 1970년대에 주로 도스토예프스키 연구와 함께 널리 알려졌으나 우리나라에서는 1980년대에 들어와서 철학적 사유에 있어서 포스트 모더니즘과의 연관 속에서 관심을 받았다.[3] 그러나 필자에게는 두 문학 비평가가 무엇보다도 먼저 당시(1930년대)의 스탈린주의의 공식적 담론에 대항한 좌파 비평가로서 의미를 갖는다.

루카치의 모스크바 체류 당시의 1930년대 문학 논의로는 소설에 관한 이론과 당시 비평에 관한 그의 입장을 꼽을 수 있을 것이다. 그의 주장의 핵심은 소설이 현실을 객관적으로 반영하는 장르라는 것이고, 이는 근대

---

3 반성완, 「루카치와 바흐틴 소설이론의 공통점과 차이점」, 『외국문학』 1990년 봄 제22호, 열음사, 28쪽.

시민사회에서 출발한 부르주아 서사문학으로서 산문적 질서가 보편화된 시민적 현실의 문학 형식이며 이 형식 속에서 예술의 리얼리즘의 승리가 이루어졌다는 것이다. 그러므로 사회주의 리얼리즘의 소설이 이러한 부르주아 소설의 전통을 이어 리얼리즘의 승리를 이어 나가야 한다는 것은 그의 아방가르드와의 논쟁 속에서 일관된 입장이었다. 또 당시의 비평에 대해서 주로 자본주의적인 전문화가 가져온 지평의 상실을 이야기하면서 동시에 그는 사회학주의나 정치화된 비평이 가져온 폐해에 관해 신랄한 분석을 가하였다.

1930년대 바흐틴의 관심은 진정한 축제인 카니발로서 민중의 웃음 문화와, 독백적인 의사소통 구조와 대화적인 의사소통의 관계, 이들과 연관된 비공식 장르로서, 고급문학이자 공식 장르인 서사문학의 반대쪽에 있는 소설에 대한 것이다.

두 사람의 이론은 매우 다른 양상을 보인다. 그러나 이 두 사람이 똑같이 당시의 공식적인 담론과 갈등한 원인은 둘 다 진정한 문학을 향한 진지한 싸움을 벌였다는 데 있다. 그들이 어떻게 당시의 공식적인 문학 담론에 대항하고 있는가를 그들의 저작을 중심으로 구체적으로 살펴보기로 하겠다.

3-1. 루카치

1930년대 루카치의 비평적 작업은 당시의 문학잡지 『문학비평가Литературный критик』와 함께 진행되었다. 『문학비평가』는 1920년대의 문학 비평이 플레하노프, 보그다노프의 문학이론을 떠받들며 문학의 계급적 성격과 역사적·계급적 상관성을 중요시하였던 것을 사이비로 배격하고, 레닌의 톨스토이 평가를 인용하며 19세기 문학에 대한 1920년대의 비평가들의 거리감을 비판하였다. 세계관과 문학 방법의 문제와 천박화된 사회학주의와의 논쟁에서 성공적인 성과를 거두고 사회주의 리얼리즘 비평에 중요한 역할을 했던 『문학비평가』는 1939년 가을에 이르러서는 집중적으로 비판받게 되고 이때 『문학비평가』의 다른 멤버들과 함께 루카치도 비판받게 되었다. 『문학비평가』의 '플라토노프의 사실주의적인 주인공에 대한 옹호'는 당시 긍정적 주인공에 대한 역류로서 받아들여졌고, 또 진정한 정치시의 전통 및 마야코프스키적인 전통의 부활에 대한 이 잡지의 주장은 당시 스테레오 타입의 찬양가적인 정치시에 대한 비판으로 받아들여졌다. 뿐만 아니라 역사소설의 주인공 설정에 있어서도 영웅적인 주인공보다는 민중에서 유래한 주인공을 옹호하는 것 등이 당시의 문학 비평의 기류에 배치되는 것이었기 때문에 강한 비판의 대상이 되었던 것이다. 루카치는 그의 평론 「예술가와 비평가」[4], 그의 저서 『리얼리즘의 역사에 대하여K истории реализма』[5]로 인하여 특히 강한 비판의 화살을 받았다. 그 이유는 무엇일까?

1930년대 말에 이르러 루카치의 저작에 어떤 변화가 온 것일까? 이 두 저술을 중심으로 그의 견해를 살펴보고 그가 비판받은 이유를 추측해 보자.

『리얼리즘의 역사에 대하여』에서 루카치는 당시 리얼리즘 논의와 연관하여 문학 작품에서 리얼리즘이 중요하며 작가가 어떤 세계관을 가졌느냐 하는 것보다는 그가 작품으로서 포괄적 현실 이해를 돕느냐 아니면 방해하느냐 하는 것을 따지는 것이 더 중요하다고 보았고 이러한 맥락에서 레닌과 같은 관점에서 톨스토이를 보았다. "리얼리즘의 승리란 거짓된 견해, 불완전한 생각에 대한 현실의 승리이다. 진정한 작가는 예술적으로 편견 없음의 재능을 부여받았다. 그리고 만약 창작 과정에서 주관적인 의도와 현실 사이에 모순이 나타나면 진정한 작가는 현실을 왜곡하거나 이에 대해 침묵하는 것을 자신에게 허용하지 않고 오히려 자신이 온 힘을 다하

---

4 Г. Лукач, "Художник и критик", *Литературный критик*, 1939 7, 3–31.

5 Г. Лукач, *К истории реализма*(М., 1939).

여 표현한 삶의 사실들이 그의 의도를 전복하도록 한다."[6] 이러한 그의 견해는 1939-40년에 와서 형성된 견해라기보다 그의 리얼리즘의 승리에 대한 일관적인 주장의 연속일 뿐이다. 루카치는 일관되게 리얼리즘의 승리를 주장해 왔고 객관적 반영에 대한 요구를 해왔다. 루카치는 소설의 발생에 있어서 헤겔을 따라 서사시를 개인과 공동체가 조화를 이루고 있던 그리스적 상황에서 생겨난 문학 형식으로서, 호머의 서사시에 나타난 바와 같이 시적 세계에서 나타난 총체성이 지배하는 문학으로 본다. 그는 이러한 총체성이 사라진 후 부르주아 시기에 와서 산문적 질서가 보편화되었다고 보며 기억과 희망으로 다시 서사시적 세계를 지향하는 것이 사회주의 리얼리즘 소설이 지향해야 하는 바라고 주장하고 있다. 루카치는 사회주의 리얼리즘 장편소설이 서사시적 성질로의 경향이 있음에도 불구하고 위대한 부르주아적 리얼리즘 장편소설과 밀접하게 연결되어 있는 것으로 보고 새로운 소설 형태로서 좀 더 리얼리즘 소설에 가까운 소설을 추구하였다. 이로써 루카치는 새로운 무계급사회에 대한 찬양과 희망을 담은 문학을 요구하는 동시에 현실의 객관적 반영으로서 리얼리즘 소설의 옹호를 주장하였다. 이러한 리얼리즘의 승리에 대한 그의 주장, 구체적 현실의 사실주의적 재현으로서의 리얼리즘의 복귀에 대한 그의 주장이 비판받게 된 것은 당시 문학적 상황이 루카치의 주장과는 매우 거리가 멀게 정치와 행정의 도구가 된 질 낮은 문학이 활개를 치던 때였으며, 문학은 진실을 밝히기보다는 오히려 진실을 은폐하는 데 쓰였기 때문이다. 특히 역사에 대한 망각과 혁명적인 전통에 대한 왜곡은 사고의 침체를 이루었으며 현실에 대한 눈감기를 조장하는 총체적인 예술로서의 스탈린주의 속에서 문학은 자율성과 객관성을 잃어버렸던 것이다. 이러한 배경 속에서 루카치의 리얼리즘의 승리에 대한 신념은 바로 진정한 문학을 향한 외로운 외침이었다고 볼 수 있다.

---

6   Г. Лукач, "Победа реализма", *Литературная Газета*, 1940 Но. 13. 3-4.

「예술가와 비평가」에서 그는 자본주의 사회의 문학이 그 전문화, 상업화로 인하여 문학의 본령을 떠났고 작가는 삶과 예술에 대한 진정한 관계를 잃어버렸다고 말하고 있다. 또 자본주의적 왜곡에 대항하려는 작가들은 문학을 자족적인 것으로 대함으로써 인류 발전의 예술적 형상화를 보편적이고 지속적으로 실행하는 위대한 예술에 대한 요구를 만족시키지 못하고, 수 세기, 수십 세기 지속되는 영향력과 민중성을 지닌 작품을 낳는 과제로부터 유리되어 있다고 보았다. 다른 한편 자본주의에 대치되는 사회주의 진영의 문학은 예술의 모든 특수한 문제들을 비난하고 문학을 곧바로 정치·사회적인 프로파간다에 종속시키고 있어 문제라고 지적한다. 루카치는 예술과는 관계가 먼 보고문학이나 예술적 형상화에 이르지 못한, 유용성만을 강조하는 문학도, 미학적 문제에만 관심을 제한시켜 사회·정치적인 문제를 외면하는 문학과 마찬가지로 비판의 대상으로 삼았다. 루카치는 이론가들이나 역사가들이 민중의 사회적 삶과의 진정한 연결을 상실하여 이로 인해 비평의 질적 하락을 초래했다고 개탄하고, 천박한 사회학주의도 사실상 역사와 경제의 분리 그리고 분업과 전문화의 결과로 보았다. 또 정치적인 기준에 따라 문학 작품을 평가하는 것은 문학을 헐벗은 정치적 내용으로만 평가하고 그 미학적 가치를 전혀 보지 못하는 우를 범하게 함으로써 종종 미학적·사상적 황폐화를 가져온다고 지적하고 그 예로서 급진적 민주주의 비평이나 프롤레타리아 문학비평을 들었다. 이들의 정치적 내용과 미학적 가치의 이분화 현상은 예술적 원칙이 없는 판단을 낳게 하였으며 정치적인 기류에 적응하는 눈먼 비평을 나타나게 하였다는 것이다

　루카치는 이 모든 것을 주로 아방가르드 예술에 대한 비판으로서 '문학의 수준 저하'의 증거로 이야기하나 그가 이야기하는 많은 것들에는 당시 소련의 문단을 겨냥한 발언이 많이 들어 있었다. 예를 들어 루카치가 문학을 미학적·객관적으로 평가하지 못하는 비평의 카오스가 생긴다고 비판

할 때, 미학과 상관없이 이분화하는 사고를 공격할 때, 역사적 실제에 대한 의식 없이 새것에 대한 정향을 얻을 수 없다고 주장하거나 과거를 모르고는 현재와 미래를 알 수 없다는 생각을 펼칠 때, 또 작가의 위치가 문화 산업의 한 구석에 자리하게 되면서 내면적으로 예술의 진정한 문제에 대한 관계가 약화된다고 말할 때, 우리는 바로 당시 공식적 담론에 대한 정면적인 도전을 읽게 된다. 이러한 발언들은 바로 당시 흑백논리적인 이분법, 낙관주의와 비관주의의 대립, 진정한 역사의식도 없이 진보적 노선과 반동적 노선으로 나누는 것을 겨냥한 것이었다.

루카치는 비평이 지닌 잠재적 가능성을 현실화하는 것은 사회적인 계기들의 자동적인 결과가 아니라 이 가능성을 이용하는 문학인들에게 있다고 하며 소련 비평에 있어서 문학가의 비정상적인 상황을 지적하기도 했다. 그는 여기서 1936년의 자연주의와 형식주의에 대한 논의의 무용성, 문학 비평의 미학적·사상적 규준의 부재, 존재하는 결점들을 서술하지 않고 작품을 미화하는 것, 관료적 낙관주의의 위험 등에 이르기까지 당대 소련 문학의 전반적인 문제들을 비판적으로 다루었던 것이다. 이 모든 것은 당시 공식적 담론의 전형적인 예들이었고, 루카치의 이에 대한 날카로운 도전은 오히려 문학과 비평에 대한 그 진정성으로 인하여 박해를 받았던 것이다.

3-2. 바흐틴

바흐틴의 1930년대 업적의 대표작으로는 『프랑수아 라블레의 창작과 중세와 르네상스 시대의 민중 문화』(1965년 출판. 이미 1930년대에 저술되었던 것으로 보인다)[7]와 『소설 속의 말』(1934-1935)[8]을 들 수 있다. 이 두 저작을

---

7 М. Бахтин, *Творчество Франсуа Рабле и народная культура средневековья и Ренессанса*(М., 1990). 이 책이 인용되는 부분은 본문에 페이지를 표시하였다.

8 М. Бахтин, *Слово в романе*(М., 1965).

중심으로 살펴보면 1930년대에 바흐틴의 주 관심은 공식 문화와 비공식 문화와의 관계, 웃음의 미학, 고전주의와 그로테스크한 리얼리즘의 대비 및 독백적 의사소통 구조와 대화적 의사소통 구조의 대비이다.

바흐틴은 라블레 연구에서 공식 문화와 비공식 문화, 민중 문화와 웃음, 카니발의 개념, 미학적 체계로서의 고전주의와 그로테스크한 리얼리즘에 대해서 광범위한 사고를 개진하였다. 그는 라블레의 창작 세계가 어떤 도그마도, 어떤 권위주의도, 어떤 일면적인 심각성도 없으며 그의 형상들은 여하한 완결성이나 고정성이나, 제한된 심각성, 사고나 세계관에 있어서 모든 예비성이나 미리 결정되어 있는 것에 적대적이라고 하며 이로써 라블레는 16세기 말의 공식적인 봉건적·종교적 문화에 대항하는 원칙적인 비공식성과 철저한 민중성을 나타낸다고 본다(6-7쪽).

바흐틴은 라블레의 창작이 민중 문화의 발전, 특히 민중의 웃음의 문화를 알아보는 데 중요한 자료가 된다고 말하고 이어 중세와 르네상스 시대의 민중의 웃음 문화의 성격을 논하고 있다. 민중의 웃음 문화의 현상으로서 그는 무엇보다도 카니발과 카니발적인 장르를 들고 있다. 그는 비공식 문화와 공식 문화의 날카로운 차이는 축제에 잘 나타난다고 설명한다:

"중세의 공식적 축제는 교회의 축제이거나 봉건국가의 그것이거나 간에 현 세계 질서로부터 조금도 벗어나지 못하고 아무런 두 번째의 삶을 창조하지 못한다. 반대로 그들은 현존 체제를 신성화하고 인준하며 공고화한다. 시대와의 연결은 형식적이 되고 변화와 위기는 과거로 옮겨진다. 공식적인 축제일들은 기본적으로 과거를 돌아보며 이 과거와 함께 현재의 체제를 신성시한다. 공식적인 축제는 현재의 위계질서, 종교적·정치적·윤리적 가치, 규범, 금기들의 안정성과 불변성과 영원성을 후원한다. 축제는 즉 이미 완성된, 승리에 찬, 지배하는 진리, 영원하고 변하지 않으며 반박의 여지가 없는 진리의 승리이다."(14쪽)

"반면 카니발은 지배적인 진리와 기존 체제로부터 잠시 해방되는 것을 의미한다. 위계질서, 특권, 규범, 금기로부터 시간적으로 해방되는 것이다. 이것은 진정한 시간의 축제이고 생성과 변화와 개신의 축제이다. 카니발은 모든 영구화, 완결성, 궁극성에 적대적이다. 이는 미완결의 미래를 본다. …… 평상시 사람들이 신분의 벽으로, 재산의 벽으로, 직업의 장벽으로, 가족과 연령의 장벽으로 철저히 분리되어 있는 봉건체제의 배타적 위계성에 비추어 볼 때 (카니발에서는) 모든 인간들 간의 자유롭고 친밀한 유대가 매우 강하게 느껴지며 이것이 공통적으로 카니발의 세계 감정의 주요 부분이다. 인간이 순전히 인간적인 새로운 관계를 위해 새로 태어나는 것이다. 소외는 잠시 사라지는 것이다."(15쪽)

바흐틴은 이러한 '카니발에서 나타나는 웃음의 문화'가 철저히 공식적 문화의 왜곡을 보여주며 민중은 불안과 공포와 체념과 위협과 금기, 협박의 요소로 점철된 심각성에 웃음으로서 대항한다고 말한다(108쪽).

그런데 웃음은 외적인 검열에서만 해방시키는 것이 아니라 내적인 검열에서 스스로를 해방한다는 의미에서 중요하고(107쪽) 그래서 웃음은 민중을 우둔화하거나 탄압하는 데 가장 적당치 않은 수단이라고 설파한다(108쪽).

웃음에는 폭력도 화형도 도그마도 없으며 위선과 사기는 웃는 법이 없다. 웃음은 불안이 아니며 힘의 인식이다. 웃음은 출산, 변화, 생산성, 넘침, 먹고 마시는 것, 민중의 지상의 불멸 미래, 새로운 것, 오는 것과 연관되어 있고 그것을 준비한다는 것을 말하며 바흐틴은 민중의 건강한 웃음에 대한 무한한 신뢰를 보내고 있다(109쪽).

바흐틴은 이러한 공식적·비공식적인 것의 구분이 미학적인 체계에서는 과거 문학 전통에 있어서 고전주의와 그로테스크한 리얼리즘으로 구분된다고 본다(25-26쪽).

인간의 육체를 묘사하는 데 있어서도 고전주의에서는 개체적으로 완결되어 완성되게, 흠이 없이 매끈하게, 다른 육체들과 세계에서 분리되게 그리는 데 비해 그로테스크한 리얼리즘에서는 육체가 자라는 것으로, 자신의 경계를 뛰어넘는 것으로 그리며, 임신, 출산, 생식, 출생, 고통, 먹는 것, 마시는 것이 그려지면서 육체는 세계와 연결되어 있고 열려 있다는 것이다(33-34쪽). 즉, 육체는 영원히 창조되고 창조하는 시간적 미완성의 육체로서 그려져 있으며 가장 중요한 특징은 바로 변화 가능성과 애매성이며 하나는 죽고 있고 하나는 탄생하고 있는 두 육체가 서로 연결되어 경계 이월성을 나타내는 데 반해(352쪽) 고전주의에서는 죽음은 그냥 죽음이고 탄생과 연결되지 않으며 노인은 젊은이와 연결되지 않는다. 이는 가치 평가에서도 마찬가지여서 부정과 긍정은 결코 공존하지 않으나 그로테스크 리얼리즘에서는 부정과 긍정이 동시에 존재하고 위와 아래도 뒤바뀔 수 있고 모든 것은 서로 연결되어 있으며 모든 것은 항상 변화의 가능성을 보인다는 것이다(351쪽).

이러한 견해는 절대적인 선이나 가치를 인정하지 않는데, 그것은 당시 사회의 담론 구조에 대립되는 것으로서 당시의 경직된 의사소통 구조, 권위적 문화에 대항하는 치열한 사고라고 볼 수 있다.

그의 비공식적 문화에 대한 우위 설정은 당의 이데올로기 독점과 연결해야 비로소 완전한 이해가 가능하다. 바흐틴은 예술에 있어서의 사회주의 리얼리즘이라는 의사소통의 권위적인 독점 형태의 폐해, 즉 역사적으로 진보적이었던 이데올로기가 지배 이데올로기가 되었을 때의 폐해를 밝혀주며, 진정한 민중성을 다시 발굴하려는 노력을 보여주고 있다. 그의 민중 문화에 대한 강조는 당시 공식적인 민중성에 대한 강조와 맥을 같이하는 듯해 보이지만 실상은 전혀 다른 것을 지향한다: 즉, 역사적 연속성, 민주적 집단성, 진정한 역사적 진보성을 담지하고 있는 민중을 화석화된 공식적 민중의 개념에 대치시키고 있는 것이다. 또한 현 체제를 유지하기 위한 장치로서 공식적 축제에 대한 바흐틴의 생각은 스탈린 시대의 축제 문화에서 "우리는 행복하여 나날이 축제 속에 있다"는 식으로 모든 갈등은 과거로 보내 버리고 혁명적 전통은 지배 권력의 정통화의 수단으로서만 이용되는 것을 빗대어 비판하고 있는 것이다.

그의 유토피아는 무계급 사회라는 궁극적 목적을 위하여 모든 욕구를 영구히 제한하고 미루는 공식적인 형태와는 전혀 다른 구체적이고 미래적인 유토피아이다. 그것은 일상의 욕구와 감각성에 열려 있는 진정한 민중의 유토피아인 것이다. 이로써 바흐틴은 새로운 구체적이고 현실적인 역사 의식의 중요성을 웅변하고 있다고 하겠다.

『소설 속의 말』에서 바흐틴이 논한 중심적 과제는 『도스토예프스키 시학의 제 문제』에 연결되는 것으로 독백적, 대화적 의사소통 형태의 연구이다. 바흐틴은 대화적 원칙을 독백적 의사소통 형태에 대립되는 이상적 언어 상황으로 이해한다.

대화적 반응은 자신이 반응하는 모든 언술을 인격화한다. 대화적 반응은 의미 위치, 즉 한 목소리 속에서 표현되는 주관성을 존중한다. 반면 독백적 태도는 타자의 말을 비인격화하여 물화하고 대상으로 만든다. 바흐틴은 이 두 양극 사이에 여러 가지 단계들을 설정하고 있다. 그가 특히 강조하고 있는 것은 '권위적인 말', '올바른 명명', '유일 언어' 그리고 '독백적 소설'과의 투쟁이다. 바흐틴은 권위적인 말이라는 것이 하나의 권위, 하나의 정치권력, 하나의 제도, 한 인물과 불가분하게 연결되어 있다고 본다. 권위적인 말은 콘텍스트, 그 경계와의 여하한 유희도 허락하지 않고, 점진적이고 유동적인 전이나, 자유롭고 창조적으로 스타일화하는 변이들을 용납하지 않는다. 그것은 전체로 받아들이거나 거부하거나 두 가지만을 요구한다. 내적으로 설득하는 담론의 완결되지 않은 열린 의미구조와는 달리 권위적인 담론은 부동적이고 죽어 있는데 그것은 완결되어 있고 하나의 의미만을 가지기 때문이라고 본다. 이는 그가 소설의 가장 이상적인 형태를 도스토예프스키의 소설에서 보며, 이를 대화적 열림과 예술적 세계 모형의 복잡성을 지닌 진정한 대화적인 담론으로 되어 있는 소설로 보는 입장과 맥을 같이하는 사고이다. 그에 따르면 소설은 본성에 있어 반규범적이고 유연성 그 자체이다. 그래서 그는 미완결된 장르이자 반규범적이고 유연한 형식, 스스로 이러한 미학적 고유성에 의해 계속 변화하는 형식으로서 소설을 지향했던 것이다. 그가 톨스토이적인 소설을 독백적인 소설 구조로 파악하고 특히 『부활』에서 경향 소설의 위험을 보며, 경향 소설은 구체적인 삶의 자료를 이데올로기적 테제를 보여주느라고 외면하게 된다는 뜻을 말했을 때, 이는 루카치의 진정한 리얼리즘의 승리라는 입장과도 일맥상통하는 바가 있다. 그러나 그가 루카치와는 달리 톨스토이 소설의 독백적 구조에 대해 강한 부정적인 태도를 취하는 것은 당시 공식적인 담론이 톨스토이적인 소설을 사회주의 리얼리즘 소설의 모범으로 보려는 경향을 염두에 두고 그보다 더 심한 독백적 구조가 강화된 소설, 낯선 세계관에는 완전히 닫힌 극단적인 형태의 소설의 출현을 비판하며 경고하고 있다고 볼 수 있겠다. 사물에 대한 판단에 있어 긍정과 부정의 확연한 분리에 대한 그의 혐오는 바로 삶의 구체적 자료를 외면하는 비현실적인 문학의 풍미를 비관적으로 예측한 데서 온 것이라 할 수 있다. 이는 바로 당시의 단일한 이데올로기의 노선, 유일한 가치에 대한 흔들림 없는 지향이 문학적 형상화에 있어서 삶의 자료들을 이데올로기 노선을 예시적으로 보여주려는 데만 사용하게 되는 평면적이고 자족적인 사고에 불과하다는 것을 간파한 소치라고 하겠다.

그의 비공식 문화에 대한 집착, 또 독백적인 담론의 허위와 폭력성에 대한 강한 혐오는 당시의 역사적인 맥락을 고려해야 비로소 온전히 파악될 수 있다고 여겨진다.

4

위에서 살펴보았듯이 1930년대 공식적 문학 담론에 대한 대항과 도전으로서의 루카치나 바흐틴의 이론을 비교해 볼 때 바흐틴은 당시 시대의 담론을 매우 강력하고 고전적인 것으로 파악하고 있음에 반하여 루카치는 당시의 사회주의 리얼리즘의 정체를 어딘가 미심쩍고 수상쩍은 것으로서 그 자체가 진정한 예술을 낳게 할 수 없는, 오히려 방해하는 것으로서 파악하고 있다는 생각이 든다. 이런 면에서 바흐틴은 시대 상황에서 더욱더 헤어나기 어려운 처지에 있었다고 할 수 있겠고, 또 이런 면에서 보아야 그의 주장의 극단성도 수긍이 간다고 하겠다.

바흐틴은 비공식적인 것만을 우위에 놓고 정상적인 세계에서의 자유나 진리의 실현이 불가능하다는 것을 전제로 하고 있다. 그에게 있어서 고전적인 것, 정형화된 것, 진지한 것, 기성의 것은 부정적인 것으로서만 그려져 있고 카니발이라는 한시적인 것만을 진정으로 인간의 본성이 드러나는 해방의 시공간으로 설정하고 있는 것이다. 이러한 그의 논의가 매력을 가진 것은 아마도 우리의 담론 구조가 억압적이고 권위적이었을 때였기 때문이라는 생각이 들면서, 그의 논의가 가치관의 혼란의 시기나 영원한 인간의 존엄과 본성에 관한 숙고의 부재로 인한 가치관의 혼란의 시기에 가치 자체를 상대화시킬 수 있다고까지 여겨진다.

그러나 루카치나 바흐틴에게서 공통적으로 나타나는 자율적인 문학의 힘, 민중 문화의 건강한 힘에 대한 신뢰나 인간이 자신의 과거 문화의 유산을 잊지 말고 미래를 향해 희망을 갖고 과감히 도전해야 한다는 주장이나, 또 획일적인 전통에 대한 이해에서 벗어나 진정하고 다양한 전통을 찾아내려는 노력들은 블로흐나 벤야민, 아도르노의 신좌파 문학비평에 긴밀히 연결되는 사고이며 현재 사회주의 리얼리즘의 향방 모색에도 시사하는 바가 크다고 여겨진다.

에른스트 블로흐는 충족되지 못한 채 남아 있으면서 충족되기를 기다리고 있는 과거의 희망과 인간으로서 산다는 것이 경계선을 넘어 모험을 하는 것이라는 사실에 대해 믿음을 가지고 앞을 향해, 다가오는 것을 향해 열려 있을 것을 주장하며[9] 마르크스주의적 세계는 아무것도 망각하지 않는 것과, 모든 것을 변화시켜 나가는 것, 두 힘이 서로 결합하게 되는 것으로[10], 마르크시즘은 절대적으로 리얼리스틱하지만, 그렇다고 해서 현실의 진부하고도 도식적인 의미에서 리얼리스틱하다는 것이 아니라, 마르크시즘의 현실성은 현실 더하기 그 현실 속에 있는 미래라고 말했는데[11], 이는 바로 루카치 및 바흐틴과 만나는 생각이다(블로흐의 저작은 루카치에게 잘 알려져 있었다).

발터 벤야민이 유물론적 역사 기술자는 과거 안에 있는 희망의 불씨를 부채질할 수 있는 능력을 지니고 있으며 그는 과거가 원래 어디 있었나를 파악하려 하지 않으며, 오로지 현재에 연결되고 현재에 매인 채로 역사를 거슬러 올라가며 억눌렀던 과거를 풀어주어 현재로 충만된 과거를 역사라는 연속체로부터 떼어내야 한다고, 모든 시대마다 전통을 압도하려는 획일주의로부터 전통을 새로이 쟁취해내는 것이 시도되어야 한다고 말한 것은 바로 바흐틴과 루카치가 말하는 전통에 대한 기억과 희망에 다름 아니다.[12]

루카치나 바흐틴의 예술의 자율성 및 객관성에 대한 인식도 아도르노의 예술의 자율성에 대한 사고와 동일하다. 아도르노는 예술이 현실을 인식하는 것은 예술이 그 현실을 단순히 묘사함에 의해서가 아니라 예술이 자신의 자율성을 구축해서 경험 세계에 있는 현실의 모습 배후에 숨어 있는 것을 발언해냄에 의해서 현실을 인식하는 것이며, 사회적 진리란 미학

---

9   Ernst Bloch, *Gesamtausgabe*, 16Bde(Frankfaurt am Main, 1967-1976), Bd. 9, 385-392.

10   Ernst Bloch, *Gesamtausgabe*, 16Bde(Frankfaurt am Main, 1967-1976), Bd. 4, 157.

11   Ernst Bloch, *Gesamtausgabe*, 16Bde(Frankfaurt am Main, 1967-1976), Bd. 9, 143.

12   Walter Benjamin, *Gesammelte Schriften*, 12Bde(Frankfurt am Main, 1980), Bd. 12, 695-704.

적으로는 예술작품의 자율적 형태 속에서만 존재할 수 있기에 자율성의 예술작품은 현실과는 거리를 유지하면서 그 현실을 비판하고 또 그 현실이 변혁되어야 한다는 것을 인식하게 해 준다고 하며, 예술의 자율성을 진정한 예술의 본질로 보았던 것이다.[13]

서구 좌파 문학 이론가들과 맥을 같이 하는 루카치나 바흐친의 비평에서 볼 수 있는 진정한 문학에 대한 추구는 플라토노프나 불가코프, 파스테르나크가 온몸으로 실현한 창작의 길이었으며 푸슈킨의 비평적 사고에서 이미 볼 수 있었던 생각이다. 푸슈킨은 1830년 『비평에 대하여』[14]라는 소고에서 문학 비평의 본령을 예술적 전통에 대한 안목과 예술의 자율성에 대한 인식, 사물의 제 현상에 대한 공정한 관찰, 현실의 제 현상에 대한 참여적 시각, 그리고 예술과 예술가에 대한 애정에 두었는데, 이는 바로 위에서도 소개한 바, 모든 진정한 비평가의 정신을 관통하는 원칙이자 지침이다.

---

13   Th. Adorno, *Noten zur Literature II* (Frankfurt am Main, 1961), 168-169.

14   А. С. Пушкин, *Полн. Собр. Соч. в 10 томах*(Москва, 1976), т. 6, 281.

1930년대와 전쟁 기간의 사랑 노래 비교*

1

이 글은 스탈린이 통치하던 러시아의 '1930년대의 사랑'을 테마로 한 노래'와 '전쟁 기간(1941-1945)의 사랑'을 테마로 한 노래에 대한 비교이다. 우선 1930년대 노래의 성격과 전쟁 기간 동안의 노래의 성격을 약술하고 사랑을 테마로 한 노래들이 이 두 시기에 각기 전체 노래 속에서 어떠한 위상을 가졌는가를 언급한 다음 사랑을 테마로 한 노래들 중에서 매우 널리 알려져 있는 것들, 그중에서도 서정적 화자가 남성인 경우를 몇 개 골라 비교하여, 1930년대 공식적 이데올로기의 유포 수단으로 가장 널리 쓰이던 노래 장르, 그중에서도 사랑을 주제로 한 노래들이 전쟁 기간 동안 겪은 변화에 대해 서술함으로써 당시 노래 장르 전체에 대한 이해에 도움이 되고자 한다.

---

* 『러시아 연구』 6권(1996), 57-79.

1 여기서 노래는 массовая песня를 의미하는 것으로 많은 사람들에 의해 불려지도록 만들어진 노래로 서 민요와 달리 직업적인 시인과 작곡가에 의해 만들어진 노래로 정의되던 것을 말한다. 그러나 이 용어 는 스탈린 시대의 산물로서 현재는 꺼려지고 있다.

2

노래는 스탈린 시대에 가장 중요한 공식적 문학으로서 장려되었다. 도대체가 스탈린 시대에는 문학이 사회적 의사 소통의 특수 기능을 담당하도록 되어 있었다. 사회의 구성원은 무엇보다도 문학을 통하여 현실을 파악하고 진리를 포착하는 것을 배워야 했다. 문학은 사회적 의사소통에 있어서 법률보다도, 과학적 인식보다도, 역사적 사실보다도 더 중요한 기능을 가졌던 것이다. 당시 문학 정책의 목표는 삶의 모든 영역을 문학을 통하여 완전히 정치화하려는 것이었고 문학은 현존하는 사회 질서, 즉 스탈린 체제를 정당화하는 데 종사해야 했다. 이미 1920년대 후반부터 이러한 작업은 진행되었고 이에 대한 강한 비판을 우리는 플라토노프가 자기 소설의 인물들을 형상화하는 시선을 통해 읽을 수 있다. '국가의 거주자'의 서술적 화자나 '그라도프 시'의 주인공은 이미 이러한 규범적 사고로 의식이 완전히 굳어버린 인물들인 것이다.

노래는 특히 이러한 문화정책의 목표에 알맞았다. 그것은 노래가 평이하고 명확한 의미를 담을 수 있어 단일한 이데올로기를 표현하는 데 적합했으며, 어휘적으로나 통사적으로, 또 형식적인 면에 있어서 그 구조가 매우 단순하여 대중 속으로 쉽게 파고들 수 있었기 때문이다. 또 노래를 하게 되면 텍스트의 내용에 감정적으로 영향을 받게 되어 텍스트의 내용과 노래하는 사람 자신의 생각의 일치가 용이해지므로 주어진 텍스트의 내용에 상응하는 정치적 행동을 유발시키는 데 유리하였다. 게다가 노래는 언제 어디서나 불려질 수 있기 때문에 삶의 모든 영역에 있어서의 완전한 정치화라는 문학 정책의 목표에도 합당하였다.[2]

---

2 이러한 노래의 특성과 기능에 대해서는 W. Hinderer, "Versuch über den Begriff und die Theorie politischer Lyrik", in *Geschichte der politischen Lyrik in Deutschland*, hrsg. v. W. Hinderer(Stuttgart, 1978), S. 27 f; Я. Гудошников, *Очерки истории русской литературной песни 18-19вв*(Воронеж, 1972), c. 150 ff; Л. Лебединский, "О массовой песне", *На литературном посту*(1931, 9), c. 35.

불가코프의 『거장과 마르가리타』에서 연극위원회 사무실 직원들이 집단 최면에 걸린 것처럼 합창하는 모습, 스스로 하고 싶지 않아도 어쩔 수 없이 저절로 합창하게 되는 기괴스러운 모습은 바로 이러한 정책과 현상에 대한 신랄한 풍자로 여겨진다.

특히 스탈린의 문화정책에 있어서 민요와 함께 노래가 장려된 것은 궁극적으로 스탈린 체제가 의식의 측면에 있어서는 산업 사회 이전의 사회, 합리성에 기초하지 않은 사회를 지향하였다는 것과도 관계가 있다. 뿐만 아니라 역설적이게도 노래는 사람들에게 혁명가나 데모 노래를 연상시킴으로써 사회 전체는 다른 방향으로 가고 있음에도 불구하고 마치 스탈린 체제가 혁명의 합법적인 계승자라는 인상을 주는 효과도 가질 수 있었다.[3]

당시 사회적 의사소통 수단이 노래를 유포하기에 매우 적당하였다는 사실도 중요한 요인으로 작용하였다. 당시 노래들은 주로 라디오, 신문, 영화, 노래책, 잡지들을 통하여 유포되었다.[4]

이러한 이유들로 하여 1930년대 중반부터 민중성과 소련 민속의 강조와 함께 노래는 당시 문학 정책의 주요 관심사였다. 여러 가지 경연대회, 또 좋은 노래의 작사자와 작곡가에 대한 시상, 합창단의 증가와 확충이 행정적으로 강력히 뒷받침되었으며 문학 비평적 담론에서도 작사자나 노래에 대해 커다란 의미를 부여하였다. 이러한 노력의 결과 실제로 노래는 공식적으로 서정시의 주도적인 장르가 되었다. 당시 여러 문학잡지의 비평이나 공고문을 통하여 주어진 주제는 국토방위, 사회주의 건설의 열정, 시민전쟁에 대한 회고, 스탈린 통치하의 새로운 사회의 현실, 행복하고 아름

---

3 Oska Negt, "Marxismus als Legitimationswissenschaft. Zur Genese der stalinistischen Philosophie", *Kontroversen über dialektischen und mechanischen Materalismus*, hrsg. v. Deborin, Abram und Bucharin, Machail(Frankfurt am Main, 1969), S. 99f. 참조. 1935년도 7-8월호 음악 잡지 Советская музыка에서 이에 대한 예를 볼 수 있다.

4 당시 음악 잡지나 신문을 보면 잘 알수 있다. 예를 들어 위의 잡지 115-121쪽에서도 이에 대한 예를 볼 수 있다.

다운 조국과 그 건설자, 레닌과 스탈린의 지혜로운 사상, 스탈린 헌법, 붉은 군대 등이었다.

형식적인 면에 있어서도 지침이 발표되었었는데 그것은 대중 속으로 쉽게 파고들 수 있도록 평이하고 '이야기 구성'이 있어야 하며, 짧고, 연으로 구성되어야 한다는 것이었다. 실제로 이러한 주제와 형식을 가진 노래들이 수없이 만들어졌는데 노래 가사의 대표적 작가들은 레베데프-쿠마치 В. Лебедев-Кумач, 이사코프스키М. Исаковский, 골로드니М. Голодный, 돌마토프스키Е. Долматовский, 수르코프А. Сурков 들이었다. 1930년대 노래는 주제별로 볼 때 대개 여섯 가지 그룹으로 분류될 수 있다.[5]

첫째 그룹은 스탈린, 모스크바, 당, 군대를 테마로 한 것이고

둘째 그룹은 소련 사람들의 삶과 노동에 관한 것이며

셋째 그룹은 방위와 전쟁 체험,

넷째 그룹은 시민전쟁,

다섯째 그룹은 사랑.

여섯째 그룹으로는 그 이외의 것들을 테마로 한 것들을 한데 묶을 수 있다.

첫째 그룹부터 넷째 그룹까지의 내용을 정리하면 다음과 같은 도식으로 요약할 수 있다:

- 우리 소련 사람들은 레닌이 기초하고, 시민전쟁을 통하여 쟁취했으며 스탈린이 이끄는 아름다운 조국 소련에서 행복하게 살고 일한다네.

- 우리는 적이 우리를 공격하면 이러한 조국을 위하여 마지막 피 한 방울까지 싸워 이기겠네.

이러한 도식은 소련의 현실을 받아들일 때 선택적 정보를 제공함으로

---

5 이러한 분류는 전쟁 기간의 노래의 분류와 마찬가지로 당시 유포되어 있는 노래들을 노래책이나 신문, 잡지에서 수집하여 분류해 본 것이다.

써 소련 사회를 영웅적이고 이상적인 사회로 묘사하고 이로써 소련 사람들이 소련 현실을 받아들이고 행동하도록 유도하는 데 지침이 되었다. 말하자면 개개인에게 확신과 행위의 동기화의 정언들이 주어지는 것이다.

이 도식은 모든 사람들에게 향해져 사회 구성원들 속으로 파고들어 사람들은 스스로 자기 의견을 가지려고 노력을 할 필요가 없었으며 그럼에도 불구하고 함께 살아가며 사회에 공헌한다는 느낌을 가질 수 있었다. 그럼으로써 개개인에게 있어 사회 통합으로의 정향이 용이하게 되었고 때로는 이를 통하여 비로소 그것이 이루어지기도 하였던 바 이 도식은 사회의 모든 그룹의 의사소통을 쉽게 하며 사회 전체의 연대 의식을 강화시킬 수 있었다.[6] 소련 지도부는 소련 사람들의 행위에 강한 영향력을 가질 수 있는 위와 같은 문학적 모델을 창조하고 적극적으로 유포시키려고 하였다. 당시 노래의 언어에 문학적인 성격과 저널리즘적인 성격이 뗄 수 없이 연결되어 나타나는 것도 이러한 연유에서이다. 텍스트는 완전히 당이 원하는 사회적 규범을 따르고 있었고 실제로 노래의 언어는 당시 사회주의 건설과 '소련 애국주의'라는 정통성의 이데올로기를 설파하는 정치적 언어이기도 했다.

사랑을 테마로 하는 노래들은 위의 노래들과 조금 성격을 달리했다. 그러나 사랑을 테마로 하는 노래들도 사랑이 독자적인 것으로서 다루어지기보다는 애국적 의무나 일에 대한 열정으로 가득 찬 주인공의 성격의 부차적인 특징으로서 기능하는 경우가 많았다. 사랑은 개인적인 영역에서의 소련인의 행복한 삶을 나타내주는 역할을 했고 종종 소련의 삶의 낙관주의와 연결되어 있었다. 사회적 의무와 사랑 사이에는 아무런 갈등도 드러나지 않았으며 사랑의 상실을 노래하는 경우는 드물었다. 사랑은 폭발적이거나 삶을 변혁시키는 커다란 힘, 그에 동반하는 환희와 고통과는 거리

---

6 이러한 효과에 대해서는 P. Berger, *Die gesellschaftliche Konstruktion der Wirklichkeit*(Frankfurt am Main, 1969), 110 f.에 잘 설명되어 있다.

가 멀었고, 자기 자신에 대한 자각과 자신에게 충실할 계기를 주는 실존적인 성질의 것이 전혀 아니었다. 사랑은 말하자면 편안한 자기만족이나 기껏해야 에로틱한 것이었다. 이로써 이 그룹의 노래들은 위 도식의 사고 모형에 모순되기보다는 위의 이데올로기가 지배되는 사회에서 나타날 수 있는 사적인 차원의 감정을 노래하는 정도였다.

3

그러나 전쟁과 함께 노래는 성격을 달리했다. 노래는 전쟁 동안 진정한 의미에서 중요한 것이 되었다. 노래는 창작의 측면이나 수용의 측면에서 볼 때 전쟁 문학 및 전쟁시(詩)에서 주도적 역할을 담당했다. 전쟁 이전과 달리 사람들은 정말 노래를 사랑했다. 노래는 전선에서 가장 소중한, 어디나 따라다니는 병사들의 동반자였다. 노래 없이는 나라 전체에서 승리에 꼭 필요한 모든 일을 하는 것이 불가능했다라고 말할 만큼 사람들은 노래를 즐겨 불렀다. 전선에서 노래는 그야말로 굉장한 인기를 누렸으며 시인들과 작곡가들은 열심히 노래를 만들었다. 그중에는 병사들의 주문에 의한 것들도 많았다. 레닌그라드 봉쇄 당시 방공호에서, 배 갑판에서, 병원에서, 전투 기지에서, 전선의 참호 안에서, 적에게 빼앗긴 지역에서, 빨치산 군대에서 노래가 불려졌다.[7] 이러한 현상은 매우 놀라운데 그 이유는 전쟁 기간 동안 전선에 노래가 유포될 수 있는 수단인 라디오도 별로 없었고, 노래책의 출판도 제한되었으며 음반이나 영화 제작도 위축되었기 때문이다. 이러한 현상의 원인으로서 이 기간에 시문학 전체가 발달하게 된 일반적인 원인과 함께 노래 장르에만 해당되는 특수 원인들을 생각해 볼 수 있겠다. 우선 시문학 전체가 강화된 요인으로, 전쟁이라는 '실제로 죽음에 노

---

7 당시 문학잡지들 어디서나 이러한 기사 및 보고를 볼 수 있었다.

출되어 있는' 극한 상황에서 인간은 오히려 슬픔과 공포와 고독을 절실하게 느끼고 이를 솔직하게 표현하게 되었으며 조국과 조국의 문화가 절멸의 위기에 봉착하여 그 이전의 체제를 증오하고 내적 이민의 상태에 있던 시인들도 모두 조국에 대한 애정을 노래하게 된 상황을 들 수 있다. 특히 시 장르가 발달한 것은 이 장르가 체험을 형상화하기 위해, 객관화의 거리가 필요한 소설에 비해 자신의 감정을 순간적으로 표현하기 때문이다. 또한 1934년 이후에도 항상 소련의 시단은 19세기적 전통뿐만 아니라 마야코프스키적인 전통을 이어와 정부의 규제가 약화되면 시문학이 명실 공히 발달할 수 있는 여건을 마련하고 있다.

노래가 발달한 특수 원인을 꼽자면:

첫째, 전쟁 기간 동안 노래는 병사들의 감정 표현의 가장 중요한 수단이었다. 유약한 남성으로 보이지 않으려고, 또 자신에게 용기를 북돋우기 위해 전장에서 병사는 종종 원래 자기가 느끼는 감정을 숨기고 유머러스하고 영웅적인 노래를 하였다. 또 정반대로 자신의 진솔한 감정을 노래를 통해 표현하기도 했다. 이는 전쟁이라는 무거운 중압감의 실존적인 상황 속에서 솔직하게 자기를 느낄 수 있는 통로이기도 했다.

둘째, 노래는 1930년대부터 정부의 지속적이고 강력한 지지로 인하여 상당히 대중 속으로 파고들어 가고 있었다. 특히 전쟁 기간에 라디오와 같은 전달 수단의 기능이 마비된 상태였기 때문에 노래는 입에서 입으로 전달되기도 하여 정치적 규제에서 벗어날 수 있음은 물론 수용과 창작의 관계가 마치 민요의 그것과 비슷하게 되었다. 민요처럼 발생과 유포의 관계가 종적인 전달 관계가 아닌 횡적인 전달 관계를 나타내었던 것이다.

셋째, 전쟁 이전과 마찬가지로 노래는 정부가 지지하는 장르이기도 하였다. 전쟁 기간 동안 노래는 병사들에게 승리에 대한 확신, 헛되이 죽지 않음, 전투의 영웅성과 정의 등의 생각을 불어넣는 기능을 부여받았다. 전쟁이 발발하자, 곧 합창단들이 전선으로 가서 기존의 노래나 새로 만들어진 노래를 불렀다. 전쟁이 터진 이후 며칠 동안 100여 곡이 작곡되었고 3주 이내에 모스크바에서만 200곡 이상이 새로 만들어졌으며, 1943년까지 수천 곡이 만들어졌고 3,720개의 예술 부대가, 45,000명의 예술인들이 전선에 나와 있었다.[8] 또 이러한 수많은 합창단의 공연이 전쟁 이전과는 달리 대중들에게 진정으로 사랑을 받은 것으로 보인다. 이때는 공식적으로 이데올로기와 사람들의 생각과 감정이 근접했던 것으로 여겨진다.

넷째, 위와 같은 상황은 노래를 만드는 사람들로 하여금 좀 더 좋은 텍스트, 진정으로 사람들에게 사랑받는 진실한 작품을 쓰게 하였다. 좋은 작품의 진정한 인기는 거꾸로 정부를 당황하게 하는 적도 종종 있었다.

이리하여 전쟁 기간에는 테마적인 측면이나 형식적인 측면에서 매우 다양하고 질적으로도 우수한 감동적인 노래들이 많이 나타났다. 공식적인 입장에서 씌어지고 추상적인 어휘들을 구사하는 찬가나 전투적인 노래들도 있었으나 전장의 일상에 관한 사실적인 노래들이나 친밀한 사랑의 감정을 다루는 노래들이 많이 만들어져 유행하였다. 전쟁 노래는 주제별로 여덟 가지 그룹으로 대별할 수 있다.

1) 국가, 조국, 군대, 모스크바
2) 영웅적인 도시, 고향 도시
3) 투쟁적, 선동적 군가
4) 영웅, 영웅적 투쟁
5) 전장의 일상
6) 사랑
7) 승리, 귀향
8) 기타

연대별로 보면 전쟁 초기에는 선동적인 군가나 출정의 이별가가 많이 만들어졌고 1941-1942년 겨울에는 전선의 일상과 사랑을 테마로 한 노래

---

8   И. Кузьмичев, *Жанры русской литературы военных лет*(М., 1962), 136

들, 특히 전쟁 이전의 노래와 확연히 구별되는 이러한 테마를 가진 대부분의 노래들이 이때 만들어졌다. 1943년부터는 다시 영웅적인 노래나 유머러스한 노래들, 승리의 확신에 대한 노래나 찬가들이 만들어졌다. 전쟁 노래 전체를 살펴보면 좀 더 강화된 감정, 멜랑꼴리, 심지어 비관주의까지 나타난다. 문체적인 측면에서도 대상에 대한 사실적인 묘사, 세부묘사, 친밀한 감정적인 어휘들을 만날 수 있다. 전쟁이라는 상황에서 표현의 자유가 오히려 강화되었다는 증거인데 이는 문학 정책이 전쟁 상황에 처한 개개인의 내면의 요구에 부응해야 하는 필요를 느꼈기 때문이다. 또 하나의 중요한 특징은 이때 사이비 민속이 아닌 진정한 민요적 요소가 많이 나타나며 민요의 주 특징인 풍자적이고 해학적인 요소가 강하게 나타난다는 사실이다. 당시의 주요 작사가로는 이사코프스키, 돌마토프스키, 수르코프, 추르킨А. Чуркин 등을 꼽을 수 있을 것이다. 전쟁이 일어난 이후에는 전쟁 이전에 활동했던 시인들이 이전과는 전혀 성격이 다른 노래를 짓는 경우가 많았다.

전쟁 기간 동안에는 양적으로 훨씬 많은 사랑 노래가 만들어졌을 뿐만 아니라 전쟁 이전과는 다른 성격의 사랑 노래들이 많이 만들어졌다. 사랑의 테마가 주관적이고 친밀하여 사회주의 리얼리즘의 원칙에 따른 교육적 기능을 수행하기 어렵다고 배척받던 1930년대와는 달리 전쟁 기간에는 사랑을 테마로 한 시들이 발달하였고 또 허용되었던 것이다. 물론 계속해서 친밀성이 결여된 노래들이 만들어지긴 했으나 공식적 이데올로기의 규범적 사고 모형에서 벗어나는 노래들이 매우 많았다. 이런 노래들에는 절망과 고통, 불안이 토로되었고 사랑하는 사람들의 어조는 사랑하는 사람에 대한 그리움으로 강하게 물들었으며 그들을 갈라놓는 전쟁이라는 상황은 증오되었다. 전쟁이라는 잔혹한 현실과 사랑하는 심정의 거리감, 그것에서 유래하는 고통이 토로되었는데 이는 특히 전선의 병사가 서정적 화자인 경우에 많았다. 전쟁 기간에 사회주의 리얼리즘의 원칙으로부터 벗어난 이러한 노래들이 특히 사랑을 받았다는 것은 매우 주목할 가치가 있는 현상이다.

4

이제 사랑을 테마로 한 노래들 중에서 서정적 화자가 남성이고 1930년대에 널리 알려진 노래 네 편과 전쟁 기간에 만들어져 많은 사랑을 받은 노래 네 편, 모두 여덟 편을 소개하여 이 노래시들에서 사랑의 테마가 어떻게 다루어졌으며 이러한 노래들이 어떻게 상이한가 간단히 살펴보려고 한다. 우선 1930년대의 노래 네 편, 이어서 전쟁 기간의 노래 네 편을 차례로 소개하겠다.[9]

1) 레베데프-쿠마치: 세상에 사는 것이 얼마나 좋은가!

얼마나 아름다운 처녀들이 많은지.
얼마나 사랑스런 이름들이 많은지!
그러나 사랑을 하게 되면
단 하나의 이름만이 나를 설레게 하여
평안도 잠도 빼앗아 가네.

사랑은 전혀 예기치 않았을 때
우연이 다가들어
매일 저녁이 당장

---

9 이 노래들의 출처와 각종 노래책 속의 수록 여부 및 그 문학 비평적 수용에 대해서는 졸저 Сон Че, *Исследования советской песни*(Сеул. 1992)를 참조하시오.

믿지 못할 만큼 좋아지고

너는 노래하리.

심장이여, 너는 고요를 원치 않는구나!

심장이여, 세상에 서는 것은 얼마나 좋으냐!

심장이여, 네가 그렇다는 것이 얼마나 좋으냐!

심장이여, 고맙다. 너는 그렇게 사랑을 할 수 있으니!(1934년)[10]

2) 돌마토프스키: 미소

우리는 둘이 자라

그대와 나

우리는 둘이서

모든 길을 지나왔어.

갑자기 찌푸리지 말아

내 사랑하는 사람아

내 좋은 사람아

슬퍼 말아.

미소 지어줘, 잊어 줘

---

10 **В. Лебедев-Кумач: Как хорошо на свете жить!**

Как много девушек хороших / Как много ласковых имён! / Но лишь одно из них тревожит / Унося покой и сон / Когда влюблён // Любовь нечаянно нагрянет / Когда её совсем не ждёшь / И каждый вечер сразу станет / Удивительно хорош / И ты поёшь: // Сердце, тебе не хочется покоя! / Сердце, как хорошо на свете жить! / Сердце, как хорошо, что ты такое! / Спасибо, сердце, что ты умеешь так любить!/

혹 내가 무슨 잘못을 했거든
혹 내가 말이지
무슨 잘못을 했거든.

이슬 내린 풀길 따라 달리면
모든 모욕이
모든 슬픔이
사라질 거야.

그대가 미소 지으면
꽃들이 피어났었지,
그때처럼 그대
미소 지었지…….

우리의 길은 깨끗하고 곧바르지
우리는 헤어지지 않아.
우리는 헤어지지 않으리,
영원히.

나라가 꽃피고
온통 봄이네.
온통 봄이
널리 퍼졌네.

친구들이 노래하고
그리고 가벼이 흘러가네

그대 머리 위를 흘러가네

구름이.(1935년)[11]

    첫 번째 노래 「세상에 사는 것이 얼마나 좋은가!」는 사랑의 감정을 느끼는 자신에 대한 것이고, 두 번째 노래 「미소」는 연인에게 변치 않는 사랑에 대해 맹세하는 것이다. 두 편 모두에서 서정적 화자는 사랑을 삶에 대한 찬양 및 노래와 연결한다. 사랑은 서정적 화자에게 있어서 기쁨의 원천이고 삶의 감정의 직접적인 표현이다. 「세상에 사는 것이 얼마나 좋은가!」에서는 사랑에 빠진 청년이 서정적 화자가 자신이 사랑 때문에 설레지만 심장이 살아 있고 사랑할 수 있어서 살아 있는 것을 고마워한다. 삶에 대한 밝은 긍정이 강하게 드러나 있다.

    「미소」의 경우에도 사랑과 낙관주의가 연결되어 있는데 서정적 화자는 사랑하는 여인에게 그녀가 화내지 말고 미소 짓기를 바라며 그녀의 미소로 온 세상이 다 꽃필 것이라고 한다. 그런데 재미있는 것은 여기에 병행하여 나라 전체가 봄처럼 피어나고 모두가 즐겁게 노래한다는 발언이다.

    이 두 노래만을 보면 젊은이들의 티 없이 밝고 맑은, 희망차고 쾌활한 마음만을 노래한 듯도 하다. 그러나 우리는 이 시가 위에서 말했듯이 공식적 이데올로기의 도식적인 사고의 틀 안에서 기능하도록 고안된 것이라는 사실을 잊을 수 없다. 당시 가장 널리 퍼져 있었던 레베데프-쿠마치의 수많은 노래들의 부자연스럽게 급조된 낙관주의를 생각하면 이러한 순진한

---

11 Е. Долматовский: Улыбка

Мы вдвоём росли / Мы с тобой прошли / Мы вдвоём прошл / Все пути. / Ты не хмурься вдруг / Мой любимы друг / Мой хороший друг / Не грусти. // Улыбнись, забудь / Если в чём-нибудь / Если в чём-нибудь / Виноват. / Побежим по росе / И обиды все / И печали все / Улетят. // Улыбнулась ты / Расцвели цветы / Улыбнулась ты / Как тогда⋯⋯. / Путь наш чист и прям / Не расстаться нам / Не расстаться нам / Никогда. // Расцвела страна / И кругом весна / И кругом весна / Широка; / И друзья поют / И легко плывут / Над тобой плывут / Облака.//

사랑 노래들도 삶 전체를 온전히 파악하지 않게 하려는, 진실을 은폐하려는 의도라고까지 여겨진다. 말하자면 매일 매일이 희망차고, 사랑하는 마음도 티 없이 밝기만 하고, 모두들 희망에 부풀어 삶에 대한 아무런 고뇌 없이 순진한 어린애처럼 살아가는 인간들만 소련에 존재하는 것으로 인식되고 또 이러한 인간상만이 바람직한 것으로 제시되어 있는 것이다.

3) 추르킨: 내 갈색 말

내 갈색 말아,
더 빨리 들판 따라 내달아라,
젊은 카자크 여인이 기다리니,
창문을 열어 놓고
말발굽 더 세게 구르고
카자크 여인이 문에 나와 우리를 맞을 테니.

일하고 행군하고 전투하는데
사랑하는 말이
지치지 않고 달리라고
숲길 따라 말을 몰아
물가로 데려가서
향그러운 풀을 먹이리.

전쟁이 다가오면
온 나라가 방벽으로 일어서
어떤 공격이라도 막아내리.
난 궂은 날에도

불속으로 물속으로 뛰어들리
동지여, 나 아직 늙지 않았네.

수염을 자르고
완전히 젊어져서
전쟁의 함성을 울리리;
"에헤이, 말을 따라
동지여, 적들을 몰아내자,
자유와 조국을 위해 - 전투로 나가자!"

낡은 오막살이 뒤에서
검은 머리를 흔들며
나 카자크 칼을 갈아,
우리의 운명과
행복과 자유를 위하여
소련의 깃발 아래 달려가리.

전투를 마치고
전쟁을 영원히 끝내면
언덕마다 노래가 흘러넘치리.
그러면 나 골짜기 따라
내 애인에게 달려가리
우리는 모두 각자 집으로 집으로.

집에 닿으면
고향의 돈 강에 이르면

카자크 여인이 문가에서 슬퍼하고 있으리.

나 젊은 처녀에게

유혹하는 앵두빛 사랑스런 입술에

소리 내어 입 맞추리. (1937년)[12]

4) 갈리츠키: 푸른 숄

푸른 수수한 숄이

처진 어깨에서 미끄러졌네.

그대는 말했네, 사랑의 기쁜 만남들을

잊지 않겠노라고.

그 밤에 난 그대와 작별했네.

더 이상 우리의 밤들은 없을 것이었네.

그대, 숄,

사랑스러운, 그리운, 나의 분신,

그 숄은 어디에 있소?

---

12 **А. Чуркин: Мой конь буланый**

Мой конь буланый, / Скачи скорей поляной, / Казачка молодая ждёт, / Окно открыто, / Сильный ударь копытом: / Казачка нас встретит у ворот. // Коня тропою / Сведу я к водопою, / Душистым сеном накормлю, / Чтоб конь любимый / Служит неутомимо / В работе, в походе и в бою. // Война нагрянет - / Весь край стеною встанет / И отобьёт любой удар. / Я в непогоду / Пойду в огонь и в воду, / Товарищ, ведь я ещё не стар. // Усы побрею - / Совсем помолодею, / И кликну клич я боевой: / "Э-гей, по коням, / Врагов, друзья, прогоним, / За волю, за родину - на бой!" // За старым дубом / Тряхну я чёрным чубом, / Казачью саблю наточу, / За нашу долю, / За счастье и за волю / Под знаменем Советов поскачу. // А бой закончим - / С войной навек покончим, / Польётся песня по холмам, / И я долиной / Скачу к своей любимой, / Мы едем, мы едем по домам. // Даёшь по дому, / Да до родиного Дону - / Грустит казачка у ворот. / Я молодую / Да звонко расцелую / В зовущий вишнёвый милый рот.//

잊지 못할 그 밤에

어깨에서 미끄러져 내린 푸른 숄,

나를 배웅하며 푸른 숄을

간직하겠다고 했었지.

오늘 나와 함께 그대, 내 분신은 없지만

나 아네, 그대가 베개 밑에

푸른 숄을 감추는 걸.

그대의 편지들을 받고

나 그대의 목소리 생생히 듣네.

편지의 행간에 푸른 숄이

다시 내 눈앞에 살아나네.

그대의 모습은 자주

전투에서 나를 따라다녔네.

내 곁에 사랑하는 시선으로

항상 그대가 함께 하는 것 같았네.

우리는 얼마나 많은 비밀의 숄들을

외투 밑에 간직하고 있는가?

사랑스런 말, 처녀의 어깨를

전투의 고통 속에서 기억하네.

우리의 분신, 그리운,

사랑하는 그네들을 위해,

소중한 어깨 위에 놓여 있던

푸른 숄을 위해 기관총을 쏜다네. (1939년)[13]

---

13 **Я. Галицкий: Синий платочек**

Синенький скромный платочек / Падал опущённых плеч. / Ты говорила что не забудешь / Ласковых, радостных встреч. / Порой ночной / Мы рапрощались с тобой……. / Нет больше

위의 노래 두 편은 서정적 화자가 병사로서 애인으로부터 멀리 떨어져 그녀를 그리워하는 노래이다. 사랑의 감정은 고향에 대한 사랑이나 육적인 애정과 동일하게 취급되어 있다. 그는 애인을 기억하면서 기다릴 것을 확신하며 곧 만나리라고 다짐하기도 한다. 「내 갈색 말」에서는 애인에 대한 그리움이 표현되기는 했지만 주요 내용은 오히려 용감하고 성실한 기마병으로서의 자세와 철저한 전쟁에 대한 준비 태세, 또 승리에 대한 확신이다. 여인의 모습은 전혀 구체적으로 묘사되지 않았고 그녀와 떨어져 있는 괴로움은 전혀 느껴지지 않는다. 마지막 부분 "앵두빛 입술에 소리 내어 입맞추리"에 와서 애인에 대한 감정이 어쩌면 에로틱한 것에 국한된다는 생각마저 들게 한다. 「푸른 숄」에서도 에로틱한 암시가 매우 강하다. 서정적 화자인 병사는 출정하기 전날 애인과의 마지막 만남을 회상한다. 그녀에 대한 기억으로 이제 전쟁에서 용감히 싸우는 힘을 얻는 병사의 심정이 잘 드러나 있다. 어휘는 매우 친밀한 애정 행위를 암시한다. 아마도 강한 포옹 때문에 어깨에서 미끄러져 내리는 숄, 이를 침대에서 베갯머리에 두고 가까이 하는 애인의 행동 등이 그러하다. 그런데 마지막 두 연에 이르러 서정적 화자가 복수로 되면서 사랑이 개인적이고 실존적인 것이 아니라 집단적이고 공리적으로 여겨지는 느낌이 들게 된다. 이는 병사들에게 출정하기 전 사랑의 행위와 기다리겠다는 약속의 기억을 남기겠다는 생각을 하도록 하고, 처녀들에게는 이에 상응하게 행동하도록 하는 지침의 역할을 할 수도 있겠다는 생각이 든다. 참으로 부자연스러운 일이라

ночек! / Где ты, платочек, / Милый, желанный, родной? // Помню, как в памятный вечер / Падал платочек твой с плеч. / Как провожала и обещала / Синий платочек сберечь. / И пусть со мной / Нет сегодня любимой, родной, / Знаю, с любовью ты к изголовью / Прячешь платочек голубой. // Письма твои получая, / Слышу я голос живой. / И между строчек синий платочек / Снова встаёт предо мной. / И часто в бой / Провожает меня облик твой, / Чувствую, рядом с любящим взглядом / Ты постоянно со мной. // Сколько заветных платочков / Носим в шинелях с собой! / Нежные речи девичьи плечи / Помним в страде боевой. / За них, родных, / Желанных, любимых таких, / Строчит пулемётчик за синий платочек, / Что был на плечах дорогих!//

고나 할까. 그런데 이 노래가 전쟁 기간 동안 매우 즐겨 불렸다는 사실이
이상하게 여겨질 만큼 전쟁이라는 상황이 인간을 이상하게 만드는 것인
지도 모른다.

5) 아가토프: 깜깜한 밤

깜깜한 밤, 들판엔 총알들만이 휙휙거리고
바람만이 전선줄에 서걱이고, 별들은 희미하게 깜빡이오.
깜깜한 밤에, 사랑하는 당신은 잠 못 이루고
아이의 머리맡에서 몰래 눈물 훔치고 있겠지.

나 얼마나 당신의 사랑스러운 깊숙한 눈길을 사랑했는지?
나 얼마나 그 두 눈에 지금 입 맞추고 싶은지!
깜깜한 밤이 우리를 갈라놓는구려, 내 여인아,
불안하고 검은 들판이 우리들 사이에 놓여 있구려.

내 소중한 연인아, 나 당신을 믿소.
이 믿음이 깜깜한 밤에 총알로부터 나를 지켜 주었고…….
내 마음 기쁘고, 나 죽음의 전장에서 마음 편하오.
내게 무슨 일이 일어나도 당신이 나를 사랑으로 맞을 것을 알기에.

죽음은 무섭지 않소, 여러 번 들판에서 죽음을 만났었소.
지금도 죽음이 내 머리 위에 떠돌고 있고.
당신은 날 기다리며 아이의 머리맡에서 잠 못 이루오,
그래서 나 알아요: 내게 아무 일도 일어나지 않으리라는 걸! (1944년)[14]

---

14 В. Агатов: Тёмная ночь

이 시에서 서정적 화자인 '전선의 병사'의 어조는 사랑하는 여인에 대한 고통스러운 그리움으로 배어 있다. 사랑하는 여인의 두 눈에 지금 입 맞추고 싶다는 서정적 화자의 바람은 강렬하고 정열적인 인상을 주나 전쟁이라는 상황에 대비되어 몹시 비극적으로 느껴진다. 전선은 매우 사실적으로 그려졌다. 전선에 대한 묘사는 소련 병사들의 영웅적 행위를 보여 주려는 것과는 거리가 멀게 전장의 현실을 직시하고 절망한 주인공이 도대체 살아 돌아갈 수 있을지, 그의 사랑하는 여인을 볼 수 있을지에 대해 절망적으로 생각하는 배경으로 기능한다. 중심 단어인 '깜깜한 밤'이, 서정적 진술이 진행됨에 따라 의미적으로 발전하고 복잡해지는 양상을 살펴보면: 첫 번째 연에서 '깜깜한 밤'은 서정적 화자가 사랑하는 여인을 생각하는 시간을 말하지만, 두 번째 연에서는 '깜깜한 밤'이 사랑하는 여인을 갈라놓는 상황을 지칭하고, 세 번째 연에서는 이 말이 서정적 주인공이 어쩔 수 없이 죽음의 위험에 드러나 있는 전쟁 상황과 동일시 되었다. 이로써 전쟁은 서정적 주인공에게 있어서 사랑하는 사람과 떨어져 있는 비극과 절망의 원인이다. 이러한 상황 속에서 서정적 화자는 그녀를 그리워하며 그녀가 자신을 기다리고 자신이 어떤 상태로 돌아가든지 맞춰 줄 것을 희망한다. 그는 그녀에 대한 믿음만이 자신을 죽음에서 구해 줄 것이라고 미신처럼 믿는다. 믿으려는 의지만이 살아남으리라는 희망의 유일한 지지자이다. 그의 절망이 강한 만큼 여인에 대한 그의 그리움도 절절하다. 전쟁은

Тёмная ночь, только пули свистят по степи, / Только ветер гудит в проводах, тускло звёзды мерцают. / В тёмную ночь, ты любимая, знаю не спишь, / И у детской кроватки тайком ты слезу утираешь. // Как я люблю глубину твоих ласковых глаз, / Как я хочу к ним прижатся сейчас губами! / Тёмная ночь разделяет, любимая, нас, / И требожная, чёрная степь пролегла между нами. // Верю в тебя в дорогую подругу мою, / эта вера от пути меня тёмную ночью хранила……. / Радостно мне, я спокоен в смертельном бою, / Знаю, встретишь с любовью меня, что б со мной ни случилось. // Смерть не страшна, с ней не раз встречались в степи. / Вот и сейчас надо мною она кружится. / Ты меня ждёшь и у детской краватки не спишь, / И поэтому знаю со мной ничего не случится!//

그에게서 연인과 함께 있을 수 있는 기쁨을 앗아 가고 그는 이제 살아 돌아갈 확신도 없으며 건강하게 살아 돌아갈 자신은 더더욱 없다. 죽음 한가운데서 그녀가 자기를 기다려 줄 것을 희망하는 방법밖에 죽음에 대한 두려움에서 벗어날 길이 없는 것이다. 전쟁은 그에게 있어서 연인과 떨어져 있어야 한다는 것, 또 죽음이 항상 함께한다는 것과 동일한, 깜깜한 절망의 상황이다. 이는 당시 매우 유명한 시 「나를 기다려 주오」(이 시도 물론 노래로도 유명하지만)처럼 전쟁이 신성한 의무이고, 애국심의 발로이고 영웅적 행위의 실현장이며 전장의 죽음은 영광되다는 것을 부르짖는 시들과는 매우 성격을 달리한다. 이 노래가 널리 불렸으나 노래가 태동한 당시부터 1970년대 말에 이르기까지 평자들로부터 대부분 부정적으로 평가되었다는 사실은 이 시가 공식적인 문학 방향으로 볼 때 매우 당혹스러운 성격의 것이었다는 것을 잘 말해 준다.

6) 수르코프: 참호 속에서

조그만 난로 속에 장작불이 툭툭거리고
나뭇결에 맺힌 송진은 엉긴 눈물 같소.
참호 속에 병사의 아코디언은
당신의 미소와 눈에 대해 노래하고

모스크바 근교 흰 눈 덮인 벌판 전쟁터의
가지들도 당신에 대해 속삭였소.
나 당신이 당신을 그리워하는
내 생생한 목소리를 듣기 바라오.

당신은 지금 멀리도 멀리도 있구려.

우리 사이엔 눈, 눈, 끝없는 눈,

당신에게 이르는 길은 험난하지만

죽음은 바로 네 발자욱 가까이에 있다오.

아코디언아, 노래해 다오, 이 눈바람 거슬러

길 잃은 행복을 불러다오.

이 차가운 참호 속이 훈훈하네

내 꺼질 줄 모르는 사랑으로 하여. (1941년)[15]

7) 구세프: 노래를 하면

전선에 있는 병사에게는 애인 없인 어려워요.

그러니 내게 더 자주 편지 써줘요, 써줘요, 불안하게 하지 말아요.

황폐한 초원에 여기 저기 온통 불바다여도

노래를 부르면 기분이 좀 나아져요.

알레나, 알레나, 소중한 연인아

당신은 나에게서 멀리 떨어져 있소, 일 년 안엔 못 만날 만큼.

슬픔과 이별이 지긋지긋하게 싫다 해도

노래를 부르면 기분이 좀 나아져요.

---

15 А. Сурков: В Землянке

Бьётся в тесной печурке огонь, / На опленьях смола, как слеза. / И поет мне в землянке гармонь / Про улыбку твою и глаза. // Про тебя мне шептали кусты / В белоснежных полях под Москвой. / Я хочу, чтобы слышала ты, / Как тоскует мой голос живой. // Ты сейчас далеко-далеко, / Между нами снега и снега. / До тебя мне дойти не легко, / А до смерти — четыре шага. // Пой, гармоника, вьюге назло, / Заплутавшее счастье зови. / Мне в холодной землянке тепло / От моей негасимой любви. //

나 알아요, 알레나, 당신이 나를 잊지 않았다는 걸.
그 울타리 밑에서 예전처럼 기다린다는 걸.
나 사랑하는 당신에게 혹 쉬 돌아갈 수 없다 해도
노래를 부르면 기분이 좀 나아져요. (1943년)[16]

    위 노래시 두 편에는 사랑하는 사람과 함께하지 못하는 서정적 화자의 고통이 직접적으로 표현되어 있다. 그는 멀리 전선에서 연인에 대한 뜨거운 사랑을 고백하며 그녀가 그의 사랑을 알아 줄 것을 희망한다. 전쟁 상황은 구체적으로, 사실적으로 묘사되었다. 「참호 속에서」는 눈이 끝없이 덮여 있고 눈보라 치는 전선, 차가운 참호 속에서 조그만 난로를 피우고 아코디언을 켜며 죽음을 잠시 피하는 병사들의 모습이 눈앞에 그려질 듯이 사실적으로 표현되어 있다. 이 시에서는 전쟁이 비록 증오되지는 않았지만 눈보라로 상징되어 있고 행복을 길 잃게 한 원인으로 제시되어 있다. 참호 속의 송진은 바로 엉겨붙은 눈물 같기만 하고, 죽음이 바로 가까이에 항상 도사리고 있는 전선의 고통스러운 생활이 은폐되지 않았다. 그러나 그는 자신의 삶의 의미를 아내가 기다려 주리라는 희망에서 찾지 않는다. 그는 자기 자신의 사랑의 감정에 충실함으로써 고통을 극복하려 한다. 그녀에 대한 기억만이 유일한 위안이다.
    이 노래는 병사들에게 너무 진솔하고 용감한 것이었는지 모른다. 이 시의 변이형들을 살펴보면 승리에 대한 확신이나 의무감이 가미된 것을 볼

16　**В. Гусев: Когда песню поёшь**

Солдату на фронте тяжело без любимой. / Ты пиши мне почаще, пиши, не тревожь. / Пылают пожары в степи нелюдимой, / Но становится легче, когда песню поёшь. // Алена, Алена, дорогая подруга, / Далеко от меня ты - и в год не дойдёшь. / Прескверная штука печаль да разлука, / Но становится легче, когда песню поёшь. // Я знаю, Алена, ты меня не забыла, / У знакомой калитки по-прежнему ждёшь. / Быть может, не скоро вернусь я к любимой, / Но становится легче, когда песню поёшь.//

수 있다. 특히 "길 잃은 행복"이라는 구절은 평론에서도 문제가 되었을 뿐만 아니라 청자들에게도 너무 비관적으로 여겨졌던 것 같다. 이 시에 대한 답변으로 한 익명의 청자는

당신은 쓸데없이 슬퍼하며
길 잃은 행복을 부르고 있소, 형제여.
모스크바 근교에서 적을 더 용감히
물리치고 전쟁의 행복을 지키시오.[17]

라고 노래했다. 이 시는 평론가들로부터 매우 유명한 노래로 언급되었으나 아가토프의 「깜깜한 밤」처럼 비판받지는 않았는데 그것은 이 노래가 1941-1942년 겨울, 소련으로서는 가장 어려웠던 시기에 나타난 때문이기도 하고 전쟁의 상황을 용감하게 스스로 자기의 사랑과 삶의 굳건한 자세로 견뎌 내겠다는 병사의 의지가 드러나기 때문이라고도 여겨진다. 「노래를 하면」에서 서정적 화자는 연인과 떨어져 있는 어려움과 그녀에게서 편지가 오지 않는 것을 슬퍼한다. 그는 편지를 좀 더 자주 써줄 것을 청하면서 편지가 오지 않는 것을 슬퍼한다. 그는 편지를 좀 더 자주 써줄 것을 청하면서 전선에서 애인의 편지가 오리라는 희망이 없으면 정말 견디기 어렵다고 고백한다. 전쟁의 상황은 직시되었고 승리에 대한 아무런 전망도 없다. 여기저기 불바다의 전선에서 살아 돌아갈지도 의문이다. 그저 애인이 자기를 정숙하게 기다려 줄 것을 바랄 뿐인 서정적 화자를 위로해 주는 것은 '노래를 부르며 자신의 희망을 간직하는 것'이라는 메시지는 노래의 기능이 텍스트 속에 드러나 있다는 면에서 흥미롭다. 서정적 화자는 절망을 비춰 주는 것이 노래라고 보고 있는 것이다.

---

17 Ты напрасно тоскуешь, родной / Заплутавшее счастье зови! / Бей смелее врага под Москвой, / Своё счастье в бою сбережёшь.// Л. Долматовский의 *Советский фольклор*(1967년), 민요 모음집 중 제145번.

위에서 살펴본 바와 같이 이 노래 두 편은 아가토프의 "깜깜한 밤"과는 조금 달리 서정적 화자가 스스로 자신의 사랑과 감정을 보듬고 전쟁의 어려움 속에서 살아가는 모습을 보여준다.

8) 돌마토프스키: 우연의 왈츠

밤은 짧고
구름은 잠들고
내 손 위에는
알 수 없는 당신의 팔이 놓여 있소.
불안한 하루가 지나고
이제 소도시는 잠들었고
나 왈츠의 멜로디를 듣고
이리로 한 시간쯤 들렀다오.

나 당신을 거의 모르지만
내 집은 이곳에서 멀리 있지만
나 마치 내 집
가까이 온 것 같소.
이 빈 홀에서
우리 단둘이 춤추오.
내게 뭔가 이야기 해주오
나 무슨 말을 했으면 좋을지 모르겠으니.

춤추며 돌고
노래하며 사귀어요.

춤추는 법 완전히 잊어버린 것

용서하기 바라오

아침이 부르면 나

다시 출정해야 하오.

당신의 작은 도시를 떠나

당신 집 문 앞을 지나.

나 당신을 거의 모르지만

내 집은 이곳에서 멀리 있지만

나 마치 내 집

가까이 온 것 같소.

이 빈 홀에서

우리 단둘이 춤추오.

내게 뭔가 이야기해 주오

나 무슨 말을 했으면 좋을지 모르겠으니. (1943년)[18]

　　이 노래는 서정적 화자가 전선 어느 소도시에서 모르는 여자를 만나 스쳐가는 사랑을 경험하는 내용이다. 비록 집에서 멀리 떨어져 있으나 지나가는 사랑에서 위안을 얻는 젊은 군인의 심정을 잘 보여준다. 이러한 사랑

18　**Е. Долматовский: Случайный вальс**

Ночь коротка, / Спят облака, / И лежит у меня на ладони / Незнакомая ваша рука. / После тревог / Спит городок. / Я услышал мелодию вальса / И сюда заглянул на часок. // Хоть я с вами почти не знаком / И далеко отсюда мой дом, / Я как будто бы снова / Возле дома родного. / В этом зале пустом / Мы танцуем вдвоём, / Так скажите мне слово, / Сам не знаю о чём. // Будем кружить, / Петь и дружить. / Я совсем танцевать разучился / И прошу вас меня извинить. / Утро зовёт / Снова в поход. / Покидая ваш маленький город, / Я пойду мимо ваших ворот. // Хоть я с вами почти не знаком / И далеко отсюда мой дом, / Я как будто бы снова / Возле дома родного. / В этом зале пустом / Мы танцуем вдвоём, / Так скажите мне слово, / Сам не знаю о чём.//

이 당시 매우 많았을 거라고 여겨지는데도 이 노래는 이러한 것을 표현한 드문 경우였고, 매우 널리 불렸으나 평론에서는 한결같이(1959년까지의 평론에서 그러하였고 그 뒤로는 언급되지 않았으나 노래책에는 한결같이 게재되어 있다) 부정적으로 평가되었다. 전선에서의 용감한 투쟁에는 고향에서의 정절이 선행되어야 했고 또한 병사의 정절도 마찬가지로 기대되는 것이 당시의 규범적 사고였기 때문이리라.

5

위에서 살펴본 바와 같이, 전쟁 이전의 사랑 노래에서 사랑하는 남자가 낙관주의적 태도로 가득 차 있다면 전쟁 기간의 사랑 노래의 서정적 화자는 전선의 병사로서 절망해 있다. 1930년대의 노래에서 사랑이 주인공의 성격의 보완으로서의 역할을 하는 경우가 많았다면, 즉 애국심이나 조국에 대한 의무, 노동에 대한 성실한 태도 등의 다른 특징들을 주 성격으로 하는 주인공의 사적 영역에 대한 표현의 수단일 뿐이었다면, 전쟁 기간의 노래에서는 사랑이 인간의 개인적이고 감정적인 영역의 문제로 취급되었다. 1930년대의 노래에서는 전선의 병사가 승리의 확신에 차 있는 경우가 많았고 승리에 대한 확신과 사랑에 대한 믿음이 연결되어 나타나지만 전쟁 기간의 노래에서는 종종 사회적 규범 및 의무와 사랑 사이에 갈등이 나타났다. 두 시기에 공통적인 점은 사랑하는 여자가 정절을 지키며 사랑하는 남자를 기다리는 것을 상정하거나 희망하는 것이다. 사회주의 혁명 이후 남녀 관계에 있어서 전통적인 윤리를 부정했던 아방가르드적인 태도가 스탈린 시대에 와서 다시 복고적인 경향을 띠게 되는 것을 보여준다고 할 수 있겠다. 그러나 전쟁이라는 죽음의 상황에서 미신처럼 연인이 정절을 지키며 자신을 기다리기를 눈멀게 믿고 그것으로 죽음을 극복해 보려는 심정의 발로인 경우도 있었다.

이와 같이 1930년대의 노래시 장르에서 이데올로기 설파의 목적을 가진 다른 테마 그룹의 '스테레오타입의 노래들'과 조금 다르게 서정적 주인공의 사적인 영역을 다루었던 사적인 사랑 노래는 전쟁 기간에 와서 매우 커다란 변화를 겪어 주인공의 절망과 비관주의, 그리고 전선의 리얼리즘을 진솔하게 표현했으며 또 이러한 노래들이 가장 널리 사랑을 받았다.

스탈린 문화 속의 여성 – 노래시 장르를 중심으로*

1

이 글은 스탈린 문화 속의 여성에 대한 일고로서 스탈린 시대의 노래 시 장르를 중심으로 서술한 글이다. 노래시는 특히 소련에서는 한 시대 의 흐름을 기록하는 지진계와 같은 역할을 할 뿐만 아니라 스탈린 시대 에는 정치적 이데올로기가 문화 정책에 직접적으로 드러났고, 무엇보다 도 문학 및 예술을 통하여 이데올로기의 유포를 꾀했는데 노래시는 바 로 당시의 공식적 문학 및 음악을 주도하며 국민의 일상 속으로 파고들 었던 장르였으므로 스탈린 문화와 여성 정책 두 가지 사항의 연결 관계 를 알아보는 데 적합한 장르로 여겨진다. 글의 순서는 스탈린 문화 형성 에 주요한 역할을 했던 '나로드노스트'[1]에 대한 서술에 이어 민속과 민요 및 노래시 장르가 장려된 배경과 노래시 장르의 특징을 소개하고 이 장 르에서 여성성이 어떻게 다루어졌나를 서술하는 것으로 되어 있다. 스

---

* 『러시아어문학연구논집』 17권(2004), 293–319.

1 러시아어로 народность. 민족성, 민중성으로 번역할 수 있다.

탈린 시대에 이루어진 러시아 여성의 행동 및 의식 문화가 소련 시절에
는 물론 1990년을 전후한 소련의 붕괴 이후 실상 지금까지도 대체적으
로는 그대로 유지되는 것을 보면서 이 글이 현 러시아 여성의 행동 양
식과 의식 세계를 알아보는 데, 나아가 1945년 이후 스탈린이즘을 현실
공산주의로 받아들인 국가들의 여성, 가까이는 북한 여성의 의식과 행
동을 현대사의 맥락에서 이해하는 데 일조할 수 있으리라고 기대한다.

2. 스탈린 시대의 문화 정책

2.1. 문화 정책과 '나로드노스트'

1930년대 초반 스탈린 문화 형성기에 주요 개념들로 부상한 것은 '당
성', '혁명적 낭만주의', '긍정적 주인공', '나로드노스트'였다. 그중에서도
'나로드노스트'가 문화 및 문학 비평적 담론의 전면에서 가장 큰 힘을 발
휘하였는데 이는 이 개념이 다른 개념들에 비해 가장 강하게 러시아인의
감정에 호소하는 개념이었기 때문일 것이다. 민족의 전통, 역사, 민족의
식, 조국애의 개념들과 긴밀하게 연결되어 있는 이 개념이 조국과 감정적
으로 긍정적으로나 부정적으로나 매우 강하게 연결되어 있는 러시아인들
에게 호소력이 가장 컸다. 실상 러시아인의 조국애는 과거에도 위정자들
에 의해 종종 통치에 이용되어 왔다. 19세기 초 인텔리들인 뱌젬스키П. А.
Вяземский나 소모프С. С. Сомов가 사용했던 용어 '나로드노스트'가 전제 군
주 니콜라이 황제 치하 1843년 우바로프С. С. Уваров의 관제 이데올로기로
사용되었던 것부터가 그랬고 이후 슬라보필(친슬라브파)과 나로드니키(인
민주의자, 민중주의자)에 의해 사용된 이 용어가 친정부적인 인사들에 의해
쓰였을 때도 마찬가지였다. 이 개념은 혁명 전야에 사회민주당과 볼셰비
키 간에도 논쟁 거리였는데 1930년대에 다시 등장하여 스탈린 정부의 문

화 정책의 중요한 개념으로 부상하였다.

개념 '나로드노스트'는 러시아가 서구 문화를 받아들이기 시작한 이래 정체성의 혼란을 느끼던 러시아 인텔리들의 뇌리 한가운데 자리했던 개념이다. 표트르 이후 서구 문물의 유입과 함께 계몽사상을 받아들인 지성인들이 러시아의 현실을 비판하며 시민의 자유와 평등을 주장하고 전제정치를 타파해야 한다는 생각을 했으면서도 러시아인들의 보배 같은 신앙심, 전통, 도덕, 애국심을 잃는 것을 한탄했을 때, 유럽의 선진 교육을 받은 지식인들이 농민에 대한 애정으로써 공식적인 러시아의 적이 되었을 때, 러시아에 아직 역사가 없다고 본 사람들이 바로 그런 이유로 러시아가 미래의 힘을 가질 수 있다고 보았을 때[2], 표트르의 개혁은 평화롭고 자연에 순응하는 소박한 러시아인들에게 향락과 사치를 동반한 문명과 이기주의를 가져왔을 뿐 러시아의 농민들보다 서유럽의 농민들이 훨씬 더 부자유스럽다고 말하며 러시아 전통 속에서 자유의 혼을 보았을 때[3], 문명화된 서구에는 사라진 원초적 인간의 건강한 힘이 살아 있는 러시아가 유럽의 문명 사회를 구원하고 생기를 불어넣을 소명을 가지고 있다고 보았을 때[4], 자국의 정체성에 대한 이런 모든 사유에는 서유럽과 비교해 볼 때 훨씬 더 강한 조국애가 깔려 있었다. 그것은 러시아가 서유럽의 중세와 17세기, 그리고 계몽주의와 정치적 휴머니즘의 승리를 결여하고 있는 데서 비롯된 서유럽에 대한 콤플렉스의 표현이기도 하겠고 합리적 사고의 부족 내지 감정의 과잉 때문이기도 하겠으나 어쨌든 이들 러시아 인텔리들은 모두 러시아의 운명을 사랑하고 그 길의 향방 때문에 항상 고민해 왔다.

2 Чаадаев, П. Я. "Философические письма", письмо первое, *Полное собрание сочинений и избранные письма*(Москва, 1991).

3 Andrezej Walicki, *A history of russian thought*, translated from polish by Hilda Andrews-Rusiecka(Oxford, 1980), pp. 1-34 특히 p. 15, 18, 34.

4 Andrezej Walicki, *A history of russian thought*, translated from polish by Hilda Andrews-Rusiecka(Oxford, 1980), p. 67.

거대한 땅을 가진 동양과 서양을 연결하는 국가로서 러시아는 자신의 길을 스스로 개척하는 독특한 운명 속에 놓여 왔고 그래서 '나로드노스트'에 대한 질문, 즉 정체성의 문제는 러시아 지성들에게 가장 중요한 문제였고 지금도 그렇다고 말할 수 있다.

레닌 사망 이후 스탈린이 권력 투쟁에서 승리하여 1929년에 완전히 권력을 장악하고 1930년대에 본격적으로 그를 정점으로 하는 통치 체제를 정착시켰을 때 혁명기, 시민전쟁을 겪고 나서 레닌 사망 이후의 혼란을 지난 시점에서 사회주의 건설의 효율적 추진을 위해서 소련 국민의 정체성 확립의 문제, 정부로서는 정통성 확립의 문제가 매우 심각했다. 국민들은 혁명 이데올로기가 사회의 모든 분야에서 퇴행하고 있었으나 그러면서도 공산주의 국가로서의 정통성을 가져야 하는 문제에 당면하여 무엇보다도 사회주의 국가의 국민으로서의 자기 이해가 필요했다. '민중성', '소비에트 애국주의' 같은 개념들은 10월 혁명의 전(全)세계화를 위한 해방 이론과 '일국 사회주의' 라는 체념적 현실 간의 괴리 속에서 소련 국민들이 느꼈던 정체성 혼란을 해소하는 역할을 수행하도록 요구되었고 이를 어느 정도 수행했다고 할 수 있다.[5] 소련 국민은 자신이 전통 깊은 러시아 민족의 후예이고 혁명의 계승자이며 동시에 새로운 사회주의 건설에 매진하는 국가의 일원으로서 자신을 인식하는 것이 필요했던 것이다. 당시 소련은 삶의 모든 영역에 있어서 외견상으로 역사적 전통으로 돌아가는 것으로 보였다. 스탈린은 국가 구조를 재편하여 사회 모든 계층이 국가에 묶이도록 하는 국가 중심적 조직 관계를 만들어낸 '위로부터의 혁명'을 이루었는데 이는 러시아 국가들에서 전통적으로 나타났던 형태였다. 이는 바로 모스크바 공국의 이반 뇌제, 로마노프 왕조의 표트르 대제 시대에 볼 수 있었던 국민과 국가에 대한 관계에 있어서의 국민 정서의 원형이라고

---

5   Oskar Negt, "Marxismus als Legitimationswissenschaft. Zur Genese der stalinistischen Philosophie", *Kontroversen über dialektischen und mechanischen Materialismus*, hrsg. v. A.Deborin und M.Bucharin (Frankfurt, 1969), S. 14.

할 수 있다. 공산당 서기장 스탈린에 대한 숭배는 제정 러시아의 군주애와 연결되었고 가정과 사회에서 권위와 위계질서가 중요시되었고, 지도자를 정점으로 하는 가부장적 질서가 숭앙되었다. 민족주의 및 러시아 국수주의의 부활과 함께 국가적 영웅의 숭배가 두드러졌다. 새로운 계층에서 새로운 영웅이 만들어졌다고 칭송된 차파예프나 최장 비행이나 북극 탐험을 수행한 인물에 대한 영웅화, 스타하노프 숭배도 이런 맥락에서 이해할 수 있다.[6]

이렇게 혁명의 평등주의적 이데올로기를 거스르는 상황 속에서 '나로드노스트'는 소련 국민의 자기 이해에 적합한 개념으로 부상하여 잡지, 신문 등 비평적 담론 속에서 자주 되풀이되어 거론되었다. 당시 공식적 문학 담론을 주도하던 비평가들, 예를 들어 쥬다노프[7]나 구르슈테인[8]은 나로드노스트의 개념을 푸슈킨이나 벨린스키와 연결하여 이 두 인물이 당대의 공식적 담론의 깃발과도 같은 개념이었던 가짜 '나로드노스트'와 투쟁한 것을 상기시키며 오직 소비에트의 공식적 '나로드노스트'만이 올바른 것이라고 주장했다. 이들은 이 개념을 레닌의 반영 이론과 연결시켜 올바른 '나로드노스트'를 '민족의 삶을 민속적 형식으로 평이하게 나타내는 것'으로 풀이하였다. 그러나 비평가들은 그 내용을 적극적으로 규정하지 않고 형식주의 및 자연주의와 맞서 싸우는 개념으로 사용하였다.[9] 그래서 형식주의나 자연주의는, 나로드노스트가 부재한다는 이유로 비판되었던, 정부

---

6 Regine Robin, "Stalinism and Popular Culture", *The Culture of the Stalin Period*, ed. Hans Günther(Houndmills, Basingstoke, Hampshire RG21 2 XS and London, 1990), pp. 23ff.

7 Жданов, Н., "К вопросу о народности в литературе", *Звезда*(1938, 2), cc. 199-209.

8 Гурштейн, А., "К проблеме народности в литературе", *Новый мир*(1940, 7), cc. 218-232.

9 Ставский, В., "О формализме и натурализме в литературе", *Литературная Газета*(15 марта 1936).

의 문학 정책에 부합하지 않는 모든 작품에 붙는 딱지였다.[10] 예를 들어 쇼스타코비치Д. Шостакович의 오페라 「므첸스크의 맥베스 부인Леди Макбет Мценского уезда」은 프라브다 신문 1936년 1월 28일자 사설에서 「음악 대신 엉망Сумбур вместо музыки」이라는 제목으로 강한 비판을 받았다.

2.2. '나로드노스트'와 민속, 민요

개념 '나로드노스트'가 적극적으로 사용된 분야는 민속 장려 및 새로운 민속 창조였다. 고리키가 제1차 작가회의에서 한 연설[11]은 민속 장려에 있어 중요한 지점이었다. 그는 민속과 민중의 구체적인 삶의 낙관주의와의 밀접한 연관 관계를 지적하면서 민속의 낙관주의를 강조하고 민속 문학의 높은 예술적 가치를 강조하며 소련 문학이 민속적 전통을 이을 것을 촉구하였다. 그의 연설은 민속학과 문학에 커다란 영향을 끼쳤다. 민속학에 있어서 그의 연설은 민속 연구에 새로운 향방 표식이 되었다. 10월혁명 이후에 계급 투쟁이 역사를 규정하는 인자라는 생각은 민족의 과거와 민속 문학을 부정적으로 평가하도록 하였다. 영웅서사시는 귀족적 근원을 가지고 있다고, 마술 동화는 미신적이라고 폄하되었다. 민속 문학 논쟁에 있어서는 소련 문학에 민속적 요소를 넣을 것인가 말 것인가가 관건이었다. 연구가들은 민속이 과거 계급사회의 산물로서 결국은 완전히 척결되어야 할 과거의 잔재로서 사라지고 결국은 문학 속으로 편입될 것이라고 생각하였다. 그러나 고리키의 연설은 민속의 가치에 대한 회의에 종지부를 찍었다. 이제는 민속을 새로운 관점에서 바라보기와 새로운 민속 창조가 문제였다. 이제 민속 연구와 민속 연구 기관은 정부의 강력한 후원, 즉 스탈린의 후원을 받게 되었다(프라브다, 1935년 3월 30일자). 민속 연구가들은 새로

---

10 Серебрянский, А. С., "Голос великой эпохи", *Литературная газета* (31 марта 1936).

11 Горький, А. М., "Доклад А. М. Горького о советской литературе", *Первый всесоюзный съезд советских писателей 1934. Стенографический отчёт*(М., 1934), сс. 1-19.

이 만들어진 민요에 강한 관심을 나타냈는데 그들은 혁명가나 시민전쟁 노래들을 모아서 이에 대해 보고서나 평론을 썼다. 민속 연구는 정치적 계몽 사업에 필요한 현장적인 과제들의 개입을 이론화하고 실현했던 것이다. 예를 들어 크류코바М. Крюкова는 소련의 민요 가수들에게 소련 인민의 즐거운 삶, 공장과 집단 농장의 노동자들, 그리고 스타하노프 노동자들, 그리고 위대한 지도자 스탈린을 노래할 것을 요구했다.[12] 문학에도 고리키의 연설은 커다란 영향을 미쳤다. 그의 연설 이후 문학에 구전 시가의 요소를 들여오려는 노력과 민속적 내지는 사이비 민속적 문체의 사용이 현저해졌다. 문학 비평적 담론에서는 문학과 민속의 상호 영향 관계에 대한 논의가 이론적으로나 실제 작품의 차원에서 자주 다루어졌는데, 소비에트 민요란 전래된 민요적 형식에 새로운 내용을 담는 것이었다. 이는 창작되어 주로 민요 가수에 의해 불려졌는데 여기서 민요의 자생성, 변이성, 구전성, 집단성, 소용성, 관습성, 현장성, 익명성, 텍스트의 불안정성, 의사소통 구조의 평등성은 문제되지 않아서 사실상 창작 노래와 별반 차이가 없었고 일상에서 불려졌으면 민요라고 여겨졌다.[13]

이렇게 정부의 강한 영향아래 있었다고 해서 당시의 문화가 위에서 아래로만 흐르는 단일적이었던 것은 아니다. 오히려 매우 잡종적인 성격을 띤다. 문화 매개자로서 중요한 역할을 했던 그룹들의 다양성(젊은 사회적 적극 분자, 네프에 환멸을 느낀 젊은이들, 콤소몰, 노동 통신원 및 농촌 통신원, 적군과 시민전쟁에서 돌아온 병사들, 집단화 당시 농촌으로 보내진 2,5000명의 노동자들, 감옥에서 나온 사람들)과 이로 인한 문화 형식의 혼합, 공식적 선전과 언더그라운드 선전, 농담, 슬랭, 말놀이, 전통적 문화 형식과 새로운 문화 형식의 혼재가 이를 대변해 준다. 이 시기에 비록 사회주의 문화가 제대로 실행되지 않는 경우가 많았으며 거칠고 유치한 수준이었으나 민중의 이니

---

12 Крюкова, М., "Песни и сказки на службу народу", *Литературная Газета*, 5 июля 1939.

13 F. Oinas, "Folklore and politics", *Slavic review* 32(1973), pp. 49 ff.

시어티브가 나타났다는 사실은 명백하다.[14] 이러한 상황은 정부의 원래 의도가 농촌 현실이나 전통에 맞게 수정되도록 하기도 하였다.

가족법이나 숙청의 메커니즘에서 보듯이, 공식적 담론과 민중들의 의식 사이에, 새로운 엘리트와 프티부르주아 사이에 절충이 나타났던 것이다. 스탈린 시대 전기(前期)로 볼 수 있는 1928-1941년, 즉 사회주의의 문화적, 원시적 축적이 이루어진 시기에 정부의 적극적인 장려와 또 밑으로부터의 호응에 힘입어 소비에트 민속이 예술 문화의 핵심에 자리했다고 말할 수 있다.

3. 노래시와 자기 헌신적이고 금욕주의적인 인간

스탈린 시대의 소비에트 민속 및 민요와의 경계에 위치하는 창작적 장르가 노래시이다. 노래시는 민요에 접목되어 민요와 창작시 사이의 경계를 이루며 당시 공식적 문화를 주도하여 민중의 저변으로 파고 들었다. 음악이 대중에게 다가가야 한다는 주장은 이미 20년대 후반부터 나타났다. 바그너 비판 이후 혁명을 전후하여 일상의 언어로 '보통 사람들'을 등장시키는 오페라들이(예를 들어 알반 베르그Alban Berg의 「보첵Wozzeck」) 환영받았으나 이미 20년대 후반부터는 대중음악에 관심이 기울어졌다. 노래시는 특히 이러한 문화 정책의 목표에 알맞았다. 작곡가들의 주 업무가 소련 민중을 위한 노래를 작곡하는 것이었다. 대중 속으로 쉽게 파고들 수 있는 노래로서 당의 이데올로기를 전하여 소련 국민들의 일상적 삶에서 가장 큰 역할을 했던 노래들은[15] 결국 많은 국민들의 의식을 형성했다고 볼 수 있다.

---

14   Regine Robin, "Stalinism and Popular Culture", *The Culture of the Stalin Period*, ed. Hans Günther(Houndmills, Basingstoke, Hampshire RG21 2 XS and London, 1990), pp. 26 ff.

15   이 논문 바로 전에 다룬 논문, 「1930년대와 전쟁 기간의 사랑 노래 비교」에서 이에 대해 언급했다. 이는 졸저 *Исследования советской песни*(Сеул, 1992)에서 주로 다룬 문제이다.

실제로 이러한 이데올로기가 당시 소련인들에게 내면화되었다는 사실은 1990년을 전후하여 개방되고 1990년대 후반부터 출판되는 스탈린 시대의 기록물들에서 확인할 수 있다.[16] 이런 노래들의 기본 메시지는 '소련 국민은 위대한 소련에 살며 노동하므로 행복하고 위대하고 자유롭다'라는 것이고 소련 국민은 불행한 과거와는 달리 스탈린의 영도 아래 가족처럼 행복하게 살고 높은 성과를 이루려고 열심히 노력한다는 것, 가끔은 노동이 매우 힘들고 위험하며 노동 현장의 상황은 결핍 그 자체여서, 일이 굉장한 긴장을 요구하고, 더구나 스타하노프인들처럼 다른 사람보다 몇 배, 몇 십 배, 몇 백 배의 일을 해내기 위해서는 굉장한 육체적 노력이 필요하지만[17] 이를 완수하기 위해 강한 의지를 품고 투쟁하는 것은 위대한 일이며 행복한 일이라는 것이다. 사회주의 건설 노동은 종종 위대한 혁명 투쟁, 시민전쟁의 전투와 비교되었고 이를 계승하는 것으로 선언되었다. 이 노래들에서도 뚜렷하게 드러나는 바, 당시 소련인들의 삶과 노동에 관한 태도에서 가장 특징적인 점은 이러한 금욕주의적, 자기 헌신적인 태도이다. 이러한 금욕주의, 엄숙주의는 1825년 12월 혁명의 구성원(데카브리스트)들로 거슬러 올라가는 특징이기도 하겠으나 19세기 후반 진보적 청년층의 니힐리즘적 금욕주의에서 그 연원을 찾을 수 있을 것이다. 러시아에서 니힐리즘은 기독교적이고 전통적인 가치, 계몽주의적이고 인문주의적인 전통적 가치를 부정했다. 예를 들어 투르게네프의 바자로프는 전통적 러시아의 신성한 가치들—귀족층의 권위주의적 원칙, 국가, 가정, 농촌 공동체—을 모두 부정했다. 그는 계몽적 자유주의의 윤리적, 미학적 가치들(학문, 예술, 자연의 아름다움, 낭만적 사랑, '정신적 가치')도 부정했다. 바자로프는 실제로 러시아 반정부 혁

---

16 *Tagebuch aus Moskau 1931-1939*, hrsg. v. Jochen Hellbeck(München, 1996); *Intimacy and Terror, Soviet Diaries of the 1930s*(New York 1995); *Stalinism as a Way of Life*, ed. Lewis Siegelbaum und Andrej Sokolov(New Haven and London, 2001)

17 Robert Maier, *Die Stachanov-Bewegung 1935-1938*(Stuttgart, 1990), S. 171 f., S. 183.

명 운동의 시조인 셈인데 이들 과격한 인텔리겐챠들은 황제의 전제 정치뿐만 아니라 합리적, 점진적 개혁도 거부했으며 개인의 존엄, 인간적 삶의 가치, 연민, 휴매니티, 인내, 가족에 대한 의무 같은 도덕률을 비웃고 경멸하였으며 용서 못할 '소시민적 감상주의'라고 낙인찍었다. 이들은 쾌락주의를 극도로 기피하고 도덕적 엄숙주의를 표방했는데 과격파 혁명 운동 세력의 니힐리즘적-공산주의적 금기주의는 매우 독특한 러시아적 현상이라고 할 수 있다. 아마도 반기독교적, 반종교적, 무신론적 운동이 금욕적-청교도적인 라이프 스타일을 가지고 엄격한 행동 규범을 준수한 경우는 러시아에서만 나타난 유일한 현상일 것이다. 러시아 니힐리즘과 서구 니힐리즘의 차이는 서구 니힐리즘이 쾌락주의를 옹호하고 교회의 청교도 도덕을 거부한 데 비해 러시아에서는 그렇지 않았다는 점이다. 러시아 니힐리스트들은 니체보다 훨씬 더 많은 것을 부정했다. 종교뿐만이 아니라 사유 재산, 부, 예술과 삶의 기쁨까지도 부정했던 것이다.[18] 삶을 기쁘고 의미 있게 하는 많은 것들에 대한 이런 거부는 혁명 이후 시민전쟁 시대에는 물론 스탈린 시대에 그대로 이어져 내려왔다고 할 수 있다. 이는 스탈린 시대에 와서 사회의 구성원 전체가 강한 의지, 금욕적 엄숙주의, 극기, 초인적인 노동을 행동 규범으로 삼고 거대한 국가를 건설한다는 기치 아래 모두들 단체로 퍼레이드를 하며 같은 방향으로 행군하며 더 높은 노동 실적을 위하여 투쟁하는 모습으로 나타나는 것이다. 당시 누드나 누드 비슷한 것을 그리는 경우 까딱 잘못하면 포르노그라피라고 낙인찍혀 5년형을 치러야 했다는 사실이 이러한 청교도적인 분위기를 단적으로 말해준다.[19] 큰 가족이라는 이름 아래 진정한 가족과 개인의 행복은 유보되었고 구체적이고 일상적인 것, 자

---

18 Assen Ignatov, "Von Bazarov zu Nietzsche", Nihilismus in Russland und Deutschland, *Russland und Deutschland im 19. und 20*. Jahrhundert, hrsg. v. Leonid Luks und Donald O'Sullivan(Köln-Weimar-Wien, 2001), pp. 47-68.

19 Matthew Culleme Bown, *Kunst unter Stalin 1924-1956*(München, 1991), p. 133.

연적인 것, 본능적인 것은 경시되었으며, 국가의 팽창과 문화적 헤게모니의 표상으로서의 거대한 건축물 뒤에서 구체적 삶의 터전으로서의 공간이 경시되었고, 정상적으로 먹고 사는 것의 건강한 기쁨은 부정되었고 혈연과 애정이 경시되었다. 이는 인간의 절실한 회로애락 저편에 '이 세상이 구름 한 점 없이' '쨍쨍하게 맑으며' '이곳에 동화 같은 세계가 펼쳐지고 있다'며 경쾌하게 울리는 노래 가락을 삶 한가운데로 들여오고 당에서 주조한 '이상적 인간형'의 의식과 행동을 부자연스럽게 흉내내며 인간이 스스로 자신의 삶을 방기하며 자신의 삶을 피폐하게 만든 저 고단한 삶의 극단적 양상이라 하겠다.

4. 노래시에 나타나는 여성, 모성

그러면 여성은 어떻게 다루어졌나? 금욕주의, 자기 헌신이 가장 커다란 가치로서 요구되는 사회에서 여성은 어떤 역할을 했으며 여성성이란 어떤 의미를 가졌을까?

당시 노래시들을 여성과 연관된 측면에서 고찰해 보면 여성에게 당시 사회가 필요로 하는 고정된 역할 모델이 주어지고 있다는 점과 모성이 강조되었다는 점이 두드러진다. 이 두 사항은 서로 연관된 문제이나 서술의 편의상 여성의 역할 모델이 어떻게 설정되어 있나 하는 것과 모성이 어떻게 다루어지고 있나 하는 것을 나누어 서술하려고 한다.

4.1. 전통적 역할과 사회주의 건설 현장 사이의 여성

여성이 화자로 등장하거나 여성의 입장에서 서술하는 노래시[20]에서 여성

---

20 *Антология советской песни 1917-1957*(Москва, 1957). II (1933-1941). 여기에 실린 곡들 중에서 여성과 연관된 것들은

Ф. Канатов의 가사에 В.Белый의 곡 Песня о девушке-партизанке,

은 군대로 나가는 애인을 전송하며 용기를 북돋우고 동지로서 후방에서 열심히 싸우겠다고 말하거나, 멀리 있는 애인을 그리워하며 정절을 맹세하며, 시민전쟁에서 죽은 여자 영웅을 기리거나 여성으로서 영웅적으로 전쟁에 나가 싸울 것을 다짐하고 또 집단 농장의 노동을 찬양한다. 새로운 소비에트 사회의 여성으로서 극기하고 헌신하며 시민전쟁의 여자 영웅을 본받아 사회주의 건설을 위하여 기쁜 마음으로 투쟁하며 애인과는 국가의 큰일을 위하여 기꺼이 이별하고 그에게 정절을 지키며 후방에서 열심히 자기의 임무를 다하는 것, 또 필요하면 전장으로 나가 싸우는 것, 그것이 바로 스탈린 시대에 여성에게 요구되었던 역할이었고 또 여성들이 목표로 삼은 가치였다. 물론 전쟁 기간 동안에는 여성을 다루는 노래들의 성격이 달라진 경우도 많이 나타나긴 했지만 역시 이러한 종류의 노래가 많이 유포되었었다. 예를 들어 알렉산드로바з. Александрова의 「전시의 여자 친구들Боевые подруги」[21]에서 여인들은 남편들을 나라를 위하여 전쟁으로 울지 않고 보내며 전방에 있는 병사들과 한마음으로 싸움에 임하며 후방에서, 공장에서, 들판에서 열심히 일하고 아이들을 돌보겠다고 다짐한다. 주 20에서 소개한 노래시들 중 세묘노바의 가사에 자하로프가 곡을 붙인 「길Дороженька」에서 우리는 집단농장에서 자신의 노동이 이룬 성과에 대해 자랑스러워

П. Семёнова의 가사에 В.Захаров의 곡 Дороженька,

М. Исаковский의 가사에 М.Блантер의 곡 Катюша,

М. Исаковский의 가사에 В. Захаров의 곡 И кто его знает와 Шел со службы пограничник,

М. Исаковский의 가사에 В.Захаров의 곡 В чистом поле под ракитой,

М. Исаковский의 가사에 Дм. Покрасс의 곡 Прощание,

Е. Долматовский의 가사에 Н. Чемберджи의 곡 Улыбка,

М. Исаковский의 가사에 И. Шишов의 곡 Любушка,

В. Лебедев-Кумач의 가사에 Ю. Милютин의 곡 Чайка,

В. Лебедев-Кумач의 가사에 Н. Богословский의 곡 Если ранили друга,

Б. Корнилов의 가사에 Д. Шостакович의 곡 Песня о встречном이다.

21 *Песни Великой Отечественной войны*(Красноярск, 1941), cc. 45-46.

하는 젊고 쾌활한 여자를 본다. 그녀는 집단농장에서의 성공이 더 이상 그녀를 과거의 곤궁과 불행으로 되돌아가도록 하지 않을 것이며 그녀를 밝은 미래로 이끈다고 생각한다. 이 여성에게 노동은 인간적 존엄을 일깨우는 가장 커다란 요인이다. 당시 노래시 작가로서는 유일하게 작가동맹 최고 간부에 올랐던,[22] 세력 있는 노래시 작가였던 레베데프-쿠마치의 가사에 두나예프스키И. Дунаевский가 곡을 붙인 당시 널리 알려졌던 노래시 「가자, 가자, 쾌활한 여자친구들아Идём, идём, весёлые подруги」[23]에서 여성들은 자기들을 사랑하는 어머니-조국의 부름에 답하여 여성의 손길과 눈이 필요한 곳이면 도시나 공장이나, 들판 어느 곳에서나 매일 매일 더 쾌활하고 더 행복하게 일할 것이고 꽃과 아이들과 곡식을 키우는 여성에게 땅은 경의를 표하며, 이러한 여성은 나중에 영웅으로 칭송 받으리라고 말한다. 이제 새로운 나라는 그래서 여성과 남성이 동등하게 피어나는 자유로운 곳이며 여기서는 여성에게 모든 길이 열려 있다고 기뻐한다. 이 여성의 자부심은 사회주의 국가에서 여성에게 주어진 노동을 열심히 하고 가정에서 아이들과 꽃, 곡식을 키운다는 사실에 기인한다. 그녀는 지난 시대의 불행한 여자와 자신을 대조시키며 스스로 쟁취한 자유와 평등에 대해 기뻐하며 승리와 기적을 향해 넓은 길을 행군하며 용감하게 미래를 마주한다.

위에서 보았듯 스탈린 시대에 여성에게 요구된 역할에서 두드러지는 것은 주어진 여건을 만족스럽게 받아들이고 노동을 매우 성공적으로 수행할 뿐만 아니라 전통적인 여성의 역할을 원만히 해내는 것이었다. 스탈린 정부는 여성들에게 남편을 잘 돌보고, 음식을 잘 만들어 남성들에게 아무 걱정거리를 주지 않으며 편안한 분위기를 마련하여 가정 내 좋은 기분을 만들도록 노력하고 남성들을 위해 진정한 휴식처를 마련해 주라고 요

---

22 *Власть и художественная интеллигенция*, Документы ЦК РКП(б)-ВКП(б), ВЧК-ОГПУ-НКВД о культурной политике. 1917-1953 гг.(М., 2002), с. 424. Но. 21.

23 Лебедев-Кумач, В., *Избранное*(М., 1950), с. 229.

구하며 전통적 가족의 중요성, 여성의 가사 노동의 중요성을 강조했다. 이는 집단농장으로 인한 전통적 가정 생활의 혼란, 또 혁명 이후 매우 자유주의적인 결혼법으로 인해 야기된 혼란을 막기 위한 것이기도 했다. 스탈린 시대에 와서 다시 여성에게 자기가 해야 할 바를 가르쳐 주어야 하는 지경에 이를 만큼 혁명기의 모든 개혁은 안개 속의 소용돌이가 되었다고 할 수 있다. 실상 혁명 이전까지 아무런 여성 문제가 제기되지 않았던, 여성의 법적 권리에 대한 논의가 전무했던 가부장적 사회에서 혁명기의 자유주의적인 결혼 제도는 소화하기 힘든 상태였던 것도 사실이다. 혁명기 레닌의 부엌 경시, 가사 노동 경시는 1930년대에 와서 전혀 달라지게 되었다. 이와 함께 혁명기의 남녀평등과 여성 해방론은 퇴보하였다. 스탈린 시대에 와서 1919년 남녀평등을 위해 마련된 여성부가 폐지된 것은 혁명기 여성 해방론과 스탈린 체제의 유지를 위한 여성의 역할 설정이 서로 충돌했기 때문이라고 할 수 있다.[24]

혁명기의 이상적 여성상은 해방된 여성, 남성으로부터 독립된 여성으로서 그 정체성을 전통적인 여성상에 대한 저항과 직업적이고 사회적인 활동에서 찾았고 여성의 완전 해방을 내세우던 볼셰비키 혁명은 여성들에게 정치적 평등과 문화적 평동을 약속했었다. 그러나 스탈린 시대에 와서 남편과 어린애에 매달리지 않고 사회주의적 자아를 실현하는 혁명기의 '새로운 여성상'은 약화되었거나 사라지게 되었다.

한편 스탈린의 5개년 계획들은 막대한 노동력을 필요로 했는데 새로운 노동을 제공할 수 있는 사람들은 여성이었다. 실제로 1932년부터 1937년까지 새로 고용된 노동자의 대부분이 여성이었다. 이제 여성은 가사 노동, 공장 노동 (집단농장 노동), 여기에다가 사회 노동의 슬로건 아래 사회 분야에서 무상으로 일해야 했다. 결국 여성들이 이 와중에서 일상의 무게와 일

---

24 Uschi Nienhaus-Böhm, "Frauen und Stalinismus", Wolfgang Gehrcke(Hg.), *Stalinismus - Analyse und Kritik. Beiträge zu einer Debatte* (Bonn, 1994), SS. 95-105.

의 무게에 눌려 파멸로 치닫게 되는 경우가 무척 많았다고 할 수 있다. 이러한 예를 우리는 당시 한 명망 있는 교수의 부인이 쓴 1936년-1938년의[25] 일기에서 볼 수 있다. 그녀는 공장 노동이나 집단농장 노동을 하지는 않았으나 사회 봉사의 명예직으로 육아 기관의 예술 분야에 관여하고 그림 그리기를 했는데 명예직이란 한직이 아니라 무상으로 열성을 다하여 일하는 것이었다. 그러나 그녀는 자신의 일에 보람을 느끼며 육아와 가사의 부담을 안고 자식들에게도 도움을 주며 이중으로 일을 하지만 칭찬과 인정을 받으면 고마워한다. 일에 시달려 건강이 매우 나빠지는 교수 남편은 아픈데도 불구하고 계속 연구에 몰두하고 훈장을 받으며 둘은 스탈린을 고마워하고 존경한다. 그러나 이 와중에서 그녀의 진이 다 빠진다. 그러나 그녀는 자신처럼 열심히 살지 않는 며느리를 비판적으로 본다. 여기서 우리는 당시 여성에게 요구되던 이데올로기를 내면화한 한편, 자신의 삶이 피폐하게 된 것을 느끼는 한 여인을 만난다. 이러한 인텔리 여성이 아닌 이 시대 보통 여성의 삶은 더 피곤했다. 이 시대 여성은 노동과 보수에 있어서 남녀평등론의 원칙 아래 남성과 동등하게 산업 노동력으로 기능하는 동시에 기본 생필품의 결핍이 일상화된 현실 속에서 생활을 꾸려 가야 했음은 물론, 아이를 될수록 많이 낳고 길러야 했으며 의식 있는 여성으로서 새로운 사회 건설에 참여, 봉사해야 했다. 이러한 무리한 삶이 여성을 집안에서도 일터에서도 즐거움을 느낄 수 없도록 만든 것은 당연하다. 혁명 이후 여성을 부엌에서 분리시키려는 레닌의 노력은 결국 부엌과 공장 두 군데에서 허덕거리며 육아의 기쁨을 빼앗긴 채 전전긍긍하는 여성을 만들어 내었다. 여성은 아무 곳에서도 편안할 수 없었다. 과거의 여성은 아마도 부엌의 즐거움, 아이 기르는 즐거움을 택하면서 남성의 속성이 되어 버린 과시적 폭력, 언어의 능란함을 포기했었는지 모른다. 그런데 이제 여성은 준비

25　*Das wahre Leben. Tagebücher aus der Stalin-Zeit*, hrsg. v. Veronique Carros, Natalija Korenevskaja, Thomas Lahusen(Berlin, 1998), SS. 153-212. Mein Leben ist leer geworden. Tagebuch von Galina Wladimirovna Stange.

되지 않은 채 자신의 역할에서 벗어나서 공공의 대의를 위하여 여성으로서의 자신을 적대시해야 했다. 여성으로서의 자연스러운 욕구는 억제되고 자신과 자신이 사랑하는 가족을 위한 가사 노동은 짐으로 여겨지고 추상적인 명분을 위하여 자신을 채찍질하는 형국이 되어 버리는 경우가 많았다. 여성에게 있어서 삶을 즐긴다는 것은 일을 한다는 것 이외에도 사랑하는 사람과 함께 살며 아이를 낳고 아늑한 공간에서 음식을 만들고 옷을 챙기고 하는 것인데 스탈린 시대의 여성들은 집에서나 일터에서나 자신에게 적대적인 공간에서 아무 곳에서도 편안하지 못했다. 이는 어떤 면으로는 혁명기의 가사 노동 경시, 부엌 경시, 먹고 사는 일의 즐거움을 경시하는 것과 맞물려 있다고 볼 수 있다. 이는 스탈린 시대에 와서 결핍에 익숙해진 여성들이 삶의 즐거움을 포기하는 것으로 직접 연결된다. 결국 마르크스-레닌 이론에서 완전 평등의 조건이었던 여성 노동이 1930년대로 오면서 결핍 속에서 전통적인 여성의 역할을 잘 해내야 하는 동시에 남성과 동등한 노동을 해내야 하는 결과를 낳았다. 사회적으로 유능한 여성과 동시에 가족 중심의 여성적 역할을 동시에 짊어지게 되었던 것이다. 좋은 여성은 유능한 노동자이며 좋은 주부라는 생각, 아이를 많이 낳는 건강하고 아름다운 여성이 좋은 여성이라는 생각, 집안일 완벽하게 잘하고 나가서 경제력이 있어야 하며 동시에 남편에게 복종적이고 아이를 잘 돌봐야 한다는 생각은 그 자체가 여성 자신이 스스로 사는 즐거움을 포기한 것이 아니고 무엇이겠는가? 결국 파멸을 부르는 이 무리한 요구는 스탈린 문화의 특성인 절충주의, 그것도 매우 부정적인 의미의 절충주의에서 나온 것이라고 할 수 있다.

4.2. 순결하고 수줍은 여성

당시 노래시에 나타나는 여성들에게 요구되던 가치로서 두드러지는 또 다른 점은 성적 쾌락을 불경시하고 순결이나 정절을 강조하는 것이었다.

이는 소련 국민들이 삶과 노동에서 지향해야 되는 금욕적 엄숙주의가 여성에게 적용된 경우라고 할 수 있다.[26]

1930년대–1940년대에 가장 즐겨 불려졌고 전쟁 기간 동안에는 독일 병사들까지 즐겨 불렀던 노래, 그리고 아직까지 러시아인들에게 사랑받는 노래 「카튜샤Катюша」(М. Исаковский의 가사에 Блантер가 곡을 붙임)[27]에 등장하는 처녀는 봄에 화사한 러시아 자연을 배경으로 민요조로 '군대로 나간 애인이 나라를 지키듯 자신은 정절을 지키겠다Пусть он землю бережёт родную / А любовь Катюша сбережёт'고 맹세하지 않는가!

당시의 이러한 순결 강조는, 수줍음, 순결, 정절 같은 단어들이 여성을 억압하기 위한 이데올로기적 내포를 지닌 것으로 간주되었고 성적 자유를 부르짖던 혁명기의 자유 연애 이데올로기와는 정면으로 대조된다. 혁명 이후 러시아는 남녀 관계 및 결혼에 있어 유럽에서 가장 자유주의적인 사회법을 들여왔다. 쌍방 합의하의 이혼, 결혼에 있어서 남녀의 완전한 법적 동등성, 낙태의 허용, 호모섹스의 탈범죄화 등의 현상이 그것이다. 물론 이런 앞선 법이 당시 여성들의 의식을 따르지 못했던 것은 사실이다. 그러나 성관계에 있어서 '물 한잔'론(論)이 자취를 감추면서 나타난, 1930년대의 순결에 대한 강조는 여성의 몸에 대한 등한으로 이어졌다는 데 문제가 있다. 여성에게 순결을 강조하는 반면 남성들이 피임에 대해 등한했고 여성이 성에 대해 발설하는 것을 부끄럽게 여기는 것과 연관되어 성교육의 부재 상태가 나타났고 이는 여성의 몸에 매우 해로운 결과를 낳았다. 여성이 스스로의 몸을 인정하지 않는 부자연스러운 상태가 나타나는 경우가 많았던 것이다. 이러한 순결에 대한 강조는 당시 남성들의 정치적 이데올로기와 맞물린다. 이러한 남성 위주의 이데올로기 뒤에는 여자가 몸을 가

---

26 Uschi Nienhaus-Böhm, "Frauen und Stalinismus", *Stalinismus - Analyse und Kritik*. Beiträge zu einer Debatte, hrsg.v. Wolfgang Gehrcke(Bonn, 1994), SS. 95-105.

27 Исаковский, М., *Сочинения в двух томах*. т. 1(М., 1951), с. 217.

진, 사랑을 구하는 인간이고 업무의 초과 달성보다는 그 시간에 집에서 쉬면서 아이를 안고 기르고 싶어 하며 아름답기를 원한다는 사실이 근본적으로 부정되어 있다는 것을 알 수 있다. 이제 이상적 여성상은 여성 스스로가 자신의 욕구에 충실하고 억압을 타파하는 여성이라기보다는 당시 가부장적이고 권위주의적인 남성 위주의 국가가 요구하는 '여성의 역할'을 수행하는 여성, 게다가 그런 역할을 스스로 내면화한, 사회주의 건설의 이름으로 스스로를 추상화시킨 여성이다. 물론 이러한 여성은 성적 해방과는 거리가 멀다. 레스코프의 작품을 쇼스타코비치가 오페라로 만든 「므첸스크의 맥베스 부인」이 강하게 비판받은 이유가 시아버지의 가부장적 권위에 대한 도전 때문만이 아니라 여성의 자연스러운 성적 욕구 인정 때문이었으리라는 점도 부인하기 어려운 사실일 것이다. 이는 1920년대 소설들이 스탈린 시대에 다시 출판될 때 에로틱한 부분들이 삭제되고 다른 표현으로 대체되었던 것, 또 남성 편력은 언급되지 않았던 것, 모성이 강하게 드러나도록 수정된 것과 맥을 같이 한다(예를 들어 글라드코프A. Гладков의 『세멘트Цемент』 출판).

한마디로 스탈린 시대의 러시아 여성은 금욕적이고 엄숙주의적인 태도로 살아가며 주어진 분야에서 열심히 일하고 전통적 여성의 태도를 지키며 강한 모성을 지닌 슈퍼우먼, 원더우먼의 역할을 부여받았다고 하겠다. 여성 조각가 마리나 린드슌스카야Марина Линдшунская(1877-1946)가 만든, 목화 집단농장에서 성과를 올린 처녀 스타하노프인을 형상화한 고대 그리스 여신상 같은 화강암 조각상은 이러한 초인간적인 역할을 담당해야 하는 여성에 대해 그대로 말해 주는, 그것도 여성이 만든 예술품으로서 말해 주는 아이러니칼한 예이다.[28] 당시의 그림에서 남성들이 전통적인 남성적 특징을 갖추어 건강하고 근육질을 가진 잘생긴 배우처럼 그려졌다면 여성들은 남성과 같이 노동 현장에 있는 모습으로 ─ 서구의 부서질 것 같은 마

---

28 Matthew Cullerne Bown, *Kunst unter Stalin* 1924-1956(München 1991), S.131. 조각상 그림 77번.

른 여자들과 달리 ─ 육체적으로 강하게, 넓은 어깨와 튼튼한 엉덩이와 굵은 뼈가 강조되었거나[29] 아이를 안고 있는 건강한 어머니의 모습으로 그려진 경우가 많았다.[30] 1930년대에 이상적 여성의 모델이 영화화되었을 때 영화를 보고 여성들이 진정으로 원하는 것은 영화의 여주인공처럼 방직공장 같은 사회주의 건설 현장에서 열심히 노력하는 여자가 아니라 그 역할을 하는 여자 배우였다는 점은 매우 아이러니컬한데 이는 바로 그런 역할에 대한 무거운 부담감이 가장 큰 원인이었을 것이다.[31] 현재까지도 대부분의 러시아 여성들은 일 잘하고 잘 참고, 수줍어하고 순결하며 열성적이고, 전문직 여성, 근로직 여성 할 것 없이 자기 일 잘하고 집안일 잘하고 아이들 잘 기르고, 남편을 비판하지 않고 건강한 아름다움을 가꾸는 슈퍼우먼이 되고자 힘겹게 헤매고 있다.

4.3. 모성 강조

여성과 연관하여 세 번째로 두드러지는 노래시의 특성은 모성의 강조 및 어머니-러시아의 부활이다. 우선 남성이 화자인 노래시에서 어머니 형상이 1930년대 혁명 시기보다 훨씬 자주 나타나는 것을 볼 수 있고 조국을 어머니에 비유하는 경우나 아들이 어머니에게 말을 건네는 경우가 잦아지면서 모성이 부각되었다. 당시 소설에서 남성들 간의 관계가 혁명기의 형제 관계에서 부자 관계로 옮아가는 것이 두드러진다면[32] 모성 강조는 러시아의 19세기 시문학의 전통에 직접 연결되는 사항이다. 특히 모성

---

29 Matthew Cullerne Bown, *Kunst unter Stalin* 1924-1956(München 1991), S.135. 그림 82번 지하철 건설 현장의 여성.

30 Matthew Cullerne Bown, *Kunst unter Stalin* 1924-1956(München 1991), S.135. 그림 83번, 89번.

31 Rosalinde Sartorti, "Die Frauen stellen die Hälfte der Bevölkerung unseres Landes", *Stalinismus*. Neue Forschungen und Konzepte, hrsg. v. Stefan Plaggenborg(Berlin, 1998), S.S. 267-291.

32 K. Clark, *The Soviet Novel*(Chicago 1981), p. 117ff.

과 대지의 연결은 19세기부터 시에 나타났었다. 조국의 모습이 직접적으로 어머니와 연결되어 나타나는 경우는 네크라소프H. Некрасов의 시들이다. 그의 유명한 시 「Русь루스」에서 그는 어머니-루스를 궁핍하면서도 풍요롭고, 강력하면서도 무력한(Ты и убогая, / Ты и обильная, / Ты и могучая, / Ты и бессильная, / Матушка Русь!), 미동도 없으나 그 안에 불꽃을 간직한 모습으로 그리고 있다(Русь не шелохнётся, / Русь -- как убитая! / А загорелась в ней / Искра сокрытая). 그의 어머니에 대한 친밀한 감정은 그의 시(詩)세계의 바탕에 흐르는 것이기도 하다. 그의 조국애가 어머니에 대한 사랑과 겹쳐지면서 그는 조국을 바로 어머니라고 부르게 하며, 아버지에 대한 증오는 그의 조국을 내리누르는 세력을 대표하는 세력을 아버지라고 부르게 한다. 그의 어머니의 모습에는 수락과 인종, 또 미래에 대한 희망이 담겨 있다.

19세기 말 20세기 초의 부닌И. Бунин, 볼로쉰М. Волошин, 블록А. Блок, 예세닌С. Есенин의 조국에 대한 시들에는 어머니가 피곤한 아들을 무한히 용서하며 감싸 주는 마지막 은신처로서의 살갑고 신비로운 모습을 드러낸다. 이 작품들에는 대지에 대한 믿음과 모성에 대한 믿음, 그리고 조국에 대한 믿음이 중첩되어 있다. 부닌의 조국-어머니는 도시의 아들이 부끄러워하는 어머니지만 어머니는 그런 아들을 위하여 마지막 동전까지 모아 아들에게 주는 헌신적인 어머니이고(Так сын, спокойный и нахальный, / Стыдится матери своей -- / Усталой, робкой и печальной / Средь городских его друзей, // Глядит с улыбкой состраданья / На ту, кто сотни верст бреда / И для него, ко дню свиданья, / Последний грошик берегла)

블록의 조국 루스는 아들의 생생하고 괴로운 의식(영혼)을 요람 속에서 도닥거려 잠재우는 어머니이고(Живую душу укачала, / Русь, на своих просторах, ты, / И вот -- она не запятнала / Первоначальной чистоты)

볼로쉰의 먼지를 뒤집어쓴, 매 맞는 어머니-조국은 고통을 수락하는 원리로까지 고양되어 있다(Люблю тебя побеждённой, / Поруганной и в пыли,

/ Таинственно освещённой / Всей красотой земли. // Как сердце никнет и блещет, / Когда, связав по ногам, / Наотмашь хозяин хлещет / Тебя по кротким глазам. // Сильна ты не здешней мерой, / Не здешней страстью чиста, / Не утоленною верой / Твои запеклись уста.

볼로쉰은 1921년에 어머니-조국을 자기 아이를 죽이는 여자에 비유하면서도 그 피의 웅덩이에 빠져 죽어도 골고다를 떠나지 않으리라 말했었다(Горькая детоубийца -- Русь, / И на дне твоих подвалов сгину, / Иль в кровавой луже поскользусь, / Но твоей Голгофы не покину).

예세닌의 머리 센 어머니는 오두막집에서 아들을 걱정하며 낡은 옷을 입고 길가에 나와 아들을 기다린다.

Что ты часто ходишь на дорогу

В старомодном ветхом шушуне

결국 남성 시인들이 기대하는 것은 조국이 어머니의 소박한 모습으로 나타나서 그들을 감싸 주고 기다려 주고 구원해 주는 것이다. 또 그들이 돌아가고자 하는 집은 예세닌의 시에서처럼 어머니가 계신 그 말할 수 없는 빛이 흐르는 나지막한 집이고(И мечтаю только лишь о том, / Чтоб скорее от тоски мятежной / Воротиться в низенький наш дом. // ...Ты одна мне несказанный свет)비소츠키(Владимир Высоцкий)의 시구가 말하듯 어머니 대지는 뼛속까지 드러나게 다 패여도 모성의 힘을 다짐해 주기를 바란다(Материнства не взять у земли, / Не отнять, как не вычерпать моря. / Кто поверил, что землю сожгли? -- / Нет, она почернела от горя. // Как разрезы, траншеи легли, / И воронки, как раны зияют. / Обнажённые нервы земли / Неземное страдание знают.//).

어머니, 모성 및 대지와 조국의 연결이 주제가 되는 위 작품들에서 공통적인 것은 어머니-조국이 쓰라린 몸, 떨리는 살의 느낌을 주는 낡은 옷차림의 소박하고 불쌍하고 말이 없고 인내심 강한 여인으로 형상화되어 있다는 점이다. 그녀는 이성적이거나 합리적인 것과는 거리가 먼, 자신을 희생하고 모든 것을 포용하는 무한한 품으로서의 어머니-조국이었다.

그러면 스탈린 시기에 와서 다시 강조된 모성, 어머니-조국의 성격은 어떤가? 가장 대표적인 조국에 대한 노래시, 레베데프-쿠마치의 「조국 찬가 Песня о Родине」[33]에서 조국은 풍성한 자연의 혜택을 받은, 누구나 평등하게 행복하고 자유로운 나라, 누구나 일한 대로 보상받고 배움과 휴식과 노동의 권리를 보장하는 스탈린 헌법이 있는, 봄바람 부는, 매일 매일 더 행복해지는, 웃음이 끊이지 않는 곳, 사랑스러운 어머니라고 칭해진다(Если враг захочет нас сломать / Как невесту, Родину мы любим, / Бережём, как ласковую мать). 이 어머니는 19세기 러시아의 어머니-조국과는 다른, 숨쉬고 살 떨리는 기미가 전혀 느껴지지 않는 추상적인 어머니-조국이다.

러시아에 전통적인 이미지인 어머니-조국에는 이제 밝은 색채의 젊은 어머니가 등장했고 어머니 형상 및 아들의 어머니에 대한 사랑에는 국가가 요구하는 이데올로기가 결합되었다. 「두 어머니Две матери」[34]에서도 늙은 어머니는 화자인 콤소몰 단원(공산주의 소년단원)을 낳은 어머니이고 22세 되는 젊은 어머니는 소비에트 조국이다. 전쟁을 앞두고 화자는 힘을 아끼지 말고 싸우라는 두 어머니에게 답한다. 공장에서 두 어머니의 아들로서 일했듯, 다시는 두 어머니가 노예가 되지 않도록 전장에서도 열심히 싸우겠다고. 전쟁 발발을 앞두고 지어진 노래들에는 아들에게 전쟁으로 나가서 열심히 싸울 것을 당부하는 어머니 화자를 자주 볼 수 있었는데 예를 들어 알리모프С. Алымов의 「어머니가 아들을 마중하다Провожала мать сыночка」[35]에서 어머니는 아들을 전장으로 내보내며 힘을 아끼지 말고 싸우라고 말하며 내가 젖 먹인 아들은 승리자-투사라고 말한다. 이 어머니는 아들을 전쟁터로 내보내며 쓴 눈물 흘리는 일 없는 어머니, 아들이 그저 영

---

33 *Песни Великой Отечественной войны*(Красноярск, 1941), с. 6-7.

34 *Песни Великой Отечественной войны*(Красноярск, 1941), с. 44-45.

35 Алымов С. *Песни*(Москва-Ленинград, 1948), с. 40.

웅처럼 위대한 일을 위해 힘껏 싸우기를 바라는 어머니일 뿐이다. 이 어머니는 데미안 베드니Демьян Бедный의 「전송Проводы」[36]에 나오는 어머니와도 사뭇 다르다. 여기서 어머니는 시민전쟁에 적군 병사로 나가는 아들에게 '나가서 공연히 죽지 말고 혼인하여 이제 혁명 후 새 세상에 땅도 많이 생겼으니 농사짓고 살자'고 당부한다. 그러나 아들은 조국을 위하여 나가겠다고 엄마를 설득했다. 그러나 1930년대의 어머니는 앞장서서 아들에게 목숨을 아끼지 말고 나가 싸우라고 말한다. 이와 같이 1930년대에는 어머니와 아들의 관계, 그 본능적인 관계, 그 본능적인 감정에 당시 요구되던 행동 규범이 결합되는 것을 볼 수 있다. 아들은 무조건 어머니-조국을 위하여 목숨을 바칠 것을 맹세한다. 그 여자가 얼마나 비틀어진 여자인가에 상관없이 항상 그 여자가 아름다운 여자라고 생각하는 아들의 효심이 목숨을 건 전투의 전제가 되고 있다. 또 어머니도 자기가 낳고 길렀다는 사실을 아들에게 상기시키며 조국의 대업을 위하여 목숨을 바칠 것을 당부한다. 이렇듯 아들과 어머니는 서로에 대한 본능적인 감정을 사회적인 명분과 연결시켰다. 이는 스탈린 문화의 특성, 내밀한 것과 사회적인 것의 부자연스러운 결합, 감정적인 것과 이성적인 것의 부자연스러운 결합 현상이라고 말할 수 있다.

4.4. 자장가 노래시의 어머니

1930년대에 와서 노래시에 자장가 그룹이 등장하였던 점도 주목할 만한 현상이다. 여성의 몸이 부정되고 여성의 일상의 기쁨이 거부되며 모성이 추상적으로 강조된 한편 자장가 장르가 노래시에 등장했다는 것은 흥미로운 현상이다. 원래 자장가는 장르로 볼 때 일상에서 불리던 민요의 중요 부분이다. 새로운 자장가가 노래시의 한 그룹으로 부상했다는 것은 노래시들이 민요적 요소를 작품 속에 넣는 것보다 한 걸음 더 나아간 것을

---

36 *Русские советские песни*(Москва, 1977), с. 26.

나타낸다. 새로 만들어진 자장가는 당시 노래시들과 민속적 요소의 강조가 만나는 지점을 살펴볼 수 있는 좋은 대상이라 하겠다. 원래 자장가에서는 여성이 자신의 희망이자 본능적 애정의 대상인 아이에게 어떻게 하면 아이가 가장 잘 살아갈 것인가, 어떻게 살면 좋겠나, 무엇이 되면 좋겠나 이야기해 주고, 또 자신의 가장 내밀한 감정을 토로하는 경우가 많다. 자장가는 어머니가 아이를 잠재우며 자신도 하루의 일을 끝내고 잠을 앞두고 부르는 노래이다. 어머니는 자연이 잠이 들고 짐승들도 잠들고 아기가 평안히 잠들기를 바라면서 자신을 돌아보고 미래를 생각하며 고요히 앉아 노래 한다. 대부분의 어머니들은 아이를 재우며 속으로 '아이야, 아들아, 딸아, 잘 살거라. 이 세상에서 주눅 들지 말고 네 뜻을 펴며 스스로에게 자랑스럽게 살거라. 그러려면 돈도 있어야 하고 직업도 있어야 하고 좋은 짝을 만나야 한다'며 위인 이야기도 해주며 가파른 세상에서 잘 살아가기를 바라는 마음 가득할 것이다. 이 마음은 사실 사회적으로 요구되는 의무나 체면이 끼어들 여지가 없는 내밀한 곳이다. 실상 예전의 자장가에서 엄마는 아이에게 먹을 것이 충분하지 않은 가난한 삶이 주어진 것을 안쓰러워하며 자신의 소박한 소망을 말하는데 이는 어서 조용히 아기가 잠드는 것과 아기가 낡은 옷을 벗어 버릴 수 있는 것이다. 아기의 이불이 짚새로 된 것을 슬퍼하고 장화와 생선이 생기기를 바라기도 한다.[37] 창작 노래에서 민요화된 것으로 어머니가 아들에게 건네는 로맨스로 유명한 것은 푸슈킨과 레르몬토프의 작품 두 편[38]으로 푸슈킨의 「음산한 가을날 저녁 무렵Под вечер, осенью ненастной」(1814년 작품, 1926년 툴라 지방에서 약간 변형된 텍스트로 채취됨)은 아이를 낳은 처녀가 밤에 몰래 아가를 남의 집 문 앞에 가져다 놓으며 슬프게 부르는 노래인데 여기서 엄마는 아들에게

---

37 *Русская народная поэзия*(Ленинград, 1984), 347-362번

38 Русские народные песни(Москва, 1957), Народные песни литературного происхождения 제 15번과 제 43번.

"내 아가, 내 괴로움아, 자거라 / 너는 내 슬픔을 알지 못하지 / 눈을 뜨면 슬피 울며 / 너는 내 가슴으로 파고들 수 없겠구나 / 이 불행한 엄마의 입맞춤을 받을 수 없겠구나 / 너 헛되이 조그만 손 내저으며 부르겠지 / 내 영원한 치욕, 내 죄악아, / 너는 나를 영원히 잊겠지, / 하지만 나는 너를 잊지 못할 거야…… //"라며 아들이 낯선 사람들 틈에서 불행하게 자랄 거라는 예감 속에서 마지막으로 엄마 품에서 고이 자라고 말하고,

레르몬토프의 로만스 「자거라, 내 예쁜 아가야Спи, младенец мой прекрасный」(1840)에서는 자장가를 부르는 카자크 엄마가 아가가 커서 전사가 되리라고 생각하며 그가 무기를 갖추어서 집을 떠날 때 조그만 성상을 줄 테니 그것을 보고 기도하고 열심히 싸우라고 당부하며, 또 자신의 슬픔을 예감하고 괴로움에 애태우며 기도 드릴 테니 위험한 전장에 나가서 자기를 기억하라며, 아들이 낯선 곳에서 고생할 것을 예상하고 지금 아직 근심을 모를 때 고이 자라고 말한다.

두 경우 모두 가파른 세상에 나가게 될 아가의 미래를 걱정하며 부르는 자장가라고 할 수 있다.

그러면 1930년대의 자장가 노래시는 어떤가? 레베데프-쿠마치의 「잠이 문지방에 다가왔네Сон приходит на порог」(1935)[39]와 당시 가장 대표적인 노래시 시인이었던 이사코프스키의 「자장가Колыбельная」(1940)[40]를 살펴보면, 「잠이 문지방에 다가왔네」에서 아이를 잠재우는 어머니는 아이의 미래가 활짝 열려 있고 이 세상의 모든 것이 아이의 것이며 자고 나면 또 새로운 젊은 황금의 날이 시작되리라(Сто путей, / сто дорог Для тебя открыты! // Завтра сошнышко проснётся, Снова к нам вернётся Молодой, Золотой Новый день начнётся. //)라고 말하는 '소비에트 낙관주의'에 젖어 있는 여자이고, 이사코프스키의 「자장가」(1940)의 어머니 역시 그렇다. 그녀는 아이가 아무런

---

39 Лебедев-Кумач, В., *Избранное*(М., 1950), с. 302.

40 Исаковский, М., *Сочинения в двух томах*, т. 1(М., 1951), с. 241.

고통과 슬픔을 모르며 사나운 운명을 만나지 않을 것인데(Ты не увидишь ни горя, ни муки, Доли не встретишь лихой……) 그것은 스탈린이 힘을 주고 손을 들어 길을 가리키게 되기(Даст тебе силу, дорогу укажет Сталин своею рукой……)[41] 때문이라고 믿는다. 이렇듯 자장가를 부르는 가장 내밀한 감정의 공간까지 사회적이고 '이성적'인 공식적 이데올로기의 구호가 파고 들어온 것은 당시 인간이 사는 형태가 몹시도 부자연스러웠다는 것을 다시한번 확인시킨다.

노래시에 나타난 어머니 형상 및, 모성의 강조는 결핍을 인내해야 했던 러시아인들에게 기댈 곳은 결국 모성이었다는 점을 확인시키지만 스탈린 정부가 자녀 출산 및 양육을 적극적으로 장려했던 사정과도 밀접한 관계가 있다. 자녀의 출산은 미래의 노동력을 의미했고 자녀 양육의 문제는 가정을 등한시하는 남성, 아버지로서의 역할을 제대로 하지 못하는 남성에게서 멀어지고 벗어나, 어머니의 몫으로 여겨지게 되었다. 미래의 노동력을 위하여 낙태가 금지되었고 이혼이 어려워졌고 여러 가지 방법으로 출산율을 높이는 정책이 추진되었다. 1936년에 개정된 가족법은 이혼을 어렵게 하였고 1920년에 법적으로 허용되었던 낙태가 금지 되었다(1920년 이전에는 몰래 낙태가 이루어졌기 때문에 비위생적이고 건강에 해로웠던 경우가 많았다). 또 자녀를 많이 낳는 어머니에게는 영웅 칭호가 주어졌다. 이리하여 당시의 가정이란 항상 국가에 종속되는 것으로서 스탈린을 아버지로하는 커다란 국가-가족이 진정한 가족을 대체하였고 가정 생활의 중심에는 남편과 아내가 아니라 사회주의 건설을 위한 일과 미래의 노동력인 어린애가 위치했다고 할 수 있다. 그리고 이러한 이데올로기는 내밀한 공간, 본능적인 공간까지 속속들이 파고들었다. 이는 자본주의 사회에서 돈이

---

41 죽었기 때문에 그럴 필요가 없었던 레베데프-쿠마치의 경우와는 달리 이사코프스키는 스탈린 사후 자신의 작품을 다시 출판할 때 스스로 시구를 고쳤는데 1965년에는 위의 "Сталин своею рукой……"를 "Родина мудрой рукой……"로 바꾸었다. Исаковский, М. В., *Стихотворения*(М., Л., 1965), сс. 205-206.

내밀한 공간까지 속속들이 파고 든 것과 마찬가지로 인간 관계의 심각한 왜곡이라 아니할 수 없다.

5

스탈린 문화 속의 여성을 당시 주도적, 공식적 장르였던 노래시를 중심으로 살펴본 결과 스탈린 시대의 여성들이 금욕적이고 엄숙주의적인 태도로 살아가며 남성 중심의 체제에서 여성에게 주어진(허락된) 노동 분야에서 열심히 일하고 전통적 여성의 태도를 지키며 강한 모성을 지녀야 하는 역할을 담당해야 했다는 점이 두드러졌다. 여성은 스스로 자신에게 많은 짐을 지우고 그러면서도 낙관주의를 자신에게 강요했으며 자신에게 적대적인 공간에서 아무 곳에서도 편안하지 못했으나 스타하노프운동에 참여하여 높은 실적을 올렸으며 어머니로서 자신의 가족, 자식에 대한 본능적인 애정을 사회적인 명분과 연결하며 목청을 높였다. 여성들은 살벌한 남성 중심적인 문화 속에서 자신감이 결여된 채 현실을 짐으로 끌면서 공공의 정의를 위하여 폭력적인 이성에 자신을 종속시키고 '이상적' 여성상인 진보적이고 투쟁적이며 순종적이고 모성이 강한 자화상을 보전하며 자신의 불안한 내면의 소리를 누르기 위해 항상 더 큰소리로 말도 안 되는 '진리'를 소리친 셈이다. 스탈린 시대의 여성의 삶에서도 보듯이 여성이 소위 '이성'이 만들어낸 억압적 이데올로기에 길들여져 온 형태는 어느 때 어느 곳에서나 공기처럼 존재해 왔고 그것이 현실인 것이 사실이나 그럴수록 여성 스스로 자신이 진정으로 원하는 것을 깨닫고 그것을 누릴 권리와 의무가 있다는 것을 자각하여 행동하며 현실 속에서 균형감을 가지고 꿋꿋이 살아 나가야 할 것이다.

『율리 김, 자유를 노래하다』 역자 서문과 해설*

<역자의 말>

율리 김! 그가 이제 곧 아버지의 나라를 찾으리라고 한다. 얼굴도 모르는 아버지, 그 파란의 운명을 지닌 아버지의 아들로서 아직 발로 디뎌보지 못한 생면부지의 아버지의 땅으로 이제 온다고 한다. 기타 하나 둘러매고 노래하기 시작했던 1955년, 그는 자신이 50년이 지난 2005년, 아버지의 나라로 노래하러 오리라고는 상상하지 못했을 것이다.

스탈린 사후, 시인들이 조그만 방에 모여 앉아 하고 싶은 이야기를 시로 쓰고, 그것을 기타 반주의 노래로 불러 차갑게 얼어붙은 러시아인들의 마음을 따뜻하게 녹이고, 촉촉이 적시면서 집집마다 파고들었을 때부터 시

---

* 『율리김, 자유를 노래하다』(2005년, 뿌쉬낀하우스) 7-9, 245-280. 이 글을 다시 읽으니 2005년 율리 김의 역사적 공연들을 추진하느라 애를 많이 썼던 김선명, 공연장을 찾아주었던 학생들과 러시아문학 연구자들 및 러시아 관련 인사들, 시인 최동호 교수 내외분, 스테인레스를 대표해서 10명쯤 되는 회사 동료들을 이끌고 왔던 당시 큰 회사 사장이자 영원한 문학 청년 노연상, 한예종 교수님들을 이끌고 왔고 현재 명배우로 맹활약 중인 황건, 명지대학의 이지수 교수 내외, 이우복 아주버님, 현재 사위가 된 이재희 포함 '또클' 멤버들 등 고마운 얼굴들이 떠오른다. 공연이 끝난 후 율리 김 내외가 우리집을 방문해서 담소를 나누었던 기억도 소중하다.

인 율리 김의 노래는 영원히 잊혀지지 않는 노래가 되었다. 그는 기타 하나를 들고, 진지한 표정으로, 혹은 바보스러운 표정으로, 혹은 시치미를 뚝 떼며 입을 열어 곧장 사람들의 마음속으로 파고들었다. 사람들은 우선 그의 노래 속의 날카로움과 발랄함에 빠져들고, 그 다음 그 진솔함에 마음을 열고, 그리고 그와 함께 웃으며 세상을 보고, 인생을 다시금 새롭게 보며, 그 날카로움과 균형에 감탄하고, 노래의 노래다움에 또 한 번 놀라고 나서 그의 노래를 기억하고, 또 따라 부르게 된다. 이것이 그의 노래가 가진 힘이자 매력이다.

그가 쉬지 않고 노래하며 우리에게 전하고자 하는 것은 결국 무엇일까? 그것은 한마디로 말하면 '자유'이다. 그는 혼탁한 세상 속에서 줄곧 제대로 된 삶, 인간으로서 마땅히 누릴 권리가 있는 자유로운 삶에 대해 이야기하며, 제대로 살기를 방해하는 것들, 자유를 옥죄고 사람을 답답하게 만드는 것들—그것이 사람 안에 있거나 밖에 있거나—을 미워하고 조롱하며 빈정댄다. 우리는 그의 자유를 향한 노래를 들으며 그가 체험했던 사회의 억압과 그 속에서 살아야 했던 사람들의 운명을 이해하고, 또 우리가 사는 세상과 그 속에 사는 우리 스스로를 둘러보게 된다. 그러다가 삶 자체의 부조리에 대해 보내는 그의 속 깊은 곳에서 우러나오는 부드럽고 따뜻한 울음 섞인 시선까지 느끼게 되면, 결국 자유를 사랑하는 우리는 그의 노래를 도리없이 사랑할 수밖에 없게 된다.

역자는 그의 노래 「거울 앞에 선 휘가로」를 읽고 "당신이 휘가로이신가요?"라고 전화로 물은 적이 있다. 그때 그는 즉각 주저 없이 대답했다. "물론이지요, 전 휘가로, 익살꾼 휘가로입니다"라고. 율리 김은 자신의 노래 속에서 자신을 어릿광대, 익살꾼, 휘가로라고 말한다. 누가 뭐래도, 어느 누가 무엇 때문에 노래하느냐고 하루 종일 물어도, 아무도 그의 노래를 듣지 않고 피하고 지겨워해도, 그에게 노래 없는 세상은 존재할 수 없다며, 그는 평생을 쉬지 않고 노래하여 사람들을 웃게 하는 어릿광대란다. 자신이 무대에 나서서 노래하면 누군가의 슬픔 한 방울은 줄어들 거라고. 또 자신의 웃음으로 세상의 전쟁터를 없애고 싶다고.

우리가 잊고 있었던, 또 미처 생각하지 못했던 것을 그의 노래로 들을 수 있다는 것은 참 다행한 일이다. 참 진기하고 행복한 일이다. 그에게 험난한 운명을 안겨 주었던 아버지의 나라에, 멀고 먼 역사의 뒤안길을 지나 이제 우리에게 다가오게 된 것은 어쩌면 필연이리라.

역자는 율리 김이 1998년 자신의 시에 자신이 곡을 붙여 부를 노래만을 모아 악보와 함께 출판한 책에서 53편을 번역하였다. 53편으로 선별한 것은 매력적인 익살꾼, 아무리 곤경에 처해도 다시 일어나 결국 자신의 자리를 지키는 휘가로, 율리 김에게는 그에게 아무도 '0을 곱하지' 못하듯이 무엇으로도 나눌 수 없는 숫자가 어울릴 것 같았기 때문이다.

그의 노래를 우리말로 옮기면서 역자는 그의 노래를 우리말로 따라 부를 수 있었으면, 또 따라 부를 수는 없더라도 그의 노래를 귀로 들으면서 눈으로 우리말을 읽을 때 자연스러울 수 있었으면 하는 바람을 가지고 시행을 만드느라고 애썼지만, 여러 가지로 부자연스럽게 되지 않았는지 걱정된다.

"잊어버려, 걱정일랑,
노래해 — 모든 것이 지나가게
노래만 해!

노래해, 심지어 심하게
재능 없어도, 가성 못 내도
아직 알아듣지들 못해도
모든 이웃들 도망가도
한 마리 새봄 고양이

그래도 듣겠지, 창턱에서—
아무렴 어때, 되는대로 그냥 노래해!"

러시아어를 몰라도, 그의 노래가 우리 누군가에게 슬픔 한 방울 줄어들고 꼭 그만큼 세상에 기쁨 하나가 늘어나는 데 도움이 된다면
'오이, 얼마나 좋아! Ой, как хорошо!'

2005년 6월 23일

<20세기 러시아 노래의 발달과 러시아 바르드>

러시아 바르드(음유 시인)는 스탈린 사후 1950년대 후반부터 1960년대 말에 이르는 해빙기에 나온 문화 현상으로서 스탈린 문화에 대한 광범위하고 전면적인 비판이 그 핵심이었다. 그런데 이들의 노래가 왜 페레스트로이카(1980년대 후반 소련의 국가 재편) 이후 다시 부흥하여 현재까지도 많은 사랑을 받고 있을까? 그것은 1990년을 전후하여 소련이 붕괴되기 전까지 러시아의 공식적 문화 및 문학은 전체적으로 스탈린 시대에 이룩된 틀을 유지하였기 때문이다. 1988년 바르드 오쿠자바는 자기들의 1960년대를 회고하며 '잠깐 문이 열렸던' 해빙기 이후 자기들 세대는 항상 '새로운 고통'을 예감하며 '두 배'나 더 긴 세월을 '힘들게 가야 했다'고 노래했다. 그래서 1960년대의 지성인 세대는 '깃발은 들지 않았지만 배낭에 용기와 사랑과 인내를 지고 갔다'고. 말하자면 러시아 바르드들의 노래는 얼마 전까지 러시아인의 의식과 행동을 지배하던, 아니 지금까지도 끈질기게 남아 있고 앞으로도 얼마간은 남아 있을 스탈린 문화의 부정적인 면에 대한 비판으로서 현재의 러시아인들의 노래인 셈이다. 또 그들의 노래는 어느

때 어느 곳에서나 사람들이 모여 사는 곳이라면, 그리고 무리하게 통치되어 부자연스럽게 살 수밖에 없게 되는 곳이라면, 또 그 정도가 심한 곳이라면 더욱이, 그 속에 사는 많은 사람에게 와 닿는 노래라고 할 수 있다.

러시아인들은 그들의 노래를 즐겨 들을 뿐만 아니라 그들의 뒤를 잇는 새로운 젊은 바르드들의 노래도 즐겨 듣는다. 러시아의 록 가수들도 이들에게서 영향을 받은 수준 높은 텍스트를 가지고 있다. 러시아 바르드 및 이를 계승한 대중음악은 말하자면 서구에서와 같은 포크송도 컨트리송도 샹송도 가곡도 록도 아니다. 이것들의 요소들을 다 갖추고 있으나 그 어느 것과도 딱 떨어지게 일치하지 않는다는 것이 음악 비평가들의 견해이다. 서구 음악 비평가들이 놀라는 것은 러시아 바르드들이 폭넓고 수많은 청중을 가지고 있다는 사실이다. 통기타를 들고 노래하는 시인들인 러시아 바르드가 정치적 탄압을 받았고 그들의 노래시가 문학성이 높고 체제 도전적이고 하다는 면에서, 구(舊)동베를린에서 1960년대 중반 통기타를 들고 노래하다가 서베를린에 알려지고 곧 출연 금지를 당하고 결국 1976년 구동독에서 추방당했던 음유 시인 볼프 비어만(그는 오쿠자바의 노래를 독일어로 번역하여 부르기도 했다. 1989년 12월 1일 라이프치히, 온기도 거의 없는 제2박람회장. 외투를 껴입은 6000-8000명의 청중 앞에서 54세의 나이로 24년 만에 컴백했을 때 그는 조명에 땀을 흘리며 손톱 하나가 부러지고 목소리가 안 나올 때까지 기타를 켜며 노래했다고 한다)이나 우리나라에 1970년을 전후하여 나타난 통기타 음유 시인들과 유사한 데가 있는 것 같으나 러시아 바르드가 훨씬 폭넓은 청중을 가지고 있다는 면에서는 다른 것 같다.

러시아 바르드는 말하자면 러시아의 특수한 정치·사회적인 상황이 낳은 독특한 문화 현상으로 어쨌든 러시아인들은 서구인들로서는 매우 부러운 고급 대중문화를 가지고 있는 셈이다. 서구인들에게는 그들과 함께 살고 있는 러시아인들을 통하여 이러한 문화가 알려지고 있다. 유럽이나 미국에 사는 러시아인들의 유대는 매우 돈독하여 자국에 대한 여러 가지 행사에 모두들 기꺼이 참여하고 봉사하고 그러면서 살아가는데 문화 행사 중에서도 특히 바르드들이 공연을 할 때 그 열기는 매우 뜨겁고, 아마추어 바르드 캠프도 매우 대대적이다. 이런 바르드 공연이나 행사에서 볼 수 있는 세대와 연령의 차이를 넘어선 뜨거운 감정적 연결이 서유럽인들이나 미국인들에게는 매우 인상적인 듯하고 때로는 기이하게 보이는 모양이다. 유럽인들이나 미국인들 중에서도 이런 모임에 기꺼이 참가하여 감탄하고 즐기는 경우도 많아졌다. 베를린의 바르드 대회도 벌써 올해로 5회째를 맞이하고 있으며 미국 각지에서 열리는 바르드 캠프들도 관심을 점점 더 많이 모으는 듯하다.

이제는 바르드 노래들이 현대 러시아 시문학의 클래식으로 여겨져 러시아 내에서도 학문적 연구의 대상이 되기도 하는데, 정말 오랫동안 바르드 노래가 소련의 반문화의 대명사였다는 것이 믿기지 않을 정도이다. 러시아 바르드들은 정말 재주꾼들이다. 그들은 자기가 지은 시에 멜로디를 붙여 기타를 켜며 직접 노래한다. 스탈린 사후 이러한 바르드의 출현은 시 텍스트를 검열받지 않은 채 많은 청중 앞에서 낭송할 수 있게 된 서정시 부흥의 흐름의 일부라고 말할 수 있다. 이러한 낭송 자체가 시인과 독자의 관계를 매우 직접적으로 만들고 그간 못했던 감정의 분출을 함께 나누는 축제 같은 분위기였는데 더욱이 멜로디가 붙으면 사람들에게 더 쉽게 파고들어서 영향력이 매우 커질 수 있었다. 때문에 검열로서는 가장 신경 쓰이는 존재가 바르드였다고 할 수 있다. 바르드는 특히 스탈린 시대에 공식적으로 가장 장려되었던 노래시, 대중 노래(인민 가요)와는 완전히 정반대되는 내용을 노래했고 그로써 스탈린적 문화와 체제에 정면으로 도전하는 경우가 많았다. 스탈린 시대에 장려되던 노래는 정부의 여러 가지 정책을 그대로 담아 국민들에게 유포하는 수단이었다. 이런 노래는 라디오가 1930년대에 널리 보급되고 유성영화가 유포되면서 국민에게 효율적으로 다가갈 수 있었는데 그 내용은 한마디로 요약하면 '우리는 위대한 영도자, 레닌을 계승하시는 선생님, 아버지 스탈린의 손길 아래 소련이라는 행복한 정원에서 매일매일 행복하게 주어진 과업을 열심히 수행하며 과거 혁명과 시민전쟁의 과업을 계승하고 그들을 기리며 위대한 사회주의 소련을 이어나가 지상의 천국을 만들기 위해 온 힘을 다한다. 이것을 방해하는 적들은 가차 없이 쳐부순다'는 것이었다. 여기에는 비관주의나, 에로티시즘이나 다른 나라에 대한 동경 같은, 소련 국민이 아닌 인간 자체로서의 실존은 용납되지 않았다. 또 사람들 스스로가 자신을 자기 스스로에게서 소외시키는 심리적인 메커니즘을 나타냈다. 그리고 그것은 이해할만한 일이었다.

바르드의 선두 주자 불랏 오쿠자바가 친구들이 모인 곳에서, 집시와 연결되고 소시민적이라고 불경시되던 악기, 기타를 들고 나직한 목소리로 자기 이웃이 살아가는 이야기를 여하한 이데올로기와도 연결하지 않고 노래하는 것 자체가, 사랑을 노래하는 것 자체가, 여인을 아름답다고 말하고 여인에 대한 욕망을 이야기 하는 것 자체가, 전장에서 죽음이 두렵다고 말하는 자체가 이미 오랫동안 공식적인 노래에 길들여진 사람에게는 매우 신선한 충격이자 체제에 대한 도전인 것은 물론이었다. 정치시의 비(非)정치시화, 전쟁시의 비전쟁시화, 이데올로기의 부재 자체가 이미 불경한 것이었다. 그러나, 아니 그래서 그의 노래는 많은 사람들의 가슴을 적시고 열었다. 그리고 그를 뒤따르는 사람들의 노래는 러시아인들의 가슴에 진정으로 소중한 그 무엇이 되었다. 그러면 러시아 바르드는 1950년대 후반에 갑자기 생겨난 현상일까? 이들은 어떤 전통에 뿌리박고 있을까? 그들의 영향력이 그토록 컸던 것은 어떤 이유에서일까?

20세기 러시아의 노래는 서구에서보다 일반 사람들에게 더 가깝다. 러시아의 풍요로운 민요의 전통, 19세기 푸슈킨을 비롯한 콜초프, 레르몬토프, 네크라소프 등 우수한 시인들의 로망스의 발달(19세기 러시아 살롱에서는 피아노를 치거나 러시아의 현악기를 들고 시인이나 가수가 노래하는 적이 많았다) 또 소련 건국 이전의 데모 노래, 노동자 노래의 위력으로 노래 문화가 발달할 수 있는 여건이 서구에서보다 유리했기 때문이다. 건국 직후부터 시민전쟁 기간에 널리 퍼져 있었던 노래는 그 이전 1890년대부터 널리 알려지기 시작했던 노동 혁명가들이었다. 당시 프라브다는 연일 혁명 이전 지하 서클이나 데모 대열, 각종 스트라이크 행사에서 불렸던 노래들, 또 혁명 대열에 참가했던 노래들의 공적을 기리는 기사와 함께 이 노래들을 소개하였다. 1917년 프라브다 제1호는 「인터내셔날」과 함께 시작되었으며 제3호는 「붉은 깃발」, 제4호는 「장송행진곡」, 제7호는 「용감히 나아가세, 동지여」를 실었으며 소련인들은 계속 이러한 노래들을 불러야 한다고 강조하였다. 혁명 정부는 이러한 노래들을 퍼트림으로써 새 정부를 선전하고 또 당시 소련인들도 이러한 노래를 즐겨 불렀던 것 같다. 이러한 노래들은 황제와 그 측근에 대한 풍자, 그들의 부와 권력에 대한 증오, 노동자 혁명에 대한 찬양, 노동자가 지배하는 국가의 밝은 미래에 대한 신념, 혁명 대열에 참가한 사람들의 영웅적 희생에 대한 추모를 그 주 내용으로 하는 것으로, 매우 투쟁적이고 선동적이었다. 이 노래들은 문맹인 노동자들에게 자신의 위치에 대한 의식을 일깨우고 자신의 힘에 대한 신념을 길러주어 정치적 행동을 유발하거나 이데올로기를 무장시키는 것을 목적으로 삼고 있으며 이러한 노래들을 함께 입을 모아 부름으로써 혁명 대열에 참가한 사람들은 자신의 공동체의식을 확인하였던 것이다. 대부분의 노래가 적의 세계와 동지의 세계를 선명하게 대립시키고 있다. 이러한 노래 속에는 모든 사람이 적이 아니면 동지로 나뉘어 있고 나누는 척도는 혁명 이데올로기를 갖느냐 아니냐이다. 혁명 이데올로기에 반대하는 사람들은 모두 적으로서 극도의 부정적인 어휘들, 흡혈귀, 개, 썩어 빠진 망령, 망나니, 암흑의 하수인, 검은 회오리바람으로 표현되어 있고 혁명 대열에 참가하는 사람들은 이제껏 적에 의해 착취당하며 눈먼 고통 속에서 괴로워했으나 이제 밝은 미래로 나아가며 필연적으로 다가오는 혁명의 과업을 행하는, 신성한 노동을 하는 의로운 사람으로 묘사되어 있다. 시민전쟁 당시 새로이 만들어졌던 적군에 대한 노래들 또한 다르지 않다. 다만 대상이 백군과 영·불 연합군이라는 것 외에는.

1920년대가 진행되면서 노래는 다양한 양상을 띠었다. 사회주의 건설 및 노동의 노래가 나타나긴 했으나 더 인기가 있었던 노래들은 집시풍의 도시 연가였다. 서정시에서 예세닌의 시가 인기가 있었듯이 사람들은 사랑의 아픔과 죽음과 상실을 이야기하는 노래들을 더 즐겨 듣고 불렀던 것 같다. 소련의 비평가들은 이러한 노래들을 그 후에 부르주아 감각에 호소하는 퇴폐적인 노래라고 불렀었다. 베르틴스키의 「그대의 손가락」

향냄새 나는 그대의 손가락
슬픔이 잠자는 눈꺼풀
이제 아무것도 필요 없네.
아무도 애석하지 않네.

봄소식이 전해지면
그대 푸른 곳으로 가리라
하얀 계단에서 신이 몸소
그대를 밝은 천국으로 이끌리니.

백발의 보제는 중얼거리며
고개를 조아리고 조아리네.
성상의 (시간의) 해묵은 먼지를
성긴 수염으로 쓸어내리며.

향냄새 나는 그대의 손가락
슬픔이 잠자는 눈꺼풀

이제 아무것도 필요 없네.

아무도 불쌍하지 않네.

1916

    이나 베르틴스키가 약간 고쳐 노래로 부른 예세닌의 유언시(1925)가 그 예이다.

또 보세 친구여, 또 만나세.

사람들 사이에 사는 것은 무섭네.

내 모든 발자국을 지키는 고통,

세상에 어디에도 행복은 없네.

또 보세 친구여, 또 만나세.

이미 초가 다 타 들어갔네.

난 어둠으로 들어가는 것 무섭네.

아무도 오지 않는 고독한 밤.

또 보세 친구여, 악수도 작별의 말도 마세.

슬퍼하거나 아픔으로 찌푸리지 마세.

이 세상에서 죽는 것 새로울 것 없네.

산다는 것도 물론 더 새로울 것 없지만.

    스탈린 시대에 이르러서는 스탈린 문화의 핵심이 노래라고 할 만큼 노래 장르는 시문학 및 음악을 주도하였다. 1930년대 중반부터 정부는 사회주의 리얼리즘을 내세우며 예술 전반에 대해 강한 통제력을 발휘하기 시작하였다. 결국 사회주의 리얼리즘은 문화적 영역에 있어서 소련 정부의 정통성 추구의 표현인 바, 당시 정부는 그 이전에 자주 사용되던 혁명과 긴밀히 연결된 '프롤레타리아'라는 단어보다는 '사회주의'라는 단어를 빈번히 사용하고 공식적 이데올로기의 무게 중심을 혁명보다는 사회주의 건설로 옮기고 혁명 당시 부정적으로 치부되었던 민족, 고향, 조국 같은 개념을 중요시하며 안으로는 소련 애국주의, 밖으로는 일국 사회주의 노선을 취하였는데 이러한 새로운 이데올로기를 적극적으로 유포하여 정통성을 구축할 필요를 절실히 느꼈던 것이다. 사회주의 리얼리즘의 원칙들로 내세워진 당성, 민중성, 민족성도 이러한 맥락에서 풀이될 수 있다. 당은 새로운 예술 정책을 펴 나감에 있어 문학 및 예술 작품의 민중성은 이해하기 쉽고 평이한 데 있는 것이라고 주장하면서 그 이전에 나타난 여러 문학 작품들을 민중성에 위배되는 형식주의, 자연주의라고 매도하였다. 민중성이 있는 작품은 아름답고 건강하고 정상적인 것이며 그렇지 않은 것은 병적이고 추하며 비정상적이라는 논법으로 정부는 여하한 형태라도 당의 방침에 어긋나면 형식주의다, 개인주의다, 자본주의적 근성이다 하며 박해하였다. 이러한 어두운 배경 속에서 장려된 장르가 노래였다. 당시 문학 정책의 기선을 잡아가던 고리키가 1930년대 초반부터 노래의 필요성을 언급하기 시작했고 1934년 제1차 작가회의에서도 민속과 민요에 대한 관심과 함께 소련 문학은 민요나 민속과 같은 문학이 되는 것을 지향해야 된다고 역설하였고 이와 연관하여 새로운 노래가 만들어져야 한다고 강조하였다. 작가회의가 끝나자 곧 노래에 대한 당의 강력한 지지가 시작되어 해마다 몇 차례씩 작곡, 작사 경연 대회가 개최되었고 합창단과 오케스트라도 당의 후원 아래 강화되고 새로이 조직되었다.

당시 여러 공식적인 축제 행사에서 노래는 빼놓을 수 없는 순서였으며 대중화되어 집집으로 파고든 라디오나 유성영화의 대두는 노래를 퍼뜨리는 데 유리한 매체였다. 당시 신문의 문예란이나 문학잡지에는 시(詩) 작품이라면 대부분 노래시나 이와 유사한 작품들이 실렸다. 1930년대의 노래들은 스탈린 찬양, 레닌과 사회주의 조국에 대한 찬양, 소련 국민의 행복한 삶, 사회주의 건설에 대한 자부심과 노동에 대한 정열, 시민전쟁의 영웅 추모, 다가오는 파시스트와의 전쟁 준비 같은 일반적인 테마와 스탈린 헌법 찬양, 지하철 찬양 같은 특수한 테마도 다루었다. 이들 노래들은 직접적으로 스탈린이나 정부를 찬양하지 않더라도 대부분 그것은 노래 가사의 전제였다. 노래 속에서 스탈린은 행복의 창조자, 지도자, 교사, 아버지, 구원자, 소련이라는 정원의 정원사, 국민을 비바람으로부터 막아주는 지붕, 태양으로부터 가려주는 우산이기도 했고 또 태양 그 자체이기도 했다. 1938년 당시 노래 작가로서 가장 유명했던 레베데프-쿠마치의 「정원사」는 당시 스탈린 찬양의 좋은 예이다.

온 나라가 봄날 아침
거대한 정원으로 서 있네.
지혜로운 정원사가
자기 손으로 이룬 성과를 바라보네.

기쁨은 유쾌한 나비처럼
가지마다 날아다니고
노래가 벌처럼 청남빛 꽃마다
휘감아 맴도네.

예전에 황무지였던 곳에
이제 사과나무 덩굴이 뻗어가고
정원사는 눈에 힘주어 살피며
고요히 말하네.
우리 인민들의 피와 땀이
헛된 일이 아니었다.

하루하루 더 밝고 아름답게
기쁨의 처녀지가 떠오르네.

밤이나 낮이나 즐거운 소리 내며
전대미문의 정원이 자라나네.
밤이나 낮이나 정원사는
일과 생각에 헌신하고

눈에 힘을 주어
모든 것을 살피네.
정원의 모든 뿌리가
각기 보살펴지는지.

도둑이 몰래 기어들지 않았는지
보조원들에게 묻고
필요하면 잡초를 잘라내고
모두에게 일을 주네.

검은 흙에서 김이 오르고
이슬방울이 반짝거리네.
모두가 아는, 모두와 피붙이인
그가 콧수염 속에서 웃음 짓네.

해빙기에 널리 알려진 오쿠자바의 노래 「검은 고양이」는 바로 「콧수염」
때문에 이 시의 패러디라는 것이 금방 귀에 들어왔다.
검은 고양이

검은 길이라 불리는
마당에서 들어가는 유명한 현관.
그 안에 지주처럼
검은 고양이가 살고 있다네.

콧수염 속에 웃음을 감추고,
암흑이 방패처럼 그를 가리고 있네.
모든 고양이들은 노래하고 울고 하는데
그 검은 고양이는 말이 없네.

벌써 오래전에 쥐잡기는 잊었고
콧수염 속에서 웃기만 하면서
정직한 말 한 번 하면,
소시지 한 조각 입에 물면 우릴 잡네.

뛰어다니지도 않고 뭘 달라지도 않고
노란 눈으로 불만 뿜는데
모두들 그에게 갖다 바치고도
고맙다고 말하네.

그는 소리 하나 내지 않고
먹고 마시기만 하고
목구멍을 긁듯이
발톱으로 계단을 긁네.

이래서 우리들이 사는 집은

온통 어둡고 우울해.

전등이라도 달아야겠는데

돈이 모이지가 않네. [1958년]

아이러니하게도 스탈린 정부에서 이 장르를 효과적인 선전 수단으로 보아 각별한 관심을 가지고 강력히 뒷받침했던 것이 국민에게 노래 자체가 친숙해질 수 있는 기반을 넓히는 데 크게 공헌하였다. 노래가 시어나 시 형식의 면에서 평이하고 쉽게 받아들여지고 기억되어 국민에게 널리 파고들 수 있다는 점과 노래는 그 노래를 부르는 사람으로 하여금 노래에 담긴 내용에 가장 직접적으로 영향을 받게 하고 그것에 감염되도록 한다는 점에 착안하여 이를 장려하였는데 (당시의 노래들은 오케스트라나 피아노 반주에 맞춰 남성 합창, 혼성 합창, 아동 합창, 남성 독창, 여성 독창이나 또는 한 곡에 여러 타입이 섞인 것들이다. 곡조도 민요 조(調), 유행가 조, 로망스 조, 빠른 리듬이 두루 섞인 절충주의적인 것으로, 대부분 가사도 이상하거니와 가사와 곡조와의 부조화가 매우 부자연스러운 느낌을 주는 경우가 대부분이다. 체조 노래 같은 것이나 스탈린 찬양가들이 더욱 그러하다. 그래도 매일 라디오에서 그것을 듣고 따라 하고 그러면 저절로 익숙해지는 모양이다) 바로 이러한 사정 때문에 1990년대에 이르기까지 정부는 선전용 노래가 아닌 경우에는 노래의 한 구절 한 구절에 마음을 써야 할 만큼 소련에서 노래는 영향력이 큰 장르가 되었던 것이다.

전쟁이 일어난 지 사흘 후 서부로 싸우러 가는 열차 플랫폼에서 이미 합창으로 불려진

신성한 전쟁

일어나라, 거대한 나라여!

저주받을 무리들,

악한 파시스트 군대에
죽음의 전투로 일어나라.

후렴:
신성한 분노가
들끓게 하라 파도처럼
민족의 전쟁 오느니
신성한 전쟁.

반격 하자, 모든 불타는
사상의 압제자에게.
폭압자, 강탈자
고통 주는 자에게.

후렴:
검은 날개 날지 못한다.
내 조국 땅 위를!
적은 감히 밟지 못한다.
조국의 광활한 들판!

후렴:
이마에 총알을 박자
썩은 파시스트 악마!
인간 쓰레기에게
단단한 관을 박자!

온 힘을 다하여 부수러 가자.
심장을 다하여 혼을 다하여,
우리의 사랑하는 조국을 위해
우리 거대한 소련을 위해. [1941년]

은 지금도 러시아인의 가슴속에 남아 있지만 전쟁 기간에는 노래의 성격이 많이 변화하였다. 전쟁 기간에 신문이나 라디오, 영화 등 대중매체의 기능이 약화되었으나 일종의 민요의 의사전달 과정 같은 생생한 흐름이 형성 되었다. 전쟁 이전에는 당이 국민의 단합을 위하여 노래 부르기를 명령하였다면 전쟁 기간에는 국민이 스스로 일체가 되어 노래를 불렀다고 말할 수 있을 것이다. 소련 국민은 공동의 적과 국가의 존립 위기라는 극한 상황에서 일체화되어 진정으로 애국심에 넘쳐 전쟁에서 용감히 싸울 것을 노래하였다고 보겠다. 또한 당도 전쟁의 효과적인 수행을 위하여 필요에 따라선 참호 속이나 전투 사이사이에 아코디언에 맞춰 병사들이 불렀던 사회주의 리얼리즘에 어긋나는 작품도 허용하였다. 이러한 이유로 전쟁기간 동안 노래는 진실로 국민에게 가까웠으며 그 성격도 낙관적으로 승리를 확신하는 것부터 절망적으로 죽음의 두려움을 고백하는 것에 이르기까지 다양한 양상을 띠었다. 특히 1941년 가을, 겨울에서 1942년 봄에 이르는 고통스러운 후퇴전(戰)에서는 낙관적이고 구호적인 노래보다는 내면의 감정을 솔직하고 나직하게 토로하는 노래들이 많이 불려졌다. 알렉세이 수르코프(1899-1988)의 노래시 「참호 속에서」

난로에 타는 장작불 소리
엉긴 눈물 같은 나무 송진
당신의 미소와 눈을
노래하는 아코디언아.

모스크바 근교 눈벌 위에서
당신을 속삭이던 나뭇가지.
당신 내 애타는 마음
내 생생한 소리 들어주오.

당신은 지금 멀리 멀리도 있네.
우리 사이엔 눈, 끝없는 눈.
당신까진 수천만 걸음,
죽음까진 바로 네 걸음.

눈보라 거슬러 노래해라.
길 잃은 행복을 불러다오.
차가운 참호가 훈훈하네.
내 꺼질 줄 모르는 사랑으로. [1941년]

　는 널리 사랑받았다. 1942년 가을부터 당이 이러한 노래들에 대해 경고하는 태도를 보이지마는 전쟁 기간 동안 서정적인 노래들은 매우 사랑받았다. 애정을 테마로 한 것들이나 전장의 일상 체험에 대한 노래들이 가장 널리 퍼져 있었는데, 애정을 테마로 한 노래 중에는 정절에 대한 맹세나 정절에 대한 믿음, 재회의 희망이 전장의 병사들에게 힘을 준다는 것을 내용으로 하는 것이 가장 많았다. 유명한 예로써 이사코프스키의 「카튜샤」

피어났네, 사과꽃, 배꽃이.
흘러가네, 강 위에 구름이.
카튜샤는 강변에 나왔네
높고도 가파른 강변에.

나와서 노래를 부르네,
검푸른 독수리 노래.
그녀 사랑, 편지 보낸 남자,
그 사람에 대한 노래를.

오, 너 노래, 처녀의 노래야.
너 밝은 태양 따라 날아
머나먼 국경 병사에게
카튜샤의 안부 전해라.

소박한 처녀 기억하도록
그녀의 노래 듣도록
조국땅을 지키도록
카튜샤는 사랑 지키고.

피어났네, 사과꽃, 배꽃이.
흘러가네, 강 위에 구름이.
카튜샤는 강변에 나왔네,
높고도 가파른 강변에. [1938]

를 들 수 있는데 이런 노래시에는 조국에 대한 의무와 애정이 서로 뗄
수 없이 연결되어 있었다. 그러나 전쟁을 사랑하는 사람과 갈라놓는 황량
한 것으로 여기는 노래나 기다려도 오지 않는 애인을 기다리며 지친 여인
을 표현한 노래도 있었고, 또 죽음 가까이에서 애인을 생각하며 마치 기도
하는 것처럼 자신을 기다려 줄 것을 부탁하는 노래도 있었다. 또 죽음의 전
쟁터에서 사랑하는 사람과의 거리를 만들어 놓는 전쟁을 저주하는 노래도

있었다.

깜깜한 밤
깜깜한 밤, 들판엔 총알만 휙휙 거리고
바람만이 서걱거리고 별들은 깜빡거리네.
깜깜한 밤, 내 사랑 그대는 잠 못 이루고
아이 머리맡에 눈물 몰래 훔치고 있을 거요.

나 얼마나 사랑하는지, 그대 깊은 눈.
내 입술 얼마나 원하는지, 그대 두 눈.
깜깜한 밤, 내 사랑 갈라놓는 깜깜한 밤.
우리 사이에 누워 있는 불안한 검은 들판.

내 소중한 이, 나 당신을 굳게 믿소.
이 믿음이 깜깜한 밤 나를 지켜주었소.
나 기쁘오, 죽음의 전투에서 마음 편하오.
나 아오, 어떤 일 있어도 그대 날 사랑하느니.

무섭지 않아, 들판에서 마주치는 죽음.
지금도 머리 위에 빙빙 떠돌고 있지만
밤 지새며 아이 곁에 기다리는 그대
있어 나는 아오, 내가 무사하리라는 걸. [1944년]

이는 아가토프의 유명한 노래시이다. 시의 화자에게 있어서 전쟁 상황
은 깜깜한 밤과 혼란스러운 죽음의 들판이다. 전쟁은 영웅적 행위나 신성
한 의무와 동의어가 아니라 죽음과 사랑하는 사람과의 헤어짐과 동의어이

다. 이러한 이유 때문에 이 노래는 전쟁 기간 동안 매우 널리 불렸음에도 불구하고 전후 1980년대 중반까지 계속 부정적으로 평가받았고 노래 책에 실려 있지 않은 경우도 많았다. 위와 같은 노래나 전쟁 기간 동안 낯선 도시에서 낯선 여인과 나누는 덧없는 사랑, 애인에 대한 감각적인 묘사를 담은 노래들이 유행하는 것에 대해서 당혹감을 느낀 당은 1943년 이후에는 '스탈린 칸타타'나 '소련 찬가' 같은 1930년대식의 노래를 유포하는 데 주력하였다. 전체적으로 볼 때 전시 소련의 노래는 노래시 작가 오샤닌이 말했듯이 "그 어느 때보다도 다양한 양상을 띠었다. 끓어오르는 분노와 승리에의 맹서, 비장한 각오에서부터 가슴 저리게 하는 서정시에 이르기까지. 노래 없이는 모든 것이 불가능했다. 싸우는 것, 전방에서 돌아올 애인을 기다리는 것, 승리에 필요한 모든 것을 준비하는 데 있어서."

전쟁 이후에는 다시 문화정책이 경직성을 보이면서도 노래도 전쟁 이전의 그것과 비슷하게 되었다. 전쟁에서 돌아온 병사는 다시 집단 농장으로 돌아갔고 온 국민이 다시 노동의 기쁨 속에서 재건설에 온 힘을 쏟는다는 내용의 노래가 불려졌다. 이제 전시 같은 노래의 발달도 없었고 1930년대 같은 공식적인 노래가 되풀이되면서 노래 문화는 답습 상태에 머물러 있었다.

그러다가 스탈린 사후 1950년대 중반부터 기타를 들고 직접 노래하는 시인들이 나타났던 것이다. 이러한 음유 시인, 바르드의 선두 주자인 오쿠자바는 노래에 대한 견해를 다음과 같이 말했었다.

"예전에는 인간의 운명을 노래하지 않는 차가운 텍스트, 공식적인 노래만이 퍼져 있었다. 이 노래들은 저열한 수사적 도식으로 삶이 기쁨과 즐거움으로 넘쳐 있노라고 떠드는 것이었고(이를 낙관주의라 불렀다!) 모스크바와 고향 조국에 대해 도식적인 수사를 붙이는 것이었다(이것을 애국심이라 불렀다). 그러나 나는 나를 움직이는 것에 대해 노래하기 시작했다. 전쟁이 아무런 축제도 축하행렬도 아니고 잔인하고 부조리한, 피할 수 없는 것이었다는 데 대해, 모스크바가 멋있지만 슬프기도 하고 항상 행복한 것은 아니라는 데 대해, 나 자신이 영웅이 아니라 모스크바의 한 개미로 항상 행복하지만은 않다는 데 대해, 종이 병정이 유감스럽게도 항상 세상을 행복하게 만들지 못한다는 데 대해서, 또 여인이 아름답다는 데 대해서 나는 노래하기 시작했다. 나는 오랫동안 여자라는 말만 나와도 비웃고 입 밖에 내기를 꺼려하는 위선에 찬 금욕주의에 대한 반발로서 여인 앞에 무릎을 꿇고 여인을 숭배하기로 하였다"고.

이제 스탈린이 죽고 오랫동안 얼어붙어 있었던 감성이 풀리면서 그간 규제되었던 여러 가지 유형의 노래들이 나타났다.

집시 노래, 19세기 후반 도시 로망스의 전통을 이어 1920년대 유행한 사랑의 아픔을 노래하는 유행가가 다시 불렸고, 2차 세계대전 동안 죽음을 바로 눈앞에 둔 병사의 노래, 이제 북부와 시베리아 수용소에서 돌아온 사람들의 '도적 노래', 그것의 변용(이 노래들은 정치범들의 체험에서 우러난 것들도 많았다. 사회는 그들을 인민의 적으로 치부하지 않고 이제 인간으로 보게 되었던 것이다. 이제 사회적·정치적 이단들의 수줌은 목소리가 나직하게 살아나기 시작하였던 것이다) 또 학생 운동의 흐름 속에서 대학생 노래(대학생 노래의 선봉이 모스크바의 사범 대학에서 공부하던 유리 비즈보르와 율리 김이었다. 이 사범 대학에는 다른 대학과는 달리 스탈린 테러의 희생자들의 자제들도 입학할 수 있었고 율리 김도 그 경우에 속하는데 이들에게는 반스탈린 운동은 자신의 운명과도 직결된 것이었다), 여행 노래(당시에는 당이나 공산당 이데올로기와 직접 연결되지 않는 직업을 젊은이들이 더 선호했다. 예를 들어 국가출판사에서 문학 비평가로 일하는 것보다는 툰드라에서 지질학자로 일하는 것이 더 낭만적이고 더 진정하며 더 남성적으로 여겨졌었다. 시베리아 탐사, 등반, 선원, 비행사, 잠수함 장교 같은 사람들이 인기였다. 이들은 가다가 쉬는 시간에 들고 다닐 수 있었던 악기인 기타를 켜며 도시로부터의, 기성의 규범으로부터의 일탈과 자유에 대한 욕구를 노래하였다)들이 합쳐져서 바르드 문화가 태어났고 이는 그때까지의 판에 박힌 노래에 대항하는 커다란 세력이 되었다. 그것은 바로 테이프 레코더가 소련에서 1960년부터 생산·보급되기 시작했기 때문이다. 이제 바르드들의 친구들이나 청자들 스스로가 원하는 만큼 바르드들의 노래를 녹음하고 원하는 만큼 유통시키고 할 수 있었다. 그것도 검열을 피해서. 녹음 테이프를 통하여 그들의 노래는 1960년대 초부터 빠른 속도로 전국 방방곡곡에 퍼졌고 해외에까지 알려지게 되었다. 집에서 만든 이런 녹음 테이프들에서는 방의 잡음, 식탁의 접시 소리, 술잔 소리 등과 함께 그들의 노래, 그리고 그 노래를 듣고 웃거나 침묵하거나 하는 반응까지 모두 들을 수 있었다. 1960년대 중반에는 모스크바 대학생들 간에 이러한 테이프들이 널리 퍼져 있었다고 한다. 정부는 이런 노래들을 싫어했지만 공무원들은 그들의 자녀들이 이런 노래들에 열광하는 것을 알고 있었고 그들도 들으면서 '나쁜 놈, 진실을 이야기하는구나, 그러니 어쩌란 말이냐? 어쩔 수 없지 않느냐!'라고 말하고 코냑 한 병을 가져다 달라고 하고 문을 잠그고 혼자 마시는 일도 있었다고 한다. 1965년경부터 이러한 노래들이 국외로 알려져 1971년엔 750곡이 알려졌고 당시 소련을 떠난 사람들이 가지고 나온 테이프를 모아 파리에서 출판된 '러시아 바르드 노래'에는 24명의 바르드들의 노래 950곡이 실려 있었다고 한다. 여기에는 오쿠자바의 노래 80곡, 갈리치의 노래 110곡, 비소츠키의 노래 295곡, 유리 쿠긴의 노래 79곡, 율리 김의 노래 73곡이 들어 있었다(이때 율리 김은 이미 자신의 이름으로 노래할 수 없었던 시절이었다).

1968년 체코 침공과 함께 정부의 바르드에 대한 탄압은 심해졌고 1968년부터 오쿠자바는 반체제 운동과 연관되어 심한 제재를 받으며 그 스스로도 1974년부터 1982년까지 아무런 노래도 만들지 않았으며 1986년 2월에야 대중 앞에서 노래했다. 갈리치는 1971년 모든 프로그램에 대해 출현 금지를 받게 되고 1974년 추방당하여 1977년 파리에서 죽는다.

율리 김은 1968년 교사직에서 해임당하고, 율리 미하일로프로 이름을 바꾸어 영화 삽입 노래 작사·작곡, 뮤지컬 작사·작곡, 오페라 대본 번역, 아동 노래 작사·작곡, 극작가, 배우 등의 공연 문화 관련 일을 하였으나 바르드로서 출현할 수는 없었다(그는 현재에도 이 모든 활동을 왕성하게 하고 있고 '노틀담의 꼽추', '지하철 일호선' 등이 러시아 무대에 오른 것도 그의 공이다). 1986년 율리 김의 이름으로 그의 최초의 음반이 나왔고 1987년부터 몇몇 문학지가 그의 시들을 실었으며 1990년 그의 시선집들이 처음 나왔다. 그러니까 1970년대는 거의 비소츠키에 의해서 바르드가 명맥을 유지해 갔다고 할 수 있다. 갈리치나 비소츠키의 노래들도 그들이 살아 있는 동안 전혀 공식적으로 출판될 수 없었다. 갈리치의 음반은 사후 1988년 복권된 이후 1989년에야 처음 선을 보였다. 비소츠키의 음반은 소련에서 1986년에 나왔다(뉴욕에서는 그의 시선집이 1980년에 나온 바 있다). 그러나 비소츠키가 1980년에 죽었을 때 모스크바의 장례식에 모인 수십만의 인파는 아마 스탈린 장례 이후에 처음 보는 많은 인파였다는 것은 그의 인기도와 바르드의 사회적 의미를 대변한다. 브레쥬네프 이후 페레스트로이카 전까지 소련에서는 많은 사람들이 안과 밖, 외면적 삶과 내면적 삶이 다른 경우가 많았다. 소위 이중적 실존을 영위하였다고 할 수 있는데 이런 이중적인 삶에서 이들 바르드의 노래는 숨겨진, 진지하고 인간적인 핵심을 건드리는 존재였다. 당국이 반소비에트적이라고 낙인찍어 지하 출판에서만 볼 수 있었던 책들처럼 불랏 오쿠자바, 갈리치, 블라디미르 비소츠키, 율리 김 같은 바르드의 노래들도 지하의 정신적 자양이었다. 이는 공식적 문화가 포섭하지 못하는 현실을 반영하였기 때문이다. 스탈린 사후 소련 시절 내내 노래 연구가들은 소련의 노래 문화에 굉장한 자부심을 가지고 소련에서는 자본주의 사회에서와는 달리 문화의 양극화 현상이 지양되어 진정한 민중 문화가 꽃 핀 것이라고 노래를 내세웠다. 이들은 이러한 문화가 스탈린의 문화 정책에 의해서 생긴 것이라는 데 대해서는 침묵하였다. 그리고 그들의 주장의 근거로 소개하는 노래들은 혁명가, 조국 찬가, 사회주의 건설의 노래 등의 합창가들이나 비록 다른 테마를 다루었다고 해도 개인의 감정이 사회적 윤리에 종속되는 노래들이었다. 스탈린 찬가는 언급을 하지 않았고 스탈린 찬양의 구절이 있는 노래에서는 그 구절만 노래시 작가가 스스로 수정한 경우도 많았다. 소련의 문화 정책이 1990년을 전후한 소련 붕괴 이전까지 스탈린식의 사회주의 리얼리즘의 답답하고 진부한 규범성의 틀을 벗어나지 못하여 스탈린 시대의 문화에 대한 객관적인 연구를 할 만큼 심리적, 지적 여유가 없었기 때문에—1990년대 말부터 러시아에서는 스탈린 시대에 대한 객관적인 연구가 진행되고 있다—학자들도 스탈린 문화의 핵심인 노래에 대해서 균형 잡힌 관찰을 할 수 없었던 것은 당연하다. 이들은 수많은 스탈린 찬가에 대해서 언급을 회피하는 반면, 전쟁 시기에 나온 서정적 노래들이나 해빙기 바르드들의 사회 비판적인 노래들에 대해서 유보적인 태도를 취했는데 이는 매우 애석한 일이었다. 바로 이러한 노래들이 소련 문화의 탄력을 의미하는 노래들이었기 때문이다. 바로 이러한 노래들은 어차피 소련 사람들이 몰래 듣거나 그들의 가슴속에 묻어두는 것들이었기 때문이다. 그러나 이제는 앞서 말했듯이 매우 양상이 다르다. 바르드의 노래는 이제 그 가치를 재조명받고 학문적 연구 대상으로서도 러시아 국내뿐만 아니라 유럽에서도 점점 더 높은 관심을 받고 있다.

바르드 일세대의 주요 인물로 보통 오쿠자바(1924-1997), 갈리치(1919-1977), 비소츠키(1938-1980), 율리 김(1936-), 비즈보르(1934-1984), 고로드니츠키(1936-)를 꼽는다. 이들 모두 중요한 바르드이지만, 그 중에서 예술성이 가장 높은 사람을 꼽으라면 오쿠자바, 갈리치, 비소츠키, 율리 김이라는 데 이의를 제기할 사람은 별로 없을 것이다.

"해빙기의 우리에게 불랏 오쿠자바, 알렉산드르 갈리치, 율리 김, 블라

지미르 비소츠키 그리고 다른 새로운 바르드들의 노래가 나타났다. 처음에는 즉흥적으로, 반무의식적으로 노래했으나 이 노래들은 큰소리로 나팔 불며 떠들어 대는 거짓말 예술에 대한 반항이었다"라고 1978년 갈리치에 대한 회고에서 한 러시아인(레프 코펠로프)은 당시의 러시아 바르드의 출현에 대해 말했다.

소녀가 우네- 날아간 풍선,
달래보아도, 날아만 가네.

처녀가 우네- 신랑이 없네,
달래보아도, 날아만 가네.

여인이 우네- 남편이 떠났네,
달래보아도, 날아만 가네.

노파가 우네- 못 다한 한평생,
풍선이 돌아왔네- 온통 하늘 빛.

으로 우리에게 영원히 잊혀지지 않을 오쿠자바는 갈리치나 율리 김, 비소츠키와 달리 시적 자아의 호흡이 직접 다가와 가슴을 적시는 서정시적인 노래를 많이 불렀다. 특히 19세기 후반에 유행하고 1920년대에 유행했던 도시 로망스풍의 노래로 도시에서 사는 사람들의 가슴을 적시고 그들에게 다시 그들이 누구이며 어떻게 살고 있는가를 일깨웠다.

흐르네 강물처럼, 이상도 한 네 이름!
투명해라, 아스팔트, 흐르는 강물.

아, 아르바트, 내 아르바트, 너 나의 소명,
나의 기쁨, 나의 불행.
너를 걷는 사람들, 나와 같은 사람들
뒷축을 울리며 바삐도 가네.
아, 아르바트, 내 아르바트, 너 나의 신앙
내 발 아래 놓인 너의 보-도.

영원히 놓여날 수 없이 너를 사랑해.
4만의 다른 거리 사랑한다 해도
아, 아르바트, 내 아르바트, 너 나의 조국
끝까지 너를 다 밟을 수 없으리!

　　지나간 전쟁의 비참함을 고발하는 노래들에서는 전쟁이 어떻게 아까운 젊은이들을 앗아갔는가에 대해, 전쟁터에서 느끼는 두려움과 무력함에 대해 노래하여 사람들의 마음을 어루만졌다.

전쟁아, 아 전쟁아, 너 무슨 짓을 한 거니?
우리 마당에 정적만 남았네.
이제 겨우 남자가 되는가 하는 우리 젊은이들,
벌써 어깨에 총을 메고
삶이 시작하는가 했더니 전쟁으로 떠나갔네…….
안녕, 소년들아, 소년들아,
꼭 살아 돌아와야 해!
……

　　그의 이러한 전쟁 노래는 전쟁에 참가했던 사람들에게 깊은 공감을 불러일으켰다. 그러나 이 노래는 물론 소련 시절에 출판된 책에는 실려 있지 않다.

체제 안에서 비교적 많은 것을 누리고 살았던 연극배우 갈리치가 짧은 소설 같은 이야기가 있는 노래로 돌연 전복의 미학의 설파자로서, 체제의 심판자로서 체제를 신랄하게 비판하고 그 체제를 만들어낸 스탈린을 비판했다. 그는 아마 추방당할 것을 예견이나 했던지 1972년 말에 고향 도시를 그리워하는 노래시를 썼다.

나 돌아갈 때…… 웃지 말아! 나 돌아갈 때
온기와 잠자리로 이월의 눈 위를
희미한 흔적 따라 달려 날아갈 때
행복에 몸 떨며 그대의 새소리 둘러보리
나 돌아갈 때…….

오, 나 돌아갈 때…….

들어봐, 들어봐, - 웃지 마라! - 나 돌아갈 때
세관을 급히 통과해 돌진하리, 이 도시로.
역에서 곧장, 비참하고 시시하고 꼭두각시 같은 이 도시로,
그를 두고 나, 나를 형벌하고, 그를 두고 나 맹세하는,
이 도시로 나 돌아갈 때.

오, 나 돌아갈 때…….

나 돌아갈 때, 나 유일한 그 집으로 가리,
하늘보다 높은 푸른 둥근 지붕의 그 집으로.

그 향냄새 고아원의 빵 냄새처럼
내 가슴 두드리며 그 속에서 철썩거리리,
나 돌아갈 때…….
오, 나 돌아갈 때…….

나 돌아갈 때, 지저귀리, 이월에 꾀꼬리들
예전의 오래된, 잊혀졌던, 그 똑같은 노래를.
나 내 승리에 압도되어 쓰러져서
머리를 묻으리, 항구 같은 그대 무릎에.
나 돌아갈 때…….
아, 언제 나 돌아갈까?

비소츠키는 도적 노래풍, 집시 노래풍으로, 또 이들을 거리감을 가지고
패러디하면서 현실에 대한 치열한 부정과 비판, 그로부터 비롯되는 고뇌
와 혼란을 있는 대로 힘줄을 세워 외쳤다. 특히 검열을 일삼는 부패한 관료
들을 미워하고 분노했으며 절망했고 거칠게 소리 지르고 했지만 '그는 돌
아오지 않았네'.

어째서 모든 것 뭔가 다른가?
그 하늘 여전히 푸르고
그 숲, 그 공기, 그 강인데
그만이 돌아오지 않았네.

지금 알 수 없네, 누가 옳았는지
밤 지새운 열띤 말싸움에서.
그리워지네, 그 싸움이,

이제 그가 돌아오지 않는 여기.

어색하게 침묵하던, 어눌하던 그,
항상 다른 말을 했던 그,
날 잠 못 자게 하고 새벽에 일어나더니
어제 돌아오지 않았네.

쓸쓸하고 이야기가 없네.
갑자기 느껴지네—우리가 둘이었다고.
모닥불에 바람이 꺼진 것 같아
그가 돌아오지 않은 지금.

포로를 풀고 나오는 봄,
실수로 그에게 외치는 나.
—친구, 담배 꺼—대답 대신 적막이.
어제 그는 돌아오지 않았네.

죽은 친구들은 우리를 지켜주네.
전사자들은 보초라네.
하늘은 숲에 어리고 물에 어리듯
나무들이 서 있네, 푸르게.

참호는 둘에게 넉넉했네.
우리 둘을 위해 시간은 흘렀었고
이제 나 혼자인데 돌아오지 않은 이는
바로 나인 것만 같네. [1960년대]

같은 전장에서 죽어간 전우를 그리워하는 노래나 전후의 조국 땅의 아픔을 슬퍼하는 「대지의 노래」.

누가 그랬나, 모든 것이 다 불탔다고,
더 이상 땅에 씨 뿌리지 말라고,
누가 그랬나, 땅이 죽었다고?
아니다, 땅은 숨을 죽였을 뿐, 잠시 동안.

땅에서 모성을 빼앗을 수 없네.
바닷물을 다 퍼낼 수 없듯.
누가 땅이 다 없어졌다고 믿었나?
아니다, 땅은 슬픔으로 검을 뿐.

칼자국 같은 참호들이 누워 있고
수류탄 상처는 입을 벌리고
땅의 드러난 신경들은
상상 못할 고통을 알고 있네.

땅은 모든 것을 견뎌 내리니
땅을 부상자로 기입하지 말라.
누가 그랬나, 땅이 노래하지 않는다고,
영원히 입을 다물었다고?

아니다, 신음을 누르고 땅은
모든 입 벌린 상처로부터 소리 지른다.
땅은 바로 – 우리의 영혼

장화로 짓밟을 수 없는 것.
누가 땅이 타 없어졌다고 믿었나?
아니다, 땅은 숨을 죽였을 뿐, 잠시 동안. [1978년 이전]

　등 그가 직접 겪지 않은 전쟁에 대해서 많은 노래를 불렀다. 그러나 결국 「늑대 사냥」에서 보듯이 그는 사냥 구역으로 몰린 늑대처럼 울부짖다 갔다.

늑대 사냥

있는 대로 힘줄을 모두 세워 보지만
오늘도 다시 어제처럼
나를 포위했네, 나를 포위했네.
신이 나서 사냥 구역으로 몰아대네.

전나무 뒤에서 쌍신총이 울리더니
사냥꾼은 그늘로 숨네.
눈 위에서 늑대들이 산 과녁이 되어
공중회전을 하네.

후렴:
늑대 사냥 간다, 회색 늑대,
어미, 새끼 잡으러 간다.
몰이꾼들 외치고 개들 목청껏 짖네.
눈 위에는 피, 그리고 붉은 깃발 조각들.
사냥꾼들은 늑대들과 공정한 게임을 하지

않는다. 그들의 손은 떨림도 없이
깃발 세워 울타리치고 우리의 자유를
확실하게 명중시키려 쏜다.

늑대는 전통에 도전할 수 없다.
우리 젊은 늑대들은 어릴 적 눈 못 뜨고
어미젖을 먹던 때 "깃발 뒤로 가면 안 돼"를
빨아먹은 모양이야.

후렴:
우리의 발과 턱은 재빠르다.
근데 왜, 늑대 두목아, 답해다오.
우리는 쫓겨서 총알을 향하여 달리는가?
그리고 금지를 넘어가려 하지 않는가?

늑대는 다르게 할 수도 없고, 해서도 안 돼.
내 삶은 끝을 향한다.
나를 쏘기로 된 사람은
미소 지으며 총을 들어올린다.

후렴:
나는 복종을 거부했다. 깃발 세운 경계를
무시했다. 삶의 갈망이 더 강해서
기쁨에 넘쳐 나 내 뒤에
사람들의 놀란 외침을 들었다.
있는 대로 힘줄을 모두 세워 보지만

허나 오늘은 어제와 다르네.

나를 포위했네, 나를 포위했네.

그러나 사냥꾼은 아무것도 잡지 못했네. [1968년]

율리 김이 억압적 현실에 대처하는 방안은 쾌활함과 웃음이었다. 다른 세 바르드에 비해서 율리 김은 장난꾸러기 소년처럼 발랄하고 어릿광대처럼 익살스럽다. 그가 노래에 사용하는 언어는 구어체이고 단순하고 소박해서 누구나 접근하기 쉽다. 그의 노래들이 다른 바르드들의 노래에 비해서 따라하기 쉬운 것은 이런 이유에서이기도 하다.

그의 바다에 관한 노래나 투리스트 노래에서 우리는 깨끗하고 순수한 세계를 추구하는 낭만적인 청년을 만난다. 그는 순수하지 못한 것, 불투명하고 무거운 것을 거부하고 무거운 배낭을 지고 끝이 보이지 않는 길로 무모하리만큼 용감하게 길 떠나 방랑한다.

무거운 배낭에 등이 부르터도 툰드라 멀고 험한 길을 걸어 나가며, 낡은 배를 타고 상어가 무리지어 떠다니는 깊은 바다, 파도가 울부짖는 바다로 나가서 귀신 나오게 험하고 먼 섬으로 향하며 어려운 여건 속에서 주눅 들지 않고 쾌활하게 돌아다니는 것은 그가 가보고 싶은 먼 산, 먼 바다, 먼 절벽, 먼 대양들이 있기 때문이다.

이 세상엔 우리가 아직 모르는

바다들과 나라들

도시들과 해변들

대양들, 대양들이 있다.

우린 여울을 모르고 깊은 물로 들어간다.

아니면 여울도 찾을 수 없지.

한번 바닷길로 나섰으면
바다로 떠나는 수밖에!
아이 그래 배야, 항해만 해라.
그래, 물에 뜨기만 해.
구멍 난 돛, 낡은 선체
그래도 선원은 잘 하고 있어!

작은 배는 내키는 대로 간다.
어디로 갈지는 기다려 봐, 알게 돼!
한 번 바닷길로 나섰으면
바다를 떠다니는 수밖에!

여기 그냥 저냥 편히 사니
배 타고 가라앉을 일 없는데도
갑자기 무엇인가 생각나면
아무 데로나 달려간다.

북풍이 불고 파도가 배를 흔들고
하얀 거품이 뒤로 눕는다.
한번 바닷길로 나섰으면
바다를 떠다디는 수밖에!

이 세상에는 우리가 모르는
그런 먼 곳, 그런 산,
그런 절벽, 그런 먼
먼 곳이 있다.

이런 먼 곳으로 떠나고 싶어 하는 노래는 경계와 금지를 뛰어 넘고 싶어 하는 욕구를 표현한다. 험한 바다의 선장, 선원, 바다에 대한 노래, 해적의 자유롭고 방탕한 삶에 대한 노래도 이런 심정에서 지은 노래들이다. 답답한 것, 제한된 것, 그래서 상투적이고 진부한 것에서 해방되려는 욕구에서 나온 노래들이라고 볼 수 있다.

그러나 그의 일탈은 서구의 히피처럼 문명과 질서 자체로부터의 일탈이라기보다는 새로운 사회적 질서의 모색을 위한 고민으로서의 일탈이다. 흑해에서 자유를 흠뻑 마시지만.

'우린 반 마셨네 / 그러니 반은 / 그러니까 남은 걸 / 마실 곳, 모스크바'라고 그는 노래했다.

바다 소년인 율리 김은 종종 스스로

난 어릿광대
난 익살꾼
난 무대로 나가는 거 돈 때문이 아니야.
아 그냥,
웃음을 위해
여기 광대 왔소! 웃어보소, 멋져요!
아마도 정말
그래 내가 광대하면
슬픔 한 방울 줄겠지, 누군가에겐.
그러니까
꼭 그만큼
세상에 늘어나겠지, 기쁨 하나가!
난 어릿광대
즐거운 광대!

광대 모자는 영원한 내 왕관
나 정말
멋지지 않아?
여기 광대 왔소! 웃어보소, 멋져요!
자, 어서
전쟁터를
합쳐서 공연 무대 하나로 해줘요.
내가 나가게
한 가운데로,
하면 여러분 애들처럼 웃겠지, 날 보곤!

난 어릿광대
난 익살꾼
난 어릿광대
즐거운 광대…….

　라고 하며 어린애 같은, 바보 같은 표정과 말로써 이 세상 답답한 일을 이야기하면서 웃긴다. 어릿광대, 익살꾼만의 특권인가? 그는 다른 사람들이 보지 않는 것을 보고 다른 사람들이 말하지 않는 것을 말하며 다른 사람들처럼 행동하지 않는다. 그리고 그로써 인간사의 진실을 드러낸다. 그의 사물을 보는 눈은 날카롭고 명확하다. 그는 쓸데없이 말해야 되는, 말하라고 요구받는 말 같지 않은 것을 전혀 말하지 않고, 심각한 것을 심각하지 않게 말하고, 심각하지 않은 것은 심각하게 말하고, 대부분의 사람들은 눈 감은 채 받아들이는 주어진 규범을 벗어난 행동을 하여 웃음을 자아낸다. 그리고 우리는 그를 보고 웃으며 우리 자신과 주변을 둘러보고 나서 결국은 그의 속울음을 듣게 되고 만다. 인생살이의 모순성과 쓰라림, 인생 역전에 대한 그의 웃음과 울음을 들으면서 그의 가슴속에 바다와 모래가 웃고 하늘과 바다가 멀리 닿고 돛단배가 빛나는 것을 바라보는 청년, 모험을 사랑하고 모험을 할 수 있는 이 지구와 삶을 사랑하는 청년을 볼 수 있어서 가슴 뿌듯하다.

러시아 바르드와 율리 김
전쟁 테마를 중심으로*

1. 이 글은 러시아 바르드 1 세대[1]에 속하는 율리 김Юлий Ким이 해빙기, 1962-3년에 쓴, 전쟁 테마를 다룬 노래들을 읽고 들으면서 이 노래들이 전쟁을 다룬 소련 노래의 변천 속에서 어떤 의미가 있는가, 이 시기를 전후하여 오쿠자바Б. Окуджава, 갈리치А. Галич, 비소츠키В. Высоцкий가 쓴 전쟁 테마를 다룬 노래들과 어떤 차이가 있나 하는 것을 고찰하는 글이다. 먼저 율리 김의 전쟁 노래들을 소개하고, 그 이전의 전쟁 테마를 다룬 노래들을 살펴본 후, 다른 바르드 1세대인 오쿠자바, 갈리치, 비소츠키의 전쟁을 다룬 노래들과 비교하여 율리 김의 전쟁 노래의 특성을 정리하고자 한다.

---

* 「러시아 바르드와 율리 김 — 전쟁 테마를 중심으로」, 『러시아어문학연구논집』 25권(2007), 137–170.

1   여기서 말하는 러시아 바르드는 스탈린 사후 해빙기에 자기의 시를 직접 기타를 들고 노래로 부른 시인들이다. 그들은 스탈린 문화에 대해 광범위하고 전면적으로 비판하였다. 그들의 활동은 당시 비공식적인 유포 과정인 녹음테이프를 통하여 소련 전체에, 그리고 국외에까지 퍼졌다. 서구에서는 1980년대부터 이 장르에 대한 연구가 시작되었으며, 러시아에서도 1990년대 말부터 이 장르에 대한 본격적인 논의가 시작되었다. 주요 시인으로서 오쿠자바(1924-1997), 비소츠키(1938-1980), 갈리치(1919-1977), 율리 김(1936-), 비즈보르(1934-1984), 고로드니츠키(1933-)를 꼽을 수 있다.

258   20세기 러시아 노래시 연구

2. 율리 김은 1998년판 자신이 직접 작사, 작곡하여 부른 노래들만을 모은 책에 실은, 전쟁테마를 다룬 노래 다섯 편(「척탄병Гренадёры」, 「기병 장교Кавалергарды」, 「포병들Бомбардиры」, 「왕실 경호 장교들Лейбгусары」, 「의용군들Ополченцы」) 앞에 '1812년 나폴레옹 전쟁'이라고 소제목을 붙이고 그 아래에 간단한 서문을 썼다.[2] 이 다섯 편 모두 처음 읽을 때는 아무런 메시지가 없는 우스꽝스러운 내용에 소리들이 재미있게 결합된 노래를 듣는 느낌을 받는다. 그러나 좀 더 자세히 들여다보면 경쾌한 소리들 속에 풍성한 의미를 담게 만드는 여러 가지 장치들 — 상호텍스트적인 장치들을 포함하여 — 이 들어 있다. 그의 말대로 이 '음주와 음란(방탕)에 대한 조그만 옹호Небольшая апология пьянства и разврата'인 전쟁을 테마로 하는 다섯 편의 노래는 모두 공통적으로 1935년 이후 해빙 전까지, 그리고 해빙 이후에도 전쟁 노래가 금기시하던 사항들인 전쟁터 군인들의 음주와 음란(방탕)을 다루고 있다. 이 글에서는 「척탄병」과 「기병 장교」 두 편의 텍스트를 자세히 살펴보면서 율리 김의 '전쟁 테마'를 다룬 노래들의 의미와 기능을 알아보고자 한다.[3]

---

2 Юлий Ким, *На Собственный Мотив*(Москва, 1998), 61-73. 이 책에는 노래마다 악보가 들어 있어서 그냥 가사만 들어 있는 경우보다 낫지만 바르드의 노래는 실상 어떤 어조로, 어떤 음색으로 노래하는지 직접 귀로 들어야 제대로 의미 파악을 할 수 있다고 여겨진다. 이 책에 실린 작품들 중 53편이 『율리 김, 자유를 노래하다』(도서출판 뿌쉬낀 하우스, 2005)에 우리말로 번역되어 있는데 (이는 그가 러시아 말로 노래하는 것을 첨부된 CD를 통해 들으면서 우리 말로 읽는 데 무게가 실린 번역이다) 111-129쪽에 1963년에 쓴 「의용군들」을 제외한 1962년에 쓴 네 편이 들어 있다. 2005년에 나온 Юлий Ким, *Антология Сатиры и Юмора России XX века*(ЭКСМО, 2005)에는 위 다섯 작품 중에서 「기병 장교Кавалергарды」와 「포병들Бомбардиры」 두 작품이 들어 있는데 여기에는 1998년판에서와는 달리 '1812년 나폴레옹 전쟁'이라는 소제목도 없고 '음주와 음란(불륜, 방탕)에 대한 조그만 옹호'라는 언급을 포함한 간단한 서문도 없다. 오쿠자바나 비소츠키의 수많은 전쟁 노래에 비해 율리 김의 전쟁을 테마로 한 노래는 얼마 되지 않는다. 갈리치의 경우도 율리 김의 경우와 비슷하다.

3 이 글에서 원문 텍스트 전체를 소개하지 않은 노래들 중에서 두 노래의 번역을 소개한다. 「포병들Бомбардиры」: 대장군님, 라예프스키 님, 언덕에 앉았는데 / 오른 손에 든 건 일급 예고르 훈장. / 하는 말은 "들으라, 제군에게 말하니! / 좀 더 용감한 러시아 병사에게 포상하리라!" // 후렴: 경기병 치는 용

척탄병

천둥 같은
구령 소리
- 차렷! - 좌향좌 아님 우-향-우!
이제 수류탄 한 방 때리고
가서 보자, 누가 누굴 때렸는지!

돌격!
한 방 되게 먹이자!
뚜루바 뚜르비 나팔 불고, 싸워라!

기병 / 용기병 치는 경기병 / 경기병 찌르는 척탄병 / 헤−헤…… / 자 우린 파이프 입에 물고 / 야 우린 겨눈다, 대포를. / 자, 얘들아, 쏴 / 하느님이 도우시리…… // 대장군님, 라예프스키 님, 사령관들 불러온다 / 어찌하여 안 보이나, 내 멋진 포병들이? / 사령관들 대답한다, 온몸을 벌벌 떨며, "포병들 술집에 취해 뻗었습니다!" // 후렴 // 대장군님 라예프스키 님 앉아서 화를 내며 / 본인 접견 누굴 막론 불허하고 / 부관에게 하는 말 "이런 젠장! 포병들 술집에 건초를 깔아 줘라!" // 후렴: 경기병 치는 용기병 / 용기병 치는 경기병 / 경기병 찌르는 척탄병 / 헤−헤…… / 자 우린 파이프 입에 물고 / 야 우린 겨눈다, 대포를 / 자, 얘들아, 쏴 / 하느님이 도우시리…… // 대장군님 라예프스키 님 사랑해요, 포병들을! 「왕실 경호 장교들Лейб-гусары」: − 누구야 거기? / − 경호장교들! / − 경호장교들? / − 트룰−랄−랴. / − 누굴 경호해, 경호장교들? / − 우리 아버지 황제요! / 그를 위해 모든 습격 / 우리가 받아내요! // 황제 위해 건강 바치네, 경호장교들, / 사랑으로 항상 바치네, 경호장교들! / 경호장교들, 꼬망 싸바? / 황제가 겁내네, 감기 들까봐. / 경호장교들 즉시 당장 / 부대 전체가 누웠네, 병원에, / 죽어 가네, 감기 때문에. / 황제는 건강하나 경호장교들 / 일어서지도 못하네. // 황제 위해 건강 바치네, 경호장교들, / 사랑으로 항상 바치네, 경호장교들! / 경호장교들, 꼬망 싸바? / 황제가 과식했네, 마카로니를, / 황제가 걸렸네, 큰 변비가 / 경호장교들 부대 전체가 / 웅크리고 앉았네, 울타리 밑에! / 황제가 안 일어나면 우리도 안 일어나네 / 어서 문제해결 하셔야죠, 먼저! / 황제 위해 건강 바치네, 경호장교들, / 사랑으로 항상 바치네, 경호장교들! / 경호장교들, 꼬망 싸바? / 황제 들어가신다…… 황후 방으로…… / 궁금해라, 왜 들어가시나? 짜잔! / 각하, 왜 애를 쓰세요 / 우리가 대신 할 텐데요! / 말만 하시면 − 준비 완료, / 게다가 여기 뭐 필요해요, 말이? // 황제 위해 건강 바치네, 경호장교들 / 사랑으로 항상 바치네, 경호장교들! / 에이, 황후님, 꼬망 싸바?

행운을 빈다, 척탄병아
끝까지 살아남길!

천둥 같은
건배 소리
커피도 우유도 아니고
샴페인, 클리코가 쏜다, 대포 쏘듯
앞으로! 보자, 누가 누굴 때렸는지!

돌격!
자 한 방 되게 먹이자!
뚜르바 뚜르비 나팔 불고, 싸워라
행운을 빈다, 척탄병아
끝까지 살아남길!

천둥 같은
잔소리 소리
"바보! 또 마셨지? 뭣 때문에?!"
마누란 빗자루, 난 아궁이 뚜껑,
앞으로! 보자, 누가 누굴 때렸는지!

돌격!
한 방 되게 먹이자.
뚜르바, 뚜르비, 나팔 불고, 싸워라.
행운을 빈다, 척탄병아
끝까지 살아남길!

1연에서 화자는 척탄병이 전쟁터에서 천둥 같은 구령 소리에 따라, 좌향좌 아니면 '우향우'라는 우스운 구령 소리에 따라 수류탄을 되는대로 쏘고 난 다음 누가 누굴 때렸는지 가서 보자고 한다. 2연에서는 전투 이전에 또는 승리를 축하하며 대포 쏘듯 샴페인 클리코를 흥청망청 마시고 앞으로 나가서 누가 누굴 때렸는지 보자고 한다. 여기에는 『예브게니 오네긴』에서 젊은이들이 즐겨 마셨던 술 이름이 등장하고 또 마리나 츠베타예바의 1931년 푸슈킨에게 보내는 시에 나오는 표현들

"……Как из душа! Как из пушки - / Пушкиным - по соловьям……."

"Слова, соколам полёта! / - Пушкин - в роли пулемёта!"

("샤워물 쏘듯! 대포 쏘듯, 푸슈킨을 말의 꾀꼬리들에게, 스포츠단원 들에게……!"

"푸슈킨에게 기관총의 역할을!")'

이 사용되었다. 3연에서는 남편이 술 마신 것 때문에 부부가 서로 빗자루와 아궁이 뚜껑을 들고 돌격하는 것을 노래한다.

각 연 뒤의 후렴에서는 '돌격' 명령에 따라 신나게 나팔 불고 싸우라고 하면서 척탄병이 끝까지 살아남길 빈다고 화자는 말한다.

이 노래에서 가장 두드러지는 점은 전쟁터가 '적을 겨누어 조국에 승리를 안겨 주는 장소'가 아니라 혼란스러운 장소로 그려져 있다는 사실이다. 전쟁터는 책임감, 용감성, 영웅성이 중요시되는 장소가 아니라 명령이 내려지면 누구에게 내려진 것인지도 모르고 되는대로 수류탄을 던지고 나서 살펴보는, 적과 아군이 구분이 안 되는 아수라장이다. 전쟁터에 있는 병사들은 『예브게니 오네긴』에 나오는 청년들의 파티에서처럼 신나게 클리코를 큰 잔에 담아 마시며(실제로 러시아 병사들은 전장에서 총공격 전에 보드카를 추가로 배급받기도 했다) 신나는 일을 비로소 전쟁터에 와서 맛볼 수 있는 것처럼, 츠베타예바가 그린 푸슈킨 문학처럼 시원하고 기운찬 기세로 앞

---

4 М. Цветаева, *Избранное*(Москва, 1992), 161.

으로 나아간다. 전쟁터에서의 엄격한 규율, 적을 증오심을 품고 영웅적으로 쏴 죽이는 것은 전혀 언급되지 않고 아수라장 같은 혼란스런 전쟁터에 대해 언급하고 규율을 벗어나 신나게 술 마시는 청년들을 노래한 다음 율리 김은 일상의 부부 싸움을 묘사한다. 남편의 음주 때문에 빗자루와 아궁이 뚜껑을 들고 부부가 싸움을 하는 모습은 매우 평범하고 일상적인 일인데 이 일이 전쟁과 곧장 연결되어 있다. 이는 전쟁이라는 엄청나게 심각한 테마에 대한 뒤집기로서, 텍스트로 하여금 '무의미 지향'의 기능을 하게 하며 동시에 삶이라는 전쟁터 자체에 대한 유머러스한 시각을 열어 준다. 후렴에서는 나팔을 불며 경쾌하게 싸우자는 메시지(국토방위의 노래들이 가진 특징이 아이러니칼하게 요약되어 있다)와 운이 좋아 끝까지 살아남자는 소원(전쟁터의 실상을 알게 된 전쟁 기간 동안 나왔던 노래와 서정시들에서 볼 수 있었던 특징이 요약되어 있다), 두 가지 상반된 내용이 병렬을 이루면서 전쟁에 임하는 사람들의 모순적인 의식을 노출함과 동시에 그러한 의식을 가지게 된 부조리한 상황을 패러디-아이러니와 패러디-유머로 일깨운다. 아울러 스탈린 시대의 보수적이고 밋밋한 푸슈킨상이 아니라 뜨거운 피를 가진 체제에 반항하는 푸슈킨을 노래한 츠베타예바를 끌어들여 독자로 하여금 소련의 공식적 문학 작품 및 평론에 대해 생각하도록 문학 내적 담론의 장으로 안내한다.

Кавалергарды

Красотки, вот и мы - кавалергарды!

Наши палаши

Чудо хороши!

Ужасны мы в бою, как леопады!

Грудь вперёд,

Баки расчеши!

Выступаем справа по три

Весело, весело!

Палаши вынимаем

Наголо, наголо!

Враг бежал, без боя взяли мы село.

Par bleu!

Но где же здесь вино?

Кавалергарды мы и кавалеры:

Зря не будем врать - вам не устоять!

Графини, герцогини, королевы -

Всё одно - нам не привыкать!

Выступаем справа по три

весело, весело!

Палаши вынимаем

Наголо, наголо!

Враг бежал, без боя взяли мы село.

Sacre nom!

Но где же здесь вино?

В бою, в любви - нигде мы не бежали,

Боже сохрани!

Боже сохрани!

Уж если мы падём в пылу батальи, -

То, слава Богу,

Ляжем не один.......

Выступаем справа по три

Весело, весело!

Палаши вынимаем

Наголо, наголо!

Враг бежал, без боя взяли мы село.

Sacre bleu!

Но где же здесь вино?(1962)

예쁜이들아, 여기 우리가 왔다!

우리 싸움칼

끝내주게 좋고!

무서운 우리들, 싸울 땐 표범!

가슴 내밀고

구레나룻 빗고!

나간다, 우측으로, 세 명씩,

신나게, 신나게!

싸움칼 빼낸다.

희번쩍, 희번쩍!

적이 달아나니, 싸움 없이 이 마을 접수.

빠르 블뢰!(물론이지)

헌데 어딨나, 포도주는?

기병 장교, 우리는 기사들.
공연한 소리 안 하지 ― 그대들 못 버텨요!
백작부인, 공작부인, 왕비님들!
상관없어 ― 그 누구든 환영이죠!

나간다, 우측으로, 세 명씩,
신나게, 신나게!
싸움칼 빼낸다, 희번쩍, 희번쩍!
적이 달아나니, 싸움 없이 이 마을 접수.
싸크레 농!(빌어먹을!)
헌데 어딨나, 포도주는?

싸움에서, 사랑에서 달아나지 않았지
하느님이 보우하사! 허,
하느님이 보우하사!
아 만약 우리가 전장에서 쓰러져도
천만다행으로
혼자 눕지는 않지요…….

나간다, 우측으로, 세 명씩,
신나게, 신나게!
싸움칼 빼낸다,
희번쩍, 희번쩍!
적이 달아나니, 싸움 없이 우린 마을 접수.
싸크레 블뢰!(제기랄)
헌데 어딨나, 포도주는?(1962년)

이 노래에는 전쟁터가 '용감한 멋쟁이 장교들이 멋있게 차리고 수염을 잘 빗고 정연하게 세 명씩 앞으로 나아가 멋지게 칼을 뽑아 들면, 적은 칼만 보고도 달아나고 마을의 여자들은 다 적의 장교들을 좋아하고 장교들은 그들을 언제든지 반기며 즐겁게 상대하는 곳'으로 그려져 있다. 장교들에게 전쟁은 질서 있고 신나는 칼싸움일 뿐인데 그나마 이들 멋진 장교들은 싸우는 포즈만 취할 뿐 상처를 입거나 죽거나 하는 일은 전혀 없이 싸움도 없이 마을을 접수하고 술을 찾는 것이다. 뭐니 뭐니 해도 장교들에게 가장 중요한 것은 역시 술이란다. 특히

기병 장교, 우리는 기사들
공연한 소리 안 하지 — 그대들 못 버려요!
백작부인, 공작부인, 왕비님들!
상관없어 — 그 누구든 환영이죠!

싸크레 농!(빌어먹을!)
싸크레 블뢰!(제기랄!)
헌데 어딨나, 포도주는?

같은 표현들에서, 스탈린 체제하에서 행동 규범으로 요구되었던 금욕적이고 청교도적인 삶의 방식에 정면으로 맞서는 '음주와 음란(방탕)에 대한 옹호'가 강하게 드러난다. 그런데

싸움에서 사랑에서 달아나지 않았지
하느님이 보우하사! 허,
하느님이 보우하사!
아 만약 우리가 전장에서 쓰러져도

— 천만다행으로 —
혼자 눕지는 않지요…….

　라는 부분에서 독자들은 좀 의아한 느낌을 가지며 텍스트를 자세히 보게 된다. 어디로도 도망가지 않는지 못하는지 계속 싸우다가 만약 죽더라도 하느님이 보우하사 혼자 눕지는 않는다는 표현이 그것이다. 죽을지도 모르지만 여인과 함께 누웠다 죽는다면 천만다행이라고 말한다. 전장에서 영웅처럼 쓰러지는 군인의 이야기가 아니라 술과 여인을 좋아하다 죽으니 다행이라고 생각한다는 말인가?! 죽음이 언급되면서 그것이 방탕한 여인 행각과 연결되어 있어 기괴한 느낌까지 준다. 일부는 표면에 그대로 드러나고 일부는 장난스럽게 감춰져 있는, 돈주앙적인 에로틱한 이미지들은 사랑의 행위와 전장에서의 전투 행위를 교차시키고 죽음과 성(性)의 코드를 결합하고 있다. 병사와 전투가 음주와 음란과 연결되어 나타나는 것은 「왕실 경호 장교들」이나 「포병들」, 「의용군들」에서도 마찬가지이다. 「왕실 경호장교들」에서는 왕을 위한답시고 아무 의미 없는 행동을 하는 경호 장교들을 과장법으로 묘사하다가 결국 자신들의 음란한 욕구를 챙겨 보려는 속마음을 노출시켜서 장교들과 왕의 관계를 해학적으로 전복시키고 있으며, 「포병들」에서는 음주에 빠진 포병들이 묘사되고, 아군끼리 서로 전투 놀이를 벌이게 하며 술에 취한 포병들을 위하여 건초를 깔아 잠자리를 마련해 주라는 장군이 나온다. 「의용군들」에서는 전투와 음주와 음란이 연결되어 있는 데다 지도자가 군주와 비교되고 있다("После дела даст нам водки / Сам светлейший князь, сам светлейший князь일 마치면 보드카를 주시네 / 밝고도 밝으신 군주님께서 몸소").
　이렇듯 율리 김의 전쟁 노래에서 전장이 술판으로, 부부 싸움으로, 전투 놀이로, 사랑과 죽음의 행위의 장소로 묘사되면서 전투와 음주와 음란이 우스꽝스럽게 결합되어 축제나 카니발의 분위기가 지배적으로 나타나는 것은 그 이전의 전쟁 노래와 비교해 볼 때 어떤 의미와 기능을 가지는 것일까?

3. 도대체 이런 노래들은 전쟁에 관한 소련 노래의 변천 속에서 어떤 위상을 차지하는 것일까?

3-1. 전쟁이 발발하기 전, 1930년대 중반부터 정책적으로 장려된 공식적인 집단 가요에서 시민전쟁의 영웅 추모, 다가오는 파시스트와의 전쟁 준비 같은 전쟁 테마는 레닌과 스탈린 찬양, 사회주의 조국에 대한 찬양, 소련 국민의 행복한 삶, 사회주의 건설에 대한 자부심과 노동에 대한 정열과 함께 양적으로 커다란 부분을 차지하였다.[5] 뿐만 아니라 지도자 찬양이나 사회주의 조국 찬양, 소련인의 행복한 삶과 노동 등의 다른 테마들을 다루는 노래에서도 전쟁은 텍스트 속에 융해되어 있다고 할 만큼 중요한 테마였다. 지도자 찬양이나 소련인의 삶과 노동을 다루는 노래들이 결국 '소련인들이 어떤 행동 규범을 가져야 하는가, 지도자의 위상은 어떤 것인가' 하는 것을 선전한다면[6] 전쟁을 다루는 노래들은 지도자의 영도 아래 행복한 삶을 이루는 데 가장 중요한 조건으로서 '조국을 적으로부터 방어해야 함'을 강조하는 것들로 그 내용은 당시 정치적인 강령에 다름 아니었다. 1920년대 후반부터 당은 방위문학의 중요성을 강조하기 시작했고 특히 1934

---

5 당시에도(전쟁 발발 이전에도) 노래로 만들어졌고 또 그 이후에도 계속해서 여러 노래집들에 실렸던 노래들 중에서 빈도가 잦은 것 183편을 다루었을 때 전쟁을 다룬 노래들은 국토 방위에 대한 것 41편, 시민전쟁에 관한 것 27편으로 3분의 1가량을 차지한다. 여기에 대해 좀 더 자세히는 Сон Че, *Исследования советской песни*(Издательство университета Корё, 1992), 51-66을 보시오.

6 레닌을 찬양하는 경우는 스탈린의 정통성을 말하기 위한 전제 조건인 경우가 대부분이었다. 지도자 스탈린에 대한 찬양 일색의 음악계를 직접 고통스럽게 체험한 쇼스타코비치는 '이러한 노래들을 위해 엄청난 돈이 들어갔다'는 증언을 하였다. 솔로몬 볼코프, 『쇼스타코비치의 증언』, 박석기 옮김(조선일보사, 1986), 164.

년 작가연맹 1차 회의에서는 여러 차례 방위문학의 중요성이 언급되었다. 여기서 특히 라덱은 소련 작가들에게 앞으로 다가올 전쟁을 문학으로 다룰 것을 촉구하였다.[7] 소련이 점점 커져 가는 나치 독일 세력에 위협을 느끼고 이에 대처하기 위해 모든 분야에서 방법을 모색한 것은 당연한 일이었으며 이러한 당의 의도에 가장 현장적이고 공식적인 장르였던 노래가 즉각 반응한 것은 매우 자연스런 일이었다. 국토 방위의 노래는 다음과 같은 네 가지 메시지들을 결합한 구호적인 문장이었다.

1. 우리는 다가올 전쟁에 얼마나 완벽하게 준비되어 있는가 — 내일이라도 싸워 승리할 만큼.
2. 우리는 얼마나 강한 국민인가 — 파시스트 벌레를 노래 부르며.
한 번에 물리칠 만큼, 강철처럼 강하고 화산처럼 뜨겁고 무시무시하고, 싸운 경험 많고 등등.
3. 우리는 얼마나 용감히 싸울 것인가 — 이 목숨 다 바쳐서 죽이고 뭉개 버릴 것이다(이런 행위가 미덕으로 표현됨).
4. 우리는 무엇을 위하여 싸우는가 — 조국과 민족과 스탈린을 위하여.

도식적으로 구호를 전하는 이런 노래들에서 특징적인 점은 적과의 싸움이 추상적인 차원에서 이미 '승리의 축제'의 뉘앙스마저 지닌다는 것이다. 이별에 대한 노래들도 곧 재회할 것을 확신하거나 나라를 위하여 전쟁터로 나가는 소련 국민의 의무를 전면에 내세워 낙관적인 어조를 유지했다.[8] 지

---

7 Первый всесоюзный съезд советских писателей 1934, Стенографический отчёт(Москва, 1934), 291-318. 독일어로는 *Sozialistische Realismuskonzeptionen. Dokumente zum 1. Allunionskongress der Sowjetschriftsteller. Herausgegeben von H. J. Schmitt und G. Schramm. edition suhrkamp. 701*에 들어 있는데 이 책의 우리말 번역본 『제1차 소비에트작가 전연방회의 자료집. 사회주의 현실주의의 구상』, 슈미트/슈람 편, 문학예술연구회 문학분과 옮김(도서출판 태백, 1989), 134-216.

8 최선, 「1930년대 소련의 노래시」, 『슬라브학보』 2권(한국슬라브학회, 1987), 52-53.

나간 역사 속의 시민전쟁은 전쟁을 다루는 중요한 테마였는데 시민전쟁을 다루는 노래에서는 어려운 전투나 죽음 같은 어두운 면이 표현되었다. 그러나 고통, 죽음과 연결된 시민전쟁은 항상 과거에 있었던 일로 영웅화되고 시민전쟁 자체의 이데올로기는 주제화되지 않았다. 공산주의나 혁명 이데올로기의 역사적 연속성을 생각하게 하는 표현들은 영웅들의 낭만주의나 개인 숭배화로 대체되었던 것이다. 고난과 죽음의 시민전쟁은 소련인들이 현재 누리는 행복한 삶의 전제 조건으로 또 현재의 행복한 삶을 지키기 위해 적과 싸울 것을 다짐하는 계기로만 표현되었다. 시민전쟁 자체에 대한 기억이 현재의 축제적인 삶의 부각과 미래의 적을 부셔야 하는 명분으로 대체됨으로써 실상 거부되었다고 말할 수 있다. 이는 1946-7년부터 해빙기 전까지 그리고 다시 1967-8년경부터 페레스트로이카 이전까지 전쟁의 실상에 대한 기억이 거부된 것과 같은 방식이었다고 할 수 있다.

3-2. 전쟁이 시작되고 진행되면서 노래의 성격은 상당히 변하였다. 전쟁 시기의 노래들은 무슨 테마를 다루든지 전쟁과 뗄 수 없는 관계에 있었음은 당연한 일이다. 이 시기 노래는 창작의 측면이나 수용의 측면에서 볼 때 전쟁 문학 및 전쟁시에서 주도적 역할을 담당했다. 레닌그라드 봉쇄 당시, 방공호에서, 배 갑판에서, 병원에서, 전투 기지에서, 전선의 참호 안에서, 적에게 빼앗긴 지역에서, 빨치산 군대에서 노래가 불려졌다. 전쟁 기간 동안 노래는 전쟁이라는 무거운 중압감의 실존적인 상황 속에서 병사들이 솔직하게 자기를 느낄 수 있는 통로였다. 또한 전쟁 이전과 마찬가지로 노래는 정부가 지지하는 장르였으며 전쟁 기간 동안 노래는 병사들에게 승리에 대한 확신, 헛되이 죽지 않음, 전투의 영웅성과 정의 등의 생각을 불어넣는 기능을 부여받았다. 전쟁이 발발하자, 곧 합창단들이 전선으로 가서 기존의 노래나 새로 만들어진 노래를 불렀다. 이때는 공식적 이데올로기와 소련 국민들의 생각과 감정이 근접했던 시기이다. 1930년대 스

탈린 체제하의 삶이 행복하고 날마다 더 행복해진다고 선전되었고, 혹 금욕주의적 삶이 요구된다면 이는 적으로부터 조국을 수호하기 위해서 그리고 사회주의 건설을 위해서 감내해야 하는 것으로 선전되었는데 전쟁이 발발하자 이는 바로 현실이 되었다. 독일군의 침공과 그들의 잔혹한 행위에 대한 반감으로 인하여 소비에트 정권이 선전하던 애국심은 전쟁 기간 동안 진정한 것이 되었다. 이제 스탈린 치하의 러시아와 혁명 이전의 '영원한' 러시아는 동일시되었고 전쟁이 발발하자 스탈린은 위대한 전쟁 지도자로 선언되었다. 전선에 그의 사진이 전시되었고 병사들은 "스탈린을 위해서! 조국을 위해서Зa Сталина, за Родину" 싸우자고 노래했다. 과거의 위대한 영웅들의 업적을 계승해서 독일군과 맞서 싸우는 위대한 새로운 군주가 스탈린이었다. 또한 1930년대 문화 부문의 특징이었던 보수적·금욕주의적 성향은 애국심을 강조하는 분위기에 힘을 받아 전쟁 기간에도 여전히 소련 국민의 행동과 의식을 지배했다. 가족과 도덕이 강조되었고, 여성들의 순결 및 정절, 선행, 모성을 닮은 자기 희생은 시대의 가치 척도가 되었다.[9] 이는 가족과 생이별을 하고 전선으로 떠나야 했던 대다수 소련 국민들을 고려한 윤리였다. 전쟁이 전 소비에트 사회의 행동 규범을 창조한다는 면에서 중요시되었던 가치들이 이제는 효율적으로 전쟁을 수행한다는 면에서 중요시되었던 것이다. 전쟁이 일어나고 3일 후 서부로 싸우러 가는 병사들이 탄 열차 플랫폼에서 이미 합창으로 불려진 「Священная война신성한 전쟁」[10]은 공식적인 전쟁 노래의 대표격이었다. 이 노래에는 승리의 축

---

9   최선, 「스탈린 문화 속의 여성 ― 노래시 장르를 중심으로」, 『러시아어문학연구논집』 17(한국러시아문학회, 2004), 293-319.

10   번역은 다음과 같다: 일어나라, 거대한 나라여! / 저주받을 무리들 ― / 악한 파 시스트 군대 향해 / 죽음의 전투로 일어나라 // 후렴: 신성한 분노가 / 들끓게 하라 파도처럼 / 민족의 전쟁 오느니 / 신성한 전쟁 / 반격하자, 모든 불타는 / 사상의 압제자에게 / 폭압자, 강탈자 / 고통 주는 자에게 // 후렴 // 검은 날개 날지 못한다 / 내 조국 땅 위를! / 적은 감히 밟지 못한다 / 조국의 광활한 들판 / 후렴 // 이마에 총알을 박자 / 썩은 파시스트 악마! 인간 쓰레기에게 / 단단한 관을 박자! // 온 힘을 다하여 부수러 가자 /

제적인 어조는 없지만 1930년대의 국토 방위를 다짐하는 노래나 별 차이가 없었다. 그러나 이 노래는 러시아 사람들의 마음속에 깊숙이 파고들어 오래도록 남았다. 현재까지도 러시아인들의 기억 속에 남아 있는 전쟁노래들 중에는 이러한 종류의 노래들도 상당히 많다.[11]

다른 한편, 전쟁 기간에는 테마적인 측면이나 형식적인 측면에서 매우 다양하고 질적으로도 우수한, 감동적인 노래들이 많이 나타났다. 이는 이 기간에 정치적 통제가 완화되었고 1920년대 이후 찾아보기 어려웠던 문화적 탄력성이 허용되었기 때문이다. 전쟁으로 인하여 신문이나 라디오, 영화 등 대중매체의 기능이 어느 정도 약화되어 이를 수단으로 했던 노래의 유포가 위축되었던 반면 일종의 '민요의 의사전달 과정' 같은 생생한 흐름이 형성 되었다. 전쟁 이전에는 당이 국민의 단합을 위하여 노래 부르기를 명령하였다면 전쟁 기간에는 국민이 자발적으로 여러 가지 노래를 불렀다고 말할 수 있을 것이다. 정부도 전쟁의 효과적인 수행을 위해 필요에 따라 참호 속이나 전투 사이사이에 아코디언에 맞춰 병사들이 불렀던 사회주의 리얼리즘에 어긋나는 작품들도 허용하였다. 그래서 전쟁 기간의 노래는 진실로 국민에게 가까웠으며 그 성격도 낙관적으로 승리를 확신하는 것부터 절망적으로 죽음의 두려움을 고백하는 것, 애인에 대한 감각적인 묘사를 담은 노래들까지 다양한 양상을 띠었다. 시문학 전체에 해당되는 변화로서 내면의 진솔한 토로, 전장의 일상에 대한 사실적 묘사, 해학적 요소의 등장이 눈에 두드러지는데 이는 노래시에도 어느 정도 나타났다. 특히 1941년 겨울에서 1942년 봄에 이르는 고통스런 후퇴전에서는 낙관적이고 구호적인 노래보다는 내면의 감정을 솔직하고 나직하게 토로하

심장을 다하여 혼을 다하여 / 우리의 사랑하는 조국을 위해 / 우리 거대한 소련을 위해 //(1941년).

11   전쟁 당시에 나타난 것들뿐만이 아니라 그 이후에 만들어진 것들도 러시아인들의 전쟁 기억을 형성하는 데 중요한 역할을 한다. 전쟁 기념일에 노래가 불릴 때나 전쟁 노래를 책이나 음반으로 만들 때 이런 노래들은 항상 그들이 애호하는 레퍼토리에 포함된다. 아마도 당시에 대한 향수는 민족적(러시아인으로서의) 정체성에 대한 감정과 긴밀히 연결되어 있는 듯하다.

는 노래들이 많이 불렸다. 가장 널리 즐겨 불려졌던 노래는 파티아노프A. Фатьянов의 「집에 간 지 정말 오래 되었네Давно мы дома не были」나 이사코프스키М. Исаковский의 「전선의 숲При фронтовом лесу」과 같이 휴식 시간에 전장의 고된 일상의 고통을 진실하게 고백하는 노래들[12]이나 친밀한 사랑의 감정을 다루는 노래들이었다. 알렉세이 수르코프A. Сурков(1899-1988)의 「참호 속에서В Землянке」나 아가토프B. Агатов의 「깜깜한 밤Тёмная ночь」 같은 서정적인 노래[13]들은 매우 사랑받았다. 이 노래들에서는 아내를 애타게 그리워하는 병사가 아내도 마찬가지로 자신을 그리워하고 있다고 생각한다. 그러나 이제 다른 생각을 표현하는 노래도 등장하여 사랑 받았다. 예를 들어 돌마토프스키E. Долматовский의 「우연의 왈츠Случайный вальс」에는 전쟁 기간 동안 낯선 도시에서 외로움을 느끼며 낯선 여인과 나누는 덧없는 사랑이 그려져 있다. 이러한 사랑이 당시 매우 많았을 거라고 여겨지는데도 이러한 것을 표현한 경우는 드물었다. 전선에서의 용감한 투쟁에는 고향에서 정절이 선행되어야 했고 병사의 정절도 마찬가지로 기대되는 것이 당시의 규범적 사고였기 때문이다. 이사코프스키의 「카튜샤」가 널리 유행한 것도 이러한 이유에서이다.

오, 너 노래, 처녀의 노래야

---

12   이 노래들에는 전쟁의 파괴성에 무방비하게 내맡겨져 있다는 병사의 심정이 드러나 있다. 여기서 언급한 파티아노프의 노래는 소련 연구가들에 의해서는 거의 언급되지 않았고, 이사코프스키의 노래는 전쟁 기간의 대표적 노래로 취급되지만 마지막 연의 첫 행 "За тех, что вянут, словно лист나뭇잎처럼 시들어 갈 것들을 위하여"라는 구절은 슬프고 죽음을 암시하기까지 하여 이 행에 대해서 소련 연구가들은 침묵해 왔다. 전장의 일상에 대한 노래에는 병사의 심리의 토로나 전장의 일상의 사실적인 디테일(옷, 무기, 취사 도구) 묘사를 통하여 전쟁에 대한 낙관주의적이고 순진하고 잘못된 생각이 잔혹한 전쟁의 실상에 대비되어 있다. 노래보다 서정시들에서 이러한 면이 훨씬 더 절실하게 드러났었다. 그러나 공식적이고 대중적이었던 노래 장르에서 일어난 변화는 당시 시문학의 분위기의 변화를 첨예하게 대변한다.

13   최선, 「1930년대와 전쟁 기간의 사랑노래 비교」, 『러시아연구』 6(서울대학교 러시아연구소, 1996), 71-77.

너 밝은 태양 따라 날아
머나먼 국경 병사에게
카추샤의 안부 전해라.

소박한 처녀 기억하도록
그녀의 노래 듣도록
조국 땅을 지키도록
카추샤는 사랑 지키고.

　에서 보듯이 처녀가 지키는 사랑과 조국 땅을 지키는 병사의 마음은 서
로 수없이 연결되어 있었다. 그러나 현실은 달랐다. 위에서 언급한 아가토
프의 「깜깜한 밤」의 맨 마지막 부분

밤 지새며 아이 곁에 기다리는 그대
있어 나는 아오, 내가 무사하리라는 걸.
Ты меня ждёшь и у детской кроватки не спишь,
И поэтому знаю со мной ничего не случится!

밤 지새며 아이 곁에 기다리는 그대
Ты меня ждёшь и у детской кроватки не спишь, 가

중위와 함께 살면서 기다리는 그대
Ты меня ждёшь и а сама с лейтенантом живёшь,

로 바꾸어 널리 불린 것도 이러한 현실의 표현이다.[14] 전쟁 기간에 쓰인 서

14　Il'ja Kukulin. Zur Traumverarbeitung in der sowjetischen Kriegsliteratur.

정시들 중에는 이러한 상황이 그대로 표현되어 있는 경우도 종종 있었다. 예를 들어 비노쿠로프Винокуров의 서정시 「꿈꾸는 비슬라 강 너머 들판에서B. полях за Вислой сонной」[15]에서는 전사한 병사에 대해 슬퍼하는 사람은 어머니뿐, 애인은 이미 다른 사람에게로 가버린 현실이 표현되었다. 전쟁은 연인들을 서로 떨어져 있게 했을 뿐만 아니라 서로를 배반하도록 하였던 것이다. 전쟁이란 실상 많은 국민의 삶 속으로 체제 이질적인 현실이 침입한 것을 의미했다. 전쟁은 피와 죽음과 진창과 고된 노동, 도덕적 원칙의 혼란, 그리고 이제까지 믿어왔던 세계의 와해를 의미했다. 시인들은 스탈린 정부의 선전과는 달리 전쟁이 신성한 것이 아니라 얼마나 비인간적인가를 고발하고 잔인한 현실을 비관적 체험적으로 묘사했다.[16] 전장은 옆의 동료가 죽으면 그 피의 온기로 손을 녹이고 죽은 동료의 털장화를 벗겨서 자기가 신을 수 있으니 다행이라고 생각하는 장소였다.[17] 구드젠코Семён Гудзенко(「공격 이전Перед атакой」, 「내가 전장에서 쓰러지지 않았다는 것이 믿어지지 않아…… Ах, что-то мне не верится, что я не пал в бою……」)는 전쟁터에서 공격을 앞두고 두려움에 우는 병사가, 폭발이 지나가고 전우가 죽으면 자신이 살아 있다는 것을 다행스럽게 여기고 곧 자기 차례가 오리라고 예감하고, 온통 지뢰에 노출된 것을 느끼면서도 참호로 돌진하고 전투 이후 얼어붙은 보드카로 목을 축이고 칼로 손톱 밑에 낀 타인의 피를 훑어 내는 전장의 고통스런 일상을 담담한 목소리로 토로했고, 전쟁 동안 사망한 젊

© Il'ja Kukulin/Neprikosnovennij Zapas/ Osteuropa. © Eurozine. 2005.(www.yahoo.de)

15 *Великая Отечественная*(Москва, 1970)에 들어 있다.

16 전쟁 시기의 서정시에 나타난 전장의 진실은 해빙기 바르드의 노래에 테마화되어 있다. 여기서 전쟁시 일반에 대해 어느 정도 상세히 언급하는 것은 그런 이유에서이기도 하다.

17 이온 데겐Ион Деген, 「내 전우, 죽음의 고통 속에서Мой товарищ, в смертельной агонии」에서 이렇게 표현되었는데 이 시의 작가가 밝혀진 것은 1990년대 초반이다. Il'ja Kukulin. Zur Traumverarbeitung in der sowjetischen Kriegsliteratur. © Il'ja Kukulin/ Neprikosnovennij Zapas/ Osteuropa. © Eurozine. 2005. (www.yahoo.de)

은 시인들(쿨치츠키М. Кульчицкий나 바그리츠키Багрицкий 등)[18]이나, 이삭Исак, 갈킨Галкин, 리프킨Липкин 같은 시인들도 마찬가지로 전쟁의 잔인함을 나직한 목소리로 묘사했다. 여류 시인 알리게르Алигер는 「가슴속 총알과 함께С пулей на сердце」와 「음악Музыка」에서 다가오는 자신의 죽음과 애인인 병사의 죽음으로 인한 절망감을 토로하는데 전쟁이란 신성하다 하나 사악하고 잔인한 것이며 애인의 죽음에 대해 그가 더 이상 명예를 가질 수 없어서 그녀는 아픔을 느끼지만 또한 그가 죽었기에 더 이상 모욕과 불행을 느끼지 않으므로 그녀는 아프지 않다고 나직이 말하며 전장에서 나팔은 새벽부터 행복을 노래했지만 불행이 잔혹하게 탬버린을 때린 것이었다고 고발했다.[19]

3-3. 전쟁이 끝나자 익살, 농담, 담배, 진실 없이는 전쟁에서 살아갈 수 없다는 고백들이나(예를 들어 트바르도프스키А. Твардовский의 「바실리 툐르킨 Василий Тёркин」의 작가의 말От автора 중), 아무도 이 혼란의 전쟁터, 아군이 아군을 쏘아 대는 전장(메지로프Межиров의 「콜피노 앞두고 우리는 떼 지어 서

---

18 *Советские поэты, павшие на Великой Отечественной войне*(Москва-Ленинград, 1965). 이 시선집에는 정확하고 나직한 말소리로 전장의 일상, 고통스러움과 비극, 병사의 절망적인 내면 심리가 그려져 있고 전쟁을 직접 체험하는 시적 화자가 공통적으로 나타나 있다. 당시 널리 퍼져 있던 구호적인 승리의 다짐은 볼 수 없다. 편집자가 말하듯 '개인 숭배로 수렴되는 이러한 과장된 축제적 분위기는 전쟁의 현실에서 출발하는 진정한 문학이 아니었기' 때문이다. 이 시집에는 해빙기 바르드들의 노래와 유사한 시들이 많이 들어 있다.

19 구드젠코의 시들은 대부분의 전쟁시 모음집들에 수록되어 있으나, 비노쿠르의 「꿈꾸는 비슬라 강너머」나 이삭, 갈킨, 리프킨, 알리거의 시들은 시인 394명의 시 504편을 수록하고 있는 전쟁시 모음집 *Великая Отечественная*(Москва, 1970)에는 들어 있는데 시인 414명의 시 483편이 수록되어 있는 전쟁시 모음집*Победа. Стихи военных лет*(Москва, 1985)에는 들어 있지 않다. 이러한 차이는 전쟁 문학에 대한 담론의 반영으로 볼 수 있다. 전쟁시 모음집에 대한 비교 연구는 최선, 「전쟁시 모음집 연구」, 「노어노문학」 창간호(한국노어노문학회, 1988), 159-175쪽을 보시오.

있었네……」1946년)[20]을 벗어날 수 없다는, 전쟁에 대한 진솔한 표현들은 이제 허용될 수 없었다. 전쟁터를 죽음이 바로 곁에 있어 어떠한 행동도 저지를 수 있었던 장소, 살아남기 위해서 비겁한 행동을 하고 전우를 배반했던 장소로 기억하거나, 전쟁을 사랑하는 이를 배반한 가책이나 사랑하는 이에게 배반당한 아픔 등의 쓰라린 체험이나 고칠 길 없는 상처와 연결하여 기억할 수 있는(1946년에 쓰여진 곤차로프Гончаров의 시 「날짜가 변하고 숫자가 지워 진다Меняются цифры стираются даты」)[21] 자유는 이제 속박되었다. 이제 혼란의 전쟁터에 대한 성찰이 이루어질 사이도 없이 문화적 측면에서 통제가 시작되었다. 전쟁이 끝나자 '피와 고통을 지나온 우리는 / 다시 과거로 시선을 돌리고 다가가나 / 이 먼 재회의 날 / 예전처럼 눈먼 채 우리 자신을 비하할 수 없다. //'(시모노프К. Симонов)[22]고 말하던 다짐도 소용없이 전후의 스탈린주의는 전쟁의 승리의 현란한 수사와 함께 국민들에게 그들이 전쟁 동안 겪었던 자신의 경험을 부정하고 금욕적 보수주의의 이데올로기를 따라 전후 재건설에 매진하도록 독려하였다. 아직 전쟁의 일상과

---

20 러시아에서 출판된 전쟁시 모음집들(*Великая Отечественная*(Москва, 1970); *Победа. Стихи военных лет*(Москва, Художественная литература, 1985); *Лирика военных лет*(Москва, 1985))에는 메지로프의 다른 시들이 수록되어 있고 이 시는 수록되어 있지 않다. 이 시는 에트킨트가 편집한 독일어 번역 러시아 시집에 들어 있다. *Russische Lyrik. Gedichte aus drei Jahrhunderten. Ausgewaehlt und eingeleitet von Efim Etkind*(Muenchen, 1981), SS. 416-7. Kay Borowsky가 독일어로 번역했다. 망명 문학 연구가 에트킨트는 그런데 이 시가 전쟁 체험보다는 1946년 쥬다노프의 조셴코나 아흐마토바 비판과 더 연결되어 있다고 주석을 달았다. 비소츠키가 1960년대에 영화에 삽입될 예정이었던 이 시를 읽었을 때 놀라서 의자에서 아래로 주저앉았다고 한다(Анатолий Кулагин, *Поэзия В. С. Высоцкого*(Москва, 1997), с. 69). 그런데 러시아 인터넷 사이트 litera.ru/stixiya/mezhrov/my-pod-kolpinom.html에 이 시가 *60 лет советской поэзии. Собрание стихов в 4 томах*(Москва, 1977)에 수록되어 있는 것으로 나와 있는데 이 시의 연도가 1956년으로 되어 있다. 출판된 해를 말하는 것일 수도 있다.

21 이 시 역시 전쟁시 모음집 *Победа. Стихи военных лет*(Москва, 1985)에는 들어 있지 않고 전쟁시 모음집 *Великая Отечественная*(Москва, 1970)에 들어 있다.

22 К. Симонов, *Стихотворения и поэмы*(Ленинград, 1982), 123.

배고픔과 후퇴 그리고 고된 전쟁 노동이 기억에 생생한 병사들과 전쟁의 상처에 노출된 국민들에게 스탈린 정부는 한편으로는 파시스트에 대한 승리를 내세워 정부의 정통화의 기반을 공고히 하려고 하였고 다른 한편으로는 소련 국민이 그들이 점령했던 유럽 지역의 정치문화에서 받은 충격으로 콜호즈의 해체나 정치적 억압의 완화를 요구하게 될 것을 두려워하여 종전 2년 후에는 참전 용사에 대한 여러 가지 보상 및 포상을 철폐하였고 전쟁 기념일인 5월 9일을 보통 근로일로 환원시킬 만큼 전쟁에 대한 기억을 선택적으로 하도록 고심하였다. 즉 승리의 이름 아래 전쟁의 모든 것을 정당화시키려는 반면 전쟁의 이면이나 실상, 그 원인에 대해서 합리적으로 사고하거나 기억하는 것을 억압하였다.[23] 이와 연관하여 1940년대 후반 외부 세계에 대한 적대감으로 가득 찬 러시아 민족주의는 이전보다 더 국수주의적인 것이 되었고 윤리 의식, 허위 의식을 사로잡고 있는 것은 보수주의였다. 전후 쥬다노프가 추진한 문화 정책의 핵심은 문화 생활에서 더욱 강한 이데올로기의 통제를 의미했으며 이는 문화와 의식의 경직을 의미했다. 이념은 현실과의 연관을 상실한 독트린이 되었으며 이제 진실은 스스로 잊어야 하는 것이 되었다. 전후의 문학 정책은 전쟁의 실상과 전쟁 기간 동안 느꼈던 불안과 공포와 고통을 기억하는 것을 억눌렀고 전쟁에서 돌아온 병사들과 전쟁을 겪은 국민들의 상실을 인정하지 않았다. 포로수용소에서 돌아온 사람들에 대한 냉대, 독일 점령지에서 살았던 사람들에 대한 무시, 조국을 배반하고 적에게 넘어간 사람들의 존재에 대한 침묵, 심지어 상이군인에 대한 등한이 이를 말해 준다. 전쟁의 실상에 대한 기억은 그래서 공식적 기억에서 배제되면서 사회의 잠재의식으로 잦아들었다. 전쟁은 이미 지나간 것, 승리로 끝난 것일 뿐이었다. 전쟁은 공식적 기억 속에서 신화화되어 불꽃놀이처럼 화려하게 꽃피었다. 이 아름다운

---

23 Lev Gudkov. Die Fesseln des Sieges. © Lev Gudkov / Neprikosnovennij Zapas/Osteuropa, © Eurozine. 2005.

불꽃놀이의 한가운데 스탈린과 장군들이 있었다. 노래 장르는 전쟁 이전의 그것과 비슷하게 되었다. 종전 즈음이나 종전 직후에 만들어진 전쟁터의 고통이나 전우의 죽음을 슬퍼하는 노래들은 이제 더 이상 불리지 못하게 되었다.[24] 전후 전쟁에서 돌아온 병사는 다시 집단 농장으로 돌아갔고 온 국민이 다시 노동의 기쁨 속에서 재건설에 온 힘을 쏟는다는 내용의 노래가 불려졌다. 이제 전쟁 기간에 보이던 노래의 질적 상승은 없었고 30년대 같은 공식적인 노래가 되풀이되면서 노래 문화는 답습 상태였다. 양적으로도 새로 만들어진 노래는 많지 않았다. 전후에서 해빙기 이전까지(대략 1947-1954년) 평론가들이 예전에 만들어진 노래들에 대해 언급한 것을 보면 노래시를 둘러싼 당시의 입장을 알 수 있는데 대략 1930년대와 비슷한 입장이지만 스탈린에 대한 찬양의 노래에 주의가 집중되었다. 그것은 전쟁의 승리가 위대한 대원수 스탈린의 영도 덕분이었음을 강조하는 역할을 한다. 전시에 즐겨 불렸던 노래들, 예를 들어 위에서 언급했던 「깜깜한 밤」이나 「우연의 왈츠」는 부정적으로 평가되었고 「참호 속에서」는 인기가 있던 노래라고 평가되지 않았다.[25]

4. 스탈린이 죽자 해빙 무드를 타고 여러 가지 유형의 노래들이 나타났다. 집시 노래, 19세기 후반 도시 로망스의 전통을 이어 1920년대 유행한 사랑의 아픔을 노래하는 유행가가 다시 불렸고, 2차 세계대전 동안 죽음을 바로 눈앞에 둔 병사의 노래, 이제 북부와 시베리아 수용소에서 돌아온 사람들의 '도적 노래'와 그것의 변용 — 이 노래들은 정치범들의 체험에 서

---

24 예를 들어 파티아노프A. Фатьянов의 시에 솔로비요프-세도이B. Соловьёв-Седой가 곡을 붙인 「우리 부대 전우들, 지금 어디 있나?Где же вы теперь, друзья-однополчане」, 오샤닌Л. Ошанин의 시에 노비코프A. Новиков가 곡을 붙인 「길Дороги」, 르보프스키М. Львовский의 시에 몰차노프 К. Молчанов가 곡을 붙인 「저기 병사들이 오네Солдаты идут」. 이 노래들은 모두 *Русские советские песни* 1917-1977(Москва, 1977)에 들어 있다.

25 손 체, *Исследования советской песни*(Издательство университета Корё, 1992), 172-173.

우러난 것들이 많았다. 사회는 그들을 인민의 적으로 치부하지 않고 이제 인간으로 보게 되었던 것이다. 이제 사회적·정치적 이단들의 목소리가 살아나기 시작하였던 것이다. 학생운동의 흐름 속에서 대학생 노래 (대학생 노래의 선봉이 모스크바의 사범대학에서 공부하던 유리 비즈보르와 율리 김이었다. 이 사범대학에는 다른 대학과는 달리 스탈린 테러의 희생자의 자제들도 입학할 수 있었고 율리 김도 그 경우에 속하는데 이들에게는 반스탈린 운동이 자신의 운명과 직결된 것이었다. 이들은 기성의 규범으로부터의 일탈과 자유에 대한 욕구를 노래하였다)가 합쳐져서 바르드 문화가 태어났고 이는 그때까지의 판에 박힌 공식적 노래에 대항하는 세력으로 점점 커졌다. 이에 대해 코펠로프는 "스탈린 사후 해빙기에 불라트 오쿠자바Б. Окуджава(1924-1997), 알렉산드르 갈리치А. Галич(1919-1977), 율리 김Юлий Ким(1936-), 블라디미르 비소츠키В. Высоцкий(1938-1980) 그리고 다른 바르드들의 노래가 나타났다. 처음에는 즉흥적으로, 반은 무의식적으로 노래했으나 이 노래들은 큰 소리로 나팔 불며 떠들어 대는 거짓말 예술에 대한 반항으로서, 바르드 1세대는 그들을 움직이는 것에 대해 노래하기 시작했다."[26]고 말했다. "전쟁이 아무런 축제도, 축하행렬도 아니고 잔인하고 부조리한 '피할 수 없었던' 것이라는데 대해…… 오랫동안 여자라는 말만 나와도 비웃고 입 밖에 내기를 꺼려하는 위선에 찬 금욕주의에 대한 반발로서(오쿠자바) 바르드들은 스탈린 시대 내내 되풀이되던 거짓말의 합창에 의해 억압되었던 감성과 진실과 기억을 일깨웠다.[27] 억압된 기억의 가장 중심에는 전쟁에 대한 기억이 자리 잡고 있었다. 바르드들은 이제 2차 세계대전 동안 죽음을 직면하며 겪었던 고통과 혼란, 또 가정의 파괴, 윤리적 갈등을 겪었던 병사들과 여인

---

26 Лев Копелев, "Память Александра Галича", *Континент* 16(1978), 335.

27 오쿠자바의 경우에 대해서는 *Russian Studies in Literature* vol. 41, no. 1, winter 2004-5, pp. 5-44(Bulat Okudzhava – his Circle and His Times; Nikolai Bogomolov. Bulat Okudzhava and Mass Culture; Marietta Chudakova. The Return of Lyricism)에서 논의되고 있다.

들에 대해 진솔하게 노래하여 전쟁에 대한 비판적 성찰을 유도했을 뿐만
아니라 전쟁의 혼란적인 상황을 그들이 처한 현실과 연결하여, 또 삶 자체
로 보편화하여 발언했다. 이 시기에 나타난 전쟁에 대한 바르드의 노래들
과 전쟁 기간 동안 쓰여진 서정시는 그 성격이 매우 유사하다.[28] 이 노래들
은 이로써 전후의 공식적인 전쟁 문학 및 전쟁 담론이 허위적이고 공정하
지 않았다는 것도 함께 비판했다.

오쿠자바의「Ленька Королев왕 렌카」(1957년)[29]에서 용맹하고 리더십이 많
아 젊은이들 사이에서 왕이라 불리며 사랑받던 젊은 렌카는 전쟁에 나가
서 돌아오지 않았는데 모스크바에서 젊은이들은 아무 일도 없었던 것처럼
축음기에 맞춰 춤을 추고 있다. 화자는 왕 렌카를 그리워하며 그가 죽었다
는 것을 믿고 싶어 하지 않는다.

......

내가 어딜 가든, 어떤 근심거리가 있든
일이 있어서 가든, 그냥 산책을 하든

---

28   바르드들의 노래뿐만 아니라 1960년대의 소련 노래들(이는 시인이 쓰고 작곡가가 곡을 붙여 합창
이나 독창으로 불려졌던 노래 일반을 말한다) 중에는 이러한 유사성을 보이는 것들이 있다. 예를 들어
1964년에 만들어진 마투소프스키M. Матусовский의 시에 바스네르(В. Баснер)가 작곡한「이름 없는
고지에서На безымянной высоте」에는 머리 위에 빙빙 도는 독일 전투기 아래 죽음 앞에서 전우애를 다
짐했던 전우들 대부분이 죽어간 것에 대해 회상하고 있으며 1969년에 만들어진 감자토프Р. Гамзатов의
시를 러시아어로 번역하여 프렌켈И. Френкель이 작곡한「Журавли백학」도 죽은 전우를 회상하는 상실
감이 주된 내용이다. 화자는 학 떼를 보며 사라진 전우를 생각하고 자신도 마치 지친 학 떼의 한 마리인
것 같다는 생각을 한다(나 가끔 그런 생각하지요 / 피의 전장에 사라진 병사 / 언젠가 이 땅에 누운 게 아
니라 / 하얀 학으로 변한 것 같다고 // 그 때부터 여태까지 날며 / 우리를 향해 울어 댄다고 / 그래 그
렇게도 자주 슬프게 / 우리 말없이 하늘 본다고 // 지친 학 떼 날고 날아가네 / 날 저문 안개 속 날아가네
/ 저기 행렬 속 작은 틈 있네 / 아마 그건 내 자리인가 봐 / 그날이 오면 학 떼와 함께 / 나도 짙푸른 안
개 속 날아가 / 하늘 밑에 저기 새처럼 / 땅 위 그대들 향해 울어 대리//).

29   Булат Окуджава, *Проза и поэзия*, 7-е изд., изменное и дополненное, 1984, Посев(초판 1968년),
157-8.

제일 가까이 있는 바로 저 모퉁이에서 왕이
내게로 툭 튀어나올 것 같다, 다시 여기.

왜냐하면 전쟁터에서 총을 쏘기는 하지만
렌카가 축축한 대지에 묻힐 수는 없으므로,
왜냐하면 나(내 잘못이긴 하지만) 그런
왕이 없는 모스크바를 상상할 수 없으므로.

오쿠자바가 기억에서 꺼내 온 렌카는 전쟁 동안 수없이 죽어간 청년의
전형이기에 이 노래가 가진 힘은 컸다.
「전쟁을 믿지 마, 소년아Не верь войне, мальчишка」(1958년)[30]에서 화자는
전쟁터의 고통스러운 일상과 전투의 두려움, 젊은 병사가 전쟁터에서 무
력하게 죽음에 내맡겨진 것에 대해 노래한다.

전쟁을 믿지 마, 소년아,
믿지 마, 전쟁은 슬프고
슬픈 거야, 소년아,
군화가 아픈 발을 조이듯.

네 준마도 아무
소용이 없어,
너는 온통 드러나 있고
모든 총알은 너한테만 달려들어.

또 「아, 전쟁아, 너 뭐 한 거니, 못된 것!Ах, война, что ж ты сделала, подлая」

---

30   Булат Окуджава, 164.

(1958)[31]에서 화자는 직접 전쟁에게 말을 건네며 전쟁이 소년과 소년들에게 어떤 상실을 가져다주었는가를 고발하며 전쟁이란 어떤 종류의 것이든 사라져 없어져야 할 것이며 소년들은 어떻게 해서든지 살아 돌아오도록 노력해야 한다("Постарайтесь вернуться назад!")고 되풀이하여 말한다. 전쟁 테마를 다룬 오쿠자바의 초기(1950년대 후반) 노래들 중 널리 알려진 위의 세 노래에서 가장 중요한 메시지는 전쟁 자체에 대한 거부이다. 이 노래들은, 현실적으로 전쟁이란 — 내내 선전되듯이 — 놀이 같은 것이 아니라 죽음이 바로 눈앞에 있는 고된 노동이라는 것, 전쟁은 삶을 파괴하고 인간에게 상실을 안겨 준다는 것을 일깨운다. 이는 앞서 언급했던 전쟁 기간에 나타난 서정시들 — 구드젠코, 이온 데겐, 쿨치츠키의 시[32] — 과 매우 유사하다. 그의 이러한 서정적인 전쟁 노래는 전쟁에 참가했던 사람들에게 깊은 공감을 불러일으켰고 그 후에도 전쟁은 오쿠자바에게 중요한 테마였다.[33]

체제 안에서 비교적 많은 것을 누리고 살았던 연극배우 갈리치는 해빙기에 짧은 소설 같은 이야기가 있는 노래로 돌연 '전복의 미학'의 설파자로서, 체제의 심판자로서 체제를 신랄하게 비판하고 그 체제를 만들어 낸 스탈린을 비판했다. 그는 전쟁에 대한 노래를 많이 쓰지는 않았지만 「Ошибка실수」(1962년)[34]에서 사람들이 전장에서 쓰러져간 사람들을 완전히

---

31   Булат Окуджава, 156-157.

32   쿨치츠키의 유명한 시 하나를 소개한다. "공상가, 몽상가, 게으른 주제에 말마디나 / 좋아하는 녀석들아. // 난 예전에 그렇게 생각했었지. 소위님은 부드럽게 지시하시고 길을 잘 아셔서 깨끗한 길로 이끄신다고……. / 그런데 전쟁이란 불꽃놀이와 전혀 다르군. 이건 마냥 - 힘겨운 노동이야 / 보병은 진창 밭두렁 따라 끝없이 죽도록 기어야해. // 전진! / 골수까지 얼어붙은 다리로, 질척거리며 걷노라면 / 한 달치 빵만큼 되는 / 진흙 더미가 장화 속으로 들어가지. // 병사들의 가슴에는 비듬 같이 / 훈장이 무겁도록 달렸는데 / 훈장이 무슨 소용이람. / 조국은 매일 같이 / 책에서 본 그 참혹한 보로디노 전쟁터야. //"

33   Hildburg Heider. Der Hoffnug kleines Orchester. Bulat Okudzava – Lieder und Lyrik. Ftankfurt am Main, 1983. S. 54.

34   Александр Галич, Сочинения, том 1(Москва, 1999), 33-34.

잊고 그곳에서 사냥 놀이를 하는 이야기를 함으로써 전쟁의 기억을 몰아낸 공식적 전쟁 담론을 비판하고 있는데 그 신랄함은 매우 인상적이다. 망명 이후 그는 라디오 방송(1974년 10월)에서 소련을 방문했던 쿠바의 카스트로와 흐루시초프의 사냥 놀이를 연결시켜 이 노래를 소개하기도 했다.[35] 이 노래에서 화자는 치열했던 1943년 많은 러시아 병사들이 전사했던 전쟁터 나르바 근처 어딘가에 묻힌 죽은 자들이다("Мы похоронены где-то под Нарвой……"). 이들은 이제 죽어 누워 있어 더 이상 기상나팔도 깨우지 못하는데 어느 날 나팔소리를 듣는다. 다시 전쟁의 노동을 위해서라면 물이 아니라 피를 흘리는 고난의 전쟁을 위하여 죽음에서라도 다시 일어날 태세가 되어 있는, 십자가 달고 훈장 달고 다시 일어날 태세가 되어 있는 화자는 이제 보니 그들이 흘린 피가 실수였다는 것을 깨닫는다("Смотрим и видим, что вышла ошибка / И мы - ни к чему!"). 그들이 묻혀 있는 곳 위로 첫눈을 밟고 사냥 놀이가 진행되고 있기에("Там по пороше гуляет охота……").

이 노래에는 갈리치가 전쟁과 연관하여 생각한 여러 가지 점들 — 승산 없는 전투에 상부의 지시대로 용감하게 나아간 병사들, 그것이 진정 조국을 위한 길이라고 세뇌되어 피를 흘리고 죽어간 병사들에 대한 애도와, 승산 없는 전투를 지시한 당국, 전쟁 구호 같은 공식적 전쟁 노래, 그리고 전후 그들과 상관없이 그들 위로 내린 첫눈을 밟고 사냥하는 사람들, 특히 고위층들, 그리고 경쾌한 사냥 나팔소리 같은 전후의 축제 분위기의 전쟁 담론, 이 모두에 대한 비판이 녹아 흐르고 있다. 이러한 비판의 대상들의 정점에 당시의 정치 지도자가 자리한다는 사실은 날카로운 지성으로 두드러진 갈리치의 반항의 종말을 예견하게 한다. 비소츠키는 도적노래풍, 집시 노래풍으로 이들을 거리감을 가지고 패러디하면서 현실에 대한 치열한 부정과 비판, 그로부터 비롯되는 고뇌와 혼란을 외치는 것으로 노래를 시작하였고 1980년 죽을 때까지 검열을 일삼는 부패한 관료들을 미워하며 분

---

35   А. Н. Костромин, Ошибка Галича, *Проблемы поэтики и текстологии*(Москва, 2001), 149.

노했고 절망했고 외로이[36] 소리 지르고 했다. 비소츠키의 전쟁에 대한 노래
는 1964-71년 사이에 주로 만들어 졌다.[37] 그의 전쟁 노래 중에서 널리 알려
진 노래 "Он не вернулся из боя그는 전투에서 돌아오지 않았네"(1969년)[38]는
전사한 전우를 그리워한다는 점에서 오쿠자바의 노래들과 비슷하고 용감
히 전투에 참가한 병사들을 기리는 점에서는 갈리치의 노래와 비슷하다.

---

36 1968년 체코 침공과 함께 소련 정부의 바르드에 대한 탄압은 심해졌고 1968년부터 오쿠자바는 반
체제 운동과 연관되어 심한 제재를 받으며 그 스스로도 1974년부터 1982년까지 아무런 노래도 만들
지 않았으며 1986년 2월에야 대중 앞에서 노래했다. 갈리치는 1971년 모든 프로그램의 출연 금지를 받
게 되고 1974년 추방당하여 1977년 파리에서 죽는다. 그는 1988년 사후 복권되었고 1989년 그의 음반
이 나왔다. 율리 김은 1968년 교사직에서 해임당하고 율리 미하일로프로 이름을 바꾸어 영화 삽입곡 작
사·작곡, 뮤지컬 작사·작곡, 오페라 대본 번역, 아동 노래 작사·작곡, 극작가, 배우 등의 공연 문화 관
련 일을 하였으나 바르드로서 출연할 수 없었다. 1986년 율리 김의 이름으로 그의 최초의 음반이 나왔고
1987년부터 몇몇 문학지가 그의 시들을 실었고 1990년 그의 시선집들이 처음 나왔다. 1989년, 20년 전
에 바르드들에 대해 최초로 글을 썼던 여성 기자 알라 게르버와의 인터뷰에서 율리 김은 1968년 이후 어
려웠던 시기에 그가 소련에서 살아남기 위해 다른 일을 선택할 수밖에 없었으나 그의 정신을 구부러뜨
리지는 않았다고 말했다(Юлий Ким, "Мы сидим на кужне", *Огонёк*(1989), c. 23). 그러니까 1970년
대는 거의 비소츠키에 의해서 바르드가 명맥을 유지해 갔다고 할 수 있다. 비소츠키의 노래들은 그가 살
아 있는 동안 전혀 공식적으로 출판될 수 없었다. 비소츠키의 음반은 소련에서 1986년에 나왔다. 뉴욕에
서는 1981년에 그의 노래들이 출판된 바 있다.

37 Анатолий Кулагин, *Поэзия В. С. Высоцкого - Творческая эволюция*(Москва, 1997), 68.

38 Владимир Высоцкий, *Песни и стихи*(Нью-Йорк, 1981), 100. 연대는 Владимир Высоцкий,
Стихотворения(Москва, 2001)에 따른 것이다. 번역은 다음과 같다: "어째서 모든 것 뭔가 다른가 /
그 하늘 여전히 푸르고 / 그 숲, 그 공기, 그 강인데 / 그만이 돌아오지 않았네. // 지금 알 수 없네 누가
옳았는지 / 밤 지새운 열띤 말싸움에서. / 그리워지네 그 싸움이, / 이제 그가 돌아오지 않는 여기. // 어
색하게 침묵하던, 어눌하던 그, / 항상 다른 말을 했던 그, / 나를 잠 못 자게 하고 새벽에 일어나더니 /
어제 돌아오지 않았네. // 쓸쓸하고 이야기가 없네 / 갑자기 느껴지네 - 우리가 둘이었다고. / 모닥불
이 바람에 꺼진 것 같아, / 그가 돌아오지 않은 지금 // 포로를 풀고 나오는 봄, / 실수로 그에게 외치는
나, / - 친구, 담배 껴, - 대답 대신 적막이. / 어제 그는 돌아오지 않았네 // 죽은 친구들은 우리를 지
켜주네 / 전사자들은 보초라네 / 하늘이 숲에 어리고 물에 어리듯 / 나무들이 서 있네, 푸르게 // 참호는
둘에게 넉넉했네 / 우리 둘을 위해 시간은 흘렀었고 / 이제 나 혼자인데 돌아오지 않은 이는 - 바로 나인
것만 같네. //"

그러나 이 노래에서는 전쟁 자체에 대한 증오는 직접 느껴지지 않으며 또 용감하게 전쟁에 참가한 것이 그냥 실수라고 여겨지지 않는다. 화자와 죽은 전우의 논쟁에서 전우가 조국의 미래를 위하여 말없이 목숨을 바쳐야 하리라고 진정으로 생각하며 어눌하게 말한 것인지, 아니면 다른 사람들과 다른 생각을 가지고 전쟁은 소용없는 것이라고 생뚱맞게 말했는지 텍스트 속에서는 알 수가 없다. 알 수 있는 것은 다만 그가 그의 진실을 말했고 그러다가 전쟁터에서 죽어 갔다는 것이다. 어눌하긴 했어도 진정을 가지고 있었던 사람과 그와 진실한 대화를 나눌 수 있었던 상황에 대한 화자의 그리움 속에서 화려한 수사와 정연한 논리에 능한, 진정이 없는 사람들에 대한 비판이 읽혀진다. 그리고 동시에 "죽은 친구들은 우리를 지켜주네 / 전사자들은 보초라네"라는 표현에서 볼 수 있듯이 앞으로의 삶을 잘 꾸려 나가야겠다는 다짐이 들어 있다. 이는 「대지의 노래」(1969)[39]에서도 마찬가지이다. 여기서 화자는 전쟁의 슬픔으로 검어진, 칼자국 같은 참호들이 누워 있고 수류탄 상처가 입을 벌리고 있는 지상의 고통을 넘어서는 지옥의 그것 같은 쓰라린 고통을 알고 있는 대지가 모든 것을 견뎌 내리라고 믿으며 그것이 바로 '우리'의 영혼이라고 말하는데 이 영혼이 '장화로 짓밟을 수 없는 영혼'이라고 외치는 대목에서 독자는 전쟁의 고난이 바로 '우리'의 자유의 다짐이자 보증이라는 선언을 읽게 된다. 비소츠키는 전쟁을 직접 겪지 않았다. 그러나 그는 전쟁을 직접 체험했고 전쟁을 주로 노래

39　Владимир Высоцкий, *Песни и стихи*(Нью-Йорк, 1981), с. 93. 연대는 Владимир Высоцкий, *Стихотворения*(Москва, 2001)에 따른 것이다. 번역은 다음과 같다: "누가 그랬나, 모든 것이 다 불탔다고 / 더 이상 땅에 씨 뿌리지 말라고 / 누가 그랬나, 땅이 죽었다고? – 아니다, 땅은 숨을 죽였을 뿐, 잠시 동안 // 땅에서 모성을 빼앗을 수 없네. / 바닷물을 다 퍼낼 수 없듯. / 누가 땅이 타 없어졌다고 믿었나? – 아니다, 땅은 슬픔으로 검을 뿐. // 칼자국 같은 참호들이 누워 있고 / 수류탄 상처는 입을 벌리고 / 땅의 드러난 신경들은 / 초지상적 고통을 알고 있네. // 땅은 모든 것을 견뎌 내리니 / 땅을 부상자로 기입하지 말라 / 누가 그랬나, 땅이 노래하지 않는다고, / 영원히 입을 다물었다고? // 아니다, 신음을 누르고 땅은 / 모든 입 벌린 상처에서 소리 낸다 / 땅은 바로 – 우리의 영혼, / 장화로 짓밟을 수 없는 것. // 누가 땅이 타 없어졌다고 믿었나 – / 아니다, 땅은 숨을 죽였을 뿐, 잠시 동안.//"

했으며 60년대 바르드의 한 사람으로서 중요한 역할을 했던 안차로프M. Анчаров의 노래를 종종 부르면서 그의 영향을 많이 받았다. 안차로프의 노래는 공식적인 전쟁 기억에 맞서서 전쟁의 비극성과 잔혹함을 강조한 것이 특징이다. 특히 긴 제목의 노래 「엘렉트로자봇스카야 지하철 역 부근에서 밤에 처녀를 멈추게 한 키 작은 사람에 대한 노래Песня про низкорослого человека, который остановил ночью девушку возле метро Электрозаводская」(1955, 1957년)[40]는 두 다리를 전쟁에서 잃은 상이 용사를 다루고 있다. 이러한 테마는 소련에서 페레스트로이카 이전까지 터부시되던 테마였다. 1989년에야 이 노래는 안차로프의 레코드에 수록될 수 있었다.[41] 비소츠키의 노래에서도 우리는 이러한 전쟁 기억에 대한 태도를 느낄 수 있다. 그러나 비소츠키에게 전쟁은 회고가 아니라 현실이었다. 다시 말해 그는 전쟁을 자료로 하여 현재의 노래를, 현재가 필요로 하는 노래를 만들고 싶어 했다.[42] 몇 초 후에 죽음에 맞서는 위험에 처해지는 순간, 극한 상황 속의 인간이 어떠할지 전쟁 속의 인간을 그림으로써 알 수 있듯이.

5. 위에서 바르드 1세대에 속하는 세 시인의 전쟁 테마를 다루는 노래들을 살펴보았는데 율리 김의 노래시들이 그것들과 구별되는 가장 뚜렷한 특징은 쾌활함과 웃음이다. 그는 패러디와 아이러니와 유머로써 전쟁의 실상을 노래하고 전후 전쟁 문학의 허구성을 비판하고 있다. 그 자신 전쟁 체험이 없었으나 전쟁 체험 세대인 다비드 사모일로프를 매우 존경하

---

40 *Авторская песня*, сост. Вл. Новиков(Москва, 1998), 193-194.

41 K. Lebedeva. "Russischen Gitarenlyrik und die Tonbandrevolution des 'Magnitizdat' nach 1956-kulturelle Voraussetzung und Quellen", *Zeitschrift für Slawistik* 36(1991), No 2, S. 224.

42 Владимир Высоцкий, "Мой цензор - это моя совесть", *Литературная Россия*, No. 46, 13 Ноябрь 1987, 15.

는 것으로 보아 그의 전쟁에 대한 견해에도 공감했으리라고 여겨진다.[43] 사모일로프는 전쟁에 대한 다양한 시를 썼다. 그중에서 특히 깊은 인상을 주는 시는 「40년대 사람들 Сороковые」[44]인데 그것은 이 시에서 전쟁 상황과 병사가 매우 구체적이고 사실적으로 표현되어 있기 때문이다. 특히 시의 화자는 자신을 춥고 황량한 간이역에 귀마개를 하고 담배를 충분히 가지고 있고 처녀들과 농담하는 깡마르고 쾌활하고 장난스러운 젊은이로 소개하고 있는 점이 율리 김의 이 노래시들과 연관하여 볼 때 꽤 흥미롭다 (А это я на полустанке / В своей замурзанной ушанке / Где звездочка не уставная / А Вырезанная из банки / Да, это я на белом свете / Худой, веселый и задорный / И у меня табак в кисете / И у меня мундштук наборный / и я с девчонкой балагурю). 그러나 사모일로프의 시에서는 전쟁터의 전투 자체가 익살스럽게 표현되어 있지는 않다.

요약하자면, 율리 김의 전쟁 노래의 특성은 전쟁터에 있는 병사들의 음주와 음란이다. 전장은 적군과 아군이 명확히 구분되지 않는 혼란스런 장소이며 병사들이 축제를 즐기듯 술을 실컷 마시고 여인들을 만나는 곳이다. 공식적인 전쟁 노래에서 승리의 축제가 축가처럼 되풀이된다면 여기서는 전투와 음주와 음란이 연결되어 공식적인 축제를 뒤집은 카니발의 분위기가 나타난다. 그의 해학적 감성은 사랑의 행위와 전투 행위가 교차할 뿐만 아니라 죽음과 성(性)이라는 기존 문화의 관점에서는 매우 이질적인 두 코드가 결합하는 세계를 그리는 데까지 이른다. 그가 이렇게 전쟁에 대한 기존의 모놀로그적인 권위적 관점들을 해체하고 기존의 전쟁의 수사학을 전복시키는 방식은 어릿광대[45] 놀이와 같다. 그는 그 특유의 방식으로

---

43 Юлий Ким, *Антология Сатиры и Юмора России XX века*(ЭКСМО, 2005), 215-234.

44 Давид Самойлов, *Предначертание*(Москва, 1999), 49-50.

45 율리 김은 자신의 노래 시학과 노래 시인으로서의 고백을 엿볼 수 있는, 그의 예술적 강령이라 할 만한 노래시 「어릿광대Клоун」에서 그의 노래의 해학성에 관해서 직접적으로 이야기하고 있다 율

공식적인 기존 소비에트 전쟁 담론의 문법 내지 수사에 대해 도전한 셈인데 이러한 방식은 매우 강한 우상 파괴적, 반권위주의적 성격을 지니고 있다. 전후 전쟁 문학이 진실을 기억하기를 피하고 축제 분위기로 전쟁의 승리만을 강조하는 것, 또 엄격한 규율에 따라 적을 증오하며 죽음을 두려워하지 않고 영웅적으로 싸우는 소련 병사의 공식적인 정체성을 내세우는 것 등 전쟁에 대한 공식적 수사학에 도전함에 있어서 율리 김의 이런 노래들은 그 방식이 다른 바르드들의 노래보다 훨씬 더 과감하다고 할 수 있다. 해빙기에 나온 서정시들도 율리 김의 노래처럼 전쟁의 테마를 이런 식으로 패러디와 아이러니를 섞어가며 해학적으로 다룬 일은 매우 드물다.

리 김, 『자유를 노래하다』, 207-210. 율리 김은 사람들이 그의 노래의 의미를 물으면 아무 의미도 없으며 그냥 웃기고 즐거운 기분을 주려고 할 뿐이라고 종종 대답한다. 아무 의미도 없다는 것 자체가 소련의 공식적 문학담론의 실상이었던 '문학의 국가화'(한스 귄터Hans Günther, *Die Verstaatlichung der Literatur*(Stuttgart, 1984)의 목표를 위한 교육적 기능에 대한 중대한 도전이라고 할 수 있는데 그의 전쟁 노래에서 전투와 음주와 음란이 연결된 것은 소련의 문학적 맥락 속에서 볼 때 도발적으로 발랄하고 위험한 발상이었다.

찾아보기